HIGH HEELS

im *Schnee*

Shanghai Love Affairs 2

Liebesroman

Karin Lindberg

Lektorat: Katrin Engstfeld www.kalliope-lektorat.de
Covergestaltung: www.kreativi-production.de
Korrektorat: Sandra Nyklasz

www.bookrix.de

HIGH HEELS

im *Schnee*

Prolog

„Lucas, verdammt! Reiß dich zusammen und leg dein Telefon weg, sonst schmeiße ich es eigenhändig aus dem Fenster!", donnerte Damian. Seine Halsschlagader pochte, was bei den Zwillingen ein Hinweis darauf war, dass der Vulkan bald ausbrechen würde, wenn man sich nicht in Acht nahm.

Lucas Stanhope saß zusammen mit seinem Zwillingsbruder Damian in seinem Büro, wo die beiden an der Pressemitteilung zur Veröffentlichung der Quartalsergebnisse arbeiteten. Er blickte nicht auf, als er antwortete: „Reg dich ab, Mann. Wir sind doch so gut wie durch." Lucas Handy piepte erneut. Seine Bettgefährtin der letzten Nacht konnte anscheinend nicht genug von ihm bekommen. Vielleicht würde er sich gleich heute Abend wieder mit ihr verabreden, aber das konnte warten, daher legte er sein iPhone zur Seite.

„Was wir nicht dir zu verdanken haben, mein Lieber", schnaubte Damian und schüttelte den Kopf.

Lucas war es leid, von Damian wie ein Halbwüchsiger behandelt zu werden, den man ständig zurechtweisen musste. In aller Seelenruhe goss er deswegen noch einmal Öl ins Feuer. Ob Damian jetzt ausflippte oder nicht, konnte ihm am Ende doch egal sein. Damians Temperament schreckte ihn nicht, schließlich war seines nicht minder aufbrausend. „Ich dachte, jetzt wo du regelmäßig Sex hast, wärst du vielleicht entspannter. Wie ist das eigentlich mit Schwangeren, sind die wirklich rund um die Uhr rollig?" Lucas setzte dabei eine nichtssagende Miene auf und beobachtete Damian. Dieser kniff die Augen zusammen und zischte gefährlich leise: „Ich warne dich, Lucas. Pass auf, was du sagst. Du bist wirklich widerlich primitiv."

„Da ist aber jemand mit dem linken Fuß aufgestanden." Lucas kaute genüsslich auf dem Kugelschreiber. Damian setzte sich auf. Lucas senkte den Kopf ein wenig. Dieser Blick verhieß nichts Gutes, er nahm den Stift aus dem Mund.

„Wenn du meinst. Ich habe aber noch eine Neuigkeit für dich, die dich interessieren dürfte." Lucas straffte sich. Wahrscheinlich handelte es sich nicht um eine heiße neue Abteilungsleiterin im Hause.

„Ach, was könnte das sein?", fragte er schließlich, als ihm Damians Schweigen zu lange dauerte.

Damian grinste diabolisch – ein schlechtes Zeichen. Lucas zog die Brauen zusammen. Sein Bruder war äußerst selten ausgelassen fröhlich, wobei sich das deutlich gebessert hatte, seit er mit Julia zusammen war.

„Ich habe zugesagt, dass du eine Weile bei einer Wohltätigkeitsorganisation aushelfen würdest."

„Du hast …", Lucas Mund klappte auf, „… was?"

„Na, da fällt dir dein dämliches Grinsen wohl aus dem Gesicht, Bruderherz." Damians ebenmäßige, weiße Zähne blitzten auf, während er sich betont gelassen die seidene Krawatte geraderückte.

„O Mann. Einen Moment dachte ich, du meinst es ernst. Guter Witz, Damian. Ha, ha", lachte Lucas erleichtert auf.

„Es ist mein Ernst. Du wirst in zwei Wochen nach London fliegen und dort einige Investorentermine wahrnehmen."

„Du hast ja wohl eine Meise! Kannst du vergessen. Charity bedeutet alte, vertrocknete Ehefrauen, die nichts Besseres zu tun haben, als sich um streunende Hunde zu kümmern. Auf keinen Fall!" Energisch knallte Lucas den Kugelschreiber auf den Schreibtisch und sprang auf.

Damian ließ sich amüsiert in den weichen Ledersessel zurücksinken und schlürfte zufrieden aus der Porzellantasse, die bis dahin unberührt vor ihm gestanden hatte. „Ich fürchte doch, Lucas. Oh, weißt du noch? Kaffee?"

„Was?" Lucas raufte sich aufgebracht die Haare.

„Du willst doch nicht, dass ich Mutter erzähle, was mir letztens in meine Tasse gekippt wurde? Muss ich dir auf die Sprünge helfen? Rohypnol? Und das bei der Vorgeschichte in unserer Familie? Was, wenn du mir damit bleibende psychische Schäden beschert hättest?"

„Du hattest auch schon ohne den Kaffee *bleibende psychische Schäden*. Außerdem hast du gar nichts davon getrunken. Du bist total irre! Und wenn du glaubst, dass ich mich von dir für irgendeinen Scheiß einspannen lasse, hast du dich geschnitten!"

Damian grinste unverschämt siegessicher. Wie war er überhaupt auf so einen Quatsch gekommen? Charity! In Lucas wuchs das Bedürfnis, seinem Zwillingsbruder die Meinung mit der Faust zu geigen. War das Damians Rache dafür, dass er Julia geholfen hatte, seinen Bruder aus der Reserve zu locken? Der musste bekloppt sein, ihn für eine Weiberveranstaltung einspannen zu wollen.

„Na, was sagst du dazu? Du wirkst doch noch etwas skeptisch. Es ist ja nicht lange, nur für ein paar Wochen … Andererseits kann ich Charlotte natürlich auch weiter ermutigen, doch für einige Zeit nach Hongkong umzuziehen, um dir persönlich bei der Suche nach einer passenden Ehefrau behilflich zu sein." Damian schwebte mittlerweile in Lebensgefahr. Lucas Puls war dort, wo er sonst höchstens durch exquisiten Sex hingelangte, und nun pochte *seine* Halsschlagader heftig. „Du hast sie wohl nicht mehr alle, Damian." Lucas ballte die Fäuste.

„Das sagtest du bereits. Gut, ich werde dir die Unterlagen zu *Every Life Matters* zukommen lassen und in zwei Wochen geht's dann los." Damian räkelte sich genüsslich, was Lucas nur noch rasender machte.

„Kommt nicht in Frage! Was soll der Bullshit?" Und wenn es die halbe Belegschaft hörte, es war ihm egal.

„Wir sprechen uns noch, Lucas. Überleg dir gut, ob du wirklich riskieren möchtest, dass ich Charlotte mit hineinziehe."

„Hau ab, du Arschloch, raus aus meinem Büro!"

„Nichts lieber als das. Jetzt frage ich mich doch, wer hier die schlechte Laune hat." Damian stellte die halbvolle Kaffeetasse auf einem kleinen Glastisch ab und stand auf. Er klopfte Lucas lachend auf die Schulter, doch dieser schlug Damians Hand weg. Lucas hörte das Blut in seinen Ohren rauschen und war nah dran, seinem Bruder an die Gurgel zu springen. Damian schien die Anzeichen richtig zu deuten und trat vorsichtshalber den Rückzug an. Aber nicht ohne eine letzte spöttische Bemerkung: „Na, na, da ist aber jemand … aufgebracht. Bis später dann, Lucas."

Lucas konnte nichts mehr erwidern, denn Damian war in Windeseile aus seinem Büro verschwunden. Er nahm Damians Tasse und knallte sie mit voller Kraft gegen die Tür. Das Porzellan zerbarst in tausend Stücke und Kaffee spritzte durchs ganze Büro. Den Teufel würde er tun! Auf keinen Fall würde er sich in ein Wohltätigkeitsweichei verwandeln! Wenn er nur daran dachte – alte Frauen mit Falten und Handtaschenhunden! Er schüttelte sich angewidert und stürmte aus dem Büro. Er musste sich irgendwo abreagieren, sonst würde noch mehr zu Bruch gehen.

Damian lief schnurstracks zu Jans Büro und berichtete ihm von Lucas' Reaktion auf die Wohltätigkeitspläne.

„Wenn mich nicht alles täuscht, habe ich einen Kaffeebecher an die Tür fliegen hören. Lucas scheint von der Sache noch nicht ganz überzeugt zu sein", schloss Damian seine Erzählung. Jan lachte in sich hinein. „Es wäre zu schön, wenn der Plan aufgehen würde! Lucas in den Fängen einer Frau, ihrer Gnade ausgeliefert – welch ein Fest!"

Damian war sich sicher, dass das der perfekte Denkzettel für seinen draufgängerischen Bruder werden würde. Er kannte

Danielle zwar nicht besonders gut, aber nach allem, was Julia ihm von ihr erzählt hatte, würde sie Lucas Paroli bieten und ihn Vollzeit für ihre Aktionen einspannen. Das würde ihm eine Lehre sein.

„Wir sollten versteckte Kameras organisieren!", lachte Jan schenkelklopfend.

„Ich würde einiges darum geben, Lucas dabei zuzusehen, wie er versucht, mit Julias Freundin Geld für kranke Kinder aufzutreiben. Und Julia hat durchblicken lassen, dass Danielle, sagen wir mal, *anstrengend* sein kann."

„Eine komplizierte Luxusschnitte also?"

„So hat sie es nicht gesagt, aber ich denke, das trifft es. Sie ist Vegetarierin, vehemente Tierschützerin, äußerst modebewusst und sucht nach der einen wahren Liebe. Keine Frau für eine Nacht. Das Ganze gepaart mit einem Hauch Zickigkeit." Damian lachte sich ins Fäustchen.

„Eine Horrorvorstellung für jeden Steakliebhaber und Schürzenjäger!" Jan legte sich die Hände um den Hals und spielte den Erwürgten.

„Genau." Damians Daumen zeigten nach oben.

„Perfekt", erwiderte Jan. „So sieht es aus: Er wird leiden und ich gönne ihm jede einzelne Sekunde", nickte Jan enthusiastisch. „Nur wie bekomme ich meine Platten wieder?"

„Du nervst mich wirklich damit, mein Freund. Mach es doch so, wie er es mit dir gemacht hat: Wette mit ihm, dass er keine drei Monate durchhält."

Jans Gesicht leuchtete auf. „Sag, seit wann bist du so durchtriebenen, du Teufel?"

„Die Lorbeeren gebühren nicht nur mir. Eigentlich war die Aktion Julias Idee."

„Die holde Julia ist einfach unvergleichlich! Man könnte dich ja fast beneiden – nach all den Jahren gleich so ein Volltreffer. Aber ich bin ja nicht so. Und ich mache mich gleich auf die Suche nach Lucas, um ihm eine Wette vorzuschlagen."

„Ich muss auch los, ich bin mit Julia verabredet", meinte Damian, als er aufstand.

Sein Freund grinste breit. „So schnell kann es gehen, wieder ein begehrter Junggeselle weg vom Markt."

Damian zog eine Augenbraue nach oben. „Ich war niemals auf *dem Markt*. Und dir würde es auch guttun, wenn du endlich wieder anfangen würdest zu leben." Sein Tonfall klang schärfer als beabsichtigt und er bereute es sofort.

„Mir geht es gut, keine Sorge. Du willst jetzt doch nicht unter die Kuppler gehen, oder? Ist ja echt nicht zu fassen, kaum sind die Leute unter der Haube, meinen sie, alle anderen müssten es ihnen gleichtun. Man kann auch ohne Frau glücklich sein. Wenn jemand das verstehen sollte, dann du. Schließlich hast du bis vor kurzem nach diesem Mantra gelebt." Jan wirkte verärgert. Damian konnte es sogar ein wenig verstehen, daher antwortete er versöhnlich, als sie gemeinsam aus Jans Büro traten: „Ja, ja. Irren ist menschlich. Wir sehen uns, alter Freund." Damit klopfte er Jan auf die Schulter und ging Richtung Aufzug, während Jan Lucas' Büro ansteuerte. Lucas war sowas von dran!

Kapitel 1

London

Nahm diese Sitzung niemals ein Ende?, dachte Danielle und kaute ungeduldig auf ihrer Unterlippe. Die endlosen Vorträge der verschiedenen Abteilungsleiter langweilten sie. Als sie von ihren Papieren aufsah, fing sie den tadelnden Blick ihres Vaters auf. Sie senkte die Augen und hoffte, dass er ihr nach der Besprechung nicht wieder einen Vortrag über die Pflichten und Erwartungen, die an seine Tochter, Erbin von *Fane International Trading Ltd.*, gestellt wurden, halten würde. Davon hatte sie in den siebenundzwanzig Jahren ihres Lebens weiß Gott genug gehabt.

Nach einer Ewigkeit hörte sie die erlösenden Worte von Charles Fane: „Vielen Dank, Ladies und Gentlemen, wir sehen uns dann in vier Wochen in der gleichen Runde wieder. Ich wünsche Ihnen noch eine gute Arbeitswoche."

Danielle wollte unauffällig aus dem Besprechungszimmer schlüpfen, aber ihr Vater war schneller.

„Danielle, wenn du bitte noch einen Moment warten würdest, ich habe noch etwas mit dir zu klären."

O nein! Sie hatte es geahnt. Innerlich wappnete sie sich für die Predigt, die sie gleich hören würde.

„Natürlich, Dad." Sie lächelte ihn an und hoffte, dass ihr nicht anzusehen war, wie wenig Lust sie auf das hatte, was er von ihr wollte. Die Mitarbeiter verschwanden einer nach dem anderen zügig in Richtung Büros.

„Auf Wiedersehen Anthony, Ihr Report hat mir heute sehr gefallen! Wirklich gute Arbeit."

„Danke, Sir. Wenn ich nachher noch kurz wegen der Kreditgeschichte etwas mit Ihnen klären dürfte? Lassen Sie mich bitte wissen, wann Sie Zeit haben." Der untersetzte Finanzchef nickte und schüttelte Charles die Hand übereifrig, bevor er als letzter aus dem Raum abzog. Anthony trug einen dunkelgrauen Nadelstreifenanzug mit knallroter Fliege, dazu eine dicke Hornbrille, die sein volles Gesicht noch runder wirken ließ. Der kreisrunde Haarausfall hatte dem kaum über vierzig Jahre alten Mann eine mächtige Glatze beschert, die meistens speckig glänzte, wenn er aufgeregt war. Wie jetzt. Mit kurzen, trippelnden Schritten war er um die Ecke gebogen und Danielle stand zu ihrem Bedauern alleine mit ihrem Vater im Konferenzraum.

„Was ist los, Dad?", fragte sie unschuldig und kratzte sich dabei an der Nase. Als ob sie nicht wüsste, was sie sich gleich anhören musste! Aber sie wollte das unangenehme Schweigen unterbrechen, während Charles noch auf seinem Telefon Nachrichten checkte und beantwortete. Danielle beäugte ihn kritisch. Schon vor einer ganzen Weile hatte sie der Verdacht beschlichen, dass er ihre Mutter hinterging, aber sie hatte noch keine handfeste Bestätigung für ihre Vermutung gefunden. Vielleicht tippte er ja gerade eine Nachricht an seine Geliebte. Danielles Herz klopfte schnell. Der Gedanke daran, dass er seine Familie betrügen könnte, brachte sie mehr auf, als sie sich selbst einzugestehen wagte. Vergeblich versuchte sie einen Blick auf sein Display zu erhaschen, dann steckte er das Telefon hastig in die Innentasche seines maßgeschneiderten Tweed-Sakkos.

„Ähm, ja. Entschuldige. Dringende Anfrage aus Asien." Charles räusperte sich und wirkte mit einem Mal verlegen. Ein guter Lügner war er jedenfalls nicht.

„Natürlich." Sie umklammerte die Papiere wie ein Kissen.

„Aber warum ich dich sprechen wollte, Kleines. Hast du Robert schon zurückgerufen? Ich bin mir sicher, er würde sich sehr darüber freuen. Er ist doch so ein netter Junge."

Daher wehte also der Wind. Anderes Thema, gleicher Nervfaktor. Danielle schwankte zwischen einem Seufzer aus

Erleichterung und einem Stöhnen. Robert Goldwyn war der perfekte Schwiegersohn – in den Augen ihrer Eltern. Wohlhabend, erfolgreich und – todlangweilig. Sie hatte wenig Lust auf diese Konversation über einen Mann, der sie nicht im Geringsten interessierte, versuchte aber, sich davon nichts anmerken zu lassen.

„Äh, noch nicht. Aber das wollte ich jetzt gleich machen, Dad." Die Lüge ging ihr glatt über die Lippen, sonst würde er sie nie in Ruhe lassen.

Ihr Vater lächelte zufrieden und seine grauen Augen strahlten sie warm an. Charles war mit seinen achtundfünfzig Jahren immer noch ein überaus attraktiver Mann, George Clooney durchaus nicht unähnlich, was sie ihm natürlich niemals sagen würde. Wer würde schon seinen eigenen Vater öffentlich als „gutaussehend und interessant" bezeichnen? Aber im Stillen darüber nachzudenken war erlaubt.

Unter diesen Voraussetzungen war es allerdings tatsächlich nicht sehr verwunderlich, dass er nach all den Jahren mit ihrer melancholischen Mutter bei einer anderen Frau Trost und etwas mehr suchte, was ihm seine treue Gattin anscheinend nicht mehr geben konnte oder wollte. Was nicht heißen sollte, dass Danielle mit dem Ganzen einverstanden war. Das war sie Ganz und gar nicht, schließlich hatten ihre Eltern den Bund der Ehe unter der Prämisse „in guten wie in schlechten Zeiten" geschlossen. Aber womöglich waren die schlechten Zeiten zu einem Dauerzustand geworden. Sie hoffte trotzdem für ihre Mutter Sarah, dass er mit seiner Affäre wenigstens so diskret vorging, dass sie nichts davon mitbekam. Das würde sie sonst sicherlich zutiefst verletzen.

„Das ist erfreulich. Deine Mutter wird überglücklich sein, wenn ich ihr erzähle, dass du mit Robert ausgehst."

„Bitte, Dad, ich weiß nicht ..."

Ihr Vater strahlte sie dermaßen hoffnungsvoll an, dass sie es nicht wagte, direkt Nein zu sagen.

Sarahs Zustand war allerdings der Hauptgrund, warum sie überhaupt in Erwägung zog, Robert anzurufen. Sarah kämpfte seit Jahren mit ihren Stimmungsschwankungen und gerade war sie wieder in einem Tief.

„Danielle, du weißt doch, wie sie ist. Sie wünscht sich, dass du glücklich bist, und Robert ist so ein netter Junge."

Danielle wollte mit den Augen rollen, konnte sich aber gerade noch beherrschen. Bevor sie antwortete, holte sie tief Luft. Nett war leider die kleine Schwester von langweilig. Danielles Traumprinz sah anders aus, sie wollte einen charakterstarken Mann, der nicht nur attraktiv war, sondern ihr den nötigen Halt geben konnte. Sie suchte einen Gegenpol, zu dem sie auch aufschauen konnte und der sich nicht von ihr herumkommandieren ließ. Denn ihr war klar, dass sie die Menschen in ihrem Umfeld häufig manipulierte, um ihren Willen durchzusetzen. Insgeheim wusste sie, dass ihr Zukünftiger ihr die Stirn bieten können musste, damit sie glücklich werden konnte, denn immer zu bekommen, was sie wollte, war elend langweilig.

„Ich *bin* glücklich. Was sollte ein Mann daran ändern oder verbessern?" Sie hielt es für besser, dass ihr Vater nichts von ihren Gedankengängen erfuhr. Am Ende würde er es noch falsch verstehen und ihr einen störrischen Esel vorstellen, der ihr Leben kontrollieren wollte. So sehr sie sich auch nach Halt und Anlehnung sehnte, so wenig wollte sie in ihrer Freiheit eingeschränkt werden. Und wenn das ein Widerspruch war, dann blieb sie eben allein.

Charles legte ihr eine Hand an ihre Wange.

„Kleines, bitte, Sarah geht es nicht gut … Sie wünscht sich so sehr ein paar Enkelkinder, einen Mann an deiner Seite, der dich in der Firma unterstützen kann."

„Ich weiß", seufzte sie nun doch noch. Mehr gab es da nicht hinzuzufügen. Wo sollte sie die eierlegende Wollmilchsau herzaubern, der ihren Ansprüchen an einen potenziellen Ehemann gerecht wurde *und* ihren Eltern gefiel? Das Universum stellte keine derartigen Sonderanfertigungen zu. Jedenfalls bis jetzt nicht. Aber auf ein Wunder hoffen war schließlich immer noch erlaubt.

„Ich bin mir sicher, ihr beide werdet viel Spaß haben. Robert ist ein überaus intelligenter junger Mann." Ihr Vater legte ihr eine Hand auf die Schulter und die Wärme seiner Berührung gab ihr das geborgene Gefühl ihrer Kindheit zurück. Einen Moment lang genoss sie es, dann antwortete sie leise: „Ganz sicher. Ich spreche gleich mit ihm." Sie musste es ihren Eltern zuliebe mit Robert wenigstens versuchen. Ein Abendessen würde sie schon nicht umbringen.

„Danke. Ich weiß, es ist auch nicht leicht für dich. Ich bin ja die nächsten drei Tage in Frankreich, du hältst hier die Stellung, nicht wahr?"

Das warme Gefühl verpuffte und wich einem Grummeln in der Magengegend. Natürlich würde sie *die Stellung* halten, was so viel hieß, wie ihrer Mutter Tee zu kochen und Gebäck zu bringen, während er sich unter dem Deckmantel einer Geschäftsreise in einem Hotelbett mit seiner Geliebten vergnügen würde – wenn sie richtig lag mit ihrer Vermutung.

„Klar. Ich habe noch einiges auf dem Schreibtisch, Dad. Was gibt es denn in Frankreich so Wichtiges zu tun?"

Sie glaubte einen Moment, Verunsicherung in den Zügen ihres alten Herrn zu erkennen, aber nach einer Sekunde war er so selbstsicher wie immer.

„Ein paar Immobiliengeschäfte und Termine mit Handelspartnern, das Übliche. Todlangweilig. Ich würde viel lieber hierbleiben." Er zuckte mit den Schultern. Ganz sicher hatte er keinen Geschäftstermin geplant, das Adjektiv „todlangweilig" hatte er noch nie im Zusammenhang mit seiner Arbeit gebraucht. Immerhin, nun war sie schlauer, wenngleich damit noch nichts bewiesen war. Vielleicht ließ sich ja alles erklären. Danielle fühlte sich plötzlich unbehaglich in seiner Gegenwart. Einerseits wollte sie ihren Vater nicht decken, wenn er ihre Mutter hinterging, andererseits hatte sie keine handfesten Belege. Sie wollte weg. Diese Verdächtigungen waren ihr unangenehm. „Klar. Ich bin spät dran, Dad. Gute Reise."

Danielle küsste ihn auf die Wange und verließ so schnell wie möglich das Besprechungszimmer.

„Hab dich lieb, Kleines", hörte sie ihn noch sagen, obwohl sie schon fast außer Hörweite war.

„Ich dich auch, Dad. Bis nächste Woche dann!", rief sie ihm über die Schulter zu.

Danielle knallte ihre Sitzungspapiere auf ihren bereits übervollen Schreibtisch und ließ sich geräuschvoll in den weißen Designerbürostuhl fallen.

„Kein guter Tag heute?" Jill, ihre Sekretärin, brachte Danielle einen grünen Tee und ein vegetarisches Sandwich.

„Ach, Jill. Manche Tage sind wirklich … na ja. Könntest du mir die Nummer von Robert Goldwyn raussuchen? Ich muss kurz telefonieren."

Jill hob eine Augenbraue und legte den Kopf schief.

„Der Langweiler, den du nie wieder treffen wolltest?"

Danielle seufzte.

„Ja, genau der."

„Oh. Was hat zu diesem Meinungsumschwung geführt?"

„Mein Vater."

„Ach, na dann. Das ist natürlich ein Argument." Sarkasmus war das, was sie jetzt am wenigsten gebrauchen konnte. Ihre Sekretärin war in den letzten zwei Jahren zu so etwas wie einer Freundin geworden, deswegen nahm sie es ihr nicht übel. Trotzdem hatte sie momentan wenig Lust, die Diskussion über Robert zu vertiefen.

„Bitte, Jill, frag nicht. Gib mir einfach die Nummer, okay?"

„Natürlich, entschuldige. Wie dumm von mir." Jill schaute ein wenig beleidigt drein.

„Ist schon in Ordnung, du kannst ja nichts dafür. Wenn ich ehrlich bin, habe ich wirklich keine Lust, mich mit Robert zu treffen. Gerade jetzt, wo ich für *Every Life Matters* so viel vorzubereiten habe. Aber wenn ich will, dass mein Vater mich weiterhin bei meiner Wohltätigkeitsorganisation unterstützt, dann muss ich meinen Eltern zeigen, dass ich mir auch Mühe gebe, eine gute Tochter zu sein."

Danielle biss lustlos in das vor ihr liegende Sandwich. Es schmeckte nach Pappe.

„Du bist doch auch eine gute Tochter, wenn du nicht den perfekten Schwiegersohn mit nach Hause bringst, Danielle. Und warum lässt du das mit der Wohltätigkeit nicht einfach sein? Eine großzügige Spende pro Jahr würde doch vollkommen ausreichen. Und wieso überhaupt in China, das ist doch am anderen Ende der Welt!" Jill rieb sich über die Schläfen.

„Es ist kompliziert. Und du weißt, weshalb ich so viel Wert darauf lege. Ich dachte, wenigstens du würdest mich verstehen." Sie legte das Sandwich zurück auf den Teller.

„Entschuldige", erwiderte ihre Sekretärin matt.

„Was ist mit dir los?"

„Ach, diese blöde Migräne quält mich schon wieder."

„O nein, armes Ding! Dann solltest du zusehen, dass du nach Hause kommst."

„Meinst du wirklich? Aber es gibt doch so viel zu tun!"

„Du nützt mir doch nichts, wenn du halbkrank bist, Jill. Bitte, ich bestehe darauf."

„Dann werde ich noch ein paar dringende Sachen fertigmachen und leg mich dann zuhause ins Bett."

„Unbedingt. Und das an einem Freitag! Du wirst hoffentlich nicht das ganze Wochenende flachliegen."

Danielles Handy klingelte. Ihre Laune besserte sich schlagartig, als sie erkannte, dass ihre beste Freundin Julia aus Shanghai am anderen Ende der Leitung war.

Jill verabschiedete sich und zog die Tür geräuschlos zu.

„Julia! Wie schön! Wie geht's dir?", beantwortete Danielle den Anruf ihrer Freundin.

„Hi Danielle! Es ist so schön, deine Stimme zu hören! Mir geht's gut, bis auf diese Übelkeit. Stell dir vor, ich habe ständig einen Eimer bei mir, weil ich nie weiß, wann es mir das nächste Mal hochkommt."

„Igitt. Das klingt ja nicht so besonders ..."

„Angeblich soll es nach den ersten drei Monaten aufhören, also habe ich noch Hoffnung. Bei manchen dauert es aber auch länger. Aber ich bleibe mal positiv."

„Ich wünsche es dir. Die permanente Spuckerei muss fürchterlich sein. Wie macht sich Damian?"

„Er ist einfach perfekt. Ich bin so glücklich! Er müsste jeden Moment nach Hause kommen, wir wollen ausgehen. Ich hoffe, ich blamiere uns nicht und kotze dem Kellner vor die Füße."

„Ach, richtig. In Shanghai ist ja schon Abend! Ich bin ein wenig eifersüchtig auf ihn, du bist so weit weg. Ich vermisse dich so, Julia! Hier läuft mal wieder nichts, wie ich es will."

„Was ist los?"

„Ach, ich will dich damit nicht belasten, Sweetheart, nur so viel: Meine Eltern haben den perfekten Schwiegersohn für mich." Danielle seufzte und schlürfte von ihrem nur noch lauwarmen Tee.

„Schon wieder?" Julias klare Stimme war voller Mitgefühl.

„Ja, ich weiß", stöhnte Danielle gequält. „Hat dein perfekter Damian nicht zufällig einen ebenso perfekten Bruder, den du mir schicken kannst?"

Stille. Danielle fürchtete, dass Julia am anderen Ende aus der Leitung geflogen war. „Hallo, Julia? Bist du noch dran?"

Sie nahm das Telefon vom Ohr und schaute aufs Display, um sich zu vergewissern, dass das Gespräch nicht unterbrochen worden war.

„Das war doch nur ein Scherz. Du sollst mir ganz sicher nicht auch noch potenzielle Schwiegersöhne anschleppen!"

„Ähm. Bestell deinen Eltern doch einen lieben Gruß von mir, bitte, wenn du sie das nächste Mal triffst."

„Was ist das denn jetzt für ein merkwürdiger Themawechsel? Bist du noch dran, Julia? Hab' ich irgendwas Falsches gesagt? Ist auch wirklich alles okay bei dir? Wenn dieser Damian dir Kummer bereitet, verpasse ich ihm einen Tritt in den Hintern!"

„Nein, wirklich nicht", unterbrach sie Julia lachend. „Ich war einen Moment abgelenkt."

„Du klingst, als hättest du eine ganze Packung Tic Tacs im Mund, was machst du eigentlich?"

„Erwischt. Tic Tac ist das einzige, was gegen die Übelkeit hilft, deswegen ist mein Verbrauch in letzter Zeit gestiegen."

War das überhaupt möglich? Julia futterte auch ohne schwanger zu sein eigentlich ununterbrochen Tic Tacs quer durchs Sortiment. „Hm. Naja, mir wären längst alle Zähne weggefault. Du bist schon unglaublich."

Julia lachte. „Du auch, Süße. Wann sehen wir uns wieder? Du fehlst mir."

„Ich weiß nicht. Hast du dir mittlerweile überlegt, ob du bei *Every Life Matters* mit einsteigen willst? Dann könnten wir uns auch öfter sehen! Das wäre so toll!"

„Hm. Danielle. Also ich denke … Ja!"

„Was?!", rief Danielle überrascht ins Telefon. Sie hatte sich auf die hundertste Absage eingestellt. „Ehrlich? Du machst doch Witze!"

„Es ist doch eine gute Idee. Ich habe den Job im Hotel aufgegeben, weil ich das körperlich einfach nicht mehr schaffe, und ich brauche bis zur Geburt etwas zu tun! Ich kann mich doch nicht nur mit Hochzeitsplanungen beschäftigen."

„ Du bist schon eine! Ich könnte mir gut vorstellen, mich *ausschließlich* um das Planen meiner Hochzeit zu kümmern. Aber du und ich, wir haben da wohl andere Ansichten, hm? Und wieso arbeitest du nicht mehr im Hotel?"

„Diese ständige Kotzerei und es ist halt doch ein Knochenjob. *Und* Damian hat mich quasi überredet."

„Wie – dich? So einfach?"

„Um ehrlich zu sein, war es ein harter Kampf. Aber er kann sehr hartnäckig sein und das Wohl des Babys geht im Moment vor, das sehe ich auch ein. Selbst wenn es sich noch seltsam anfühlt so, hm, abhängig zu sein. Das wollte ich nie."

„Ich beneide dich. Also von mir aus könnte mich jemand schwängern, ich mache mir ein tolles Leben, kümmere mich um *Every Life Matters* und mein Mann sorgt für den Rest. Du bist ein Glückspilz, Julia!"

„Ich weiß. Und wenn das Baby alt genug ist, kann ich bei Stanhope Enterprises arbeiten, wenn ich das möchte. Ich denke, mit einem Kind werde ich die unregelmäßigen Arbeitszeiten im Hotelgewerbe nicht mehr mitmachen können."

„Das musst du doch auch nicht. Damian ist reich."

„Mir geht es bei meiner Karriere nicht um Geld, Danielle. Das müsstest du doch mittlerweile kapiert haben." Julia klang etwas beleidigt. Danielle hob kurz die Augen zur Decke, weil sie wusste, dass Julia sie nicht sehen konnte. Geld war und blieb zwischen den beiden Freundinnen ein heikles Thema. Danielle konnte einfach nicht nachvollziehen, warum Julia so vehement darauf bestand, alles alleine machen zu wollen. Aber sie wollte sich nach der guten Nachricht auch nicht mit ihr streiten, daher versuchte sie, angemessen zerknirscht zu klingen, als sie antwortete: „Entschuldige. So habe ich das doch nicht gemeint."

„Schon gut." Julia schniefte.

Weinte sie? Jetzt tat es Danielle wirklich leid, bestürzt zog sie die Schultern hoch. „Ach herrje! Du heulst doch nicht etwa, Sweetheart?"

„Es sind die Hormone. Ich flenne ungefähr zwanzig Mal am Tag. Ich muss nur Werbung anschalten und habe Pipi in den Augen. Nimm es nicht persönlich."

„Oh!", entfuhr es Danielle. Sie überlegte, ob sie Julia überhaupt jemals weinen gesehen hatte, außer das eine Mal, als sie sie in einer Nacht-und-Nebel-Aktion von dieser komischen Jagdveranstaltung abgeholt hatte. Normalerweise war Heulen ihr Job. Danielle war diejenige von den beiden, die ihre Gefühle meist offen zur Schau trug. Hormone also. Aber sie hatte ja keine Ahnung von Schwangeren und deren Sorgen.

„Es ist schon gut, ich hab mich wieder im Griff. So, was gibt's zu tun für die Charity?" Julia klang wieder ganz normal, fast fröhlich. Danielle entschied, der Sache nicht weiter nachzugehen. „Ähm. Ja. Also ich werde dir die Unterlagen per Mail schicken und demnächst haben wir ein paar Termine hier in London mit möglichen Investoren. Du kannst doch fliegen? Oder geht das nicht?"

„Kein Problem. Mein Arzt sagt, bis zur vierunddreißigsten Woche darf ich. Danach sollte man eher nicht mehr mit dem Flugzeug reisen."

„Toll! Ich kann dir gar nicht sagen, wie sehr ich mich auf mehr Zeit mit dir freue. Ich hatte die Hoffnung darauf schon beinahe aufgegeben!"

„Ich freue mich auch, dass wir bald wieder mehr Zeit miteinander verbringen. Oh, schon so spät! Süße, ich muss Schluss machen, Damian kommt gleich und ich bin noch nicht fertig. Ich steh hier noch im Bademantel rum. Wenn er mich so erwischt, kommen wir niemals mehr vor die Tür, sondern landen direkt im Bett."

„Ha! Das klingt ja scheußlich", kicherte Danielle. „Klar, wir telefonieren. Hab dich lieb."

„Ich dich auch! Bis bald!"

Danielle lehnte sich zufrieden zurück und trank den mittlerweile kalten Tee in einem Zug aus. Die Aussicht auf Julias Unterstützung stimmte sie fröhlich und gab ihr Auftrieb. Nach diesen tollen Neuigkeiten würde sie auch ein Telefonat mit Robert überleben.

Julia vergewisserte sich, dass die Verbindung getrennt war, und legte das iPhone zur Seite. Danielle einen Partner verpassen – das war überhaupt die beste Idee seit langem! Jetzt musste sie nur noch ein wenig über die Ausführung nachdenken. Sie strich sich über die winzige Wölbung ihres Bauches und grinste, als sie hörte, dass sich die Tür zum Penthaus öffnete.

„Hi Schatz! Wie war dein Tag?", rief sie ihrem eintretenden Freund entgegen.

Damian ließ seine dunkelbraune Aktentasche auf den Boden fallen und kam mit langen, dynamischen Schritten auf sie zu. Seine blaugrauen Augen strahlten, als er sie ansah.

„Mein Tag wird gerade jetzt wunderbar!" Dann küsste er sie leidenschaftlich, als hätten sie sich tagelang nicht gesehen. Ihr Körper reagierte wie immer sofort auf seine Nähe. Damian schaffte es mit einem simplen Kuss Wackelpudding aus ihren Beinen zu Machen.

„Damian, wenn wir loswollen, musst du aufhören", keuchte sie atemlos.

„Vielleicht bleiben wir auch zuhause …", seine Lippen strichen über ihren Hals und raubten ihr beinahe den letzten Funken Verstand.

„Warte doch mal kurz." Sie versuchte sich aus seinen Armen zu winden.

„Was ist? Alles in Ordnung mit dir? Dem Baby?" Sofort wich er etwas zurück und seine Miene drückte Besorgnis aus.

„Es ist alles gut. Aber ich habe gerade mit Danielle telefoniert und dabei kam mir die beste Idee des Jahres."

„Was könnte das sein?" Er runzelte die Stirn. „Willst du wieder davon anfangen, dass du doch lieber arbeiten möchtest? Julia, wir hatten diese Diskussion doch hundertmal in den letzten Wochen!"

„Nein, lass mich doch mal ausreden. Das ist ja fürchterlich, Mr. Überbeschützer!"

„Entschuldige!" Damian grinste zerknirscht. „Also, dann schieß mal los."

„Ich weiß jetzt, wie du dich an Lucas rächen kannst." Sie klang noch immer ein wenig atemlos.

„Aha, daher weht der Wind! Meine süße, kleine Intrigantin. Wenn ich gewusst hätte, was für ein durchtriebenes Frauenzimmer du tatsächlich bist ..." Er strich mit seinen Händen über ihren Rücken. Sie spürte seinen heißen Atem an ihrem Ohr, worauf ihr hormongesteuerter Körper mit einer Gänsehaut reagierte. „Aber jetzt, meine Schöne, will ich nicht über Lucas reden. Eigentlich will ich gar nicht reden. Jedenfalls nicht viel." Damians Hände liebkosten ihre Rückseite und er drängte sich näher an ihren Körper, sodass sie das eindeutige Zeichen seines Verlangens spüren konnte.

„Ach ja?", hauchte sie. „Was willst du mit mir tun?"

„Als erstes werde ich dich zur Ekstase bringen, bis du um Gnade flehst, und dann werde ich dich füttern, damit du nicht verhungerst."

Julia nestelte ungeduldig an seinem Hemd; sie konnte es kaum erwarten, dass er sein Versprechen in die Tat umsetzte. Über Lucas würden sie später reden.

Kapitel 2

London

Danielle drückte auf „Senden". Damit erhielt ihre Freundin die versprochenen Informationen zu *Every Life Matters*. Vermutlich würde Julia tausend Dinge zum Rumkritteln finden, aber daran war sie gewöhnt. Julia war ihr in einigen Punkten tatsächlich überlegen und Feedback daher willkommen. Auf ihrem PC blinkte eine Erinnerung: *Lunch mit Robert*. Mist. Den hatte sie bis eben erfolgreich verdrängt. Danielle kratzte sich an der Nase und überlegte, wie sie aus der Nummer noch herauskommen konnte. Krankheit vortäuschen ging schlecht, sie erfreute sich bester Gesundheit und niemand würde es ihr abnehmen, denn sie hatte ihrem Vater dummerweise von der Verabredung erzählt. Außerdem wäre es nur aufgeschoben, nicht aufgehoben. Sie holte Lipgloss aus ihrer Designertasche und schminkte sich die Lippen nach. Dabei fiel ihr ein, dass sie dringend noch einen Friseur- und Pediküretermin benötigte. Auf dem Galaabend übermorgen wollte sie offene Schuhe tragen, das war bei dem Zustand ihrer Füße momentan keinesfalls möglich.

„Jill, ich bin spät dran", rief sie ihr im Vorbeigehen zu. „Kannst du mir einen Termin bei Giorgio und zur Pediküre machen? Absoluter Notfall! Spätestens morgen!"

Jills blaue Augen folgten ihr auf dem Weg nach draußen.

„Klar, mache ich. Sonst noch was?"

„Danke, bist ein Schatz! Ich habe noch Sachen in der Reinigung, die müssten abgeholt werden. Ich hab' total die Zeit vergessen und weiß gar nicht, wie das wieder passiert ist."

„Ja, Danielle. Es ist doch wirklich das erste Mal, dass du zu spät kommst, nicht wahr? Hätte dir ja vielleicht etwas früher einfallen können, das wird jetzt echt nicht leicht."

Jill wirkte leicht genervt, lächelte aber einen Augenblick später. Dadurch konnte man die kleinen Lücken zwischen den beiden Schneide- und den angrenzenden Vorderzähnen sehen. Sie war ein hübsches Ding, dachte Danielle, unglaublich, dass sie noch Single war. Aber sie musste dringend was gegen ihre Migräne tun. Die Gute lag wirklich häufig flach in den letzten Monaten und das schlug ihr offenbar aufs Gemüt.

„Bis später!", rief Danielle und hinter ihr fiel die Glastür ins Schloss.

Shanghai

„Möchtest du noch einen Nachschlag, Lucas?", fragte Julia lächelnd. Obwohl sie strahlte, lagen dunkle Schatten unter ihren hübschen blauen Augen.

Er schüttelte den Kopf und klopfte sich auf den flachen Bauch. „Bitte nicht, ich kann nicht mehr! Es war wirklich ausgesprochen lecker, aber wenn ich noch einen Bissen nehme, platze ich."

Damian legte das Besteck zur Seite und strich Julia liebevoll über den Rücken. „Vielen Dank, Liebling. Das Essen war wirklich wunderbar."

Julias Gesichtsausdruck veränderte sich blitzartig und sie rannte davon. Damian zuckte mit den Schultern und antwortete auf Lucas' stumme Frage: „Hormone. In der einen Minute kann sie eine Tüte Lakritzschnecken essen und in der nächsten ist ihr schlecht und sie übergibt sich."

Lucas verzog den Mund. „Nach einer Tüte Lakritz müsste ich auch kotzen."

„Es ist eigentlich vollkommen egal, was sie isst, Lucas. Darum geht es gar nicht."

„Verstehe." Obwohl er keinen Schimmer hatte, was genau Damian meinte, versuchte er, verständnisvoll zu wirken.

„Ich weiß nicht … Hollywood stellt eine Schwangerschaft immer etwas anders dar, als ich es mit Julia erlebe. Ich hoffe, nach den drei Monaten wird es besser, die hat sie ja bald geschafft. Es geht ihr nicht gut." Damian presste die Lippen aufeinander und sah plötzlich abwesend aus. Lucas betrachtete ihn nachdenklich. Sein Bruder hatte sich sehr verändert, seit Julia in sein Leben getreten war. Es war offensichtlich, dass Damian endlich glücklich war, und Lucas freute sich darüber. Trotzdem konnte er nicht ganz nachvollziehen, wie so eine Beziehung funktionierte. Die beiden hatten nicht nur einen Gang zugelegt, sie waren direkt im fünften Gang gestartet. Noch bevor sie richtig zusammen gewesen waren, war Julia schwanger geworden, und ihr ganzes Leben veränderte sich nun für beide von Grund auf. Damian schien Gefallen daran zu finden, Lucas hingegen stellten sich die Nackenhaare auf, wenn er daran dachte, dass die beiden die Phase mit hemmungslosem, gedankenlosem Sex übersprangen und direkt zu Schwangerschaftsübelkeit, Windeln und Geschrei übergingen. Dann war es vorbei mit Spitzenunterwäsche und halterlosen Strümpfen, bald würde Julia nur noch überdimensionale Baumwollhöschen tragen und Sex hatten sie alle paar Wochen, Samstagabends oder so. Wenn überhaupt.

„Lucas, hörst du mir zu?"

„Äh, was hast du gesagt?"

„Dachte ich mir doch. Naja. Ich habe gesagt, dass ich dich zwar nicht zwingen kann, dich aber dringend darum bitte, dass du dieses Wohltätigkeitsding machst. Du siehst ja, wie es Julia geht, sie kann unmöglich nach London fliegen. Das wäre nicht gut für sie und das Baby."

Lucas' Hand, die auf dem Tisch lag, ballte sich und er presste kurz den Kiefer zusammen. Er warf seinem Bruder einen finsteren Blick zu, dann seufzte er. „Mein Gott, ja. Ich mache es. Aber nicht für dich, sondern für Julia."

„Danke, das weiß ich zu schätzen."

„Was weißt du zu schätzen, Damian?" Julia kam mit einer Schachtel Nougatpralinen in der Hand um die Ecke.

Sie war barfuß und das weiße Leinenkleid verhüllte ihre sexy Kurven an den richtigen Stellen. Damian hatte schon Glück mit Julia, das musste er seinem Bruder lassen, auch wenn er wirklich kein Interesse an einer festen Freundin hatte. Lucas runzelte die Stirn. „Du kannst schon wieder essen?"

„Das ist ja das merkwürdige, die Übelkeit geht so schnell, wie sie kommt. Verrückt, oder?" Sie schaute von einem Zwilling zum anderen. „Was war das gerade?"

Lucas hatte keine Lust auf ein Gespräch über das Charity-Ding, es reichte vollkommen, sich damit zu befassen, wenn er nach England flog. Und vielleicht kam er ja schneller aus der Nummer wieder raus als geplant. „Ähm. Ja. So, ihr beiden. Danke für die Einladung, aber ich habe heute noch was vor." Dabei grinste er anzüglich, denn er genoss sein Leben als Single und würde verdammt nochmal für die richtige Verhütung sorgen, damit ihm nicht das Gleiche passierte wie seinem drei Minuten älteren Bruder.

„Oh, du gehst schon? Wie schade. Aber es ist sicher langweilig, mit uns hier abzuhängen." Julia zwinkerte Lucas zu und schlang die Arme um Damians Hals. Vermutlich war sie gar nicht so traurig, dass er gehen würde. So, wie Damian sie anschaute, hatten die beiden eigene Pläne, und die würden nicht aus Fernsehen bestehen. Er grinste, drückte ihr einen Kuss auf die Wange und klopfte Damian auf die Schulter.

„Wenn du Nachhilfe brauchst, Bruder, ruf mich an. Ich bin mir sicher, ich kann dir noch was beibringen."

„Oh, Lucas. Danke für das Angebot, aber ich denke das ist nicht nötig." Julia grinste verschmitzt.

„Ciao, Baby. Dann bis bald." Lucas verschwand aus dem modern eingerichteten Penthaus und hoffte, dass er Glück hatte und nicht allzu lange auf ein Taxi warten musste. Sein Handy klingelte, das konnte nur bedeuten, dass er bereits vermisst wurde. Lucas grinste, sein Abendprogramm hatte bestimmt schon das Badewasser eingelassen.

London

Das Abendessen mit Robert war noch langweiliger als der Lunch in der Woche zuvor. Danielle fragte sich, wie oft sie ihn noch ertragen konnte, ohne schreiend davonzulaufen oder eine multiple Persönlichkeitsstörung zu entwickeln. Dabei sah er eigentlich nicht mal schlecht aus, wenn man rote Haare und Sommersprossen an einem Mann mochte.

„Danielle, meine Liebe, möchtest du noch ein Dessert? Ich habe gehört, der Schokoladenkuchen soll ganz hervorragend sein." Er sah nicht so aus, als ob er jemals Schokoladenkuchen zu sich nahm. Wenn auf jemanden die Bezeichnung „Bohnenstange" zutraf, dann auf ihn. Sogar unter einem Jackett konnte Robert seine Hühnerbrust nicht verbergen.

„Lieben Dank, aber ich kann wirklich nichts mehr essen."

„Ganz wie du möchtest. Darf ich dich noch in eine Bar auf einen Drink entführen? Ich habe gehört, die Blue Sky Bar im Montague Hotel soll ganz nett sein." Das würde sie keinesfalls überleben. Sie war so schon so weit, sich zu überlegen, ob ein Kloster nicht doch die bessere Alternative zu ihrem fortwährenden Männerproblem wäre.

„Robert, das würde ich wirklich schrecklich gerne, aber ich fürchte, bei mir kündigt sich eine schlimme Migräne an. In diesem Zustand ist es das Beste, ich gehe schnell nach Hause und lege mich gleich hin, dann kann ich vielleicht noch das Schlimmste verhindern."

Das war sogar nur halb gelogen. Roberts Ansichten verursachten ihr Kopfschmerzen. Er vertrat allen Ernstes die antiquierte Vorstellung, dass Frauen in einer Führungsetage nichts zu suchen hatten und grundsätzlich weniger Köpfchen besaßen als Männer. Wenn er schon mit einer Konzernerbin ausging, sollte er wenigstens so viel Hirn haben, dieses Thema ihr gegenüber zu vermeiden. Wie konnten ihre Eltern diesen Volltrottel nur *gut* finden?

„Wie du meinst. Dann werde ich mein Bestes geben und dich schnellstens nach Hause bringen. Entschuldige mich, ich bin gleich wieder zurück."

Robert stand auf, um die Rechnung zu begleichen, und aus der Entfernung konnte Danielle sehen, dass er nach den Mänteln verlangte. Gott sei Dank. Den Abend hatte sie bald überstanden. Sie musste sich dringend überlegen, wie sie ihn aus ihrem Leben streichen konnte, ohne dass ihre Eltern zu enttäuscht von ihr waren. Dabei konnte ihr gewiss eine bestimmte Person helfen. Danielle freute sich, dass Julia in Kürze in London sein würde, sie brauchte ihre Freundin ganz dringend. Sie würde wissen, wie sie Robert elegant ohne innerfamiliäre Zerwürfnisse loswerden konnte. Dabei dachte Danielle hauptsächlich an ihre Mutter; ihr Zustand war momentan wirklich beängstigend melancholisch. Sie schüttelte sich und schob den Gedanken beiseite. Für heute hatte sie genug Unerfreuliches hinter sich gebracht. Nach dem kurzen Abschied von Robert – denn er hatte natürlich darauf bestanden, sie persönlich nach Hause zu bringen – seufzte sie leise auf. Wenigstens war sie ihn jetzt los.

In ihrer Wohnung angekommen, wählte Danielle schnell die Nummer ihrer Freundin Suzie, um mit ihr den Abend durchzukauen. Leider erreichte sie nur ihre Mailbox. Danielle hinterließ eine kurze Nachricht, dass sie sich über einen Rückruf freuen würde, sie sollten sich unbedingt mal wieder treffen. Sie versuchte es noch bei zwei weiteren Freundinnen, aber natürlich waren alle auf der Piste und reagierten auch nicht auf WhatsApp-Nachrichten. Danach ging es ihr besser, auch wenn sie an einem Freitagabend lieber etwas anderes unternommen hätte, als alleine in ihrer Wohnung zu sitzen.

Kapitel 3

Eine heiße Dusche war das Beste, was es nach einem Lang-streckenflug gab. In diesem Moment fast besser als Sex, dach-te Lucas, während das Wasser über seinen athletischen Körper lief. Aber eben nur fast.

Er hatte sich am Ende seinem Schicksal gefügt und würde ein paar Termine für Julia wahrnehmen, bis sie wieder fit war. Wenn er sie richtig einschätzte, würde sie sicher nicht untätig bis zur Geburt des Babys in Damians Penthouse vereinsamen.

Sie hatte selbst gesagt, dass sich die nervige Schwanger-schaftsübelkeit normalerweise nach den ersten drei Monaten legte. Dass sie danach nicht mehr als Hotelmanagerin arbeiten wollte, leuchtete Lucas ein. Wenn Julia seine Partnerin wäre und sie ein Kind von ihm erwarten würde, würde er auch wol-len, dass sich die Mutter seines Kindes nicht überanstrengte, und nach allem, was er gehört hatte, war die Beschäftigung als Assistent Manager ein körperlich und emotional sehr fordern-der Job. Lange Arbeitstage, immer wieder Großveranstaltun-gen, anspruchsvolle Gäste und damit verbundener Stress. Diesbezüglich war er ausnahmsweise einer Meinung mit sei-nem Zwillingsbruder, Julia sollte sich besser schonen, wo es ihr gerade so schlecht ging.

Er lag gut in der Zeit, wobei es ihn eigentlich einen Dreck scherte, ob er zu spät kommen würde. Seine Motivation für *Every Life Matters* ging trotz seiner Zusage gegen null. Er wollte es so schnell wie möglich hinter sich bringen und hoff-te, dass die Initiatorin keine allzu einsame Mittfünfzigerin war, deren Liebesdefizit in Wohltätigkeit floss. Die Aufmerk-samkeit eines Mannes wie ihm wurde in solchen Fällen erfah-rungsgemäß schnell zum Therapieersatz. Lucas knöpfte seine

Jacke zu und klappte den Kragen hoch. Das Londoner Wetter hatte er ganz und gar nicht vermisst, aber im November konnte man in England nicht mit Sonnenschein und Frühlingstemperaturen rechnen. Er hatte Glück und erwischte prompt ein freies Taxi. Die Fahrt dauerte nicht lange und er genoss trotz des Wetters das Flair der Stadt. Er war zwar nicht in London, sondern in Berlin geboren worden, aber er fühlte eine tiefe Verbundenheit mit Englands größter Metropole.

Der Wagen hielt an und Lucas kramte in seiner Jacke nach einem Zwanzigpfundschein. Nachdem er den Taxifahrer bezahlt hatte, sprintete er in das Gebäude mit der Nummer 82, damit er nicht vollends durchnässt würde. Die Eingangshalle des Wohnkomplexes war beeindruckend – hochwertig und modern gestaltet. Lucas pfiff leise durch die Zähne, als er eintrat. Miss Fane hatte Geld, was nicht anders zu erwarten war, aber mit einer so modern designten Wohnanlage hatte er nicht gerechnet. Er musste sich allerdings eingestehen, dass er sich bis zum jetzigen Zeitpunkt *überhaupt* keine Gedanken über die bevorstehenden Termine gemacht hatte, geschweige denn, welchen Status die Personen hatten, die involviert waren. Lucas hatte es nicht für nötig befunden, seine Zeit mit Recherche und Vorbereitung zu verschwenden. Neben seinen Aufgaben bei Stanhope Enterprises und seiner Geliebten, einem süßen Model, hatte er in den letzten zwei Wochen wenig Zeit übrig gehabt. Sein schlechtes Gewissen deswegen hielt sich in Grenzen.

Er meldete sich beim Concierge als Besuch aus Shanghai an und wurde umstandslos zum Aufzug begleitet. Die Seiten waren verspiegelt und Lucas stellte fest, dass er mit der ausgewaschenen Jeans, dem dunklen Dufflecoat und dem vom Wetter zerzausten Haar mehr wie ein verarmter Student als wie ein Geschäftsmann wirkte. Da Miss Fane aber wahrscheinlich mindestens doppelt so alt war wie er und ihrem Schoßhündchen vermutlich mehr Zeit als ihrem eigenen Aussehen widmete, war ihm sein Erscheinungsbild heute herzlich egal. Nicht, dass er sonst viel Aufhebens um sein Outfit machte. Lucas legte da wesentlich mehr Wert auf das Aussehen seiner Begleitung als auf sein eigenes. Der Lift öffnete sich mit einem *Ping* und er trat in die oberste Etage des exklusiven Wohnhauses in Kensington. Zu seiner Überraschung stand die Tür des Penthauses offen. Zur Sicherheit betätigte er die Klingel; er wollte nicht für einen Herzinfarkt seiner Gastgeberin verantwortlich sein. Einige Sekunden später hörte er ein gedämpftes: „Komm rein, Sweetheart. Bin gleich fertig."

Die klare, melodische Stimme ließ Lucas kurz daran zweifeln, dass die Bewohnerin des Apartments alt und schrumpelig sein würde. Mit einem solchen Kosewort wurde er auch nur selten beim ersten Treffen begrüßt. Lucas zog seinen Mantel aus und warf ihn achtlos über einen mit dunklem Leder bezogenen Hocker, der im Eingangsbereich neben der Garderobe platziert war. Entweder hatte Ms. Fane mehrere Gäste geladen, oder sie besaß eine unglaubliche Anzahl an Jacken, Mänteln und Capes. Er wollte nicht in einer fremden Wohnung herumschnüffeln, daher ging er durch den hellen Flur in den offenen Wohnbereich, der geschmackvoll und sehr modern eingerichtet war. Die Ausstattung verstärkte seine Zweifel noch, dass hier tatsächlich eine betagte Dame lebte. Er wollte sich gerade auf das riesige Designersofa fallen lassen, als die vermeintliche Miss Fane um die Ecke huschte.

Sein Atem stockte und vermutlich gaffte er sie mit offenem Mund an, der sich aber sehr schnell zu einem breiten Grinsen verzog. Eine junge Dame stand vor ihm. Und zwar in Unterwäsche. Sie trug feinste schwarze Spitze mit pinkfarbenen Applikationen, die lediglich das Nötigste verhüllten. Sie war sehr zierlich, hatte endlos lange, wohlgeformte Beine und ihm schoss der Gedanke durch den Kopf, dass Champagner aus ihrem Bauchnabel himmlisch schmecken würde.

Lucas fand seine Sprache als erstes wieder.

„Wow, das nenne ich aber eine nette Begrüßung. Was für eine freudige Überraschung!" Der Tag nahm eine hervorragende Wendung. Miss Fane hingegen wirkte schockiert, ihre grünen Augen waren weit aufgerissen. Sie hielt eine Bürste in der Hand, die sie nun auf den beheizten Marmor fallen ließ.

„Was ist hier los? Wer sind Sie?!"

„Entschuldigung, ich dachte, wir seien verabredet?"

„Wer hat Sie reingelassen? Was wollen Sie von mir?"

Sie wirkte unsicher und wägte offenbar ab, ob er ein Einbrecher war, der sie gleich vergewaltigen würde, bevor er ihre wichtigsten Schätze raubte, oder ob er harmlos war. *Harmlos* war er ganz sicher nicht, aber er hatte es eher auf sie als auf ihre Habseligkeiten abgesehen. Miss Fane stand wie angewurzelt da und ihr Brustkorb hob und senkte sich schnell. Wenn er seine Hand über ihren Busen legen würde, könnte er wahrscheinlich ihren rasenden Herzschlag spüren. Ihm wurde ziemlich warm bei diesem sündigen Gedanken.

„Hm, wenn ich es mir so recht überlege, ja, was will ich von Ihnen? Der Anblick ist jedenfalls sehr vielversprechend." Lucas legte den Kopf schief und zwinkerte ihr zu. „Aber keine Angst, ich bin kein Frauenschänder. Ich komme wegen *Every Life Matters.* Ich gehe davon aus, dass ich die richtige Adresse bekommen habe? Julia ist normalerweise sehr zuverlässig."

„Was? Irgendwas läuft hier falsch. Ich muss etwas überziehen. Moment! Nicht bewegen!"

Damit drehte sich Danielle um und verschwand dahin, woher sie gekommen war. Lucas' Augen folgten ihren geschmeidigen Bewegungen und er genoss den Anblick ihrer knackigen Kehrseite. „Apfelpo" traf es ganz gut – Danielle Fane war im Besitz eines knackigen, perfekt modellierten Hinterns. Dass sich sein Tag so erfreulich entwickeln würde, hatte er wahrhaftig nicht erwartet. Sein Verhältnis zu „Wohltätigkeit" verbesserte sich gerade in Lichtgeschwindigkeit; er wollte Danielles Wohltäter sein und ihr viele schöne Stunden bescheren.

Lucas ließ sich gutgelaunt aufs Sofa fallen und strich sich durch die Haare. Anschließend breitete er seine Arme über der Lehne aus, schlug die Beine über und pfiff leise vor sich hin, während er auf die Rückkehr der zauberhaften jungen Dame wartete. Er fing gerade an, sich Sorgen zu machen, ob sie überhaupt wiederkommen würde, als sie plötzlich neben ihm stand. Leider züchtig gekleidet. Die junge Dame trug jetzt eine helle Jeans mit einem karierten Hemd, dessen Ärmel nach oben gekrempelt waren. Es betonte ihre schlanke Taille. Das kastanienbraune Haar hatte sie zu einem lockeren Knoten zusammengebunden, aus dem sich bereits einige Strähnen gelöst hatten, die ihr weich ins Gesicht fielen.

„So! Was machen Sie hier und wer sind Sie überhaupt?" Sie hatte die Arme auf ihre schmalen Hüften gestemmt und grüne Augen musterten ihn misstrauisch.

Lucas ließ sich nicht aus der Ruhe bringen, kniff die Augen aber ein wenig zusammen, bevor er antwortete: „Ich dachte, wir waren verabredet? Damian hat mir ausdrücklich diese Adresse und Ihren Namen mit besten Grüßen von Julia überreicht. Und ich muss sagen, ich bin sehr froh, dass ich hier bin, so, äh, *zuvorkommend* werde ich nicht oft bei einem ersten Treffen in Empfang genommen." Er grinste wieder.

Sie legte den Kopf schief und kratzte sich an der Nase. „Damian? Was soll das? Ich habe Julia erwartet und nicht Sie! Und jetzt beantworten Sie endlich meine Frage: Wer sind Sie, oder muss ich erst einen Wachmann rufen?"

„Ganz ruhig, Brauner. Ich bin Lucas Stanhope. Julia ist meine zukünftige Schwägerin und weil es ihr so schlecht geht, bin ich an ihrer Stelle hier. Und seien wir doch mal ehrlich, mit mir kannst du viel mehr anfangen als mit einer ständig kotzenden Schwangeren."

Danielle trat einen Schritt zurück und versuchte, diese Lageänderung zu verarbeiten. Das konnte nur ein Scherz sein, und zwar ein ziemlich schlechter. Sie konnte sich an das Telefonat mit Julia vor zwei Wochen sehr gut erinnern. Damals hatte sie spaßend zu ihr gesagt, dass sie Damians gutaussehenden Bruder schicken sollte, aber dass sie das wirklich machen würde?! Nein, dass es wirklich diesen Bruder *gab*. Diese Tatsache hatte ihre Freundin irgendwie komplett vergessen zu erwähnen, und das, obwohl sie mit Damian schon seit mehreren Wochen zusammen war. Danielle fühlte sich hintergangen und hochgenommen. Ihr Herzschlag beruhigte sich nur langsam.

Die Anwesenheit des – zugegebenermaßen ziemlich gutaussehenden – Kerls half ihr nicht dabei, die Contenance wiederzufinden. Bei der Erinnerung daran, dass er sie bereits in Unterwäsche (zwei Ausrufezeichen) gesehen hatte, schoss ihr erneut das Blut in die Wangen. Prüde war sie nicht, aber in Bezug auf ihre Arbeit hatte Danielle doch ein anderes Verständnis von Professionalität. Dieses schloss ein Tête-à-Tête in Spitzenhöschen eindeutig aus. Als der Concierge sie angerufen und ihr mitgeteilt hatte, dass der Besuch aus Shanghai auf dem Weg nach oben wäre, hatte sie natürlich angenommen, dass Julia gekommen wäre und nicht Julias potenzieller *Schwager*. Nie im Leben hätte sie sonst die Tür zu ihrem Penthaus offengelassen, während sie noch nicht vollständig angezogen war!

„Das kann überhaupt nicht sein! Wieso hat sie mir denn nichts davon gesagt?"

Lucas blaugraue Augen blitzten sie amüsiert an. Sie ärgerte sich über sein selbstgefälliges Grinsen. „Vielleicht sollte ich eine Überraschung werden. Für mich war es jedenfalls eine sehr angenehme Überraschung."

Er zog eine Augenbraue nach oben und grinste anzüglich. Gegen ihren Willen musste sie zugeben, dass er mit seinen perfekten Zähnen, den markanten Gesichtszügen und den zerzausten, dunkelblonden Haaren verdammt gut aussah. Leider war er dabei auch noch ziemlich arrogant und unverschämt. Ganz offensichtlich wusste er nur zu gut, was für eine sexy

Ausstrahlung er hatte. Lucas Stanhope repräsentierte genau die Art Mann, die sie auf keinen Fall gebrauchen konnte, deswegen musste sie ihn schnellstens wieder loswerden.

„Für mich war es mitnichten eine freudige Überraschung. Ich bin immer noch schockiert. Sie können doch nicht einfach in eine fremde Wohnung kommen!"

„Ich habe dich in Unterwäsche gesehen, ich glaube, das ‚Sie‘ können wir uns sparen. Und die Tür war offen. Nur zu deiner Erinnerung, ich habe sogar geklingelt, bevor du mich aufgefordert hast, reinzukommen."

„Aber nur, weil ich dachte, du wärst Julia!", zischte sie.

Lucas überging das. „Jetzt, wo ich schon mal da bin: Willst du mir nicht was zu trinken anbieten?"

„Hä?"

„Gehört sich das nicht so?"

„Mein Gott, ich fasse es nicht! Erst kommt Julia nicht und dann schicken sie mir *dich* als Ersatz?"

„Wie bitte? Ich muss schon sagen, wo sind deine Manieren? Bist du nicht eine Tochter aus gutem Hause?"

„Bei Typen wie dir kann man seine Manieren getrost vergessen."

Danielle stiefelte aufgebracht in die Küche und holte eine Flasche Wasser und zwei Gläser aus dem Schrank. Als sie sich umdrehte, stand Lucas hinter ihr. Danielle erschrak und ließ das Glas fallen. Er war viel zu nah. Ehe sie wusste, was sie tat, hatte sie ihm eine geknallt. Der Reflex war schneller gewesen, als sie hatte denken können. Gleichzeitig nahm sie wahr, dass er frisch roch. Sie kannte das feinwürzige, maskuline Aftershave, es war ihr Lieblingsduft: *Nightflight* von Joop. Vermischt mit Lucas' eigener Note verwirrte es ihre Sinne und ihr Puls schnellte weiter in die Höhe.

Lucas war nicht zurückgewichen und schaute mit leicht zusammengekniffenen Augen auf sie herunter. „Hab ich dich erschreckt, Danielle?"

„Verdammt. Musst du dich so anschleichen?", zischte sie, um Fassung ringend. „Ich glaube, wir brauchen ein paar grundsätzliche Regeln hier!"

„Autsch. Sehe ich aus, als würde ich viel von *Regeln* halten?" Lucas wich einen halben Schritt zurück und rieb sich übertrieben leidend über die Wange. Ziemlich schnell war ihr klargeworden, dass er genau die Sorte Mann war, die Regeln nur kannte, um sie zu umgehen. Wütend holte sie eine Kehrschaufel aus dem Schrank und fegte die Überreste des Glases auf, dabei zitterten ihre Hände leicht. Verflucht! Sie wollte nicht nervös sein. Wenn Robert nur einen Hauch von Lucas hätte, könnte sie sich vermutlich damit anfreunden, ihren Eltern eine gute Tochter zu sein und sich öfter mit ihm zu treffen. Schockiert hielt sie inne. Sie musste bescheuert sein. Wie kam sie denn auf so eine dumme Idee?

„Was ist?", fragte Lucas, der sich, ohne eine Einladung abzuwarten, auf einen der Barhocker gesetzt hatte.

„Nichts", erwiderte sie leicht genervt und kippte die Scherben in den Müll. Zum Glück konnte er keine Gedanken lesen. Er durfte auf keinen Fall mitbekommen, dass er auf sie die gleiche Wirkung hatte wie wahrscheinlich auf so ziemlich jede Frau dieses Planeten. Julia ausgenommen, die hatte ihren Prinzen gefunden. Aber ihr Kerl hatte ja den gleichen Genpool wie der arrogante Adonis vor ihr, also kein Wunder.

„Was weißt du überhaupt über das Projekt?", versuchte sie abzulenken, als sie ein weiteres Glas aus dem Schrank holte und Wasser eingoss. Sie nahm einen großen Schluck, ihr Mund fühlte sich trocken an. „Hast du wenigstens die Informationen gelesen, die ich Julia geschickt habe?"

„Leider hatte ich noch keine Gelegenheit dazu."

Sie stöhnte auf und knallte das Wasser auf die Theke. Einen Moment fürchtete sie, das Glas würde zerbersten, es schwappte aber lediglich etwas über. „Warum muss ich mir das hier antun? Das ist doch nicht auf Julias Mist gewachsen!"

„Hey, kein Grund, mich deswegen zu ertränken."

Dieser aufgeblasene Gockel! „Ahhhhhhhhhh. Ich fasse es nicht!" Danielle nahm ein kariertes Geschirrtuch von der Arbeitsfläche und wischte die kleine Pfütze weg. Lucas umfasste ihr Handgelenk und zog sie neben sich, ihr das nasse Tuch aus der Hand nehmend.

„Komm schon, so schlimm bin ich wirklich nicht. Ich kann ganz nett sein, wenn ich will. Zeig mir doch einfach die Unterlagen, ich bin ein schlaues Kerlchen und habe eine rasche Auffassungsgabe."

„Du bist vor allem ziemlich von dir überzeugt, denke ich." *Und mir viel zu nah*, fügte sie im Stillen hinzu und trat einen Schritt zurück.

„Wenn du es schon nicht bist, dann muss ich es wenigstens sein. Also, was ist jetzt mit den Infos?"

Am liebsten wäre es ihr gewesen, wenn Lucas Stanhope umgehend aus ihrem Apartment und ihrem Leben verschwinden würde, aber sie brauchte Unterstützung und die Investorentermine waren längst vereinbart. Deswegen hatte sie sich ja so über Julias Zusage gefreut, denn Danielle schwante, dass ihr Businessplan fachmännische Expertise nötig hatte. Während sie schweigend ihr Notebook aufklappte und die verschiedenen Dateien öffnete, fürchtete sie Lucas' Urteil. Gleichzeitig ärgerte sie sich darüber, dass es sie überhaupt scherte, was er von ihr hielt. Sie straffte ihren Rücken und nahm sich vor, das Ganze auf sachlicher Ebene zu diskutieren. Sie ahnte, dass sie Probleme mit Kritik von seiner Seite haben würde, dafür war er einfach zu selbstsicher und arrogant. Und viel zu gutaussehend.

„Was haben wir denn hier?" Lucas drehte den Computer in seine Richtung. Ihre Erläuterungen zu den Folien und Tabellen hatte er wohl nicht nötig. Hätte sie doch nur Anthonys Rat angenommen und ihn das ganze überarbeiten lassen! Mit dem Finanzchef der Fane Trading hätte sie sicher weniger Scherereien gehabt als mit diesem selbstgefälligen Idioten neben ihr. Aber nein, sie wollte ja auf Julia warten, jetzt war es zu spät. Ihr Fehler.

„Ich wollte dir gerade erklären, dass ..."

„Danke, aber ich mache mir lieber selbst ein Bild."

„Bitte, wie der Herr wünschen!", schnappte sie. Seine selbstherrliche Art nervte sie wirklich. Da konnte er noch so gut aussehen.

Nachdem er zehn Minuten mehr oder weniger schweigend durch das Informationspaket quergelesen hatte und nur der ein oder andere Seufzer von ihm zu hören war, wurde Danielle richtig nervös. Als Lucas das Notebook schließlich zur Seite schob und die Hände auf seine athletischen Oberschenkel legte, war ihre Anspannung ins Unermessliche gewachsen. Sie hatte so lange an diesem Projekt gearbeitet.

„Es tut mir leid, Danielle, aber damit können wir unmöglich zu einem Investorentermin gehen."

Sie musste sich verhört haben. Klar, man musste noch an der ein oder anderen Ecke etwas feilen, aber ...

„Der Businessplan ist ein Witz. Da schaut dir ein Banker einmal drauf und sagt dann: ‚Dankeschön, das war's!'. Von der Argumentation mal abgesehen. Tut mir leid, aber wenn das Ganze nicht komplett überarbeitet wird, können wir uns jegliche weitere Zeit sparen."

„Na, wunderbar. Das machst du dir ja einfach. Ich brauche dich nicht; wenn du keinen Bock auf das Projekt hast, dann kannst du gehen. Ich hab schon mitbekommen, was für ein Typ Mensch du bist."

„Mach mal halblang. Ich gebe dir einen Rat und du beschimpfst mich gleich!"

„Danke. Und Tschüss. Ich brauche dich nicht." Sie hob eine Hand, um ihm zu verdeutlichen, dass er überflüssig war.

„O doch. Und du weißt es." Er grinste selbstgefällig.

Mistkerl, stöhnte Danielle innerlich.

Danielle sah wirklich süß aus, wenn sie sich aufregte. Überhaupt war sie ganz entzückend, genau seine Kragenweite. Nachdem er sich einen Überblick über das Investorenpaket verschafft hatte, war ihm klar, dass Danielles Qualitäten weniger im Bereich Kostenrechnung und Businesspläne lagen. Das spielte ihm in die Hände. So, wie er die Sache sah, konnte er noch etwas retten und ihr damit zeigen, was für ein toller Kerl er war. Was am Ende zu seinem Ziel führen würde: Danielle ins Bett zu bekommen.

„So einfach nicht, junge Dame. Ich habe Julia schließlich versprochen, dir zu helfen, und wie ich eben gesehen habe, komme ich gerade noch rechtzeitig. Aber ich muss dir ehrlich sagen, die Präsentation reicht nicht mal für 'nen Kleingartenverein und der Kostenplan ist eine Katastrophe.“

Er spürte, dass Danielle unsicher war, was ihre Unterlagen anging. Lucas versuchte, hier den Hebel anzusetzen: „Es ist aber kein Weltuntergang. Du hast Glück, dass du mit mir einen sehr kompetenten Mann an deiner Seite hast. Ich würde sagen, du gibst mir die Dateien und ich sehe nachher, was ich daran verbessern kann.“

Danielle schwieg und kratzte sich schon wieder an der Nase. „Warum sollte ich das tun?“

„Weil du willst, dass das Projekt erfolgreich wird? Glaub mir, ich bin im Moment deine einzige Hoffnung.“ Das war noch nicht mal gelogen. Deswegen tippte er mit dem Zeigefinger auf ihre Nasenspitze und bewunderte dabei ihre hohen Wangenknochen. Ihre Blicke trafen sich und er verlor sich einen kurzen Moment im Grün ihrer Augen.

„Okay.“ Danielle seufzte.

„Siehst du, das ist mein Mädchen.“ Er klopfte ihr freundschaftlich auf die Schulter. Sie fühlte sich äußerst zart an. Danielle weckte in ihm aus irgendeinem Grund das Bedürfnis, sich um sie zu kümmern. Ein völlig unbekanntes Gefühl, das ihn zutiefst verwirrte. Vielleicht hätte er nach der langen Reise doch noch etwas schlafen sollen; der Jetlag setzte ihm offenbar mehr zu als er sich zugestand.

„Ich bin ganz sicher nicht *dein* Mädchen!" Danielle schüttelte seine Hand ab, beugte sich über den Laptop und speicherte die Dateien auf einem USB-Stick ab. Dabei streifte ihr Unterarm seinen und kleine elektrische Schläge schlängelten sich bis zu seinen Nackenhaaren nach oben. Miss Fane übte eine außergewöhnliche Anziehungskraft auf ihn aus und er wollte sie eher früher als später haben. Obwohl sie zierlich gebaut war und damit seinen Beschützerinstinkt weckte, machte sie einen durchaus robusten Eindruck auf ihn, und wenn er richtig lag, war sie ein besonders leidenschaftliches Exemplar ihrer Gattung.

„*Noch* nicht, meine Süße."

„Niemals!" Danielles grüne Augen funkelten kampflustig.

„Sag niemals nie, Baby!"

„Oh. Mein. Gott. Ich kotz gleich. Du hast wohl zu viel James Bond geschaut. Nur dass du nicht im Entferntesten so attraktiv bist wie Daniel Craig!" Danielle kratzte sich an ihrer geraden, schmalen Nase und zog die Stirn kraus.

„Ach was. Anabolika und Falten sind die einzigen Attribute, die Mr. Craig auszeichnen. Naja, wie dem auch sei. Ich finde, ich habe eine etwas freundlichere Behandlung verdient, Miss Fane." Er imitierte einen beleidigten Gesichtsausdruck.

„Und wie kommst du zu dieser irrsinnigen Annahme?", fauchte sie.

„Ich habe gerade einen Langstreckenflug hinter mir, bin total übermüdet und erkläre mich dennoch bereit, *Every Life Matters* zu Investoren zu verhelfen. Das sind gleich eine ganze Handvoll Argumente." Damit hatte er sie, er konnte es sehen. Danielle ließ die Schultern sinken und blickte zu ihm auf. „Na gut, okay. Ich bin freundlich und du hörst auf, dich wie ein selbstgefälliger Idiot zu benehmen, dann können wir miteinander klarkommen."

„Wunderbar, um unsere Freundschaft zu besiegeln, schlage ich vor, dass wir erst mal 'nen Happen essen gehen, und dann setze ich mich an die Überarbeitung."

Sie sah nicht gerade begeistert aus, nickte aber schließlich doch. „Fein. Aber in dem Aufzug geh ich sicher nicht aus."

„Was ist daran schlecht? Du siehst doch gut aus."

„In dem alten Fetzen?", antwortete sie leicht abwesend. Danielle runzelte die Stirn, als ob sie den Inhalt ihres Kleiderschranks im Geiste durchgehen würde. Sie schien darin auf die Schnelle nichts zu finden, was ihr gefiel, denn schließlich meinte sie resigniert: „Naja, gut. Aber damit geh' ich maximal zu Don Enzo, der hat mich auch schon in schlimmerer Verfassung gesehen."

„Puh. Meinetwegen. Hauptsache, wir kommen heute noch los, für mich ist es schon weit nach Mitternacht. Ich komme eben aus Shanghai."

„Wir müssen auch *gar* nicht essen gehen, wenn du so unglaublich müde bist."

„Die Diskussion hatten wir doch schon, Baby. Du bist nett zu mir und ich bin nett zu dir. Dann klappt es auch mit dem Projekt. Und jetzt habe ich wirklich Hunger."

„Hat dir schon mal jemand gesagt, dass du einen guten Erpresser abgeben würdest?"

„Nein, noch nie. Komm, lass uns gehen." Lucas grinste und legte ihr eine Hand auf den Rücken, um sie sanft aber bestimmt Richtung Tür zu schieben. Er war zwar hundemüde, aber mit viel Kaffee würde er noch eine Weile durchhalten, und die Gelegenheit, die süße Danielle näher kennenzulernen, wollte er sich keinesfalls entgehen lassen.

Lucas' Hand hinterließ eine brennende Spur auf ihrem Rücken. Wenn er glaubte, dass sie eine weitere Kerbe auf seinem Weiberholz abgeben würde, hatte er sich allerdings schwer geschnitten. Danielle hatte null Interesse an einem flüchtigen

Stelldichein mit einem Womanizer und den hatte sie mit Lucas Stanhope zweifelsohne vor sich. Deswegen nahm sie sich vor, zwar höflich zu ihm zu sein – sie wollte schließlich seine Erfahrung für *Every Life Matters* nutzen – ihm sonst jedoch nicht zu nahe zu kommen. Das Abendessen war ein Übel, das sie in Kauf nehmen musste, wenn sie wollte, dass er tat, was ihrem Projekt, *ihrem Baby*, diente. Wenn sie das richtig sah, war Lucas mindestens genauso fähig wie Julia, wenn nicht gar kompetenter, was die Überarbeitung ihrer Unterlagen anging. Sie musste ihm ja nicht gleich auf die Nase binden, dass sie den Master nur dank Julias Hilfe geschafft hatte.

Auf dem Weg nach draußen winkte sie Frank, dem Concierge, und folgte Lucas in den Regen. Normalerweise ließ sie Frank ein Taxi für sie rufen, aber das Alphamännchen hatte natürlich nicht vor, sich auf die Hilfe anderer zu verlassen. Lucas Stanhope war die Sorte Mann, bei der sie sich jetzt schon fragte, wie sie die Termine mit ihm überleben sollte, ohne einen Nervenzusammenbruch zu kriegen ...

Sie warteten bereits fünf Minuten im strömenden Regen, bevor sie sich den ersten Kommentar erlaubte: „Meinst du, das wird heute noch was? Der Concierge könnte einfach ein Taxi rufen. So mache ich das sonst auch immer, dann würde ich mir hier draußen auch nicht den Tod holen, es ist nämlich kalt hier. Und nass."

Lucas drehte sich verärgert zu ihr um. Im Gegensatz zu ihr hatte er keine Kapuze und sein Haar war bereits komplett durchnässt. Zwischen zusammengebissenen Zähnen presste er mühsam hervor: „Weiber! Euch kann man es nie Recht machen. Und jetzt stell dich nicht so an!"

„Da, da!", rief Danielle. „Da ist ein leeres Taxi!"

Als Lucas sich umdrehte, war der schwarze Wagen schon vorbeigefahren. Ohne zu stoppen.

„Verdammt! Wenn du nicht dauernd rumnörgeln würdest, hätten wir schon längst eines."

„Das ist ja wohl die Höhe!" Danielle trat einen Schritt nach vorne und schubste ihn zur Seite. „Du bist ein fürchterlicher Idiot. So macht man das, sieh genau zu!"

Sie warf die Kapuze in den Nacken und stellte sich einen Meter auf die Straße. Es dauerte tatsächlich keine dreißig Sekunden, da stand ein fahrbereites Vehikel vor ihnen, das bereit war, sie an ihr Wunschziel zu bringen.

„Steig ein, oder willst du dir ein eigenes suchen? Du fährst wohl zu oft mit Chauffeur. Keine Ahnung, der Mann, wie man sich ein Taxi holt." Sie unterdrückte den Impuls, zusätzlich noch eine Siegesfaust in die Höhe zu recken, konnte es sich aber nicht verkneifen, ihn wenigstens sarkastisch anzugrinsen.

„Ich glaube, ich hasse dich, Danielle." Lucas stieg grummelnd in den Wagen. Ein herber Schlag für sein Ego, wie es aussah. Diesem Macho eine Lektion zu erteilen, dass Frauen auch selbst klarkamen, war irgendwie zutiefst befriedigend.

„Das beruht auf Gegenseitigkeit, da brauchst du dir keine Sorgen zu machen", erwiderte sie gutgelaunt.

Die Fahrt dauerte knappe zehn Minuten, in denen weitestgehend Schweigen herrschte. Beide waren vertieft in die wichtigen oder unwichtigen Neuigkeiten auf ihren Smartphones. Nachdem sie ausgestiegen waren und Lucas nach einem kleinen Kampf das Taxi gezahlt hatte, folgte er Danielle, die mit drei Küsschen von Enzo begrüßt wurde. Das kleine italienische Restaurant war eines ihrer Lieblingslokale und normalerweise kam sie nur mit wirklich guten Freunden hierhin, aber heute machte sie eine Ausnahme, ein bisschen aus Bequemlichkeit, ein bisschen aus Berechnung. Hier, unter den Augen von Enzo, konnte sie den Weiberheld sicherlich besser in Schach halten und auch den Frieden mit Lucas wahren. Sie wollte, dass eine gute Atmosphäre zwischen ihnen herrschte, alles andere würde *Every Life Matters* unnötig gefährden.

Lucas war überrascht, dass Danielle ihn zu diesem rustikal eingerichteten Italiener gebracht hatte. Er schätzte sie eher so ein, dass sie mit flüchtigen Bekannten – zu denen er definitiv (noch) gehörte – in hippere, weniger familiäre Lokalitäten gehen würde. Enzo führte die beiden zu einem ruhigen Tisch im hinteren Teil des Restaurants. Aus den uralten Lautsprechern tönte Eros Ramazzotti und die rotkarierten Tischdecken zauberten italienisches Flair nach Kensington. Es gefiel ihm auf Anhieb.

„'ier, bitte. Die Weinkarte füre Signore oder Signora?", fragte Enzo.

„Darf ich uns einen Wein aussuchen, oder macht Madame das auch lieber selbst?", stichelte Lucas in ihre Richtung.

„Wie du magst. Darauf lege ich keinen großen Wert."

„Hätte ja sein können." Lucas klappte die Weinkarte auf und studierte das Angebot.

„Und, findest du was? Du wirkst auf mich nicht so, als ob du ein großartiger Weinkenner wärst." Sie hatte die Stirn leicht gerunzelt und kratzte sich dabei an der Nase. Lucas hatte diese kleine Marotte jetzt schon öfter beobachtet und fand es zu süß, weil sie es immer nur machte, wenn sie verlegen war oder log.

„Ich habe sehr viele versteckte Qualitäten, von denen du noch keine Ahnung hast. Aber wir sind ja erst am Anfang unserer Bekanntschaft."

Danielle lächelte zuckersüß.

„Eingebildet bist du zum Glück überhaupt nicht."

„Nein, eigentlich nicht." Er schmunzelte und wählte einen Pinot Grigio.

Nachdem Enzo frischgebackenes Brot und Olivenöl gebracht hatte, gaben sie ihre Bestellung auf. Danielle hatte sich für Penne all' Arrabiata entschieden und Lucas wollte die Spaghetti Carbonara testen.

„Sehr gut, du magst es also scharf, Baby? Chili ist weithin als Aphrodisiakum bekannt. Hast du vielleicht doch noch etwas vor heute?"

Danielle rollte mit den Augen. „Falls ja, dann sicher nicht mit dir", konterte sie leicht genervt. Sie breitete eine weiße Baumwollserviette über ihrer Jeans aus und strich sie glatt.

„Wie schade! Aber na gut. Wir haben es ja nicht eilig, nicht wahr? Vielleicht musst du mich erstmal etwas näher kennenlernen. Aber sag mal, wie kommt es, dass dir diese Charity so am Herzen liegt?"

Danielle schwieg einen Moment. Sie schien zu überlegen und starrte ihn abschätzend an. Als sie dann den Mund aufmachte, hatte Lucas das Gefühl, sie würde ihn testen. „Als Kind habe ich einige ziemlich brutale Dinge in China mitangesehen und ich bin im Gegensatz dazu sehr behütet aufgewachsen. Dass meine Familie nicht arm ist, ist dir sicher auch bekannt. Da liegt es nur nahe, dass ich versuche, Menschen, besonders Kindern, zu helfen, die nicht so privilegiert sind wie ich."

„Sehr interessant. Wohlhabende Person mit edlem Herz – ich dachte, das gibt's nur in Romanen."

„Da ist doch nichts Edles dran!" Sie nahm sich ein Stück Brot aus dem Korb.

„Und was springt dabei für dich raus?" Lucas goss etwas Olivenöl auf beide Brotteller.

„Was ist das denn für eine blöde Frage? Schnösel! Hast du jemals in dankbare Kinderaugen gesehen, die ohne deine Hilfe keine Chance auf ein besseres Leben, eine medizinische Behandlung oder eine warme Mahlzeit hätten? Dann wüsstest du, warum ich es mache." Danielle tauchte ein Stück Brot in das Öl und steckte es sich in den Mund.

„Ich hatte in meinem Leben bisher ziemlich wenige Berührungspunkte mit Kindern, wenn ich ehrlich bin." Lucas trank einen Schluck Wein. Er schmeckte gut, eisgekühlt und nicht zu trocken.

„Ja, du bist sicher wohlbehütet aufgewachsen und total verwöhnt worden, schon klar. Wer denkt da schon daran, dass andere es vielleicht nicht so gut haben? Damit bist du nicht allein." Danielle spielte mit dem Brot zwischen ihren Fingern.

„Aber jetzt bin ich ja da, oder?" Er grinste sie an. „Das macht mich doch zu einem besseren Menschen." Er nahm sich nun auch ein Stück Brot aus dem Korb und roch daran, bevor er es in das Olivenöl tauchte.

„Das wird sich zeigen." Danielles grüne Augen musterten ihn wachsam. Eine Gänsehaut kroch an seiner Wirbelsäule nach oben. Danielle Fane reizte ihn und er konnte es kaum erwarten, mehr Zeit mit ihr zu verbringen.

Enzo brachte die zwei Teller mit den Pastagerichten und bot beiden frischgeriebenen Parmesan und schwarzen Pfeffer an. Danielle verneinte, aber Lucas nickte zustimmend.

Für die restliche Zeit des Dinners hielt sich Lucas bewusst zurück und versuchte, von Danielle mehr über *Every Life Matters* zu erfahren. Nach dem Abendessen verabschiedeten sie sich mit einem Kuss auf die Wange und fuhren mit getrennten Taxis davon. Obwohl er sehr müde war und sich nach seinem Bett sehnte, nahm Lucas sich vor, die Unterlagen vollständig zu überarbeiten. Er würde sich die Nacht um die Ohren schlagen; ein kleines Opfer, um bei Danielle Eindruck zu schinden. Das heiße Fräulein mit dem Herz für Kinder hielt ihn für einen Aufschneider; wenn sie ihn an ihr Höschen lassen sollte, musste er sie überraschen, überzeugen. Lucas grinste, als er die Tür zu dem altmodisch eingerichteten Zweizimmerapartment aufschloss. Seine Befürchtungen hatten sich nicht nur in Luft aufgelöst, nein, er hatte eine im wahrsten Sinne des Wortes reizende Aufgabe vor sich.

Kapitel 4

Es war bereits nach zehn und von Lucas war noch keine Spur zu entdecken. Sie hätte sich denken können, dass man sich auf ihn nicht verlassen konnte. Genervt beantwortete Danielle eine SMS von Robert, der sie am Abend zum Essen ausführen wollte. Sie hatte darauf überhaupt keine Lust und fragte, um eine direkte Absage zu vermeiden, an welche Uhrzeit er gedacht hatte.

„Schau nicht so böse, das gibt Falten."

Danielle fuhr erschrocken herum. Lucas hatte sich lautlos in ihr Büro geschlichen. Ihr Herz pochte heftig.

„Was? Wie bist du denn hier reingekommen?"

Sie musste zu ihrem Bedauern feststellen, dass Lucas im dunkelblauen Anzug und weißen Hemd verdammt sexy aussah. Das leicht zerzauste Haar und der Dreitagebart ergänzten seinen verwegenen Look irgendwie perfekt, als ob er direkt dem Cover von Men's Health entsprungen wäre.

„Deine Sekretärin war so freundlich", grinste er sie an.

„Ach ja? Na gut. Und warum kommst du so spät?" Sie bemerkte, dass ihre Stimme schrill klang. Himmel, sie war doch sonst nicht so!

„Ruhig Blut, jetzt bin ich ja da. Irgendwann muss auch ich wenigstens zwei Stündchen schlafen, Baby. Ich habe die ganze Nacht an den Unterlagen gearbeitet und mir einen Kaffee verdient …" Er schaute sie herausfordernd an und setzte dann nach: „Kaffee?"

Sie blickte schuldbewusst auf die Tastatur ihres Notebooks. Wie unhöflich von ihr! Danielle räusperte sich und stand lächelnd auf, ihre Hände strichen die Falten ihres dunkelgrauen Pencilskirts glatt.

„Selbstverständlich, entschuldige. Wenn du hier Platz nehmen möchtest?" Sie zeigte auf eine moderne Ledergarnitur in der Ecke des Büros. „Bin gleich wieder da." Danielle verschwand hastig ins Vorzimmer. Jill war etwas zu beschäftigt mit ihrem Bleistift; Danielle war klar, dass die Ohren ihrer Sekretärin ziemlich lang geworden waren und sie jedes Wort mitgehört hatte, das Lucas und sie gewechselt hatten.

„Wärest du so freundlich, uns Kaffee, Wasser und etwas Gebäck und Obst zu bringen? Es wird eine Weile dauern. Besten Dank, Jill."

Jill stand lächelnd auf und zupfte sich ihren Minirock zurecht. Für Danielles Geschmack war der einen Tick zu kurz und die Absätze ihrer Pumps zu hoch fürs Büro. Leider hatte sich ihre Sekretärin in den letzten Wochen nun schon öfter im Kleiderschrank vergriffen. Danielle würde ein Wörtchen darüber verlieren müssen, welcher Kleidungsstil im Büro angemessen war, aber jetzt musste sie sich um Lucas kümmern. Den ganzen Morgen war sie ungewohnt angespannt gewesen, der Grund saß in ihrem Büro. Hoffentlich hatte er die Investorenpräsentation nicht verschlimmbessert. Seufzend schloss Danielle die Tür hinter sich und setzte sich auf einen der Sessel. Lucas saß ihr ganz entspannt mit übereinandergeschlagenen Beinen gegenüber und verfolgte jede ihrer Bewegungen. Er machte sie nervös. Ein völlig ungewohntes Gefühl; sonst war sie es, die den Männern den Kopf verdrehte. Sie würde sich von Lucas Stanhope fernhalten. Nach den angesetzten Investorenterminen sollte der Weiberheld so schnell wie möglich aus ihrem Leben verschwinden. Wenn sie eines nicht brauchen konnte, dann einen Draufgänger wie ihn.

„Gut, willst du mir nicht zeigen, was du geschafft hast?"

„Du hast es aber eilig. Kommst du immer so schnell zur Sache?" Lucas grinste anzüglich.

Danielle rollte mit den Augen. „Du hast wirklich nur das Eine im Kopf – komm mal runter. Das zieht nicht bei mir."

„Ach, ich bin sonst nie so. Nur bei schönen Frauen wie dir", scherzte er lächelnd. Lucas holte sein Notebook aus der dunklen Ledertasche und klappte es auf.

„Aber ganz wie du möchtest. Erst die Arbeit, dann das Vergnügen. Es dauert nur eine Sekunde."

Die Tür öffnete sich und Jill kam mit einem Tablett in Danielles Büro. Voller Widerwillen verfolgte Danielle, dass Lucas die Beine ihrer Sekretärin offenbar ziemlich reizvoll fand. Jill brauchte erstaunlich lange, um die zwei Kaffeetassen und den Rest abzustellen. Dabei beugte sie sich so weit nach vorne, dass Lucas fast den Kopf in ihren Ausschnitt legen konnte. Jills Interesse an ihrem Gesprächspartner war eindeutig. Irgendwie störte es Danielle. Vor allem, dass Lucas den Ausblick in Jills Dekolleté ebenfalls ziemlich spannend zu finden schien.

„Vielen Dank, Jill. Wir haben zu tun, wenn du uns alleine lassen würdest?"

„Natürlich, Danielle, bin schon weg."

Jill machte aus ihrem Büro einen Catwalk und stolzierte auf den mörderischen Absätzen davon. Unfassbar. Vielleicht sollte sie doch eher früher als später ein Wörtchen mit ihr über passendes Benehmen und Kleiderordnung im Büro reden.

„Nette Sekretärin hast du da", kommentierte Lucas augenzwinkernd Danielles stille Kritik. Sie hatte ihren Gesichtsausdruck offenbar keineswegs im Griff, wenn sogar ihm auffiel, dass ihr Jills Auftritt sauer aufstieß.

„Ich warne dich. Du lässt die Finger von Jill, sie arbeitet für mich und eine Beziehung zwischen Geschäftspartnern und Angestellten ist in diesem Hause tabu."

„Du kannst ja ein ganz schöner Spielverderber sein ... Aber weißt du, Danielle, ich habe gar kein Interesse an Jill. Ich will nämlich dich."

Er hatte es so beiläufig gesagt, als würde er über das Wetter sprechen, aber sein Blick sprach Bände und fuhr ihr durch

Mark und Bein. Danielles Puls schnellte in die Höhe und ihre Wangen brannten. Schnell senkte sie die Augen und hob die Kaffeetasse an, um ihre Unsicherheit zu überspielen. Leider zitterten ihre Hände unkontrolliert. Sie hoffte inständig, dass Lucas es nicht mitkriegte.

„Mich wirst du aber nicht bekommen. Ende. Können wir dann anfangen?" Sie versuchte, ihre Fassung wiederzuerlangen und nicht daran zu denken, wie es wäre, mit Lucas Stanhope verbotene Dinge zu tun. Der Mann hatte einen extrem durchtrainierten Körper, das konnte sie auch erkennen, ohne dass er sich auszog. Seine Hände waren schlank und kräftig und sie versuchte sich *nicht* vorzustellen, wie sie sich auf ihrer Haut anfühlen würden.

Als sie aufblickte, sah sie, dass er grinste. Schon wieder.

„Ich glaube, dein Körper sieht das anders. Siehst du, wie schnell du atmest? Deine Wangen sind gerötet, dein Herz schlägt vermutlich unregelmäßig …"

„Ach, halt doch die Klappe! Ich will von dir nichts anderes, als dass du den Job machst, wie Julia es mir versprochen hat!" Sie stellte die Tasse geräuschvoll ab und kratzte sich an der Nase. Dass er es genau auf den Punkt gebracht hatte, sollte er niemals erfahren, unter gar keinen Umständen.

„Na gut. Erst die Arbeit, dann das Vergnügen. Hatte ich kurz vergessen. Das leuchtet mir ein, Baby."

„Und hör endlich auf, mich ‚Baby' zu nennen."

„Klar. Was soll ich sagen? Für ‚Darling' ist es noch zu früh, oder was meinst du?"

„Nein! Äh – Idiot! Dann sag doch, was du willst. Hauptsache das wird heute noch was mit den Dateien. Morgen haben wir den ersten Termin!"

„Ganz wie du meinst, Zuckerpuppe." Mit dieser erneuten Provokation drehte Lucas den Computer in Danielles Richtung und setzte sich auf die Lehne ihres Sessels. Wieso hatte sie keinen großen Bildschirm in ihrem Büro? Jetzt musste sie seine Nähe schon wieder ertragen. Glücklicherweise machte Lucas keine Anstalten, sie weiter zu bedrängen, und blieb äußerst professionell. Aber der Duft seines Aftershaves war so intensiv, dass sie Mühe hatte, sich zu konzentrieren.

Nach einer Weile hatte sie sich so weit gefasst, dass sie Lucas' Ausführungen folgen konnte. Sie musste zugeben, dass das, was er in den paar Stunden verbessert hatte, unglaublich gut war. Er hatte was auf dem Kasten. Er war also nicht nur gutaussehend, sondern auch noch intelligent. Fatale Kombination. *Denk dran, Danielle, Schürzenjäger und Aufschneider*, ermahnte sie sich stumm. Sie erinnerte sich auch wiederholt daran, dass sie ein gutes Mädchen sein wollte und ein Mann wie Lucas nur Ärger bedeutete. Vielfachen Ärger.

Außerdem würden ihre Eltern einen Mann wie Lucas sicher nicht gutheißen. Ihre Gedanken führten sie in eine gefährliche Richtung. Das Wichtigste war doch, dass sie kein Interesse an Lucas entwickeln würde, was ihre Eltern dachten, war daher von vornherein völlig irrelevant. Mit dieser Erkenntnis verpasste Danielle sich einen imaginären Tritt in den Allerwertesten und schaffte es, sich auf die Unterlagen zu konzentrieren. Erstaunlicherweise verlief die restliche Vorbereitung für den Investorentermin reibungslos. Lucas hielt sich mit unprofessionellen Kommentaren zurück und Danielle lauschte gespannt seinen Ausführungen zu den Überarbeitungen, die er vorgenommen hatte. Zum Lunch brachte Jill ein paar Sandwiches und frischen Kaffee, glücklicherweise unterließ sie es dieses Mal, Lucas ihren Ausschnitt ins Gesicht zu drücken.

Am frühen Nachmittag gähnte Lucas unterdrückt. Bis dahin hatte sie es vermieden, genauer hinzusehen, um keinen Rückfall zu erleiden, nun sah sie, dass dunkle Schatten unter seinen Augen lagen. Er musste dringend etwas schlafen. Sie glaubte gerne, dass er bis in die Morgenstunden durchgearbeitet hatte. Das Informationspaket war grandios geworden. Damit konnten sie die Investoren hoffentlich leicht überzeugen.

„Und, bist du zufrieden mit mir?" Lucas unterdrückte ein Gähnen. Er musste dringend ins Bett, sonst würde er den guten Eindruck sofort wieder verspielen.

„Ich muss zugeben, du hast mich ein wenig überrascht. Es ist wirklich toll geworden."

Strike! Innerlich gratulierte sich Lucas zu seiner Taktik – der Plan war also aufgegangen. Er grinste müde. „Sehr schön. Dann musst du jetzt nur noch deinen Text für morgen lernen, Baby. Wenn du Sehnsucht hast, ruf mich einfach an." Er erhob sich und schloss den obersten Knopf seines Jacketts. Ein paar grüne Augen tadelten ihn wortlos. „Wir sehen uns dann morgen Vormittag, Pünktlich um zehn. Sagen wir lieber fünf vor. Die Adresse maile ich dir noch."

Lucas machte einen Schritt auf Danielle zu und küsste sie zum Abschied auf die Wange. Dabei nahm er ihren Rosenblütenduft wahr. Sie roch verführerisch und er unterdrückte den Impuls, sein Gesicht in ihrem Haar zu vergraben.

„Bis morgen, Baby."

Danielle verdrehte die Augen. Er wusste, dass es sie nervte, wenn er sie so nannte, genau deswegen hielt er daran fest.

„Schlaf dich ordentlich aus. Und ...", sie kratzte sich an der Nasenspitze, „danke."

Lucas deutete einen Diener an und erwiderte, bevor er das Büro verließ: „Immer zu Ihren Diensten, Mylady."

Als er die Tür zu Danielles Büro hinter sich zuzog, überflog er das Vorzimmer mit den Augen. Jills Flirtangebot war ihm nicht entgangen, aber nun war sie nicht an ihrem Platz. Den Weg nach draußen würde er auch ohne ihre Hilfe finden, aber er hätte sie gerne etwas über Danielles Vorlieben ausgefragt. Das musste er dann wohl auf ein andermal verschieben. Als er um die Ecke bog, stieß er fast mit einem Gentleman mittleren Alters zusammen, der offenbar in Gedanken noch ganz woanders war. Lucas kannte den Gesichtsausdruck eines frischgevögelten Kerls und sein Gegenüber sah genau so aus.

„Hoppla, Verzeihung!"

„Entschuldigen Sie bitte. Und Sie sind?" Der Mann hatte sich schnell wieder im Griff. Lucas streckte ihm die Hand entgegen. „Mein Name ist Lucas Stanhope, ich hatte einen Termin mit Miss Fane."

Sein hochgewachsenes, schlankes Gegenüber zog fragend eine Braue nach oben, bevor er antwortete. „Sie hat mir gar nichts von einem Termin erzählt." Es klang irgendwie vorwurfsvoll in Lucas' Ohren. Er fragte sich, mit wem er es zu tun hatte. Ausgehorcht zu werden, ohne selbst den Fragenden namentlich zu kennen, war ihm selten passiert. Er entschied sich aber dafür, weiter höflich zu bleiben, auch wenn die Chemie zwischen ihnen nicht auf Anhieb passte. „Vielleicht hat sie es vergessen?", versuchte er das Gespräch am Leben zu erhalten, ohne unfreundlich zu werden.

„Das kann ich mir kaum vorstellen." Sein Gegenüber runzelte die Stirn. Mit seinem silbergrauen Haar, den Lachfältchen um die Augen und dem maßgeschneiderten Anzug sah der Gentleman wirklich gut aus für sein Alter. Lucas hatte irgendwie den Eindruck, dass das Misstrauen des Mannes keinen geschäftlichen Hintergrund hatte. Die beiden hatten doch wohl nicht etwas miteinander? Danielle würde kaum mit so einem alten …? Das hätte auch gar nicht zu seiner vorigen Annahme gepasst, daher verwarf Lucas den Gedanken sofort wieder. Es wäre auch zu absurd gewesen.

„Dann kennen Sie sie vielleicht nicht so gut, wie Sie dachten?", stichelte Lucas dann doch.

„Ich bitte Sie! Vielleicht war der Termin auch einfach nicht so wichtig, dass er hätte erwähnt werden müssen."

Die Luft zwischen den beiden wurde immer dicker. Irgendwas stimmte jedenfalls nicht.

„Was ist denn hier los? Dad?"

Dad! Erleichterung durchströmte Lucas. Wie dämlich von ihm! Natürlich, ihr Vater! Da hätte er auch gleich drauf kommen können! Lucas war sich darüber im Klaren, dass Väter im Allgemeinen nicht besonders viel von ihm hielten, denn Lucas hatte nur eines im Sinn, Heirat ausgeschlossen. Welcher Vater wollte seine Tochter schon mit einem Lebemann wie ihm sehen? Aber das kümmerte ihn nicht im Geringsten. Schnell fand er seine lockere Art wieder.

„Danielle, ich bin mit deinem Vater auf dem Gang kollidiert. Glücklicherweise ist nichts passiert. Er wunderte sich nur, dass er nichts von unserem Termin wusste."

Die Männer musterten Danielle von rechts und links.

„Dad, ich hab dir doch von den Vorbereitungen für *Every Life Matters* erzählt", half sie ihm auf die Sprünge. Eine verräterische Röte zog sich über ihre Wangen.

„Das hast du. Aber du hast mir gesagt, dass du das mit Julia machen würdest." Es klang vorwurfsvoll. Danielle kratzte sich an der Nase, bevor sie antwortete.

„Julia kann nicht. Die Schwangerschaft ist zu anstrengend. Das hier, ich meine, Lucas, ist ihr Ersatz."

Lucas wurde von Mr. Fane gescannt, als ob er kaum glauben könnte, was Danielle ihm gerade erzählt hatte. Es missfiel ihm, wie ein Stück Fleisch behandelt zu werden. Andererseits, wenn Danielle *seine* Tochter wäre, würde er auch aufpassen, dass sie Jungs wie ihm fern bliebe.

„So ist es. Ich möchte nicht unhöflich sein, aber ich bin gestern erst aus Shanghai angekommen und der Jetlag hat mich doch noch ganz schön im Griff. Wenn Sie mich entschuldigen würden?"

„Genau, Lucas. Jetzt ruh dich lieber aus, morgen wird ein aufregender Tag."

Als aufregend hätte er Investorenpräsentationen nicht gerade bezeichnet, aber er runzelte nur die Stirn und enthielt sich einer Antwort.

Mr. Fane räusperte sich vernehmlich. „Ja. Nun gut. Stanhope sagten Sie?"

Es wurde definitiv Zeit zu gehen. Dass er ein Sprössling der weithin bekannten Stanhope-Familie war, würde Mr. Fane alleine herausfinden müssen.

„Genau. Auf Wiedersehen, Danielle, Mr. Fane. Ich denke, ich finde den Weg allein." Lucas nickte höflich und setzte seinen Weg fort, dabei spürte er die Blicke von Vater und Tochter im Rücken. Im Gehen zückte er sein Smartphone und checkte die verpassten Anrufe. Während er auf den Aufzug wartete, schickte er eine Nachricht an seinen Kumpel Oliver, dass er nicht, wie ursprünglich geplant, nach Monaco kommen würde. Aller Wahrscheinlichkeit nach würde Oliver richtig sauer sein, aber das kümmerte Lucas im Moment herzlich wenig. Danielle ins Bett zu kriegen, hatte für ihn oberste Priorität. Die Frau reizte ihn wie kaum eine zuvor.

„Wieso hast du mir nicht gesagt, dass Julia nicht kommt? Deine Mutter hatte sich auch darauf eingestellt."

„Ich wusste bis gestern selbst nichts davon."

„Und wer ist dieser Lucas Stanhope?"

„Dad, bitte! Müssen wir das hier auf dem Flur besprechen? Du kannst gerne mit in mein Büro kommen."

„Äh. Ich war gerade auf dem Weg ..."

„Na gut. Du musst auch *nicht* mit in mein Büro kommen. Ich dachte eigentlich immer, dass es dir dort gefällt. Aber es gibt sowieso nicht viel zu sagen und eigentlich wollte ich gleich los. Dinner mit Robert." Danielle wusste, dass sie ihren Vater damit gnädig stimmen würde, außerdem wollte sie nicht weiter über Lucas reden.

„Oh, wie schön. Na, dann will ich dich nicht aufhalten. Ruf doch Sarah kurz an, ja?"

„Natürlich, mache ich."

Sie hatte so große Lust auf ein Abendessen mit Robert wie auf hundert Mückenstiche, aber er war so hartnäckig gewesen und da sie wusste, dass er den Segen ihrer Eltern bekommen würde, wollte sie es noch einmal versuchen. Vielleicht würde es ja heute spannender sein als beim letzten Treffen.

„Gut, meine Kleine. Dann wünsche ich dir viel Spaß."

Ihr Vater drückte ihr einen Kuss auf den Scheitel und setzte seinen Weg fort. Danielle nahm einen ihr unbekannten Geruch an ihm war. Er hatte doch nicht nach zwanzig Jahren sein Aftershave gewechselt? Oder hatte er …? Nein! Er würde sich doch nicht tagsüber mit seiner Geliebten zu einem Stelldichein treffen! Sie blickte ihm nach und sein Anzug sah etwas zerknittert aus. Danielle schauderte beim Gedanken daran, was ihr Vater am Nachmittag womöglich getrieben hatte. Sie musste der Sache bald auf den Grund gehen. Aber heute nicht mehr. Jetzt musste sie mit Robert fertigwerden.

Kapitel 5

Lucas führte sich auf wie ein Neandertaler, dabei hatte er sich gestern im Büro von einer viel besseren Seite präsentiert. Heute war davon nichts mehr zu spüren. Danielle hatte größte Mühe, sich nichts anmerken zu lassen. Aber den Investoren schien der Beau zu gefallen. Natürlich hatte er einen Bonus, der einzig und alleine im Namen Stanhope begründet lag. Von seinem Bruder Damian und deren Vater sprachen sie nur in höchsten Tönen. Dass Danielle dabei von Lucas wie seine persönliche Assistentin behandelt wurde, die er zudem noch mit anzüglichen Kommentaren überzog, ging ihr gewaltig gegen den Strich. Das hier war *ihr* Projekt und nach dem Termin würde sie ihm gehörig die Leviten lesen. Gerade jetzt war er wieder dabei, einen seiner Machosprüche loszulassen. Danielle krampfte ihre Finger um den Kugelschreiber und lächelte. Verfluchter Mistkerl!

Glücklicherweise dauerte die Sitzung gerade mal neunzig Minuten und die potenziellen Investoren waren begeistert. Wenigstens etwas.

„Das ist doch ganz gut gelaufen", stellte Lucas gutgelaunt fest, als sie das Gebäude verließen.

„Ja, es ist wirklich gut gelaufen. Aber musst du dich ernsthaft aufführen wie ein Vollidiot?"

Natürlich hatte Danielle etwas dagegen einzuwenden, dass er das Ruder übernommen hatte. Aber er kannte die Männerwelt besser als das verwöhnte Töchterchen aus gutem Hause; die zwei Finanzmänner hätten sie gegrillt. Er würde damit allerdings auf Granit beißen, denn sie würde ihm kein Wort glauben. Deswegen entschied er sich für eine andere Strategie.

„Manchmal muss man eben auch ein Idiot sein, um zu seinem Ziel zu kommen. Haben wir nicht am Ende eine vorläufige Zusage bekommen?"

Er legte ihr eine Hand auf die Schulter, die bei der Berührung prickelte. Sie schüttelte sie aber viel zu schnell wieder ab.

„Erzähl doch keinen Käse, du Machoschwein! Es ist widerlich, wie du dich da drin benommen hast. Noch ein sexistischer Spruch mehr und ich hätte mich übergeben!"

„Na, na. So schlimm kann es doch nicht gewesen sein."

„Doch! Schlimmer!"

„Du tust mir unrecht, Baby."

„Siehst du! *Baby*! Pah!"

Danielle stöckelte davon und Lucas bewunderte ihre wohlgerundeten Waden. Er konnte es kaum erwarten, ihr zartes Fleisch zu küssen.

„Warte doch mal!"

„Ich habe echt genug von dir."

Mit ein paar schnellen Schritten hatte er sie eingeholt und lief neben ihr her.

„Komm schon. Ein Glas Champagner auf unseren Erfolg."

„Ich glaube nicht, dass wir etwas zu feiern haben."

„Jetzt tust du mir aber wirklich unrecht."

„Denke ich nicht. Es war grauenhaft!"

„Und wenn ich Besserung gelobe?" Er schielte nach links, um ihre Reaktion zu beobachten. Sie zögerte einen Moment, das war gut.

„Komm schon. Ein Glas Schampus und beim nächsten Termin mache ich weniger Sprüche. Bitte!", setzte er nach.

„Mein Gott, du nervst echt. Total. Aber wenn es sein muss. Von mir aus." Sie zuckte mit den Schultern und stöhnte, verlangsamte ihren Gang aber keineswegs.

„Toll! Das ist doch schon mal ein Anfang. Ich weiß auch schon, wo wir hingehen."

„Wenn du glaubst, dass aus einem Drink mehr wird, dann hast du dich geschnitten. Also bringen wir es hinter uns."

„Das klingt eher nach Folter als Freude."

„Es ist auch kein Spaß für mich."

„Für mich aber."

„Na wunderbar, dann hat ja wenigstens einer was davon."

„Ich kenne einen netten Laden, ganz in der Nähe."

„Ich brenne darauf, ihn kennenzulernen." Danielle kratzte sich an der Nase und verlangsamte ihr Tempo.

Lucas legte ihr den Arm um die Schultern und bog mit ihr um die Ecke.

„Jetzt werd nicht gleich zudringlich, okay!"

„Gib doch zu, dass du mich magst."

„An Selbstvertrauen mangelt es dir ja nicht gerade."

„Hab ich auch nie behauptet. Da sind wir schon. Das war doch nicht weit, wie versprochen."

Lucas öffnete die Tür des Gebäudes und führte sie zum Lift.

„Die Bar befindet sich in der obersten Etage, die Aussicht von da oben ist einmalig."

„Versuchst du gerade, mir die nächsten fünfzehn Minuten schmackhaft zu machen?"

„Das hab' ich doch gar nicht nötig", grinste er sie breit an. Danielles Wangen färbten sich leicht zartrosa, sie hielt seinem Blick nicht stand. Diese Augen machten ihn verrückt. Sie kramte in ihrer Handtasche. „Geh schon mal vor. Ich muss noch mal telefonieren."

„Hey, aber nicht weglaufen!"

„Ich stehe zu meinem Wort. Bin gleich da." Danielle sprang aus dem Lift, kurz bevor sich die Tür wieder schloss.

Lucas stand da wie bestellt und nicht abgeholt, hoffte aber, dass sie Wort hielt und nachkam. Er wollte es keineswegs bei einem Glas Champagner belassen. Er hatte für den restlichen Nachmittag nur ein Ziel und konnte sich kaum etwas Besseres vorstellen, als die Zeit mit Danielle zu verbringen – im Bett.

„Julia, ich bringe dich um. Er ist unmöglich! Wie konntest du mir das nur antun? Das werde ich dir nie verzeihen!"

„Ach, Danielle, so schlimm?"

„Schlimmer, schlimmer! Ich dreh' durch. Du hättest dabei sein müssen! Ein Alptraum, der Typ. Wie konntest du mir das antun?!" Sie übertrieb keineswegs. Lucas war unmöglich und sie musste ihn loswerden.

„Hat er seine Sache nicht gut gemacht? Ich habe gehofft, er könnte dich bei der Präsentation unterstützen, er ist wirklich ein intelligentes Kerlchen."

„Daran liegt es ja nicht. Das Infopaket hat er wirklich toll hingekriegt. Aber seine Art ist unmöglich! Es geht nicht. Macho ist meilenweit untertrieben. Damit kann sich *Every Life Matters* nicht profilieren."

„Gib ihm bitte eine Chance. Er ist wirklich nett."

„Nett?" Danielle lachte laut. „Das ist kein Adjektiv, das mir im Zusammenhang mit Lucas einfällt. Arrogant, eingebildet, selbstverliebt, sexistisch, ja, das schon. Aber nett? Die Hormone schlagen dir wohl aufs Hirn!"

„Jetzt werd mal nicht fies, Süße."

„Warum hast du ihn nicht angekündigt, Julia? Hattest du Angst, ich würde mir jemand anderen suchen? Das war fies, um bei den Tatsachen zu bleiben!"

Julia lachte verlegen. „Ach, ich konnte hier wirklich kurzfristig nicht weg, mir ging es zu schlecht und Lucas war bereit einzuspringen. Ich wollte nur, dass dein Projekt trotzdem auf die Beine kommt. Gibst du ihm eine Chance? Mir zuliebe? Bitte!!"

Danielle konnte ihrer Freundin selten widerstehen, wenn sie so anfing.

„Ich weiß nicht …"

„Glaub mir, er wird dir *ganz* viel helfen!"

„O Mann, ihr habt doch alle eine Meise. Was kommt als nächstes? Eine einsame Insel?"

„Nein, das hatten wir schon."

„Stimmt. Ja. Ich erinnere mich."

„Der nächste Termin läuft bestimmt besser. Glaub mir."

„Dein Wort in Gottes Ohr. Ich muss Schluss machen, ich habe noch einen Termin."

„Mit Lucas?"

„Nein, natürlich nicht."

„Gut, dann bis bald, Süße, ja?"

„Ja, ich vermisse dich. Mach's gut, Sweetheart. Und er kriegt *eine* Chance. Wenn er wieder so unter die Gürtellinie geht, ist er raus!"

„Tschüss, Danielle. Alles wird gut."

Danielle legte auf. Ihr war selbst nicht ganz klar, weshalb sie Julia angelogen hatte, aber damit würde sie sich später auseinandersetzen. Jetzt musste sie mit dem Beau fertig- und ihn so schnell wie möglich wieder loswerden. Auf dem Weg nach oben zog sie ihren Lippenstift nach und rückte Bluse und Rock zurecht. Auch wenn sie es niemals zugegeben hätte, war sie ein klitzekleines bisschen aufgeregt. Das hier war kein Date, völlig klar, aber es fühlte sich irgendwie an wie eines. Sie rief sich in Erinnerung, dass sie nur auf die gelungene erste Sitzung anstoßen wollten. Mehr nicht.

Julia grinste breit. Danielle hatte sie angelogen; ein eindeutiges Zeichen dafür, dass sie Interesse an Lucas hatte. Die Antwort „Natürlich nicht" hieß nämlich bei Danielle genauso viel wie: „Es geht dich nichts an und ich will noch nicht darüber reden." Die beiden kannten sich gut genug, dass Julia jede Nuance ihrer Stimmungen lesen konnte, auch ohne ihr Gesicht zu sehen. Dabei konnte sie es ihrer Freundin nicht verdenken; Lucas war, mal abgesehen von seinen Weibergeschichten, ein absoluter Traummann:

gutaussehend, intelligent und äußerst erfolgreich. Julia fand, dass Danielle genau die Richtige dafür war, ihm die Flausen auszutreiben. Das hatte sie auch schon mit Charlotte besprochen, seiner Mutter. Auch wenn sie Charlotte keine Details und Namen verraten hatte, aber bei ihr hatte es genügt zu erwähnen, dass in Bezug auf Lucas' Liebesleben bald was passieren würde. Charlotte lag nämlich kaum etwas mehr am Herzen, als ihre beiden Söhne unter der Haube zu sehen. Sollte es also erforderlich sein, härtere Geschütze bei Lucas aufzufahren, würde sie in Charlotte eine Verbündete haben, die ihr bei der Kuppelei half. Übelkeit stieg plötzlich in Julia hoch und sie rannte zum Badezimmer. Diese leidigen Schwangerschaftsnebenerscheinungen waren äußerst ermüdend. Hörte das denn nie auf?

Lucas begann sich gerade zu fragen, ob Danielle ihre Meinung geändert hatte, als er sie aus dem Lift kommen sah. Normalerweise kam er wegen der atemberaubenden Aussicht in den Skytower, aber heute hatte er nur Augen für Danielle. Er verfolgte ihre Bewegungen und sah sie zu seiner Freude lächeln, als sie bei ihm ankam.

„Da bist du ja endlich, Baby!"

Danielle rollte mit den Augen und setzte sich auf einen Stuhl, den Lucas ihr sanft unter den Hintern schob.

„Baby! Es nervt, Lucas. Echt."

Er grinste. Es machte ihm einen außerordentlichen Spaß, sie zu provozieren.

„Darf ich dir Champagner bestellen? Kir Royal?"

„Einen Bellini bitte. Vielen Dank."

Lucas winkte eine Bedienung heran und gab die Order auf, dabei wandte er seinen Blick nicht von Danielle ab.

„Was starrst du mich denn so an?", fragte sie leicht irritiert.

„Du bist wunderschön, Danielle."

Sie errötete und spielte mit einer losen Haarsträhne. Es wirkte, als wäre sie tatsächlich verlegen. Dann war er also auf dem richtigen Weg.

„Das sagst du doch nur, weil du mich ins Bett zerren möchtest." Ihre grünen Augen blitzten, ihre kurze Unsicherheit war vom Tisch.

„Keineswegs. Nicht, dass das heißen würde, dass ich *nicht* mit dir schlafen will, aber du bist wirklich besonders hübsch. Deine grünen Augen sind unglaublich."

Lucas hatte seine Hand auf Danielles gelegt und spürte ihre zarte Wärme unter seinen Fingern. Zwischen ihnen knisterte die Luft. Die Stimmung wurde zu seinem Ärger von der Getränkelieferung gestört. Lucas räusperte sich und nahm sein Glas in die Hand.

„Ich würde sagen: Auf uns! Cheers!"

Danielle prostete ihm zu und erwiderte tadelnd: „Du bist wirklich unverbesserlich. Es wird niemals ein ‚Uns' geben, trinken wir doch auf den Erfolg dieser Roadshow."

„Wie du meinst." Er grinste in sich hinein. Er würde sie schon noch erobern – früher oder später. Meistens klappte es früher. Danielle war allerdings gar nicht wie seine üblichen Eroberungen. Wahrscheinlich reizte ihn genau das. Sie war erfrischend anders, wenngleich auch ein wenig anstrengend, aber darüber konnte er hinwegsehen. Ihr perfekter Körper würde ihn für die Komplikationen entschädigen.

„Ich muss sagen, es ist wirklich toll hier oben. Den Skytower kannte ich tatsächlich noch nicht. Wenn man in London lebt, sucht man doch meist die immer gleichen Stammläden auf und landet immer wieder in den gleichen Pubs."

„Darf ich das als Kompliment verstehen, Madame? Ich habe endlich mal etwas zu deiner Zufriedenheit erledigt?" Er trank einen Schluck Champagner und lächelte sie an.

„Du tust ja so, als ob ich nur meckern würde."

„Na ja, also leicht hast du es mir bisher nicht gemacht."

„Weil ich nicht direkt mit dir ins Bett gesprungen bin? Und, just for the record, auch niemals springen werde!"

„Du nimmst wenigstens kein Blatt vor den Mund."

„Nein. Falsche Zurückhaltung kann man mir nicht gerade nachsagen."

„Das gefällt mir sehr an dir."

Er sah ihr direkt in die Augen und sie hielt seinem Blick stand. Sein Körper reagierte auf Danielle in einer für ihn unbekannten Heftigkeit. In seiner Mitte breitete sich ein warmes Summen aus, das ihm das Denken erschwerte. Er würde einiges dafür geben, wenn er Danielle jetzt einfach mit in sein Apartment nehmen könnte, um ihr zu zeigen, warum sie mit ihm schlafen sollte. Er hielt sich für einen erfahrenen Liebhaber, der wusste, was Frauen gefiel, und es lag ihm am Herzen, dass nicht nur er Spaß an der Sache hatte. Der Gedanke, Danielle sexuelle Freuden zu breiten, gefiel ihm außerordentlich gut und ließ ihn selbst ganz und gar nicht kalt.

„Lucas? Bist du es wirklich?" Das unsichtbare Band, das die Blicke der beiden aneinandergefesselt hatte, wurde abrupt durchtrennt. Ärger durchfuhr ihn über diese unwillkommene Unterbrechung. Er musste sich halb umdrehen, um zu sehen, woher die hohe, weibliche Stimme kam. Sein erster Impuls war, sie zu ignorieren. Warum in aller Welt musste er gerade auf Sybil treffen? Mit ihr hatte er vor ein paar Jahren eine heftige Affäre gehabt, die er aber nach kurzer Zeit beendet hatte, als sie angefangen hatte, eine Vorliebe für sexuelle Abarten an den Tag zu legen, die ihm keineswegs behagten. Aus dem Augenwinkel sah er Danielle einen Schluck trinken, während sie Sybil musterte, die mittlerweile fast an ihrem Tisch angekommen war. Sie würde doch nicht … Doch, sie würde. Die Barbie mit großzügigem Vorbau warf sich ihm um den Hals und setzte sich auf Lucas Schoß. Verfluchte Scheiße, das konnte doch nicht wahr sein! Er war auf so einem guten Weg mit Danielle gewesen!

„Sybil. Wie ich sehe, hast du dich kein bisschen verändert." Er machte einen schwachen Versuch, Sybil wortlos davon zu überzeugen, dass seine Oberschenkel kein guter Sitzplatz waren, aber sie ignorierte seine Bemühungen, sie herunterzuschieben, komplett. Ihr viel zu aufdringliches Parfum drang ihm in die Nase.

„Wie schön, dich hier zu sehen! Es ist ja schon eine Eeeewigkeit her", flötete sie.

Nicht lange genug, dachte er verärgert. „Meine Liebe, ich fürchte, ich bin gerade, äh …"

„Mach dir keine Umstände, Lucas. Ich wollte sowieso gerade gehen." In Danielles Gesicht zeigte sich keine Regung, während sie einen Geldschein aus ihrer Tasche zog und auf den Tisch legte. Sie würdigte ihn und Sybil keines weiteren Blickes mehr. Er fühlte sich hilflos und wollte sie aufhalten, aber die Last auf seinen Oberschenkeln verhinderte das.

„Bitte, Danielle, bleib doch noch." Sie zögerte kurz, bevor sie antwortete.

„Entschuldige, Lucas, aber ich habe wirklich noch zu tun. Und wie ich sehe, hast du ja jetzt eine Beschäftigung für heute." Danielles Lächeln war eisig und in ihren Augen konnte er nur Verachtung für ihn erkennen. Er sah Danielle nach, die sich kein weiteres Mal zu ihm umdrehte.

Mist. Das war mal gründlich danebengegangen. Sybil dagegen rührte sich nicht von der Stelle. Er war kurz davor, die hochnotpeinliche Situation durch einen gespielten Wutausbruch zu beenden. Die Frau seiner Träume war um die Ecke verschwunden und eine Zierpuppe, die ihm völlig gleichgültig war, saß auf seinen edelsten Teilen. Das Schicksal meinte es an diesem Tag nicht gut mit ihm.

„Lucas, ach, entschuldige, ich habe das Mädchen doch nicht vergrault?"

„Ich denke nicht, Sybil. Sie hatte nicht vor, lange zu bleiben. Würde es dir etwas ausmachen, von mir herunterzuklettern? Das ist gerade etwas unangenehm."

Sybil ließ ihn nur widerwillig los und zog eine Schnute. Das Gefühl, dass er so schnell wie möglich Land gewinnen sollte, machte sich in ihm breit. Der Sex mit Sybil war nicht schlecht gewesen, aber als er nach und nach herausgefunden hatte, dass sie eher auf die Suche nach einem Dom als einem Liebhaber war, war für ihn die Affäre sehr schnell beendet gewesen. Lucas lag nichts ferner, als eine Frau zu dominieren, um ihr dadurch zu zeigen, wer die Macht in einer Beziehung hatte. Auch wenn es ganz und gar nicht trendy war, mochte er Frauen, die selbst gerne mal den Ton angaben. Genau so schätzte er Danielle ein, was ihn gedanklich wieder in den Skytower zurückbrachte. Denn hier saß nicht Danielle auf ihm und bearbeitete seinen Oberschenkel mit ihren Händen, sondern Sybil. Ihre Wangen waren gerötet und sie leckte sich dabei lasziv über die knallroten Lippen.

„Lass es gut sein, Sybil. Ich glaube, aus uns wird heute nichts. Tut mir leid."

Sie sah beleidigt aus, setzte aber sofort ein falsches Lächeln auf, das ihre Augen nicht erreichte, als sie von seinen Schenkeln rutschte. Ihre rechte Hand ließ sie auf seinem Bein. Er konnte nur mit Mühe den Impuls unterdrücken, sie von dort wegzustoßen. Selbst wenn er gewollt hätte, er fürchtete, bei Sybil würde er nur mit Hilfe von Viagra einen Ständer bekommen. Und so nötig hatte er es nun auch wieder nicht.

„Ganz wie du möchtest, Lucas. Aber wenn du es dir anders überlegst, ruf mich an, ja?"

„Klar, das mache ich. Mach's gut, Sybil."

Er stand auf und verabschiedete sich mit einem Kuss auf ihre Wange. Manchmal war selbst London nicht groß genug. Verärgert marschierte er zum Lift und überlegte, was er mit dem restlichen Tag anfangen sollte. Dabei hatten sich seine Vorstellungen von vor ein paar Minuten gründlicher davongemacht als eine Fata Morgana im Schneesturm.

Das heiße Wasser löste ihre Muskelverspannungen nur wenig, aber es war traumhaft, die Augen zu schließen und die Regendusche mit allen Sinnen zu genießen. Aus den Lautsprechern sang Lana del Rey und sie gab sich der Musik hin. Eigentlich sollte sie zufrieden mit dem Tag sein. Im Büro hatte sie voller Schwung nachmittags noch zwei Projekttermine erledigt, nachdem sie die demütigende Szene im Tower verdrängt hatte. Außerdem hätte es bei der Sitzung gar nicht besser laufen können, und das gleich beim ersten Termin.

Ihr war klar, dass sie den Erfolg des heutigen Meetings zum größten Teil Lucas zu verdanken hatte, auch wenn er sich dabei verhalten hatte wie ein Idiot. *Ein viel zu gutaussehender Idiot*, fügte sie im Geiste noch hinzu. Verdammt. Jetzt hatte sie schon wieder an ihn gedacht, dabei wollte sie den restlichen Tag nicht damit verbringen, sich über ihn zu ärgern. Nicht mal in Ruhe duschen konnte sie, ohne dass der arrogante Mistkerl sie in ihren Gedanken verfolgte. Sie schüttelte den Rasierschaum etwas zu heftig und die Kappe flog in hohem Bogen davon. Der Ladyshaver mit den vier Klingen glitt sanft über ihre Waden, dann Schenkel und schließlich zu ihrer Intimzone. Sie ging zwar regelmäßig zum Brasilian Waxing, aber sie hasste es, kleine Härchen wachsen zu sehen.

Als letztes kümmerte sie sich um ihre Achseln, bevor sie den überschüssigen Schaum mit ihren Händen unter der Regendusche abspülte. Sie mochte ihren Körper, war zufrieden mit sich, aber mit einem Monsterbusen wie dem er Blondine aus dem Skytower konnte sie nicht dienen. Ihre Brüste fühlten sich klein und fest in ihren Händen an, gerade genug, um ihre Hände gut zu füllen. Vermutlich stand Lucas eher auf Medizinbälle wie die der anderen Frau. Was scherte sie sich überhaupt darum, was er mochte? Die Entspannungsdusche war gründlich misslungen. Sie stellte das Wasser missmutig ab und zog ein Handtuch durch einen kleinen Spalt der Glastür nach innen, um sich abzutrocknen.

Nachdem sie ihre Haare geföhnt und ein leichtes Make-up aufgelegt hatte, checkte sie ihr iPhone. Eine dumme Angewohnheit, die sie nicht ablegen konnte. Diese ständige Erreichbarkeit, auf der Jagd nach den letzten Nachrichten, Mails, Posts war wie eine Sucht. Sie hasste es, etwas zu verpassen, auch wenn ihr durchaus klar war, dass es ihr Leben nicht bedeutend verändern würde, wenn sie ihr Telefon mal dreißig Minuten in Ruhe lassen und die Mails nicht direkt nach ihrem Eingang lesen würde. Ihr Puls beschleunigte sich merkwürdigerweise, als sie sah, dass sie eine Nachricht von Lucas erhalten hatte.

Tut mir leid wegen eben. Ich fand es schade, dass Du gegangen bist. Danke für heute. Lucas

Er konnte ja tatsächlich höflich sein. Sie tippte eine Antwort, ohne groß darüber nachzudenken.

Ich habe zu danken. Wirklich tolle Arbeit. Es sah so aus, als ob sich Dir eine Abendbeschäftigung aufgetan hätte, da wollte ich nicht stören. Danielle

Sie fügte einen Smiley mit Sonnenbrille hinzu und drückte auf „Senden".

Danielle zog ein knielanges Chiffonkleid aus dem Schrank und zog es sich über, als sie das vertraute „Ping" für eingehende Kurznachrichten hörte.

Ein Tropfen Liebe ist mehr als ein Ozean Verstand. (Blaise Pascal) Beim Gedanken an Dich drohe ich zu ertrinken. Willst du mich nicht retten? Lucas

Klar war das nur eine weitere Anmache von ihm, aber sie mochte seinen Humor. Deswegen schrieb sie zurück:

Rettungsweste? Schwimmkurs?

Während sie auf eine Antwort wartete, suchte sie passende Schuhe zum Kleid aus ihrer Sammlung. Eine Frau konnte niemals genug Schuhe besitzen.

Ping.

Es hatte kaum eine Minute gedauert, so was nannte man hartnäckig. Auch wenn sie es sich nur ungern eingestand, sie hatte Spaß an der Sache.

Ich hätte eine bessere Idee.

Natürlich. Es ging ihm nur ums Eine. Sie seufzte und steckte das Handy in ihre Handtasche, bevor sie die Alarmanlage aktivierte und das Penthaus verließ. Für dergleichen hatte sie keine Zeit.

Lucas blätterte im Daily Telegraph, konnte sich aber nicht wirklich auf die Artikel konzentrieren. Sein Smartphone blieb stumm und er wollte nicht nur herumsitzen und warten. Außerdem bedrückte ihn die Stille des Apartments. Die Erinnerungen an seine Schwester Tamara waren immer noch viel zu präsent. Vielleicht sollte er es endlich über sich bringen und es verkaufen. Mittlerweile war er eingetragener Eigentümer, aber er war auch nach all den Jahren noch nicht bereit dazu. Ihr Weggang hatte ihn, wie seine ganze Familie, zutiefst getroffen. Er akzeptierte aber ihre Entscheidung, zurückgezogen zu leben, und hatte auch nicht wie Damian das dringende Bedürfnis, etwas über ihr Leben zu wissen. Ihm reichte, was sie dank eines Privatdetektives wussten – nämlich dass es ihr gutging. Wenn sie vielleicht nach ein paar Jahren wieder bereit für Kontakt wäre, würde er sich natürlich freuen, aber bis dahin verdrängte er die Sache, so gut es ging, was in der Wohnung schwieriger war als sonst.

Niemand von den Stanhopes befasste sich gerne mit der Vergangenheit, jedenfalls nicht außerhalb der Therapiestunden, die Lucas schon vor etlichen Jahren beendet hatte. Lucas steckte das iPhone in die Gesäßtasche seiner Jeans und versuchte, die allzu düsteren Gedanken abzuschütteln. Die Vergangenheit konnte er leider nicht mehr ändern, aber auf die Zukunft hatte er einen gewissen Einfluss. Er entschied sich dazu, spontan zu Danielle zu fahren, vielleicht war sie ja zugänglicher, wenn er sie zuhause antraf. Seine Laune besserte sich schlagartig. Aktionismus gefiel ihm schon immer besser als Geduldspiele.

Er hatte keine Lust, zu fahren und womöglich keinen Parkplatz zu finden, daher winkte er ein Londoner Taxi und lauschte dem Fahrer, der lauthals zu Schlagern aus seinem Radio mitsang. Skurril, aber irgendwie auch schön. Er vermisste England. China und Hongkong waren so anders. Vielleicht war es bald mal an der Zeit, eine Weile hier in London zu bleiben. Er wusste auch schon ganz genau, mit wem er sich diese Zeit versüßen wollte. Stanhope Enterprises hatte in London ein großes Branchoffice mit fast fünfhundert Mitarbeitern; an Beschäftigung würde es ihm außerhalb des Schlafzimmers nicht mangeln. Sein Bruder Damian hatte ihm sowieso schon lange damit in den Ohren gelegen, dass er sich um die Performance der Londoner Kollegen kümmern sollte. Vielleicht würde er ihm diesen Gefallen schon in naher Zukunft tun.

Als er vor dem Wohnkomplex in Kensington stand, zermarterte Lucas sich das Gehirn nach dem Namen des Concierge. Verflixt, er hätte besser aufpassen müssen. Mit diesen Jungs musste man sich von Anfang an gut stellen. Jim? Tim? James? Es war irgendwas Kurzes gewesen, nicht unbedingt typisch britisch. Er grübelte und bewegte sich dabei langsam auf die Glasdrehtür zu, die in den Empfangsbereich führte. Nein, nein, der Anfangsbuchstabe war ein F. Welche Namen kannte er mit F? Felix, Fabien, Fabio. Nein, sicher nicht Fabio, das war doch der Muskelbepackte Sexgott. Ferdinand, nein, zu lange. Frank. Ja! Endlich. Frank war sein Name. Lucas ging lächelnd auf den Portier zu und nickte höflich.

„Guten Abend, Frank. Ist Danielle zuhause? Ich habe noch etwas mit ihr zu besprechen."

Frank saß hinter dem Empfangstresen und war in ein Sudoku vertieft gewesen, bevor Lucas ihn unterbrochen hatte.

„Ach ja. Ich erinnere mich an Sie. Es tut mir leid, Sie haben Miss Fane und ihren Freund gerade verpasst."

Ihren Freund? Lucas rutschte das Herz in die Hose. Das war doch nicht möglich! Wie konnte ihm dieses Detail entgangen sein? Sie hatte nichts über einen Freund erzählt, aber er hatte auch nicht gefragt. Verdammt!

„Ach, wie schade", antwortete Lucas. „Aber trotzdem danke, schönen Abend, Frank. Richten Sie ihr bitte einen schönen Gruß aus. Es ging um die Schwimmweste, sie weiß dann schon Bescheid."

„Danke, Sir. Ihnen auch einen schönen Abend. Werde ich machen."

Lucas tippte sich mit zwei Fingern an die Stirn und deutete einen militärischen Gruß zum Abschied an, bevor er das Gebäude verließ. Er musste herausfinden, wer dieser Freund war. Das konnte doch wohl nichts Ernstes sein, sonst hätte sie ihn sicher erwähnt. Lucas hatte ihr seine Absichten schließlich mehr als deutlich klargemacht. Wenn der Typ ihr etwas bedeuten würde, hätte sie ihn sicher darauf hingewiesen, dass sie vergeben war. Dennoch war Lucas enttäuscht. Das lief alles ganz und gar nicht nach Plan. Normalerweise ließ er die Finger von einer Frau, wenn erwähnt wurde, dass sie liiert war. Das gab nur Stress. Bei Danielle musste er zweimal überlegen. Er hasste es zu verlieren, aber auch nach diesem Rückschlag war er noch nicht bereit zu kapitulieren. Danielle Fane hatte eine Wirkung auf ihn wie die Sonne auf den Mond. Er hatte keine Wahl. Er musste sie haben.

Kapitel 6

Jill tippte gerade eine E-Mail, als der gutaussehende Stanhope Junior vom Empfang angekündigt wurde. Normalerweise ließ sie lieber eine der Empfangsdamen mit dem Besuch hochkommen, aber bei ihm wollte sie sich selbst die Mühe machen und ihn persönlich abholen.

Er sah wirklich wieder einmal unfassbar gut aus, obwohl er in Sachen Mode nicht gerade ein Statement setzte. Eigentlich unfair, wie gut ein Mann mit einem dunkelgrauen Anzug und weißen Hemd aussehen konnte. Die Haare waren zwar etwas zu lang, um geschäftsmäßig professionell zu wirken, aber vermutlich war ihm das völlig egal. Coolness hatte einen neuen Namen – Lucas Stanhope.

„Guten Morgen, Mr. Stanhope. Schön, Sie zu sehen."

Wenn er lächelte, konnte man kleine Lachfältchen um seine blaugrauen Augen erahnen. Für sein strahlendweißes Gebiss hatten seine Eltern vermutlich ein Vermögen hingeblättert. Nun ja, es war wirklich gut investiertes Geld, dachte Jill.

„Danke, Jill. Guten Morgen."

„Wenn Sie bitte mit mir kommen würden?" Sie lächelte freundlich und legte den Kopf leicht schief, weil sie dachte, dass das besonders keck wirken würde. Wie sie es beim Pilates gelernt hatte, hielt sie ihren Rücken stets gerade und den Bauch angespannt. Für etwas musste diese Quälerei dreimal die Woche ja gut sein.

„Sehr gerne", hörte sie ihn sagen. „Von jungen, hübschen Frauen lasse ich mich am liebsten *ent*führen."

„Ein wunderschöner Tag heute, nicht?" Jill wartete, bis Lucas neben ihr lief. Sie wollte ihn nicht hinter sich herziehen wie einen Hund an der Leine.

„Ja, für Londoner Verhältnisse wirklich toll. Man meint fast, der Frühling kommt und nicht der Winter."

„Da sagen Sie etwas. Global Warming. Bald können wir im Dezember baden gehen."

„So schlimm wird es hoffentlich nicht so bald werden. Sagen Sie, Jill, als persönliche Assistentin wissen Sie doch über alles am besten Bescheid. Meinen Sie, Miss Fanes Freund hätte etwas dagegen, wenn ich sie heute nach dem Termin ein weiteres Stündchen beanspruche?"

Jill unterdrückte den Impuls, eine Augenbraue zu heben. Soweit sie wusste, war Danielle offiziell noch nicht mit dem Rotschopf zusammen. Aber ihre Chefin mochte es nicht, wenn sie indiskret war, und *noch* brauchte sie den Job. Daher entschied sie sich für eine diplomatische Antwort: „Ich bin mir nicht ganz sicher, Mr. Stanhope ..."

„Nennen Sie mich doch bitte Lucas, sonst komme ich mir so alt vor."

„Natürlich, Lucas. Also ich denke, in Danielles Kalender ist heute noch etwas Platz. Sie würde es mir sagen, wenn sie mit Robert verabredet wäre."

„Verabredet klingt aber noch sehr frisch", hakte Lucas sofort nach.

Oh, er war schlau. Sie musste wohl genau aufpassen, was sie von sich gab.

„Roberts Familie ist schon sehr lange mit Familie Fane befreundet. Mehr kann ich dazu leider nicht sagen, Lucas. So, da sind wir auch schon."

„Besten Dank, Jill. Von Ihnen möchte ich immer am Empfang abgeholt werden."

Sein durchdringender Blick lag auf ihr und Jill wurde plötzlich ganz heiß. Dieser Stanhope war ein ganz schlimmes Bürschchen, wusste er doch ganz genau, wie er eine Frau um den Finger wickeln konnte. Sie war sich sicher, dass Charles Fane ihr nachher wieder nervige Fragen zu ihm stellen würde, als ob sie Einfluss auf Danielles Umgang hätte. Das wurde langsam wirklich lästig, aber sie lächelte und wartete, bis Lucas in Danielles Büro gegangen war, bevor sie den Kopf schüttelte und sich in ihren Stuhl plumpsen ließ.

Danielle fuhr zusammen, als sich die Tür nach einem leisen Klopfen lautlos öffnete. Sie war gerade damit beschäftigt gewesen, die Präsentation für das heutige Investorenmeeting zu verinnerlichen. Sie wollte auf diesen Termin besser als beim letzten Mal vorbereitet sein. Noch einmal würde sie sich nicht von Lucas bloßstellen lassen. Aus diesem Grund trug sie einen klassisch geschnittenen Hosenanzug und eine fliederfarbene Seidenbluse zu nudefarbenen Pumps. Sie war sonst eher der Rock-Typ, aber heute würde sie kein Bein zeigen.

„Hallo, Baby. Du siehst wie immer bezaubernd aus."

„Du schaffst es innerhalb von fünf Sekunden, einen zu nerven. Wie machst du das bloß?", konterte sie sarkastisch lächelnd. Dabei wollte sie eigentlich fragen, was er gestern bei ihr zuhause gewollt hatte. Sie konnte sich selbst bei Lucas wahrhaftig nicht vorstellen, dass er die Dreistigkeit besaß, zu ihr nach Hause zu kommen, um sich eine „Rettungsweste zu holen", was so viel bedeutete, wie mit ihr Sex zu haben. Aber vermutlich lief es in seinem Leben üblicherweise genau so. Lucas schnippte mit dem Finger und die Frauenwelt machte die Beine für ihn breit. Nichts für sie.

„Alles nur wegen des *Babys*?"

„Nicht *nur*, Lucas."

„Du hast wirklich eine sehr schlechte Meinung von mir."

„Belehre mich doch eines Besseren und zeig mir, wie professionell du dich verhalten kannst."

„Das werde ich. Deswegen bin ich ja hier."

„Du trägst ja nicht mal eine Krawatte!"

„Puh. Du forderst wirklich das Letzte von einem Mann." Er grinste schief.

Sie lachte. Er klopfte sich noch den nicht vorhandenen Staub von seinem Jackett.

„Ich denke, das wäre doch nicht zu viel verlangt?"

„Ich trage keine Krawatten."

„Keine Krawatte, kein Baby."

„Ist das Erpressung?"

„Nenn es, wie du willst. Wenn ich noch einmal hören muss, dass du mich ‚Baby' nennst, flippe ich aus."

„Auch interessant. Wirst du dann rot und stampfst mit dem Fuß auf?"

„Das habe ich jetzt überhört. Du bist wirklich unmöglich."

„Du bist heute in der Tat so sauer wie eine Zitrone, mein Gänseblümchen."

„Oh. Du. Meine. Fr...isierhaube." Sie ließ sich in ihren Stuhl zurücksinken. „Da war ja ‚Baby' noch besser!"

„Dir kann man es aber auch nur schwer recht machen." Lucas ließ sich unaufgefordert in einen Sessel fallen und schlug die Beine lässig übereinander. Es sollte verboten werden, so sexy zu sein, wenn man so ein Arsch wie Lucas war.

„Ich habe einen Namen, wieso benutzt du den nicht?", giftete sie ihn an.

„Das kann ja jeder. Und ich bin nicht wie alle anderen."

Der Mann hatte ein unangefochtenes Talent, Gespräche auf ein ganz bestimmtes Thema zu lenken. Dabei schlug ihr Puls ohnehin schon ungesund schnell, während ihre Hände eiskalt waren. Danielle seufzte und kratzte sich an der Nase.

„So nachdenklich?"

„Warum bringen wir es nicht einfach hinter uns? Je besser unsere Performance heute ist, desto eher kannst du wieder dahin gehen, wo du hergekommen bist, und ich kann mich *Every Life Matters* widmen und Kinder unterstützen, die Hilfe dringend benötigen."

„Amen. Wenigstens hast du nicht gesagt ‚wo der Pfeffer wächst'."

„Du bist unerträglich."

„Weil ich dich mag?"

Warum sagte er bloß immer solche Sachen? Zum Glück wusste sie, worauf er hinauswollte, und würde nicht auf ihn hereinfallen. Danielle klappte ihr Notebook zusammen und verstaute es in ihrer Tasche, bevor sie ihm antwortete.

„Lucas …"

„Wenn ich den Tonfall höre, weiß ich schon, was kommt. Lass uns einfach gehen, ja? Ich fahre."

„Natürlich, war ja klar. Der Macho fährt. Bin mal gespannt, welche Penisverlängerung mich da unten erwartet."

Er grinste sexy. Irgendwie schaffte er es, dass ihr Bauch Achterbahn fuhr, wenn er sie so ansah.

„Wenn ich eines nicht brauche", er machte eine theatralische Pause, „dann eine Penisverlängerung."

Danielles Wangen brannten, weil sie das vor ihrem geistigen Auge aufsteigende Bild der erwähnten Körperteile nicht schnell genug unterdrücken konnte.

„Du bist noch süßer, wenn du rot wirst."

„Ach, halt doch einfach die Klappe!"

Lucas war mittlerweile aufgestanden und öffnete gerade die Tür zum Vorzimmer, als sie an ihm vorbeirauschte und ihn mit ihrer Schulter absichtlich anrempelte, um ihrem Unmut Ausdruck zu verleihen. Aber Lucas lachte nur. Sie war so wütend, dass sie kein Wort mehr herausbrachte, sondern schweigend neben ihm her stapfte. Ihn schien es nicht zu stören, denn er pfiff leise vor sich hin, was sie nur noch mehr ärgerte, weil es ihm offensichtlich gewaltigen Spaß machte, sie zur Weißglut zu treiben. Durchhalten, bald war sie ihn ja wieder los, sagte sie sich, um nicht völlig auszuflippen.

Noch vor zwei Tagen hätte er jedem, der ihm gesagt hätte, dass er mal Spaß daran haben würde, bei einer Wohltätigkeitsorganisation mitzuwirken, ins Gesicht gelacht und ihm einen guten Psychologen empfohlen. Wenn er ganz ehrlich zu sich selbst war, dann hatte er sogar jenseits des Benefits eines Flirts wirklich Freude daran gehabt, die Investorenpräsentation und die dazugehörenden Kalkulationen zu überarbeiten. Und seine Belohnung für diese anstrengende Arbeit würde Danielle sein. Ihre Augen leuchteten, als sie seinen Oldtimer sah. Merkwürdigerweise sagte sie nichts, aber er spürte, dass der silberne SL genau ihrem Geschmack entsprach. Lucas öffnete ihr die Beifahrertür und half ihr beim Einsteigen. Ihre Hand war kalt und er unterdrückte das Bedürfnis, sie mit seiner zu wärmen. Das würde später kommen.

„Rote Ledersitze hat er ja auch noch!"

Für die materiellen Freuden des Lebens war sie nicht blind, das war immerhin etwas.

„Er gefällt dir also?"

„Vermutlich wird mir dein Wagen besser gefallen als dein Fahrstil."

„Du tust mir schon wieder unrecht, Gänseblümchen."

„Hey. Wenn schon Blume, dann wenigstens Rose, oder?" Lucas umrundete den Wagen und stieg ein, bevor er antwortete: „Rosen sehen schön aus, aber wenn sie verblühen, bleiben nur die Dornen. Gänseblümchen werden volkstümlich auch ‚Tausendschön' genannt, und wenn ich über dich eines sagen kann, dann, dass du tausendmal schöner als alle anderen Frauen bist."

„Pfff."

Danielle hielt ihre Tasche auf dem Schoß und kratzte sich verlegen an der Nase. Lucas nahm ihre Hand vom Gesicht und küsste sanft ihren Puls, der ihren einzigartig blumigen Duft verströmte. Es dauerte nur einen Moment, aber der genügte, um das Verlangen nach mehr in ihm wachwerden zu lassen. Danielle entzog ihm ihre Hand und nestelte schweigsam an ihrer Tasche.

„Dann wollen wir mal. Auf in den Kampf."

„Mmh." Das sollte wohl ein Ja sein. Er grinste und steuerte den Wagen mit quietschenden Reifen aus der Tiefgarage des *Fane-International-Trading*-Gebäudes. Aber auch die Tatsache, dass er versuchte, sie damit zu beeindrucken oder wenigstens aus dem Konzept zu bringen, lockerte Danielles Zunge nicht. Die folgenden Minuten verbrachten sie schweigend und Lucas konzentrierte sich auf den dichten Londoner Verkehr. Der Termin mit Ikaruspartners würde etwas außerhalb von London, auf dem Landsitz der Finanzgruppe, stattfinden.

„Und, fahre ich so schlimm?", brach Lucas schließlich das Schweigen, obwohl er es auch in Ordnung fand, die schöne Danielle ohne viele Worte durch London zu chauffieren.

„Es geht so."

„Das erste Kompliment aus deinem Munde."

Sie lachte.

„Wenn du das so siehst."

Er sah aus dem Augenwinkel, dass sie mit ihren perfekt manikürten Fingernägeln spielte.

„Was ist los?"

„Nichts. Was soll sein?"

„Nichts … Das heißt bei Frauen eigentlich ‚eine ganze Menge'."

„Ach?"

„Erzähl mir von dir. Wir haben ja eine Weile Zeit."

„Was willst du denn wissen?"

Eigentlich interessierte er sich nie sonderlich für die Lebensgeschichten seiner Affären, deswegen musste er tatsächlich überlegen, was er von ihr wissen wollte.

„Wer ist Robert?"

Ihr Kopf schnellte herum, doch er hielt seinen Blick auf die Straße geheftet.

„Wieso willst du das wissen?"

„Frage und Gegenfrage? So wird das nicht funktionieren, Gänseblümchen. Also, was ist mit Robert?"

Sie seufzte. „Hat Frank gequatscht?"

„Frank? Nein. Er ist die Verschwiegenheit in Person. Aber lenk nicht ab."

„Ich weiß es nicht, okay?"

„Wie, du weißt es nicht? Du musst doch wissen, was dieser Robert für dich ist."

„Es ist jedenfalls nichts, was dich etwas angeht."

„Was ist, wenn ich es zu einer Sache machen will, die mich etwas angeht?"

„Lucas, wir beide wissen doch, dass du nur auf eine schnelle Nummer aus bist und fertig. Und für solche Sachen bin ich nicht zu haben."

„Wofür bist du dann zu haben?"

„Du stellst wirklich seltsame Fragen."

„Na gut, ich mache dir einen großzügigen Vorschlag. Nach dem Termin gehst du mit mir aus, dann quäle ich dich jetzt nicht weiter mit meinen Fragen und wir sprechen ab sofort nur noch übers Business."

Sie atmete hörbar aus.

„Wieso lässt du mich nicht einfach ganz in Ruhe?"

„Weil ich das leider nicht kann."

Es war die simple Wahrheit. Die Antwort kam ihm über die Lippen gerutscht, ohne dass er darüber nachgedacht hatte. Er wollte Danielle wie noch nie etwas in seinem Leben und er würde alles dransetzen, sie davon zu überzeugen, dass es eine gute Idee war.

„Ein Abendessen. Das war's. Dann hörst du endlich auf, mich zu nerven."

„Für heute. Ja."

„Na gut."

„Danke, Gänseblümchen."

„Ich werde aus dir nicht schlau. Es wird doch nicht so schwer sein, hier ein Betthäschen zu finden. Wieso der ganze Aufwand mit mir?"

„Weil ich glaube, dass du es wert bist."

„Das klingt eher nach Basar, als … na ja, egal. Können wir dann über das Geschäftliche sprechen? Sonst muss ich nicht mit dir ausgehen."

„Ganz wie du möchtest. Leg los."

„An welche Strategie hattest du für das Treffen gedacht?"

Lucas spulte das Investorenprogramm ab und coachte Danielle, wie sie auf bestimmte Fragen antworten sollte. Dabei reizte er die Fahreigenschaften des SL aus, was Danielle einige Male spitz aufschreien ließ. Diese jungen Dinger heutzutage waren wirklich aus Zucker.

Die Zufahrt zum Gebäude von Ikaruspartners war durchaus bemerkenswert, aber Danielle war in dieser Welt aufgewachsen und ließ sich von Pomp und Geld nicht beeindrucken. Als Lucas den Wagen in der kreisrunden Auffahrt direkt vor der Treppe parkte, atmete sie auf. Er war gewiss kein schlechter Fahrer, aber der Oldtimer wirkte nicht gerade vertrauenserweckend auf sie, wenn er mit Vollgas um die Kurven heizte. Glücklicherweise hatten sie es ohne einen Kratzer überlebt. Da sie sich am Tor zum Grundstück bereits durch die Gegensprechanlage angemeldet hatten, warteten zwei schwarzgekleidete Anzugträger, vermutlich ihre Gesprächspartner, am oberen Treppenabsatz auf sie.

Nach Abschluss ihres Studiums und mit Beginn ihrer Arbeit im Businessbereich hatte der Begriff *Men in Black* eine total neue Bedeutung für Danielle bekommen. Ihr war bis zu diesem Zeitpunkt nicht bewusst oder vielmehr egal gewesen, wie diese Männerwelt wirklich funktionierte. Aber sie hatte einiges dazugelernt und wusste genau, wie sie mit der vermeintlichen Krone der Schöpfung umzugehen hatte, um ihre Ziele zu erreichen. Lucas, ganz Gentleman, öffnete ihr die Beifahrertür und half ihr aus den tiefen Sitzen des Sportwagens. Sie bemühte sich, der Berührung keine größere Aufmerksamkeit zu schenken, auch wenn Lucas' Hand ein Prickeln auf ihrem gesamten Körper auslöste. Er lächelte ihr aufmunternd zu und führte Danielle die Stufen nach oben. Fast hätte sie laut aufgelacht, denn es fühlte sich ganz und gar nicht nach einem Finanztermin an, sondern viel mehr, als würde sie mit Lucas zu einer Abendveranstaltung gehen. Sie war froh, als er oben ihren Arm losließ, damit sie die Investoren begrüßen konnten.

„Herzlich willkommen auf Falcon Manor!" Der ältere der beiden drückte ihre Hand freundlich und lächelte großväterlich. „Ich hoffe, die Fahrt war angenehm. Ich bin Gerald Smith, freut mich sehr, Miss Fane, Ihren werten Eltern geht es hoffentlich gut?" Mr. Smith wirkte trotz seines fortgeschrittenen Alters kräftig, ohne dabei dick zu sein. Lediglich ein kleines Wohlstandsbäuchlein, aufgrund dessen die Knöpfe seiner dunklen Weste bedrohlich spannten, deutete darauf hin, dass er kein Kostverächter war.

„Freut mich ebenfalls sehr. Vielen Dank, dass Sie sich die Zeit genommen haben, Mr. Smith."

„Aber sehr gerne, wir sind wirklich gespannt, was Sie uns gleich vortragen werden. Darf ich Ihnen noch meinen Partner, Sir Andrew Waters, vorstellen? Wir arbeiten schon seit vielen Jahren gemeinsam an diversen Projekten." Sein Kompagnon schüttelte ihr die Hand, im Gegensatz zu Mr. Smith war er eher klein und trug gut und gerne dreißig Kilo Übergewicht mit sich herum. Auf den Hosenbeinen des hellgrauen Anzuges waren kleine Matschspritzer, die ihm offenbar noch nicht aufgefallen waren. Das volle, graue Haar lag in Wellen auf seinem Kopf und war viel zu lang. Sir Waters wirkte auf sie wie ein verrückter Professor, aber ein freundlicher Verrückter. Seine Wangen waren gerötet, was auf hohen Blutdruck hindeutete. Eine vegetarische Lebensweise hätte sein Herzinfarktrisiko sicherlich um einiges verringert. Sie biss sich auf die Lippen und verscheuchte den unpassenden Gedanken.

„Sehr erfreut", meinte er.

Danielle deutete auf Lucas und antwortete: „Danke, das Vergnügen ist ganz auf meiner Seite. Darf ich Ihnen meinen, äh, Partner bei diesem Projekt vorstellen? Lucas Stanhope."

Lucas hatte sich bis zu diesem Zeitpunkt, Gott sei Dank, dezent zurückgehalten, was Danielle eine gewisse Erleichterung verschaffte. Jetzt stand er wieder ganz dicht neben ihr, so dass sie die Wärme seines Körpers spüren konnte. Viel schlimmer noch, der mittlerweile so vertraute Geruch seines Aftershaves stieg ihr in die Nase. *Nightflight* in Verbindung mit Lucas war eine betörende Mischung, die ihre Konzentration erheblich störte. Danielle kratzte sich an der Nase, sie musste sich, *Herrgott noch mal!*, zusammenreißen. Es konnte doch nicht sein, dass sie sich von ihm bei einem der wichtigsten Meetings ihres Lebens derart ablenken ließ. Lucas deutete eine Verbeugung an, bevor er den beiden Herren die Hände schüttelte.

„Stanhope, sagten Sie?", fragte Mr. Smith.

„Ja, ganz recht", erwiderte Lucas höflich.

Na los, sag es schon, dachte Danielle. Mittlerweile wusste auch sie einiges mehr über die Familie Stanhope. Ihre Eltern kannten sie sicherlich ganz gut aus der gemeinsamen Zeit in Asien, aber Danielle hatte mit den Stanhopes bis vor kurzem keinerlei Berührungspunkte gehabt.

Sir Andrew fügte hinzu: „Stanhope, dann kennen Sie womöglich George Stanhope?"

„Ja, den kenne ich zufälligerweise ganz gut."

„Ich habe ihn schon lange nicht mehr gesehen. Seit er den Herzinfarkt hatte, lebt er doch eher zurückgezogen."

„In der Tat. Meinem alten Herrn passt das ganz und gar nicht, aber meine Mutter besteht darauf. Die Ehefrauen haben doch die Hosen an, wenn man erst lange genug verheiratet ist." Lucas lachte und die beiden stimmten mit ein.

„Oh, Ihr Vater also. Na dann, wenn der Apfel nicht weit vom Stamm fällt, werden wir sicherlich ausgezeichnet miteinander auskommen."

Danielle rang sich ein höfliches Lächeln ab. Sie hoffte, Lucas machte nicht in diesem Tempo weiter mit Statements über die Frauenwelt, sonst würde sie wirklich sauer werden. Er hatte es ihr versprochen.

Mr. Smith zeigte mit seinem Arm zum Eingang.

„Kommen Sie rein, wir wollen nicht länger hier draußen rumstehen. Dann sind Sie also mit im Geschäft, Lucas?"

„Ja, wobei mein Bruder den Vorsitz der Gesellschaften übernommen hat. Er ist, sagen wir mal, ehrgeiziger und gewissenhafter, als ich es je sein werde."

„Glauben Sie ihm kein Wort, er ist ein schlaues Kerlchen, das betont er immer wieder. Nicht wahr, Lucas?" Danielle konnte sich diesen Kommentar einfach nicht verkneifen, diese Art Tiefstapelei konnte schwer nach hinten losgehen.

„Das mag ich gerne glauben", keckerte Sir Andrew hinter ihnen; er bildete die Nachhut. Mr. Smith führte sie zunächst in einen gelben Salon.

„Ich gehe demnach davon aus, dass Sie Herrenhäuser wie diese zur Genüge kennen. Dann möchte ich Sie nicht mit einer Führung durch das Anwesen langweilen. Wir haben allerdings häufiger Besuch, der darauf brennt, die alten Gemäuer nach geheimen Gängen – die meist nur Dienstbotenabkürzungen sind – zu erkunden."

Lucas wehrte übertrieben lässig ab. „Bitte, meine Eltern wohnen auf Ragley Manor, Sie wissen schon, alte Zeiten … mehr als hundert Angestellte nötig, um das Haus überhaupt in Schuss und all die morschen Zwischendecken von Ungeziefer freizuhalten – nicht dass ich davon ausgehe", fügte er eilig hinzu, „dass Sie das Anwesen nicht in bestem Zustand halten, aber für die romantischen Reize, äh, bin ich verdorben. Und Miss Fane denkt da ähnlich, nicht wahr?", wendete er sich an Danielle und zwinkerte ihr zu.

„Ja, da haben Sie recht. Andererseits war die ärmere Bevölkerung natürlich froh, wenn sie von einer reichen Familie Arbeit bekam. Es war vieles schwieriger früher." Sir Andrew stand neben dem Kamin und lehnte sich an die dunkle Eichenvertäfelung des Salons.

„Natürlich. Denken Sie doch nur daran, wie es war, ohne die ganzen modernen Erfindungen Wäsche zu waschen, zu kochen, zu backen, ja, selbst die Beleuchtung zu organisieren, bevor es Strom und all das auf dem Lande gab. Wirklich bemerkenswert." Danielle verkniff sich einen Kommentar darüber, dass in China sehr viele Menschen auf all diese Vorzüge auch heute noch verzichten mussten. Aber die Gelegenheit dazu hatte sie gewiss später noch.

„Dann wollen wir mal. Kommen Sie. Wir haben unser Besprechungszimmer in der Bibliothek eingerichtet." Mr. Smith ging voraus, die Bibliothek grenzte an den Salon an. Auch wenn Danielle in so einem alten Gebäude nicht leben wollte, mochte sie das Flair, das es ausstrahlte. Die Bibliothek war über und über gefüllt mit Büchern – neue, alte und *sehr* alte Bücher standen in den Regalen an den Wänden. In der Mitte des Zimmers befanden sich nicht, wie sonst üblich, ein Sofa und Stühle, die zum Schmökern einluden, sondern ein uralter Tisch aus massiver Eiche. Das Holz war fast schwarz und die Tischbeine waren mit üppigen Schnitzereien verziert.

„Bitte, nehmen Sie Platz." Sir Andrew ging um den Tisch herum und setzte sich Lucas und Danielle gegenüber. Mr. Smith kramte in einigen Papieren, die am Ende des riesigen Holzmöbels lagen.

„Guten Tag. Tee oder Kaffee?", fragte plötzlich eine Frauenstimme. Danielles Kopf schoss herum, eine ältere Dame um die fünfzig stand schräg hinter ihr. Wo war sie hergekommen? Vielleicht aus einem der Dienstbotengänge, die Mr. Smith eben noch erwähnt hatte?

„Tee, vielen Dank", antwortete Danielle.

„Ich wäre dankbar für einen Kaffee, wenn es keine Umstände macht", meinte Lucas abwesend in Richtung der schlanken

Frau. Er holte das Notebook und die Unterlagen aus der Tasche, breitete sie auf dem Tisch aus und verteilte einzelne Blätter. Die Haushälterin schenkte den beiden ein. Auf einem Silbertablett standen zwei große Kannen, vier weiße Porzellangedecke, ein Milchkännchen, Zucker und Gingerbread.

„Für Andrew und mich Tee, danke, Gwen."

„Wenn Sie sonst noch etwas brauchen, rufen Sie kurz an."

Fast hatte Danielle erwartet, sie würde sagen: „Klingeln Sie", aber so fortschrittlich waren die Herren dann doch schon.

„Milch?" Sir Andrew goss Danielle einen Schluck in ihren Tee, nachdem sie lächelnd genickt hatte.

„Danke sehr." Alte Schule. Sehr angenehm, die beiden, dachte sie, während sie umrührte.

Nachdem alle mit Tee oder Kaffee versorgt waren, wurde es ernst. Danielles Herz klopfte schnell. Sie war nervös, ob es heute noch einmal so gut laufen würde wie beim ersten Termin. Lucas übernahm die Führung, wofür sie plötzlich unendlich dankbar war. Ihre Beine waren zittrig und sie war froh, dass sie nicht stehen musste.

Es hing für sie einiges davon ab, wie es am heutigen Tag lief. Ihr Vater hatte es zwar nie laut ausgesprochen, aber er billigte ihre Wohltätigkeit nur, weil er hoffte, dass sie einen passenden Schwiegersohn finden würde, der dann die Geschäfte übernehmen konnte, die Danielle offenbar nicht selbst führen wollte, wenn er sich zur Ruhe setzen würde. Charity war für Ehefrauen der besseren Gesellschaft nach wie vor etwas durchaus Annehmbares, aber da Danielle das einzige Kind der Fanes war, hatten ihre Eltern doch gehofft, sie würde etwas mehr Interesse am Handelsgeschäft der Familie zeigen.

Wenn sie nun aber mit *Every Life Matters* erfolgreich wäre, würde ihr Vater vielleicht endlich etwas nachsichtiger mit ihr sein und ihr auch in anderen Bereichen mehr zutrauen als bisher. Leider, musste sich Danielle eingestehen, war sie wirklich besser darin, Geld auszugeben, als es zu verdienen. Aber dieses Problem würde sie am heutigen Tage auch nicht lösen. Sie kratzte sich an der Nase und zwang sich, dem Gespräch zu folgen. Es lief durchaus gut. Lucas machte seine Sache gewissenhaft und flüssig. Mit ihm an ihrer Seite fühlte sie sich wohl, bisher hatte sie sich, was das Geschäftliche anbelangte, hundert Prozent auf ihn verlassen können. Dafür war sie ihm dankbar, auch wenn sie ihm das nie so sagen würde. Sonst bildete er sich noch etwas darauf ein – Selbstvertrauen hatte er wirklich schon genug.

Zwei Stunden später war es geschafft. Die Herren hatten Danielle und Lucas genauso freundlich zur Tür geleitet und verabschiedet, wie sie sie in Empfang genommen hatten. Winkend waren sie davongefahren. „Was meinst du, haben sie angebissen?" Danielle suchte Lucas' Blick.

Er verlangsamte das Tempo ein wenig und zuckte lässig mit seinen Schultern. „Ich denke, es war ein guter Termin. Die werden die Unterlagen prüfen und sich dann entscheiden."

Sie ließ die Schultern hängen. „Ich hatte so gehofft, dass wir heute noch einmal einen so guten Abschluss haben würden wie mit den Labon Brothers."

Lucas legte seine rechte Hand auf Danielles Oberschenkel und tätschelte sie aufmunternd. „Es war doch nicht schlecht, Gänseblümchen. Das Geld sitzt nicht mehr so locker wie früher, das wird schon."

Danielles Augen füllten sich mit Tränen. Jetzt bloß nicht losheulen! Nicht vor Lucas. Das wäre mehr als peinlich. Die Fahrbahn vor ihren Augen verschwamm. Mit aller Kraft kämpfte sie darum, die Enttäuschung niederzuringen.

„Mhm", machte sie und eine Träne kullerte an ihrer Wange nach unten und tropfte auf den dunkelblauen Hosenanzug. Sie schluckte.

„Danielle?" Lucas dunkle Stimme klang alarmiert. Sie konnte sich nicht daran erinnern, dass er sie jemals beim Namen genannt hatte.

Dann kullerte die zweite Träne, als sie blinzeln musste. Sie würde nicht weinen! Danielle schniefte und ignorierte die feuchte Spur im Gesicht.

Lucas verlangsamte das Tempo und hielt am Straßenrand. Sie wagte nicht, ihn anzusehen. Er sollte sie nicht so sehen, heulend wie eine dumme Gans. Dabei gab es gar keinen Grund dafür.

Er drehte ihr Gesicht mit seinem Zeigefinger zu sich. Sie ließ ihn gewähren. Lucas hatte den Kopf schiefgelegt und zwei fragende blaugraue Augen schauten sie voller Wärme an. Danielle musste nochmals schlucken. Der Knoten in ihrem Magen lockerte sich ein wenig und wich einem leisen Summen. Sie senkte den Blick.

„Sag mir, was los ist, Gänseblümchen."

Das war keine Frage. Es war eine Aufforderung. Dass jemand so mit ihr umging, war sie nicht gewohnt. Lucas hob ihr Kinn an, so dass sie ihn ansehen musste. Plötzlich vibrierte die Luft zwischen ihnen. Lucas Kopf näherte sich ihrem Gesicht wie ein Magnet. Sie konnte nichts dagegen tun, *wollte* nichts dagegen tun. Sie spürte, dass ihre Lippen leicht geöffnet waren, damit sie besser Luft bekam. Ihr Atem ging schneller. Danielle schloss die Augen, gleich würde er sie küssen. Und sie würde ihn nicht zurückweisen. Dafür war es jetzt zu spät.

Völlig unvermittelt dröhnte das Signalhorn eines Lastkraftwagens und der silberne SL vibrierte wie bei einem Erdbeben.

„Was zum …?" Lucas riss ruckartig den Kopf herum. Der Truck war in einem Affenzahn an ihnen vorbeigerast und hätte sie beinahe erwischt.

„Heilige Scheiße, das war knapp!" Er fuhr sich durch die Haare und hielt sich am Lenkrad fest. „Ich denke, wir setzen unsere Fahrt fort, und dann …". Er sprach nicht weiter. Verflixt, fast wäre es passiert! Seine blaugrauen Augen hatten sie im falschen Moment erwischt, als sie verwundbar und schwach war. Sie musste in Zukunft besser aufpassen.

Lucas fuhr in atemberaubendem Tempo weiter, als wäre nichts gewesen. Danielle sammelte sich noch, als sie bemerkte, dass dies nicht der Weg nach Kensington war. Was hatte der Mann jetzt wieder vor? Sie stöhnte innerlich auf.

„Darf ich fragen, wo wir hinfahren?"

„Sie dürfen." Er grinste über das ganze Gesicht. Na toll, das hieß garantiert nichts Gutes.

„Und? Wohin geht die Reise?"

Lucas drehte das Radio an und wippte seinen Körper im Takt zu einem Song, den sie nicht kannte.

„Du hast mir ein Dinner versprochen, schon vergessen?"

Natürlich hatte sie das nicht vergessen. Wie konnte sie?

„Aber ich dachte, wir würden in London essen gehen. Nicht sonst wo auf der Welt."

„Tja. Es war nicht abgesprochen, dass es unbedingt in London sein muss."

Danielles Herz klopfte bis zum Hals.

„Du bist wahnsinnig, das grenzt ja an Entführung! Immerhin, wir sind auch nicht auf dem Weg nach Heathrow."

Sie hörte sein kehliges, volles Lachen. Es war ansteckend und sie hatte Mühe, ein Grinsen zu unterdrücken.

„Wenn ich dann auf das Stockholmsyndrom hoffen dürfte, würde ich das vielleicht auch machen."

Sie musste unwillkürlich kichern. Er hatte wirklich nicht alle Tassen im Schrank.

„Also echt. Vergiss es." Sie versuchte empört zu klingen.

„Wie schade. Aber die Hoffnung stirbt zuletzt."

„Wirst du mir jetzt sagen, wo es hingeht?"

„Willst du dich wirklich nicht überraschen lassen?"

„Nein."

„Ganz wie Madame belieben. Wir fahren nach Hambleton Hall, wenn du es unbedingt wissen willst."

Das sagte ihr nicht wirklich etwas.

„Geht es ein wenig genauer?"

„Hambleton Hall ist ungefähr zweieinhalb Stunden von Central London entfernt. Wir sind ja zu unserem Termin schon eine gute Strecke rausgefahren, es ist jetzt also nicht mehr ganz so weit."

„Schön. Und was ist Hambleton Hall? Ein Gefängnis?"

Er lachte wieder.

„Du hast Ideen. Ts, ts. Es ist ein Country House, wir werden dort dinieren. Das Restaurant hat einen Michelin-Stern, es dürfte also hoffentlich lecker werden. Ich habe mir sagen lassen, dass du eine kleine Luxusschnitte bist. Also habe ich mir gedacht, das könnte dir gefallen."

Sie, eine Luxusschnitte? Wie absurd. Nur weil sie liebend gerne Designerklamotten trug und in einem schönen Apartment in Kensington lebte ... na gut. Vielleicht hatte er ja doch nicht ganz unrecht.

„Hm." Sie wusste nicht, was sie dazu sagen sollte. Das hatte noch nie jemand mit ihr gemacht. Das Summen in ihrem Bauch war wieder da.

„Und weil ich weiß, dass du Vegetarierin bist: Der Koch dort ist spezialisiert auf vegetarische Küche."

Sie war überrascht. So viel Liebe zum Detail hatte sie dem Rüpel gar nicht zugetraut.

„Wir werden sehen." Danielle war aufgeregt, aber das würde sie ihm ganz bestimmt nicht auf die Nase binden. Sie kratzte sich an der Nase.

„Hm. Ein wenig mehr Begeisterung hatte ich mir schon erhofft." Er grinste dennoch. „Aber die wird schon noch kommen, Gänseblümchen."

Ihre Wangen wurden heiß. Lucas brachte sie viel zu oft in Verlegenheit. Sie war doch sonst nicht so!

Im Radio lief Lady Gaga und Lucas sang lauthals mit. Sein Bariton war klar und kräftig, dazu sah er verdammt sexy aus. Manche Typen hatten bei der Verteilung im Himmel einfach zu oft hier geschrien und wirklich alles bekommen. Sie würde nicht mit Lucas herumalbern und mitsingen, obwohl sie die Texte natürlich auch alle auswendig konnte, aber sie war schließlich keine fünfzehn mehr. Er ließ sich von ihrer Gouvernantenmiene nicht beeindrucken und summte weiter bei jedem Song mit, den er kannte, bis sie nach weiteren zwanzig Minuten ihr Ziel erreichten.

Das Country House war natürlich viel mehr als einfach nur ein simples Landhaus. Lucas lenkte den Mercedes sicher, nur mit leicht überhöhter Geschwindigkeit, auf den Privatweg zum Haus. Die letzten Meter vor dem Gebäude waren mit Kies ausgelegt, der unter den Reifen des SL knirschte. Endlich verlangsamte er das Tempo; vermutlich hatte er Angst, dass die fliegenden Steine den Lack des Wagens ramponieren könnten. Sie grinste.

„Was ist so lustig?"

„Ach, Männer und ihre Autos." Aber sie hätte nichts dagegen einzuwenden gehabt, auch mal ein paar Runden mit dem schnittigen Cabriolet zu drehen. Sie fuhr selbst einen Aston Martin DB9, allerdings neueren Baujahres.

„Hä?"

„Vergiss es." Sie grinste.

„Na gut. Da sind wir, Gänseblümchen."

Er stoppte den Wagen vor dem mächtigen Portal des Landsitzes und sogleich erschien ein Butler im Eingang und kam ihnen entgegen. Er trug einen altmodischen Frack, eine weiße gestärkte Weste und eine schwarze Fliege. Sie fühlte sich in ein anderes Jahrhundert versetzt. Wenn er jetzt noch James hieß, würde sie einen Lachkrampf bekommen.

„Guten Tag, willkommen auf Hambleton Hall. Ich bin Finley und heute für Sie zuständig." Na, immerhin, wenigstens ein Klischee, das nicht erfüllt wurde.

„Hi", sagte Lucas freundlich.

„Darf ich Ihr Gepäck nach oben bringen?"

„Wir haben kein …"

„Ja, dürfen sie. Sehr gerne sogar", fiel Lucas ihr ins Wort.

Er hatte doch nicht etwa …?

Er hatte.

Lucas öffnete die silberne Heckklappe des Oldtimers und es kamen zwei kleine, dunkelbraune Lederkoffer zum Vorschein.

Dieser Mistkerl hatte das hier geplant! Sie war noch total von den Socken; zu überrascht, als dass sie sich dagegen wehren konnte. Außerdem wollte sie vor dem steifen Angestellten des Hauses keine Szene machen. Ein Abend mit Lucas würde sie schon nicht umbringen. Es war mittlerweile auch beinahe dunkel und ihr Magen hatte sich vor fünf Minuten lautstark zu Wort gemeldet. Ihr Protest fiel daher nur schwach aus.

„Du hättest mir ja wirklich was sagen können!"

„Dann wärst du doch nie mitgekommen."

„Da hast du auch wieder recht."

Sie hoffte, dass er wenigstens so viel Anstand besaß, zwei Zimmer zu reservieren.

Finley ging voraus und stoppte in der Eingangshalle.

„Möchten die Herrschaften eine kleine Erfrischung zu sich nehmen, bevor ich Ihnen die Zimmer zeige?"

Er hatte *die* Zimmer gesagt. Sie war erleichtert.

„Also, ich könnte gut einen Drink vertragen, der Tag war doch ganz schön aufregend."

„Wie Madame wünschen." Lucas deutete eine Verbeugung an und grinste spitzbübisch.

„Bitte hier entlang, ich führe Sie in den grünen Salon. Dort wird sich gleich jemand um Sie kümmern."

Finley zeigte ihnen den Weg. Lucas legte Danielle eine Hand auf den unteren Rücken, von wo aus sich die Wärme über ihren ganzen Körper ausbreitete. Der alte Holzboden knarrte unter ihren Füßen, obwohl er mit einem dicken Teppich überzogen war. Im grünen Salon saßen wenige Gäste; in einem so vornehmen Haus gab es ohnehin selten mehr als zehn Übernachtungszimmer. Wenn überhaupt.

„Bitte, wenn es Ihnen hier recht ist?" Finley zeigte auf zwei geblümte Ohrensessel, die direkt vor dem brennenden Kamin standen, von dem eine wohlige Wärme ausging.

„Ja, wundervoll. Das sieht sehr gemütlich aus."

„Bitte sehr. Ich schicke Ihnen gleich Emma vorbei, sie wird sich um Ihre Getränkewünsche kümmern."

„Bestens, danke."

Lucas nickte in Finleys Richtung und wandte sich dann Danielle zu, wies mit der Hand auf den rechten Sessel und bedeutete ihr, dass sie sich doch setzen möge.

„Bitte", fügte er hinzu.

„So höflich. Das kenne ich ja gar nicht von dir."

„Ich habe dir gesagt, an mir gibt es viele Seiten, die du noch kennenlernen wirst."

„Das klingt eher nach einer Drohung."

„Vielleicht ist es das ja auch", scherzte er. Emma stand plötzlich vor den Ohrensesseln und fragte nach ihren Getränkewünschen.

„Gänseblümchen, was möchtest du?"

Danielle spürte, dass sie puterrot anlief. Warum musste er sie vor anderen so nennen? Sie brauchte etwas Stärkeres, sonst würde sie das hier nicht überleben.

„Einen Gin Tonic, bitte."

„Eine gute Wahl. Ich schließe mich an."

„Welchen Gin darf ich Ihnen anbieten, wir haben verschiedene Sorten."

„Ich nehme Bombay mit Zitrone", antwortete Danielle.

„Haben Sie Elephant?"

„Selbstverständlich, Sir." Die zierliche Emma lächelte verlegen. Lucas' Wirkung zeigte sich also auch bei der dunkelhaarigen Barfrau. Sie konnte es ihr nicht mal verdenken.

„Dann bitte einen doppelten mit Gurke."

„Bringe ich sofort, Sir." Dann händigte sie ihnen zwei Speisekarten für das Abendmenü aus und erklärte, dass sie bereits jetzt wählen konnten, was sie später serviert haben wollten. Danach verschwand Emma lautlos und ließ sie vor dem prasselnden Feuer alleine.

„Einen doppelten?"

„Habe ich mir doch verdient, oder?"

„Wenn du meinst." Danielle kramte in ihrer Handtasche und überprüfte die Nachrichten auf ihrem Smartphone.

„Wer hat jetzt schlechte Manieren, Gänseblümchen? Du bist handysüchtig."

„Bin ich gar nicht!"

„Ach, nein? Ich glaube, wenn du nicht alle fünf Minuten – mindestens – das Ding in den Händen hältst, bekommst du Entzugserscheinungen."

„Du spinnst ja."

„Dann beweise es mir."

„Was?"

„Du lässt dein Handy heute Abend in der Tasche und dafür darfst *du* morgen zurück das Steuer lenken."

„Wieso sollte ich das wollen?"

„Komm schon, es ist mir nicht entgangen, wie du meinen Wagen angesehen hast."

„Quatsch." Sie kratzte sich an der Nase.

„Das ist ein Achtundsechziger", lockte er sie weiter. Konnte der Typ verdammt noch mal Gedanken lesen?

„Na gut. Aber dass du es weißt, ich mach es nur, um dir zu zeigen, dass mir mein Handy piepegal ist."

„Ha, ha, ha. Du bist wirklich die schlechteste Lügnerin, die ich bislang kennengelernt habe."

Emma tauchte mit einem Tablett zwischen ihnen auf und servierte die Drinks.

„Darf ich das Tonic schon eingießen?"

„Danke, das machen wir selbst." Lucas winkte höflich ab.

Sie stellte die beiden Gläser und die Tonicflaschen mit geröteten Wangen auf den kleinen Beistelltisch zwischen den Sesseln ab. Dazu brachte sie noch schwarze und grüne Oliven, Erdnüsse und einige Kanapees.

„Bitte sehr. Ich bin ganz in Ihrer Nähe, wenn Sie noch etwas benötigen."

Lucas goss das Tonic in Danielles Glas ein, hielt kurz inne und fragte sie: „Alles?"

Danielle nickte. Anschließend wiederholte er die gleiche Prozedur bei seinem Elephant Gin, ließ aber einen Rest Tonic in der Flasche.

„Zu viel Wasser", lachte er. „Cheers."

„Cheers."

Die schmalen, hohen Gläser gaben nur ein leises Klirren von sich, als sie miteinander anstießen. Das eiskalte, klare Getränk war herrlich erfrischend.

„Gut, oder?" Lucas nahm sich ein Kanapee und steckte es ganz in den Mund.

„Herrlich!", meinte er genüsslich kauend, als er die Hälfte geschluckt hatte. „Es ist wirklich schön hier. Der Garten ist der absolute Hammer. Die müssen ja zehn Gärtner haben." Danielle zeigte mit dem Glas zum Fenster, von dem aus man in den aufwendig gestalteten Grünbereich des Landsitzes sehen konnte, der nun, da es dunkel war, beleuchtet wurde. Dort saß noch ein altes Pärchen, das sich zum Fünf-Uhr-Tee eingefunden hatte.

„Kann sein", brachte er mit vollem Mund heraus.

„Hunger?"

„Ich habe den ganzen Tag nichts gegessen. Klar habe ich Hunger. Du nicht?"

„Doch, ich auch." Sie nahm sich ein paar Erdnüsse und steckte eine davon in den Mund.

„Erdnuss müsste man sein."

„Spinner." Sie biss mit offenem Mund zu, damit er das Knacken hören konnte.

„Autsch. Lieber doch nicht."

Danielle lachte und Lucas stimmte mit ein. Die Anspannung fiel allmählich von ihr ab, mit jedem Schluck entspannte sie sich mehr. Lucas benahm sich anständig und ging ihr nicht mehr mit jedem Satz auf die Nerven. Nachdem sie ausgetrunken hatte, fühlte sie sich beschwingt. Lucas hatte seinen Imbiss beendet und sprang dynamisch auf. „Sollen wir uns ein wenig frisch machen, bevor wir zum Dinner gehen?", fragte er und strahlte sie an.

„Ja, gerne." Danielle fragte sich einen Moment, ob er davon fantasierte, wie sie zusammen unter der Dusche standen.

„Gut, dann komm." Er reichte ihr seine Hand und half Danielle aus dem Sessel. Diese Geste empfand sie wieder als nett und so lächelte sie ihn an. Außer ihnen war nur noch das alte Pärchen am Fenster im Salon, die leeren Teetassen vor sich und in das Studium der Speisekarte vertieft. Danielle und Lucas hatten ihr Menü bereits ausgewählt und würden nachher direkt in den Speisesaal gehen. Da fiel es ihr wieder ein.

„Ich fühle mich ein wenig underdressed, um ehrlich zu sein." Sie entzog ihm ihre Hand.

„Keine Sorge. Hast du die Koffer nicht gesehen?"

„Aber sind das nicht deine?"

„Vielleicht habe ich was für dich dabei."

Ihr wurde flau im Magen.

„Was?" Mehr brachte sie nicht hervor. Hatte ihr Lucas vielleicht etwas gekauft?

„Lass dich überraschen." Er grinste ganz unverschämt.

Bevor Danielle ihre Sprache wiederfand, tauchte Finley vor ihnen auf und bedeutete ihnen, ihm zu folgen. Sie gingen die Haupttreppe des Landhauses hinauf, bogen links ab und mussten noch eine kleine Treppe erklimmen, bevor sie eine dunkle Eichentür erreichten. Finley öffnete diese und trat in das Zimmer ein.

„Deins oder meins?", fragte Danielle.

„Unseres."

„Wie bitte?"

„Komm", drängte Lucas.

„Vergiss es."

Lucas kam ganz nah an Danielle ran und flüsterte ihr eindringlich ins Ohr: „Wenn du nicht sofort reinkommst, trage ich dich eigenhändig hinein. Drei … zwei … na, wird's bald!"

„Du hast sie doch nicht mehr alle!" Danielle rempelte ihn an und marschierte vor Lucas ins Zimmer.

Finley stand mit hochgezogener Augenbraue in der Mitte des Raumes. Sie konnte in seinem Gesicht ablesen, dass er sich fragte, was zwischen den beiden wohl vor sich ging, aber Danielle kümmerte sich nicht darum.

„Wenn die Herrschaften noch Fragen haben …?"

„Nein, vielen Dank.", antwortete Lucas.

Danielle kochte vor Wut. Wahrscheinlich war das blöde Hotel sonst auch noch ausgebucht und das hier das letzte Zimmer. Es war die Höhe!

Finley schloss die Tür hinter sich und seine Schritte verhallten im Flur.

„Bist du eigentlich total irre?", zischte Danielle aufgebracht.

Lucas rollte nur mit den Augen. Am liebsten hätte sie ihm einen Kübel eiskaltes Wasser über den Kopf gekippt.

„Was ist denn jetzt schon wieder los?"

„Was los ist? *Ein* Zimmer ist los!"

Lucas ließ sich auf das Sofa in der Mitte des Raumes fallen und legte die Füße auf den Tisch. Das war doch nicht zu fassen, der Mann war einfach unmöglich!

„Schau dich ruhig um, Gänseblümchen." Lucas machte eine ausladende Handbewegung und sein Gesicht zeigte keinerlei Regung dabei.

„Warum sollte ich? Ich habe genug gesehen. Ich will sofort abreisen!"

„Ich will sofort abreisen", äffte er sie nach und wackelte dabei mit dem Kopf, was sie noch rasender machte.

„Klar. Frech werden, das kannst du gut."

„Du bist wirklich eine sehr anstrengende Frau, Danielle."
Lucas wirkte ernst, als ob er darüber nachdachte, was er hier
überhaupt machte. Dann schüttelte er den Kopf und stand auf.
Danielle stand noch immer im Eingangsbereich und sah, dass
Lucas mit schnellen Schritten auf sie zukam. Sie wich instink-
tiv einen Schritt zurück. Lucas Miene war grimmig. Er warf
sie sich mit einem Griff über die Schulter und Danielle schrie
entsetzt auf. So hatte sie noch niemand behandelt. Sie trommelte mit den Fäusten auf seinen Rücken ein.

„Lass mich sofort runter, du Scheusal!"

„Den Teufel werde ich tun."

Sie sah alles über Kopf, hörte, dass er eine Tür öffnete und
mit ihr in ein Zimmer ging. Dann schmiss er sie auf ein Bett.

„Hier. Das ist dein Bett. Wenn Madame dann mal die Augen
öffnen möchte, könnte sie sehen, dass genau gegenüber auf
der anderen Seite der *Suite* ein weiteres Schlafzimmer ist. Das
ist meins. Und jetzt zieh dich um. Ich habe Hunger." Lucas
rauschte verärgert davon und knallte die Tür hinter sich zu.

Danielle lag wie eine Schildkröte auf dem Rücken und fragte sich, was hier eigentlich gerade abgegangen war. Sie hatte
ihm unrecht getan. Dafür wäre sie am liebsten im Erdboden
versunken. Aber warum hatte er das nicht gleich gesagt! Sie
schlug die Hände vors Gesicht und schloss stöhnend die Augen. Lucas hatte eine Suite mit zwei Schlaf- und Badezimmern gebucht. Wie peinlich, dass sie so ausgeflippt war – einerseits. Andererseits … Danielle straffte die Schultern und
sagte sich, dass er ihr von Anfang an hätte mitteilen können,
wie es wirklich war. Typen wie ihm konnte man gar nicht unrecht tun!

Lucas fuhr sich durch die Haare und stöhnte laut auf. Was für
ein anstrengender Tag! Was für ein anstrengendes Weib!
Normalerweise machte er um so komplizierte Frauen wie Da-

nielle Fane einen großen Bogen, aber sie war auch verdammt heiß, deswegen war er hier. Seine Stimmung besserte sich, als er sich daran erinnerte, welches Kleid er für sie ausgesucht hatte. Danielle würde supersexy darin aussehen. Seit er für Damians Verlobte Julia eine komplette Garderobe hatte auswählen müssen, weil er den beiden liebestechnisch etwas auf die Sprünge helfen wollte, hatte er ungefähr eine Ahnung, was Frau für welchen Anlass benötigte.

Nicht, dass das jetzt zum Dauerzustand werden würde, aber der Zweck heiligte die Mittel. Und der Herr stand ihm bei, er wollte Danielle. Sein Körper zeigte es ihm allzu deutlich. Nur mit Mühe hatte er sich beherrschen können, sich nicht zu ihr aufs Bett zu legen und das verdammte Abendessen sausen zu lassen. Etwas würde er noch warten müssen, Danielle war noch nicht so weit, aber lange würde sie ihn nicht mehr braten lassen, das spürte er. Im Auto war er verdammt nah dran gewesen, sie zu küssen. Er hatte ihren warmen Atem spüren können, bevor der Laster sie fast gerammt hatte. Lucas warf sein Jackett aufs Bett und ging ins Badezimmer, um sich frisch zu machen.

Kapitel 7

Lucas lag rücklings auf dem Bett, als es leise an seiner Tür klopfte. Na endlich, er hatte schon befürchtet, dass sie nie wieder aus ihrem Schlafzimmer herauskommen würde.

„Komm rein", rief er.

Die Tür knarrte leise, als Danielle eintrat.

Ihm stockte der Atem, als er sie sah. Einfach umwerfend. Das Kleid saß wie eine zweite Haut und betonte ihre zarten Rundungen perfekt.

„Wow", entfuhr es ihm.

„Na ja, eine große Überraschung ist mein Outfit ja wohl nicht für dich."

„Aber die Füllung ist der Wahnsinn." Er lachte und suchte forschend ihren Blick. Sie wirkte ein wenig unsicher und ihr Erröten bestätigte den Eindruck. Sie hatte offenbar ein schlechtes Gewissen. Gut, das konnte sie auch haben. Aber er war nicht nachtragend. Mit einem Satz war er vom Bett auf die Beine gesprungen.

„Sehr dynamisch, junger Mann." Sie lächelte. Es war ein vollkommen natürliches Lächeln, bei dem er die Gelegenheit hatte, ihre ebenmäßigen Zähne zu bewundern. Er blieb für einen Moment an ihren roséfarbenen Lippen hängen. Danielles grüne Augen ließen zudem sein Herz um einiges schneller als normal schlagen.

„*Mann* tut, was er kann." Er bot ihr seinen Arm. „Wollen wir dann, Madame?"

„Gerne. Wegen vorhin …"

„Schhh, Gänseblümchen." Lucas legte ihr einen Finger auf die Lippen. „Jetzt haben wir einen schönen Abend, ja?"

Sie nickte und nahm seinen Arm.

Es fühlte sich fast an wie ein Date, dabei hatte sie beschlossen, dass es eben genau dies nicht war. Danielle war froh, dass Lucas nicht sauer auf sie war, er hätte Grund dazu gehabt. Nach seinem Einsatz für *Every Life Matters* war sie ihm gegenüber nicht ganz fair gewesen. Ohne ihn wäre sie bei den beiden Terminen ziemlich dumm dagestanden, vom Infomaterial mal ganz abgesehen. Deswegen wollte sie an diesem Abend nett zu ihm sein – das hatte er sich verdient. Für ein paar Stunden würde sie darüber hinwegsehen, dass er nur das Eine von ihr wollte. Er würde es nicht von ihr bekommen, das sollte ihr jedoch auch nicht den Abend verderben.

Ursprünglich war Danielle bei ihren Eltern zum Abendessen eingeladen gewesen, aber sie hatte abgesagt. Sie würde es ihnen später erklären. Außerdem war sie erwachsen und konnte gut auf sich selbst aufpassen.

„Achtung, Stufe." Lucas hielt sie geistesgegenwärtig am Arm fest, sonst wäre sie gestürzt.

So viel zum Thema ‚selbst auf sich aufpassen'. Sie brauchte unbedingt einen Drink. Irgendwie war das alles ziemlich nervenaufreibend.

Die Tische des Restaurants waren bereits vollbesetzt, als sie eintrafen, dabei war es gerade mal kurz nach acht. Im Salon neben dem Speisesaal spielte jemand auf einem Flügel. Das Licht war gedämpft, Kerzen beleuchteten den weitläufigen Raum mit den hohen Decken.

Zwei Kellner rückten ihnen die Stühle zurecht und breiteten Servietten auf ihren Beinen aus. Lucas schaute sie auf die Frage nach einem Aperitif abwartend an. Danielle nickte lächelnd. Als wären sie ein altes Ehepaar. Es fühlte sich komisch an.

Lucas bestellte zwei Gläser Dom Perignon für sie, danach kam eine weitere Bedienung und bot ihnen verschiedene Brotsorten aus einem hölzernen Korb an. Danielle wählte ein köstlich aussehendes Tomatenciabatta und Lucas gewöhnliches Baguette. Er nahm das kleine Messer und bestrich ein Stück mit gesalzener Butter, bevor er es sich in den Mund steckte. Dann meinte er: „Wenn ich ehrlich bin, ich könnte ein halbes Schwein verdrücken."

Danielle schaute ihn groß an. „Dann, fürchte ich, sind wir geschiedene Leute. Wenn du Schwein bestellst, muss ich leider den Tisch wechseln." Er grinste, so dass ihr warm ums Herz wurde. „Gut, dann also kein Schwein, sondern einen ganzen Tofu, mit Bein und Kopf. Das alles nehme ich auf mich, o holde Maid, nur um Euch zu gefallen."

„Wirklich nobel."

Ein weiterer Kellner brachte zwei langstielige Champagnerkelche mit der goldenen Flüssigkeit, dazu wurde ihnen das Amuse Gueule – der Gruß aus der Küche – gereicht. Der Chef de Rang klärte sie auf, dass es sich um ein Crostini mit Ziegenkäse und Cranberries handelte, bevor er sie der ersten Gaumenfreude überließ.

„Auf einen schönen Abend. Vielen Dank, dass du mitgekommen bist. Cheers", sagte Lucas lächelnd.

Sie fragte sich, ob er sie sonst auch drei, zwei, eins ausgezählt und über die Schulter hierhergeschleppt hätte, sagte stattdessen aber: „Natürlich, das hast du dir durchaus auch verdient. Cheers."

Der Champagner perlte sanft und schmeckte köstlich. Aromen von Birne und Mango, Anis und getrocknetem Ingwer breiteten sich an ihrem Gaumen aus.

„Einfach überwältigend! Diese Vollmundigkeit ist der absolute Wahnsinn."

„Luxusschnitte – sagte ich bereits, oder?" Er grinste wieder. „Aber du hast Recht. Dom Perignon ist und bleibt der beste Champagner der Welt."

Er trank einen Schluck und betrachtete die Farbe im Glas.

„Aber sag mir eines, Gänseblümchen. Warum bist du so widerspenstig?"

„Bin ich doch gar nicht", versuchte sie sich herauszureden. Dabei fühlte sie sich ein bisschen wie ein Kind mit verschmiertem Schokomund auf einem cremefarbenen Sofa.

„Du hast die Widerspenstigkeit erfunden."

„Vielleicht nur, weil du wirklich aufdringlich bist."

„So schlimm?"

„Irgendwie … ja."

„Es liegt nur daran, dass ich gewohnt bin zu bekommen, was ich will."

„Wer ist dann hier die Luxusschnitte?", konterte sie und trank noch einen Schluck.

„Vielleicht sind wir dann nicht so verschieden." Er runzelte die Stirn, während er das letzte Stück Crostini genüsslich vom Teller nahm.

„Ich glaube nicht, dass man das vergleichen kann."

„Glaub mir eins, Danielle." Lucas' und Danielles Blicke trafen sich und sie verlor sich in der Tiefe seiner blaugrauen Augen. „Ich denke jede Sekunde, seit wir uns das erste Mal getroffen haben, nur an dich."

Sie schluckte. Die Welt um sie stand einen Moment still.

„Wieso sollte ich dir das glauben?"

„Weil es wahr ist", erwiderte er trocken, dann trank er sein Glas in einem Schluck aus.

„Können wir nicht über das Wetter oder so reden?"

„Das Wetter in England ist immer schlecht, das weißt du doch. Da wären unsere Gesprächsthemen schnell erschöpft."

Ein Kellner räumte die Teller des Amuse Gueule ab und ein anderer brachte die Flasche Weißwein, die Lucas anfangs bestellt hatte. Er prüfte das Etikett, dann öffnete der Sommelier die Flasche und roch am Korken, bevor er Lucas einen Probierschluck einschenkte.

„Ausgezeichnet", nickte er anerkennend. „Danke."

Der Sommelier schien nicht überrascht und lief zu Danielles Glas, um ihr zuerst einzugießen, bevor er Lucas nachschenkte.

Sie fühlte sich leicht und beschwingt, was höchstwahrscheinlich am Champagner lag.

„Erzähl mir doch etwas von dir, Gänseblümchen, wenn ich dir schon nicht davon erzählen darf, wie sehr ich mich nach dir verzehre."

Danielle brach sich ein weiteres Stück Ciabatta ab und überlegte kurz.

„Ich weiß gar nicht, was du wissen möchtest. So viel gibt es da auch nicht."

„Nix da. Du bist doch sonst nicht auf den Mund gefallen." Lucas zerzauste sich die Haare und lehnte sich lässig in seinem Stuhl zurück.

Zunächst zögernd, dann zunehmend freier, kamen sie ins Gespräch, als Danielle feststellte, dass Lucas ihren Musikgeschmack teilte. Er mochte wie sie Robbie Williams und andere Popsänger. Danielle erzählte von ihrer sportlichen Leidenschaft, dass sie, seit sie denken konnte, einmal im Jahr mit den Eltern in die Alpen zum Skilaufen fuhr, aber nicht wusste, ob sie es dieses Jahr wegen der Arbeit um die Charity und im Handelshaus schaffen würde. Lucas schien hocherfreut, er plante im Winter mehrere Trips in die Schweiz, wo die Stanhopes ein Chalet besaßen, wie er ihr mitteilte.

Der erste Gang war schnell gegessen und sie fühlte sich ein wenig beschwipst. Mit dem Hauptgang würde es sicherlich besser werden, sie hatte schließlich kaum etwas im Magen. Aber auch zum Hauptgang gab es wieder einen leckeren vollmundigen Rotwein, bei dem sie immer weniger Aromen herausschmecken konnte, was möglicherweise daran lag, dass sie doch langsam ziemlich betrunken wurde. Als der Nachtisch serviert wurde, drückte ihre Blase heftig, so dass sie sich kurz entschuldigte, um sich ihr Näschen zu pudern. Huch, der Boden schwankte gefährlich unter ihren Füßen, aber sie schaffte es unfallfrei zur Toilette. Dort ließ sie sich ganz undamenhaft auf die Klobrille fallen und erleichterte sich, nachdem sie ihr Kleid hochgeschoben und das Höschen nach unten gezerrt hatte.

Lucas fragte sich gerade, ob Danielle womöglich Hilfe brauchte, als sie endlich wieder um die Ecke bog. Sie schwankte gefährlich, wirkte aber ganz fidel. Das war die Hauptsache. Sie lächelte selig, als der Kellner ihr den Stuhl unter den Hintern schob, was sie mit „Ups" und einem Kichern kommentierte. Aus ihrer Hochsteckfrisur hatte sich eine Strähne gelöst, die er ihr sanft aus dem Gesicht schob. „Ich dachte schon, ich muss einen Suchtrupp nach dir ausschicken, Gänseblümchen."

„Quatsch, so groß ist das Haus auch wieder nich'. Hicks."

Er grinste. Schluckauf. Sie hatte definitiv ein wenig zu tief ins Glas geschaut und er fand Danielle sehr süß, wenn sie nicht mehr ganz Herrin ihrer Sinne war.

„Wie schmeckt der Nachtisch?" Er beobachtete amüsiert, wie sie das Dessert in Rekordzeit verschlang.

„Lecker", kaute sie. „Könnte ich mich dran gewöhnen."

„Sehr gut. Ich mag knochige Frauen nicht."

„Mit Silikonhupen kann ich aber auch nicht dienen."

Er hob eine Augenbraue.

„Wie kommst du darauf, dass mir das gefallen würde?"

„Die Frau im Skytower." Danielle machte eine ausladende Handbewegung vor ihrem Brustkorb. Er musste schallend lachen. Sie hatte doch nicht ernsthaft gedacht …?

„Echt? Das hast du dir gemerkt? Ich möchte fast glauben, ein wenig Eifersucht aus dir herauszuhören." Er beobachtete genau ihre Reaktion genau: Danielles glasige Augen weiteten sich voller Entrüstung.

„Ganz sicher nich', du Weiberheld, ich hab' kein Interesse."

Sie schüttelte vehement den Kopf und nahm noch einen Schluck vom Rotwein.

„Wie schade. Und da sagt man, dass Kinder und Betrunkene immer die Wahrheit sprechen." Er hatte sich beim Alkohol zurückgehalten, unnötigerweise, wie er jetzt feststellen musste. Mit Danielle war in dieser Nacht wirklich nichts mehr anzufangen und nekrophile Veranlagungen hatte er keine, auch wenn andere sexuelle Abarten in seiner Blutlinie tatsächlich schon vorgekommen waren. Aber sein leiblicher Vater war lange aus seinem Leben verschwunden und das war auch gut so.

„Ich sag's dir doch. Du bist nicht mein Typ." Sein Gänseblümchen kratzte sich an der Nase, was ihm verriet, dass er ihr doch nicht völlig gleichgültig war. Ihm wurde warm ums Herz, merkwürdigerweise war es ihm sehr wichtig, was sie von ihm hielt.

„Natürlich. Ähm. Nicht." Er grinste. „Komm, ich bringe dich nach oben."

„Ich will aber noch gar nicht." Sie protestierte und wollte sich gegen seinen Arm wehren, aber er gab nicht nach.

„Morgen wirst du es mir danken."

„Du bist aber ein Spielverderber. Sonst tust du immer so cool und lässig und jetzt …"

Er legte einen Finger auf ihre weichen Lippen. „Psst. Ich denke, wir haben für heute genug Aufsehen erregt. Ich verspreche dir, du willst es auch so. Spätestens morgen wirst du mir dankbar sein."

„Menno." Sie ließ die Arme hängen und gab nach.

Lucas legte Danielle einen Arm um die schmale Taille und ging mit ihr durch das Speisezimmer, dann durch den Salon zum Treppenaufgang, wo er sie eben noch auffangen konnte, weil sie noch einmal gestolpert war.

„Ups. Schon wieder, hihi. Bin ich aber auch ungeschickt heute Abend."

„Du bist süß. Auch wenn du blau bist."

„Blau? Wo bin ich blau?"

„Haha. Entzückend."

„Is' ja nett von dir, dass du mich immer auffängst, bevor ich stürze. Weiß gar nicht, was los ist. Vielleicht bist du ja doch ganz in Ordnung."

„Nur ganz in Ordnung?" bohrte er nach. In vino veritas. Da würde er nochmal ansetzen. Sie hatten das Ende der Treppe erreicht, gleich hatten sie es geschafft. Danielle hatte sichtlich Mühe mit den letzten Stufen, sie kroch fast nach oben. Er konnte das nicht mehr mit ansehen und hob sie kurzerhand in seine Arme. Sie wog ja fast nichts, vielleicht zweiundfünfzig Kilo? Er konnte das schwer schätzen.

„Holla. Was ist das denn?" Sie ließ die Fersen aus den Pumps klappen und kickte ihre Schuhe davon.

„Danielle", tadelte er sie.

„Danielle", äffte sie ihn nach. „Wo is'n nu das Gänseblümchen auf einmal hin?"

Er würde die Schuhe nachher holen, sie musste dringend ins Bett. Er hatte den Punkt verpasst, an dem sie von ‚beschwipst' in ‚betrunken' übergegangen war. Er hätte besser aufpassen sollen. Englische Mädchen konnten einfach nicht mit Alkohol umgehen, da waren sie genauso unbelehrbar wie asiatische. Als sie vor der Zimmertür angekommen waren, stellte er sie auf dem Boden ab und sie wäre fast umgekippt, wenn er sie nicht gestützt hätte.

„Huch! Das is aber wackelig hier."

Er war nicht mal sauer. Normalerweise würde er sich ärgern, einen Abend verschwendet zu haben, aber sie war betrunken so niedlich, dass es ihn nicht störte. Lucas schloss die Tür auf, warf sie sich noch einmal über die Schulter, trug sie bis zum Bett und ließ sie fallen.

„Mensch, wenn du so grob bist, muss ich gleich kotzen. Ich fühl mich grad nicht so."

„Das wird schon wieder." Lucas holte ihr ein Glas Wasser aus dem Badezimmer, aber sie war bereits eingeschlafen, als er zurückkam. Er beobachtete sie einen Moment. Ihr Brustkorb hob und senkte sich regelmäßig, aber ihr Kleid war hauteng, sicher nicht bequem, darin zu schlafen, wenn man voll wie zehn Russen war. Lucas ging es pragmatisch an. Er hatte sie schon in Unterwäsche gesehen, sie würde ihm nicht vorwerfen können, dass er sie nur entkleidet hatte, um sich an ihrem Körper zu ergötzen. Sie hatte den Mund leicht geöffnet und schnarchte leise. Er sollte ein Foto machen, dann hätte er einen gut bei ihr.

Lucas grinste. Es war eine Premiere für ihn. Ein Date ohne Sex, obwohl er eine Suite gebucht hatte. Er zog ihr das Kleid vorsichtig aus und bewunderte ihren makellosen Körper für einen Moment. Die kleinen, festen Brüste waren in feinste Spitzenunterwäsche verpackt. Danielles Bauch war auch nach einem üppigen Dinner flach und ihre Haut lud förmlich dazu ein, mit den Fingern drüberzufahren. Ein Jammer, dass sie nicht wusste, wann sie genug getrunken hatte. Seufzend deckte er sie zu und verließ leise ihr Schlafzimmer.

Lucas' Telefon lag auf dem Nachttisch und vibrierte lautstark, als er in sein Zimmer kam. Er hatte eigentlich keine Lust auf Telefonate, schaute aber dennoch aufs Display. Er tippte so hastig auf das Antwortfeld, das ihm das Handy fast aus der Hand flog.

„Hallo?... Was?... O Gott! Ja, natürlich! ... Ich bin unterwegs. Mach dir keine Sorgen, ich brauche nicht lange."

Lucas schnappte sich Mantel und Autoschlüssel und verließ die Suite im Eiltempo. Hoffentlich kam er nicht zu spät. Danielle würde er später alles erklären.

Kapitel 8

Ihr Schädel brummte und ihr Mund fühlte sich pelzig an.

Grundgütiger, was war passiert?!

Sie lag in Unterwäsche im Bett. Immerhin, sie war nicht nackt und sie war allein. Die Erinnerung kehrte langsam wieder zurück. Lucas hatte sie nach oben gebracht und dann musste sie eingeschlafen sein. Er musste sie ausgezogen haben. Hatten sie ...? Nein, das hielt sie für unwahrscheinlich, daran würde sie sich garantiert erinnern.

Mist, schon neun Uhr durch. Er hätte sie doch wecken können! Danielle schnappte sich einen Bademantel, spülte sich den Mund aus und band ihre braunen Haare zu einem lockeren Knoten zusammen. Sie ging auf Zehenspitzen durch den Salon zu Lucas' Zimmer. Die Tür stand offen und sein Bett war unberührt, wenn man von den Spuren seines abendlichen Päuschens mal absah. Das konnte nicht wahr sein. Sein Koffer stand noch da. Er konnte doch nicht hier im Hotel ...? Vielleicht mit der Barfrau. Wie hieß sie noch gleich? Ach, ja. Emma. So unverfroren war nicht mal Lucas Stanhope.

Oder womöglich doch? Nicht zu fassen. Danielle stapfte wütend in ihr Zimmer und duschte lange und ausgiebig. Ihr Magen fühlte sich immer noch leicht flau an, aber wenigstens hatte sie sich nicht übergeben müssen. Nach Frühstück stand ihr der Sinn allerdings auch nicht.

Nach der Dusche ging es ihr ein wenig besser. Glücklicherweise hatte sie etwas Puder und Lipgloss in ihrer Handtasche, so fühlte sie sich nicht ganz so nackt nach der letzten Nacht.

Im Salon traf sie auf Finley, der sie freundlich begrüßte. Drei der sieben Tische waren bereits besetzt und die wenigen Gäste verspeisten genüsslich ihr Frühstück. Sie selbst würde keinen Bissen herunterbringen, allein der Gedanke daran verursachte ihr Übelkeit.

„Guten Morgen, Madame. Möchten Sie frühstücken?"

„Ähm. Nein, danke."

„Wie Sie wünschen. Mr. Stanhope hat einen Wagen für Sie geschickt, er bittet Sie, seinen Koffer mit nach London zu nehmen, er musste gestern Abend noch weg."

Er war gar nicht mehr hier? Das war ja wohl die Höhe! Der Kerl war einfach beispiellos unverschämt. Er hatte nicht bekommen, was er wollte, und deswegen hatte er sich nicht mal die Mühe gemacht, bis zum nächsten Morgen zu bleiben. Und sie sollte seinen Koffer mitschleppen! Sein Benehmen war empörend. Ihre Kehle war wie zugeschnürt und sie hatte das dringende Bedürfnis, die Blumenvase vom Beistelltisch zu nehmen und sie gegen die Wand zu schleudern. Die latente Übelkeit kehrte zurück und sie ballte die Hände zu Fäusten. Danielle war stinksauer.

„Ach ja? Vielen Dank. Ich möchte gleich losfahren." Sie hatte immer noch große Mühe, sich zu kontrollieren. Ihre Stimme zitterte.

„Selbstverständlich, Madame. Ich schicke jemanden, der sich um das Gepäck kümmert." Sollte Finley etwas bemerkt haben, so ließ er sich jedenfalls nichts anmerken.

„Danke sehr." Sie atmete tief ein und aus und öffnete die Fäuste ganz langsam.

„Möchten Sie nicht vielleicht doch einen Kaffee?" Er legte den Kopf ein wenig schief. Natürlich hatte der Butler bemerkt, dass sie sich kaum unter Kontrolle hatte. Sie runzelte die Stirn.

„Na gut, wenn es schnell geht. Ich warte hier." Finley verschwand wortlos und Danielle ließ sich auf das Sofa im Salon fallen. Ihre Beine waren plötzlich ziemlich weich geworden. Sie konnte Lucas' Verhalten nicht begreifen, dabei hatte sie gerade angefangen, ihn zu mögen. Sie fühlte sich gekränkt, niemand hatte sie jemals so respektlos behandelt.

Zum Glück konnte sie ihn nach dem letzten Termin – es war nur noch einer – in die Wüste schicken. Sie würde auch ohne ihn klarkommen und damit war die Sache erledigt. Sie hatte auch noch ein paar Tage bis zu diesem Termin, in denen sie sich etwas beruhigen konnte. Wenn er ihr jetzt unter die Augen gekommen wäre, hätte sie für nichts garantieren können. Psycho! Dabei hatte sie gedacht, dass er den Abend ebenso genossen hatte wie sie. Anscheinend lag sie damit falsch. Sie war nicht mit ihm im Bett gelandet, also hatte er sie sitzenlassen. Nun denn. Ganz, wie es ihm beliebte. Sie presste die Lippen aufeinander und verschränkte die Hände im Schoß.

Emma brachte ihr lächelnd einen Kaffee, ein Croissant und ein Pain au Chocolat. Und sie dämliche Kuh hatte die junge Frau verdächtigt, mit ihm ins Bett gegangen zu sein! Wie lächerlich im Nachhinein.

„Danke, Emma. Sehr nett von Ihnen."

„Bitte sehr, Madame. Wenn ich sonst noch irgendetwas für Sie tun kann?"

„Nein, vielen Dank."

Danielle nahm die Tasse zwischen beide Hände und nippte am Kaffee. Er roch gut, schmeckte aber scheußlich. Sollte man mal meinen, dass die in so einem teuren Landhotel wenigstens Kaffee zubereiten konnten, aber nein. Sie biss lustlos vom Croissant ab, spürte dann aber, wie hungrig sie war. Etwas im Magen vor einer langen Fahrt war vielleicht auch nicht verkehrt.

Der Wagen wartete vor dem Portal von Hambleton Hall. Lucas hatte einen Fahrer der Stanhope Enterprises geschickt, das konnte sie dem jungen Mann entlocken, der sie zurück nach London brachte. An mehr Konversation waren er und sie nicht interessiert. Sehr merkwürdig war das alles. Sie fühlte sich, als hätte Lucas sie abserviert. Lächerlich, denn eine persönliche Beziehung zwischen ihnen hatte nie zur Debatte gestanden. Sie versuchte sich etwas abzulenken und checkte ihre

Mails und Nachrichten, die sie seit gestern Abend erhalten hatte. Unter anderem eine Nachricht von Lucas.

Gänseblümchen, tut mir leid, dass ich weg musste. Es war ein Notfall. Ich hoffe, du hast gut geschlafen und keine Kopfschmerzen. Lucas

Der Kerl hatte zweifellos Nerven. Der Notfall hatte wahrscheinlich zwei lange Beine und große Titten. Sie lachte abfällig und strich sich die Haare glatt. Danielle antwortete natürlich nicht und stopfte das Smartphone in ihre Birkin Bag. Sie konnte nicht mal beschreiben, was sie fühlte. Es war so viel, was ihr im Kopf herumging; sie war sauer, ja, aber auch gekränkt, verletzt und irgendwie traurig, dass sie sich so in ihm getäuscht hatte. Sie starrte aus dem Fenster; es regnete und der Novemberhimmel war grau und trostlos. Ein Tag zum aus dem Kalender streichen.

Schließlich fielen ihr doch die Augen zu und sie wachte erst wieder auf, als sie die Vororte Londons erreichten. Sie ließ sich zu ihrem Apartment bringen, um sich wenigstens umzuziehen, bevor sie ins Büro fuhr. Der Inquisition ihres Vaters würde sie so oder so nicht entgehen. In ihrer Familie sagte man nicht einfach so ein Abendessen ab, das geplant war, es sei denn, es gab einen wirklich triftigen Grund. Sie hasste Lucas dafür, dass sie nun auch noch eine Geschichte für ihren Vater erfinden musste, die sie nicht als totale Idiotin dastehen ließ.

London

„Charles, es wäre so schön, wenn wir mal wieder ein paar Tage zusammen verbringen würden. Nur du und ich", schnurrte seine Geliebte. Dabei sollte sie nicht mal hier sein, er wollte es eigentlich nicht im Büro tun. Sie stand so dicht bei ihm, dass er ihr süßes Parfum riechen konnte. Ihre Hände strichen an seinem Oberschenkel nach oben und lösten damit einen Schauer auf seinem Körper aus. Sie wusste genau, was sie tat, und sein Widerstand schmolz dahin. Er war auch nur ein Mann und er hatte Bedürfnisse, die in den letzten Jahren weiß Gott zu kurz gekommen waren. Dabei besaß er große Leidenschaft und hatte die körperliche Liebe immer genossen, bis Sarah sich in ihre eigene Welt zurückgezogen hatte, was schon viel zu lange her war.

Er räusperte sich. „Darling, ich habe diese Woche wirklich viel zu tun …". Sie intensivierte ihre Streicheleinheiten und er spürte, dass seine Anzughose bereits verräterisch spannte. Sie wusste, wie sie einen Mann verführen konnte. Charles seufzte und schloss für einen Moment die Augen. Es fühlte sich so gut an, vielleicht hatte er ja eine Möglichkeit, sich zwei Tage freizuschaufeln. Sie kniete nun vor seinen Chefsessel nieder und nestelte an seinem schwarzen Ledergürtel.

Himmel, sie konnte doch nicht …! Am helllichten Tag, in seinem Büro! Aber sein Protest war nur schwach. „Darling, wenn jemand kommt …"

„Charles, ich bin doch nicht dumm, die Tür ist natürlich abgeschlossen. Lass mich nur machen …". Mehr brauchte er nicht zu hören, denn sie hatte ihn befreit und schloss ihren Mund um den sichtbaren Beweis seiner Erregung. Charles seufzte auf, vergrub seine Hände in ihren goldenen Locken, schloss die Augen und stöhnte leise …

Kapitel 9

„Ich bin dir so dankbar, dass du gekommen bist, Lucas." Charlotte umarmte ihren Sohn und drückte ihn fest an sich.

„Das ist doch selbstverständlich, Mutter. Ich bin froh, dass ich gerade in der Gegend war."

„Zum Glück ist alles noch mal gut ausgegangen. Aber was lernen wir daraus? George muss einfach noch mehr aufpassen, sich vor allem besser ernähren und mehr Bewegung und frische Luft haben. Ich bin nicht bereit für das Witwendasein."

„Ach, es sind also nur ganz egoistische Gründe, meine Liebe?" Ihr Mann konnte schon wieder scherzen. Gott sei Dank war es nur ein Fehlalarm gewesen, einen zweiten Infarkt hätte er wahrscheinlich nicht überlebt. Sie wollte sich nicht ausmalen, was … Aber es war alles gut. Lucas drückte ihre Hand aufmunternd.

„Du solltest dich jetzt ausruhen, nicht dass du selbst noch umkippst. Komm, ich fahre dich nach Hause", schlug er mit einem zärtlichen Gesichtsausdruck vor.

„Aber, mein Junge, du hast doch selbst kaum geschlafen!", protestierte sie schwach.

„Keine Widerrede, Charlotte. Du hast Lucas gehört." George lag von oben bis unten verkabelt im Krankenhausbett, was ihr Angst machte. Er musste noch für einige weitere Untersuchungen im Krankenhaus bleiben, die Ärzte wollten auf Nummer sicher gehen, dass nichts übersehen worden war. Als er am gestrigen Abend über Schmerzen in der Brust geklagt hatte und plötzlich weiß wie eine Wand geworden war, hatte sie sofort den Notarzt angerufen. Dieser hatte nicht lange gefackelt und George war unverzüglich ins Krankenhaus eingeliefert worden. Charlotte war sehr froh, dass Lucas in England war und so schnell zur Stelle sein konnte. Er war, noch während sie auf die Untersuchungsergebnisse gewartet hatte, eingetroffen.

Lucas legte ihr einen Arm um die Schultern und verabschiedete sich von seinem Ziehvater. „Lass dich gründlich durchchecken, wir wollen ja nicht nächste Woche wieder hier sein, okay?"

Dass Lucas darüber schon wieder Scherze machen konnte! Ihr saß der Schreck noch ganz schön in den Gliedern.

„Komm, Mutter." Er zog an ihrem Ärmel.

„Bis später, George. Ich bin in ein paar Stunden wieder hier bei dir." Sie schüttelte Lucas entschlossen ab und küsste ihren Mann auf die Wange.

„Ich bin doch kein Baby, auf das man aufpassen muss", grummelte der Patient, doch sie hörte den Rest nicht mehr, weil sich die Tür hinter ihnen schloss, nachdem Lucas sie aus dem Raum gezogen hatte. Die Männer in dieser Familie hatten einen eindeutig herrischen Zug, immer wollten sie bestimmen, wo es langging.

Die sonst so quirlige Mittsechzigerin sah blass und müde aus. Er würde ihr einen Tee kochen und sie dann ins Bett stecken. Lucas lenkte den Wagen auf die Straße und gab Gas.

„Wie kommt es, dass du so schnell hier warst, gestern?"

„Du rufst, ich eile." Er hatte geahnt, dass sie ihn darauf ansprechen würde.

„Nein, im Ernst, Junge." Sie würde, wie gewöhnlich, nicht lockerlassen, bis sie eine für sie befriedigende Antwort bekommen hatte.

„Ich war ganz in der Nähe."

„Wo denn?" Er spürte, dass sie ihn anschaute.

„Neugierig bist du ja gar nicht." Er seufzte.

„Na, hör mal! Eine Mutter wird ja noch mal …", hielt Charlotte ihm entrüstet entgegen.

„Ist schon gut. Ich war auf Hambleton Hall."

Charlotte schwieg kurz. „Oh." Sie zog eine Braue nach oben, er fühlte ihren prüfenden Blick. „Und?"

„Was, und?" Er zuckte mit den Schultern, sein Bedürfnis, die Story mit seiner Mutter zu teilen, hielt sich in Grenzen.

„Ist sie hübsch? Natürlich ist sie hübsch. Deine Mädchen sind ja immer – wie sagt man heute? – supersexy."

Lucas seufzte. Nun fing das wieder an. Er sollte sich endlich eine Frau zum Heiraten suchen, bla, bla. Er konnte es bald nicht mehr hören. Sie hatte ihm und Damian doch tatsächlich kürzlich angedroht, sie würde nach Hongkong ziehen, um ihren Söhnen persönlich passende Frauen auszusuchen.

„Ist es was Ernstes?"

„Es ist gar nichts, Mutter." Er hörte selbst, dass er leicht genervt klang, aber er war müde und abgespannt und brachte nicht die Kraft auf, bei diesem Thema diplomatischer zu sein. „Was mischst du dich immer in meine Angelegenheiten?"

„Wie, gar nichts? Das hab ich ja noch nie von dir gehört. Und ich mische mich nicht ein, ich frage höflich nach. Was bist du denn so pampig?" Er hörte ihrem Tonfall an, dass sie eindeutig gereizt war.

„Hmpf." Lucas schaltete einen Gang nach oben.

„Normalerweise ratterst du an dieser Stelle runter, wie toll sie aussieht, welche Vorzüge sie hat und wann du sie das nächste Mal – wie nennst du das? – ach, genau, wann du sie das nächste Mal *flachlegen* wirst."

Lucas rollte mit den Augen und schnaubte laut.

„Und jetzt sagst du gar nichts? Sehr verdächtig."

„Ich weiß gar nicht, was du willst. Ich arbeite mit Danielle an einem Wohltätigkeitsprojekt zusammen", patzte er sie an.

„Was?" Charlotte lachte. „Wohltätigkeit? Du? Sie muss sehr attraktiv sein, oder jemand hat dich dazu gezwungen."

„Blödsinn, ich bin für Julia eingesprungen, die mit Schwangerschaftsbeschwerden zu tun hat. Tu nicht so, als hätte dir das mein teurer Bruder nicht längst erzählt."

„Ich glaube dir kein Wort, mein Lieber!" Charlotte hatte sich im Sitz aufgerichtet und durchlöcherte ihn forschend mit ihren Augen.

„Was sollte da sein?", versuchte er mit einem unglücklichen Versuch, sie zum Schweigen zu bringen.

„Lucas Stanhope, nie im Leben würdest du bei einer Charity mitarbeiten, es sei denn, du hast ein ganz bestimmtes Ziel." Es fehlte nur noch, dass sie mit ihrem Zeigefinger auf seine Brust tippte, aber Charlotte konnte sich zum Glück offenbar gerade noch beherrschen.

„Eure Meinung von mir ist ja anscheinend nicht besonders hoch. Wie ungerecht."

„Eure?"

„Danielle redet genau denselben Quatsch wie du."

„Ach, tatsächlich?" Charlotte grinste, er war entnervt. „Diese Danielle wird ja immer interessanter. Und? Hast du sie, äh, flachgelegt?"

„Also bitte, Mutter!" Jetzt war es an ihm, ihr einen strengen Blick zuzuwerfen.

„Was? Du scheust dich doch sonst auch nicht, über deine Eroberungen zu reden. Und schön die Augen auf die Straße richten, mein Sohn."

„Das ist was anderes. Ich arbeite mit ihr, mehr nicht."

„In einem Hotel. Arbeiten, ha, ha. So heißt das also! Das wird ja immer mysteriöser."

„Kannst du nicht einfach die Augen ein wenig zu machen und versuchen zu schlafen? Ich kann mich gar nicht auf den Verkehr konzentrieren."

„Ja, ja, schon gut. Ich will ja auch nicht über die Maßen neugierig sein, Darling."

Lucas brach in schallendes Gelächter aus. Er lachte Tränen. „Ernsthaft, das war der Spruch des Tages. Neugier ist dein zweiter Vorname."

„Also bitte. Jetzt werd' nicht frech, Junge."

Charlotte schmollte und lehnte sich im Sitz zurück. Auch gut, so würde sie ihn wenigstens nicht weiter mit Fragen bedrängen. Lucas' Plan war ursprünglich gewesen, so schnell wie möglich nach London zurückzufahren, aber angesichts der Tatsache, dass sein Adoptivvater noch im Krankenhaus lag und er letzte Nacht kein Auge zugetan hatte, beschloss er, bis morgen auf Ragley Manor, dem Familiensitz der Stanhopes, zu bleiben. Geschäftlich hatte er nichts Dringendes zu erledigen, alles Nötige konnte er von dort aus regeln.

Charlotte ließ sich ermattet auf eines der geblümten Sofas im Salon fallen. „Setz dich hin, ich lasse uns Tee und Gebäck bringen." Ein Tee würde ihr guttun, Lucas konnte, wenn er wollte, wirklich ein Goldstück sein. Sie blickte ihm nachdenklich hinterher. Er bereitete ihr ein wenig Sorgen. Nachdem sein nur wenige Minuten älterer Bruder Damian endlich glücklich verliebt war, was schwierig genug in die Wege zu leiten gewesen war, wünschte sie sich nichts sehnlicher, als auch Lucas glücklich zu sehen. Der Junge wandelte seit Jahren auf den Spuren Casanovas und hatte schlimmstenfalls mehr Affären als sein berühmtes Vorbild erlebt. Irgendwann musste es auch bei ihm einmal „Klick" machen.

Während Damian seinen Schmerz in absoluter Abstinenz ausgelebt hatte, führte sein eineiiger Zwillingsbruder genau das gegenteilige Leben. Lucas eroberte eine Schönheit nach der anderen und ließ sie nach kürzester Zeit bereits wieder fallen wie eine heiße Kartoffel. Charlotte, die von Beruf Psychologin war, konnte sich denken, dass der Junge mit seinem Verhalten nur erreichen wollte, dass ihm niemand zu nahe kam. Sie seufzte und hoffte inständig, dass sich das auch noch ändern würde, schließlich war sie nicht mehr die Jüngste und wünschte sich eine Vielzahl von Enkelkindern. Auf Ragley Manor war es schrecklich ruhig geworden, seit die beiden Jungs nur noch selten zuhause waren. Dass Damian und Lucas bis vor kurzem jedoch gar keine Beziehungen wollten, daran war der leibliche Vater der Kinder Schuld. Auch nach all den Jahren konnte sie die Wut, die sie auf diesen Psychopathen verspürte, nur mit Mühe unterdrücken. Wäre ihre Schwester nur nicht auf diesen gutaussehenden Aufschneider hereingefallen! Und wenn sie nicht so früh verstorben wäre … Ach, Alice. Sie vermisste ihre Schwester, die Mutter der Zwillinge, auch heute noch sehr.

„Hey, George lebt – kein Grund zu solch einer Leichenbittermiene. Ist alles in Ordnung?" Lucas balancierte ein Tablett mit Tee und Gurkensandwiches auf den Armen. Charlotte versuchte zu lächeln, aber sie war zu müde, um zu verstecken, dass sie etwas bedrückte.

„Darling, ich habe an Alice gedacht. Sie fehlt mir. Gerade in schweren Stunden." Im Gegensatz zu den Zwillingen kannte sie keine Zurückhaltung beim Sprechen über ihre Gefühle, es lag in ihrer Natur, offen mit Problemen umzugehen. Nur wer über Schwierigkeiten redete, hatte auch die Chance, etwas zu verbessern oder bestenfalls darüber hinwegzukommen.

Lucas stellte das Tablett ab und setzte sich zu ihr.

„Ich kann mich kaum an sie erinnern, für dich muss das alles wirklich schlimm gewesen sein."

„Das Leben ist kein Kindergeburtstag, mein Junge. Ich wünschte, sie hätte sich mir anvertraut, dann hätte ich etwas tun, ihr helfen können."

„Sie hat sich wahrscheinlich geschämt. Du hast uns ja oft genug erzählt, aus welchen Verhältnissen man uns Kinder herausgeholt hat."

Charlotte goss Tee in die cremefarbenen Porzellantassen.

„Es ist nicht mehr zu ändern und ich bin froh, dass ich euch habe. Auch wenn ich mir nach wie vor Vorwürfe mache, dass Tamara eine so drastische Entscheidung fällen musste. Ich hätte es nicht so weit kommen lassen dürfen, aber jetzt ist es zu spät. Sie ist ja erwachsen."

„An dieser Sache ist letzten Endes dieses Schwein schuld, niemand sonst. Tamara fehlt mir auch."

Charlotte stand auf und holte ein altes Familienbild vom Kaminsims. Oft betrachtete sie es und prüfte den Ausdruck in Tamaras Augen. Sie bildete sich ein, dass die Traurigkeit auch damals schon zu erkennen gewesen war. Sie war so ein hübsches Mädchen gewesen, aber innerlich zerbrochen, und nichts hatte vermocht, die psychischen Wunden, die ihr der leibliche Vater zugefügt hatte, zu heilen.

„Es tut mir alles so schrecklich leid. Ich verstehe einfach nicht, warum sie denkt, es würde ihr helfen, wenn sie uns aus ihrem Leben verbannt!"

Lucas fuhr sich durch die Haare und senkte seinen Blick. Charlottes Augen füllten sich mit Tränen, aber sie kämpfte dagegen an.

„Vielleicht sollten wir doch noch einmal probieren, mit ihr zu reden? Ich habe ihr hin und wieder eine Grußkarte geschickt, auf die sie nie reagiert hat. Aber sie hat sie auch nicht zurückgeschickt …"

„Ach Mutter, sie hat ihre Gründe. Vielleicht will sie irgendwann wieder Kontakt, aber im Moment glaube ich es nicht. Mir tut es ja auch leid." Charlotte seufzte. Sie umarmte Lucas und drückte ihn fest an sich. „Ich bin froh, dass ich euch habe. Danke, dass du heute hier bist. Das bedeutet mir sehr viel, Darling. Vielleicht können wir sie ja davon überzeugen, zur Hochzeit zu kommen?"

Lucas tätschelte behutsam ihren Rücken. Diese Männer konnten nicht mal eine anständige Umarmung. Harte Schale, weicher Kern. Sie wusste, dass Lucas die Oberflächlichkeit, mit der er der Welt begegnete, nur spielte; er hatte gar nicht einmal so tief vergraben ein warmes, weiches Herz. Wahrscheinlich hatte er nur noch nicht die richtige Frau getroffen, die es schaffte, seine Schale zu knacken. Dann ließ er sie los und griff nach den Gurkensandwiches. Lucas war nie ein Junge für lange Kuschelstunden gewesen, das hatte sich bis heute nicht geändert. Sie hob ihre Tasse an die Lippen.

„Ich weiß nicht, ob das mit der Hochzeit eine so gute Idee ist, Mutter. Aber können wir das nicht ein andermal diskutieren? Du solltest dich ein wenig hinlegen. Du siehst wirklich müde aus", sagte Lucas schließlich.

„Ja, das werde ich gleich machen. Und dann muss ich wieder zum Krankenhaus. Die Hochzeit und Tamara ... da werde ich mir etwas einfallen lassen, sie kann das doch nicht ihr Leben lang durchziehen! Aber nicht mehr heute."

„Du bist unverbesserlich", lachte Lucas. „Kannst keine fünf Minuten stillsitzen." Es klang einen Tick zu fröhlich, aber sie griff Lucas' leisen Versuch, die Schwere, die durch die Erinnerungen aufgekommen war, zu vertreiben, doch dankbar auf.

„Das sagst gerade du mir, Darling. Hast du nicht die Goldmitgliedschaft bei allen Airlines dieser Erde?"

Er verzog den Mund und fasste sich ans Kinn.

„Hm. Vielleicht nicht bei *jeder* Fluggesellschaft."

„Na ja, du weißt, was ich meine. Such dir eine Frau und werde sesshaft."

Er stöhnte und raufte sich die Haare.

„Wirklich? Jetzt wieder die alte Leier? Warum sollte ich heiraten, wenn es so viele schöne Frauen auf der Welt gibt? Das wäre doch pure Verschwendung! Und für die Enkelkinder sorgt Damian ja jetzt."

„Lucas! Mir passt es einfach nicht, was für ein Lotterleben du führst. Am Ende muss ich meine Drohung wahrmachen und dir persönlich eine Frau suchen!"

„Lotterleben, pff! Ich würde sagen, das geht dich nichts an."

„Das geht mich sehr wohl etwas an, ich sehe doch, wie einsam du bist!"

„Ich bin ganz und gar nicht einsam. Was soll denn *der* Quatsch jetzt?" Lucas schmollte, er war wirklich ein ausgesprochener Dickschädel. Schon als Kind war er eher mit dem

Kopf durch die Wand gegangen, als einen Kompromiss zu suchen. My way or Highway.

„Ich weiß ganz genau, dass diese Frauengeschichten nur dazu da sind, deine Einsamkeit zu vertreiben."

„Da fehlen mir glatt die Worte. So einen Käse muss ich mir ja nicht mal von Damian anhören und der lässt keine Gelegenheit aus, mir zu sagen, was er von meinen Affären hält."

„Lucas, Darling, auch wenn du alle anderen täuschen kannst, mich nicht – ich weiß, dass du weiche Seiten hast. Früher oder später wird eine Frau kommen, die sie zum Vorschein bringt. Wenn du mich jetzt entschuldigen würdest, ich werde mich ein wenig hinlegen. Essen wir nachher zusammen, bevor ich ins Krankenhaus fahre?"

„Sehr gerne, Mutter, aber nur, wenn du aufhörst, mich mit den potenziellen Schwiegertöchtern und deinem Psychoquatsch zu nerven."

„Ich denke, für heute ist alles gesagt, nicht?"

„Zu diesem Thema war schon vor Jahren alles gesagt." Lucas trank seinen Tee aus und stellte die Tasse scheppernd ab. „Bis nachher dann, ich schaue mal nach den Pferden und schnappe etwas frische Luft."

Sie kannte Lucas gut genug, um zu ahnen, dass ihn die Sache mit George mehr mitnahm, als er zugeben wollte. Vielleicht war ein Ausritt genau das Richtige für ihn, um einen klaren Kopf zu bekommen. Selbst auf das heikle Beziehungsthema hatte er nicht so reagiert wie sonst. Er wirkte irgendwie verändert auf sie, aber sie konnte noch nicht genau sagen, was es war.

Lucas inhalierte die frische Luft in tiefen Zügen bis in die letzten Winkel seiner Lunge. Wind peitschte in sein Gesicht und trieb ihm die Tränen in die Augen. Der straffe Galopp des jungen Hengstes forderte seine volle Konzentration. Er genoss die Freiheit und Weite rund um Ragley Manor. Er kannte jeden Quadratmeter wie seine Westentasche. Als er spürte, dass der Hengst an Tempo verlor, drosselte er die Geschwindigkeit und ließ ihn in leichtem Trab laufen. Er war noch jung und wurde derzeit nur selten so stark gefordert – dies war nicht die Jahreszeit für hartes Training, die Jagdsaison war lange vorbei. Reiten war eine der wenigen Aktivitäten, die er in Asien vermisste, samt der Natur, Freiheit und Abgeschiedenheit, die damit einhergingen.

Seit er in London gelandet war, lief alles völlig anders, als er es erwartet hatte. Die Geschichte mit Danielle brachte ihn aus dem Tritt. Und dann erst der Schock über Georges vermeintlichen Herzinfarkt, der sich glücklicherweise als Fehlalarm herausgestellt hatte. Das saß tief. Obwohl George nicht sein leiblicher Vater war, liebte Lucas ihn mehr, als er seinen Erzeuger jemals lieben könnte. George war der Vater, den er sich gewünscht hatte: gütig, bestimmt und liebevoll. Auch wenn er beruflich sehr viel unterwegs gewesen war, hatte er sich, wo er nur konnte, Zeit für die Kinder genommen. Er war es gewesen, der die Jungs in den Sattel gesetzt, der ihnen beigebracht hatte, wie man ein Pferd behandeln musste, dass es einem vertraute.

Lucas spürte, wie die Anspannung der letzten Stunden langsam nachließ. Sein Blick wanderte über die Umgebung, während Meteor mit den Ohren spielte. Der Hals des Hengstes war von einem dünnen Schweißfilm überzogen und Lucas sah, dass er Schaum am Maul hatte – ein gutes Zeichen; es hieß, er kaute auf dem Gebiss, wie man sich das von einem aufmerksamen Pferd wünschte. Aber dann stolperte er über ein Kaninchenloch – sie waren beide erschöpft, Zeit zurückzukehren. Lucas lenkte das Pferd auf einen seiner Lieblingspfade und ließ ihn Schritt gehen. Erst jetzt spürte er seine eigene körperliche Müdigkeit in vollem Ausmaß. In der letzten Zeit hatte er insgesamt ein bisschen wenig Schlaf abbekommen. Er würde sich eine Stunde hinlegen, wenn er zurück war.

Als er die Reitklamotten abgeworfen hatte, sah er, dass drei Anrufe von seinem Freund Oliver auf dem iPhone gelistet waren. Er ignorierte sie und legte das Handy zur Seite. Oliver würde sich schon beruhigen, schlimmstenfalls hatte er alleine mehr Frauen für sich. Lucas würde beim nächsten Trip extra Gas geben und besonders viele Partys für sie beide auftun. Er hatte jetzt keinen Nerv, sich mit Oliver auseinanderzusetzen.

London

„Hi, Mum." Danielle küsste ihre Mutter, die blass aussah, auf die Wange. „Hast du heute schon etwas gegessen?"

„Hallo, Sweetheart. Ich weiß nicht. Nein. Ich denke nicht. Wie spät ist es?"

Danielles Herz zog sich zusammen. Es tat ihr schrecklich weh, ihre Mutter so niedergeschlagen zu sehen. Sie würde mit ihrem Vater reden müssen, ob sie die Medikamente neu einstellen lassen konnten. Es schien nicht so, als ob die aktuellen Antidepressiva anschlugen.

„Soll ich dir ein paar Scones bringen lassen? Und Tee?"

„Ja, danke. Es ist schön, dich zu sehen."

„Komm, wir setzen uns ins Wohnzimmer, dort ist es doch viel gemütlicher."

Ihre Mutter hatte sich offensichtlich gerade eben erst angezogen; sie hatte mal wieder den halben Tag im Bett verbracht. Danielle hatte spontan entschieden, nicht ins Büro zu fahren, nachdem sie dort angerufen hatte und ihr am Empfang mitgeteilt worden war, dass eine Grippewelle die Runde machte. Sogar Jill hatte es erwischt und die war, bis auf die Migräne, wirklich noch nie krank. Außerdem war es Freitag, an dem Tag machten ohnehin alle ziemlich früh Feierabend. Am Wochenende war der erste Advent und die Londoner starteten mit ihren Weihnachtseinkäufen.

Danielle ließ Lucy, die Haushälterin und gute Seele der Familie, Tee, Scones und Sandwiches vorbereiten, die sie ins Wohnzimmer bringen sollte. Das Haus der Fanes war modern eingerichtet, nichts zeugte davon, dass es eigentlich über zweihundert Jahre alt war. Ganz anders als das Landhaus, in dem sie die letzte Nacht verbracht hatte.

„Erzähl mir was Schönes, Danielle. Wie ist Robert so, er ist doch ein guter Junge?" Sarah legte ihre schmale Hand auf Danielles Wange und streichelte sie. Blaue Adern zeichneten sich durch die dünne Haut auf ihrem Handrücken ab.

„Ja, Mum, er ist wirklich, äh … nett. Wir haben uns diese Woche verabredet und sind ausgegangen." Es war einer der langweiligsten Abende ihres Lebens gewesen, dabei war Robert wirklich höflich und hatte sein Interesse an ihr mehr als einmal bekundet, aber bei Danielle war der Funke einfach nicht übergesprungen.

„Das ist so schön! Ich glaube, ihr beiden würdet sehr gut zusammenpassen."

„Wir werden sehen, es ist ja alles noch recht frisch."

„Ja, natürlich. Entschuldige, Sweetheart, ich wollte dich nicht bedrängen …"

„Kein Problem, Mum. Wo ist eigentlich Dad? Ich dachte, wir essen heute zusammen?"

Sarah faltete die Hände im Schoß. Vor einigen Jahren hatte sie das gleiche kastanienbraune Haar wie Danielle gehabt, aber nun war sie ergraut, was sie älter wirken ließ, als sie tatsächlich war.

„Er musste kurzfristig weg, irgendwelche wichtigen Termine. Ich weiß nicht genau. Du weißt doch, der Geschäftskram interessiert mich nicht so."

Danielle grübelte. An einem Freitag? Das war verdächtig.

„Und er hat nicht gesagt, wo er hinwollte?"

Sarah wirkte plötzlich gehetzt. „Darling, ich weiß es wirklich nicht. Wie soll ich mir das auch alles merken!"

„Ist ja schon gut, Mum. Kein Problem, ich rufe ihn einfach später an, ja?"

„Wie du meinst." Sarahs Augen wirkten glasig, sie war nicht mehr bei der Sache. Danielles Besorgnis wuchs. Lucy meinte, es wäre die letzten Wochen schlimmer geworden. Das ging so nicht weiter. Und ihr Vater vergnügte sich möglicherweise gerade mit seiner Affäre in einem schönen Hotel sonst wo auf der Welt. Sie spürte einen Knoten im Magen und ballte die Fäuste, sagte aber stattdessen: „Hier ist der Tee, trink einen Schluck, er ist schön warm."

„Danke, Sweetheart." Sarah nahm einen Schluck Tee, dabei sah es aus, als ob sie bereits Mühe hätte, die Paar Gramm, die die Tasse wog, anzuheben.

Danielle hatte versucht, über verschiedene Themen mit Sarah zu sprechen, aber keinen Zugang zu ihrer Mutter gefunden. Sie war bei ihr geblieben, bis sie gesagt hatte, sie wäre müde und wollte sich zur Ruhe legen. Ihre Mutter war nur noch ein Schatten ihrer selbst. Danielle kannte diese Stimmungsschwankungen zur Genüge. Seit sie klein war, gab es gute und schlechte Tage, aber so schlimm wie jetzt war es allerdings noch nie gewesen.

Auf dem Rückweg versuchte sie, ihren Vater zu erreichen, aber nur seine Mailbox ging ran. Danielles Kehle wurde eng, sie spürte Wut in sich aufsteigen. Am liebsten hätte sie aufs Band geschrien, er sollte sich um seine Frau kümmern. Mama brauchte ihn. Stattdessen legte sie auf und heiße Tränen liefen über ihre Wangen.

Als sie durch die Drehtür des Wohnhauses kam, nickte sie dem Concierge kurz zu. Die Mascaraspuren hatte sie sich noch draußen mit einem Taschentuch abgewischt. Frank hatte eine Lieferung für sie: einen riesigen Strauß roter Rosen. Danielles trübe Stimmung wurde ein wenig aufgehellt, aber sie ermahnte sich, sich nicht zu früh zu freuen. Außerdem wollte sie die Karte erst im Apartment lesen, hatte aber eine Vermutung.

Nachdem sie die Alarmanlage deaktiviert und ihren Mantel abgelegt hatte, füllte sie Wasser in eine Vase und stellte die Rosen darin ab. Dann nahm sie die Karte und öffnete den Umschlag. Obwohl sie sich vorgenommen hatte, der Sache nicht zu viel Wert beizumessen, zitterten ihre Finger, als sie das Kärtchen herauszog. Der Absender hatte sich nicht einmal die Mühe einer handschriftlichen Anrede gemacht, sogar die Unterschrift war maschinell gefertigt.

Danke für das schöne Abendessen, ich würde dich gerne bald wiedersehen. Robert

Robert! Dabei hatte sie gedacht, die Rosen wären von Lucas. In der nächsten Sekunde ärgerte sie sich, dass sie diesen Unsinn überhaupt in Betracht gezogen hatte. Er vergnügte sich sicherlich mit dem Betthäschen der letzten Nacht. Sie strich mit der Hand über ihre Nase und verscheuchte den Gedanken, sonst würde sie sich nur wieder über den Kerl ärgern.

Danielle ging auf die Suche nach ihrer Plüschhose und kramte leise fluchend im Schrank. Sie war wirklich hoffnungslos gutgläubig. Als ob ihr Lucas Rosen schicken würde, dieser Idiot! Und dann hatte sie schon wieder an ihn gedacht. Mist. Jetzt gab es nur noch eine Lösung: Diesen Abend würde sie mit einer extragroßen Eispackung Ben & Jerry's und Chris Hemsworth verbringen. Ein sexy Mann auf der Leinwand konnte ihr wenigstens nicht gefährlich werden.

Ragley Manor

„Julia, Darling, es ist schön, deine Stimme zu hören. Wie geht es dir und dem Baby?" Charlotte saß in ihrem Ohrensessel und lauschte ins altmodische Telefon.

„Uns geht es gut, die Übelkeit wird langsam besser."

„Das freut mich sehr! Und ist Damian auch gut zu dir? Oder arbeitet er sehr viel?" Sie spielte mit ihrer Brille.

„Er ist toll, er hilft mir, wo er nur kann."

„Das ist schön zu hören, Darling. Ich hoffe, wir sehen uns sehr bald wieder."

„Ganz sicher. Aber was gibt es Neues von George? Wir sind sehr besorgt."

„Es geht ihm gut, er muss heute noch für verschiedene Untersuchungen im Krankenhaus bleiben. Das ist Routine."

„Da habt ihr uns aber einen ganz schönen Schrecken eingejagt! Gut, dass es kein weiterer Herzinfarkt war."

Charlotte erschauderte. Der Schock saß ihr auch einen Tag später noch in den Gliedern.

„Ja, er hatte Glück. Ich bin auch froh, dass Lucas so schnell kommen konnte, er war mir eine große Stütze."

„Lucas? Ach, wirklich? Ich dachte, er wäre in London?"

„Ja, das dachte ich auch, aber er war in Hambleton Hall, du weißt schon, dem tollen Country House Hotel in der Nähe."

„Ach so, mit einer neuen Eroberung wahrscheinlich. Was ist es denn diesmal, blond oder brünett?" Julia lachte am anderen Ende der Leitung.

„Nein, eben nicht. Er sagte, es sei geschäftlich, eine Dajana oder so ähnlich." Charlotte hatte den Namen schon wieder vergessen, im Moment hatte sie einfach zu viel im Kopf.

„Danielle? Sie ist meine Freundin, wir haben Lucas, äh, gebeten, mich bei einer Wohltätigkeitsorganisation zu vertreten, solange es mir nicht so gut geht."

Charlotte wurde hellhörig. „Danielle, genau! Aber wie habt ihr ihn dazu gebracht?" Nie hätte er dem zugestimmt, es sei denn, er hatte eine Eigenmotivation, fügte Charlotte im Stillen hinzu. „Das klingt alles sehr merkwürdig in meinen Ohren. Du kennst Lucas doch auch. Warum sollte er das tun?"

„Ähm. Ja. Also …" Wenn Julia zögerte, bedeutete das normalerweise nichts Gutes.

„Sag nichts mehr. Ich will es gar nicht wissen." Sie hielt die Brille hoch und schüttelte den Kopf.

„Aber was hat er über Danielle erzählt?", hakte Julia nach.

„Er hat eigentlich gar nichts erzählt. Jedenfalls hat er sie nicht flachgelegt."

„Charlotte!"

„Was denn? Ich versuche moderne Ausdrücke einzusetzen und jeder tut so, als ob ich Fäkalsprache benutzen würde."

„Die beiden sind sich also nicht nähergekommen?"

„Ich weiß es nicht. Irgendwie ist Lucas anders als sonst." Sie kratzte sich mit dem Brillenbügel am Kopf und überlegte. „Er ist nicht sonderlich gesprächig zu diesem Thema. Ganz unüblich. Normalerweise lässt er ja keine Details zu seinen Frauengeschichten aus – selbst bei mir nicht."

„Sehr interessant. Dann scheint es ja zu funktionieren."

Charlotte runzelte die Stirn. „Was meinst du?", fragte sie nach. Also hatte sie recht gehabt, irgendwas war hier faul.

„Wenn ich es dir sage, schwörst du, kein Wort zu verlieren?" Charlotte presste den Hörer des altmodischen Telefons etwas fester ans Ohr. „Ich schweige wie ein Grab." Sie lauschte gebannt.

„Wir haben Lucas geschickt, weil er einen Denkzettel verdient hat. Er hatte hier in Shanghai ein paar Sachen auf den Kopf gestellt. Und ich kenne Danielle ziemlich gut, sie ist genau das Gegenteil von den Frauen, die Lucas sonst im Beuteschema hat. Ich habe gedacht, sie wäre das perfekte Gegenstück für ihn."

„Du alte Kupplerin!" Die Viscountess juchzte vor Freude.

„Aber du sagst ihm nichts, ja?"

„Natürlich nicht. Aber wie geht es weiter?"

„Das werden wir sehen. Ich habe mit Danielle telefoniert und bezüglich Lucas sagte sie lediglich, dass er ein schrecklicher Typ sei und sie kein Interesse habe. Das heißt in ihrer Sprache ungefähr so viel, wie er gefällt ihr."

„Wie aufregend!"

„Ich denke, wir müssen abwarten."

„Na gut. Wie dem auch sei. Wenn du irgendeine Form von Hilfe brauchst, dann sag Bescheid. Vielleicht kann ich von hier aus ja etwas nachhelfen!"

„Wie bei Damian und mir?" Julia lachte leise ins Telefon. „Wie sollte das gehen?"

„Ich weiß es nicht, aber ich halte Augen und Ohren offen."

„Mach das. Und melde dich, wenn du weißt, was die Untersuchungen von George ergeben haben, ja?"

„Natürlich, Darling. Pass auf dich und das Baby auf und gib Damian einen Kuss von mir."

„Mache ich. Bis bald."

Nachdem Charlotte aufgelegt hatte, schnippte sie mit der linken Hand und setzte die Brille auf. Vielleicht ging es ja bald aufwärts mit Lucas' Beziehungsleben.

„Mutter? Was ist los?"

Wie gerufen kam Lucas gerade um die Ecke. Er sah müde aus, unter seinen Augen lagen dunkle Schatten. „Nichts ist los. Hattest du einen guten Ritt?"

„Jupp. Ich wollte jetzt duschen und mich dann hinlegen."

„Mach das, Junge."

„Mit wem hast du telefoniert?"

„Julia."

„Und? Was sagt sie?"

„Das besprechen wir später. Jetzt ruh dich aus, Darling."

„Weck mich, bevor du ins Krankenhaus fährst."

„Natürlich, wir sind zum Essen verabredet, schon vergessen?", zwinkerte sie ihm zu.

Sie würde den Teufel tun, der Junge brauchte seinen Schlaf. Aber das musste er ja nicht wissen. Männer wie Lucas ließen sich nur ungern etwas sagen, und schon gar nicht von ihrer Mutter. Manchmal musste man dem Glück nachhelfen.

Kapitel 10

Den Sonntag brachte Danielle damit zu, Unerledigtes auf ihrem Schreibtisch abzuarbeiten. In der letzten Woche war sie durch *Every Life Matters* ziemlich eingespannt gewesen, so dass ihre reguläre Arbeit etwas zu kurz gekommen war.

Außer ihr war niemand im Büro, trotzdem war die Stille nicht unangenehm. Vor einer halben Stunde hatte sie noch mit Julia telefoniert und das Luder hatte tatsächlich versucht, sie über Lucas auszuquetschen. Dabei gab es dazu ganz und gar nichts zu sagen, außer vielleicht, dass er ein kompletter Vollidiot war. Das hatte sie sich aber aus Respekt für Julias Liebsten verkniffen. Jetzt packte sie ihre Unterlagen zusammen; für heute hatte sie genug gearbeitet. Plötzlich hielt sie inne – sie glaubte, etwas gehört zu haben. Waren da Schritte? Danielle spitzte die Ohren.

„Hallo?", rief sie.

Wieder ein Geräusch. „Hallo?"

Sie hörte eine Tür zuschlagen. Da war definitiv jemand auf ihrem Stockwerk. Danielle fasste sich ein Herz und ging in den Flur, wo sie fast mit ihrem Vater zusammenstieß. Er war allein, dabei hätte sie schwören können, dass sie nicht nur ein Paar Schuhe gehört hatte.

„Danielle!"

„Dad. Was machst du hier?"

Sie musterte ihren Vater. Er war wie immer korrekt gekleidet, aber ihn umgab eine Aura von Sex. Es ekelte sie an.

„Schatz, ich habe einige Unterlagen, die ich für morgen vorbereiten wollte, in mein Büro gebracht." Er wirkte etwas unsicher. Ganz eindeutig log er.

„Wo warst du?", löcherte sie ihn weiter.

Er straffte sich. „Ich wusste nicht, dass ich mich vor meiner eigenen Tochter rechtfertigen muss, wenn ich Geschäftstermine wahrnehme!"

„Nein, bei *Geschäftsterminen* sicher nicht. Ich weiß, was hier vor sich geht!"

„Was soll das, Danielle?" Er wirkte verärgert, dabei hatte er kein Recht dazu. Dachte er überhaupt nicht nach, was er ihr und vor allem seiner Frau damit antat?

„Wer ist es? Kenne ich sie?"

„Was? Nein! Ach, Herrgott, Danielle!"

„Es geht mich nichts an", ihre Stimme klang eisig, „aber Mum geht es schlecht. Vielleicht solltest du dich lieber mal um sie kümmern, anstatt du-weißt-schon-was zu machen." Damit drehte sie sich um, ging hocherhobenen Hauptes zurück in ihr Büro und knallte die Tür hinter sich zu. Ihr Herz pochte wild. Sie hatten ihren Vater beinahe in flagranti erwischt. Danielle hatte das Bedürfnis, sich zu übergeben; durch tiefes Ein- und Ausatmen versuchte sie, ihren Körper wieder unter Kontrolle zu bringen.

Charles' Knöchel traten weiß hervor, als er das Whiskyglas zum Mund hob.

„Was ist Ihnen denn für eine Laus über die Leber gelaufen?", rief ihm ein Mann, der zwei Hocker weiter an der sonst leeren Bar saß, zu. Charles' Kopf fuhr herum. Der Mann war etwas jünger als er und sah aus wie ein Versicherungsvertreter. Wenn er von der Presse war, dann gut getarnt.

„Puh, gute Frage. Wo soll ich da nur anfangen? Mein Leben ist kompliziert."

Der Mann lachte. „Ja, das ist es meistens, nicht wahr? Aber was haben Sie für einen Grund für einen Whisky am Nachmittag, so ganz alleine?"

„Ich bin ein Arschloch."

„Das kann ja wohl nur eine Frau gesagt haben!"

„Nein, noch nicht. Aber die Frau wäre, wenn dann, meine Tochter. Sie hätte mich heute fast in flagranti mit meiner Geliebten erwischt."

„Ui!" Der Mann deutete einen Pfiff durch die Zähne an.

„Ja. Ich konnte sie gerade noch zurück in mein Büro schieben, als ich die Stimme meiner Tochter gehört habe." Charles nahm noch einen Schluck.

„Dann ist ja alles noch einmal gutgegangen."

„Ich kann das nicht mehr. Meine Ehe existiert schon lange nur noch auf dem Papier und das schon seit vielen Jahren; eigentlich seit meine Tochter geboren ist. Sie war ein Wunschkind, ein heißersehntes! Davor eine Fehlgeburt nach der anderen. Das hat meine Frau fertiggemacht. Verstehen Sie, richtig fertiggemacht. Erst war sie nur blasser, dünner, etwas müde. Aber es wurde immer schlimmer. Depressionen."

Der andere Mann seufzte mitfühlend.

„Ich kenne das. Meine Ehe war auch nicht das, wofür alle sie gehalten haben."

„Meine Frau war einmal hübsch, klug und hatte Freude am Leben. Aber heute ist davon nicht mehr viel zu sehen. Therapien und Medikamente haben nicht den gewünschten Erfolg gebracht. Ihr fehlt der Wille, sie sieht nicht das Schöne am Leben. All die Jahre, ich war immer treu!"

Charles' Glas war leer, er winkte dem Barkeeper zu, noch einmal aufzufüllen.

„Sehen Sie, jeder hat das Recht auf ein Leben. Ihre Tochter wird es vielleicht verstehen."

„O nein, das würde sie nicht. Glauben Sie mir, sie hat da ihre Prinzipien. Ich wollte nicht untreu sein, aber es ist einfach so passiert. Und ich habe mich auch nicht gerade dagegen gewehrt. Es hat sich so gut angefühlt, wieder von jemandem begehrt zu werden."

„Das glaube ich Ihnen." Sie schwiegen und jeder nahm bedächtig einen Schluck aus seinem Glas. Der Barkeeper schaute herüber, aber der andere Gast winkte ab. In Charles' Richtung meinte er: „Und wie geht es weiter? Es sieht ja nicht gerade rosig aus."

„Ich weiß es nicht. Ich weiß es wirklich nicht. Vielleicht sollte ich die Affäre beenden? Ich liebe die Frau nicht, aber der Sex ... Mann, ich habe jahrelang wie ein Mönch gelebt! Ich genieße es."

„Hey, ich verurteile Sie nicht. Was glauben Sie denn? Meine Frau hat mir Hörner aufgesetzt, hat mir die Hälfte meines Vermögens geklaut und lebt in Saus und Braus, und ich bin allein. Ich wünschte, ich hätte sie betrogen, denn unsere Ehe war seit Jahren nur noch eine Farce. Das habe ich nun davon."

Charles winkte dem Barkeeper. „Kommen Sie, ich lade Sie noch auf einen Drink ein. Was möchten Sie?" Er bestellte noch einen Whisky für sich und einen für seinen Gesprächspartner. Als die Getränke kamen, prosteten sie sich zu: „Auf Ehe und Freiheit!"

Ragley Manor

„Es war schön, dich zu sehen, Darling. Wir sehen uns an Weihnachten?" Charlotte drückte Lucas an sich und hielt ihn fest. Lucas hatte seinen Aufenthalt um eine Nacht auf Ragley Manor verlängert, um Georges Rückkehr aus dem Krankenhaus mit zu organisieren und sich von der letzten Woche, die ihm in den Knochen steckte, zu erholen. Der Jetlag, die Sitzungen und dann die schlaflose Nacht im Krankenhaus hatten ihm den Rest gegeben. Allein der eine Tag hatte bewirkt, dass er sich deutlich ausgeschlafener und frischer fühlte.

„Klar. Bis bald, ihr Lieben. Ich melde mich." Lucas stieg in den silbernen SL und winkte zum Abschied, bevor der Motor aufheulte und er die Auffahrt in gemäßigtem Tempo verließ. Im Rückspiegel winkten Charlotte und George zum Abschied.

Weihnachten hatte er bis jetzt erfolgreich verdrängt, das „Fest der Liebe" näherte sich schon wieder im Eiltempo. Es war ganz und gar nicht seine Lieblingszeit – der Advent, der alberne Klimbim und das künstliche Fröhlichsein gingen ihm auf den Zeiger. Er würde Weihnachtsmärkte und Shoppingmeilen auf jeden Fall bis zum Ende des Jahres meiden.

Lucas lenkte den SL auf die Hauptverkehrsstraße Richtung London. Obwohl nichts und niemand auf ihn warteten, erfasste ihn eine innere Unruhe, die er sich nicht erklären konnte. Aber es war gegen sein Naturell, sich mit seltsamen Empfindungen auseinanderzusetzen, deswegen drückte er das Gaspedal durch. Lucas schaltete einen Gang höher und der Rausch der Geschwindigkeit erfasste ihn sofort, so dass er mit allen Sinnen von den Vibrationen eingenommen wurde und sich auf den Verkehr konzentrieren musste. Adrenalin rauschte durch seine Adern, er war in seinem Element.

Der Londoner Straßenverkehr eignete sich nicht für Rennen, daher zügelte er sich und entschied, dass er einen kleinen Ausflug machen würde. Eigentlich wollte er nur eine Kleinigkeit essen, bevor er zurück in Tamaras alte Wohnung fuhr, und dass er in einem belebten In-Pub am Covent Garden landete, hielt er für einen glücklichen Zufall.

Lucas hatte sich Fish & Chips und ein Pint Bier bestellt. Das war seiner Meinung nach die einzig wahre Mahlzeit, die man sich in einem Pub in Großbritannien ordern sollte. Beim Gedanken an saftigen weißen Schellfisch lief ihm das Wasser im Mund zusammen. Er saß an der Bar und ließ, während er auf die Bestellung wartete, den Blick durch den Raum schweifen. Lucas nahm sein Bier in die Hand, drehte sich um und beobachtete die Gäste, Pärchen, Cliquen, Touristen und Familien, die hier am Sonntag saßen, lachten und gemeinsam speisten. Es störte ihn nicht, alleine zu sein, er hatte nie ein Problem mit sich selbst gehabt. Sein Blick blieb an einem ihm bekannten Persönchen hängen, mit dem er nicht gerechnet hatte. Sein

Puls beschleunigte sich, als er Danielle am Ende des Pubs in einer ruhigen Ecke erkannte. Ihm fiel wieder ein, dass sie ihm von diesem Pub erzählt hatte, wahrscheinlich hatte es ihn deswegen hierher verschlagen.

Sie saß mit einem Mann zusammen. Er erkannte in dem Rothaarigen auf Anhieb einen bornierten Spießer, kein Wunder, dass sie so gelangweilt wirkte. Danielle hatte ihn noch nicht entdeckt, so konnte er sie in Ruhe beobachten. Lucas bewunderte ihre makellose Pfirsichhaut, die gerade, schmale Nase und ihre verführerischen, sinnlichen Lippen. Es wäre Verschwendung, wenn sie wirklich mit diesem Typen liiert war. Außerdem war ihr Ausschnitt für die Manieren des Spießers viel zu tief, ihr Gegenüber gaffte auf ihren Busen. Lucas kniff die Augen zusammen; am liebsten wäre er aufgestanden und hätte dem Kerl die Leviten gelesen. Lucas trank einen Schluck vom kühlen Ale.

Robert langweilte Danielle. So sehr sie sich auch Mühe gab, das Gespräch auf etwas Interessanteres zu lenken, das Einzige, worüber er reden konnte, waren Politik und Aktienkurse. Ihr Nacken kribbelte, sie fühlte sich beobachtet. Robert sinnierte währenddessen unaufhörlich über den stetig fallenden Kurs der Sonst-was-Gesellschaft. Sie konnte und wollte seinen Ausführungen nicht länger folgen, daher ließ sie ihren Blick durch den Pub schweifen, um herauszufinden, woher das Kribbeln kam. Sie hatte den Grund für ihr merkwürdiges Gefühl bald entdeckt.

An der Bar saß Lucas und prostete ihr mit einem Pint zu. Sie hielt den Atem an. London war eine Stadt mit über dreizehn Millionen Einwohnern, man lief sich hier nicht einfach so über den Weg! Ihr Herz klopfte viel zu schnell. Danielle starrte ihn immer noch an. Jetzt winkte und zwinkerte der Kerl auch noch. Lucas hatte, wie immer, die Coolness für sich gepachtet. Dann drehte er sich plötzlich um und widmete sich seinem

Essen, das gerade vor ihm abgestellt worden war. Danielles Hände wurden feucht, sie waren eiskalt. Unverschämtheit.

„Ist etwas, Danielle?"

Robert hatte natürlich mal wieder nichts mitbekommen.

„Nein, nein. Ich dachte nur, ich hätte jemanden gesehen, den ich kenne, aber ich habe mich wohl getäuscht."

„Ach so. Sollen wir noch etwas trinken gehen oder einen Spaziergang machen?"

„Einen Spaziergang in der Kälte?" *Und mit den Schuhen?*, fügte Danielle stumm hinzu. Sie runzelte die Stirn. Das konnte nicht sein Ernst sein. Robert hatte keinerlei Sinn für die Bedürfnisse einer Frau.

„Ja, wieso nicht?" Er schaute sie an wie ein Auto. Sie bezwang den Impuls, verächtlich aufzulachen.

„Ich muss früh raus morgen, einige Investorentermine. Tut mir wirklich leid."

Er sah enttäuscht aus, aber sie konnte ihn beim besten Willen nicht mehr ertragen.

„Kein Problem. Dann bringe ich dich zu deinem Wagen."

„Vielen Dank, Robert."

Lucas verspeiste sein Dinner, als wäre sie gar nicht da. Es störte sie, dass er nicht mal den Anstand besaß, guten Tag zu sagen. Und sie würde garantiert nicht zu ihm laufen, wo er sich am Donnerstagabend einfach davongestohlen hatte. Sollte der Ker doch an seinem Fisch ersticken!

Robert half Danielle in den Mantel und folgte ihr nach draußen. Der Junge konnte ihr nicht mal die Tür aufhalten! Er war ein hoffnungsloser Fall, sie sparte sich einen Kommentar, der ohnehin verschwendet gewesen wäre.

Die Londoner Nachtluft war feucht und die Kälte kroch durch den Stoff in ihre Glieder. Sie zitterte leicht. Robert legte einen Arm um ihre Schulter und sie ließ ihn gewähren. Der Weg zum Auto war nicht weit, aber es konnte nicht schnell genug gehen. Sie wollte ihn loswerden und ihre Ruhe haben.

„Danke für den Abend, Robert", sagte sie höflich. Robert stellte sich vor sie und küsste sie hart, seine Zunge bohrte sich in ihren Mund wie ein Schraubenzieher. Sie war überrumpelt und schob ihn keuchend von sich.

„Was soll das?"

„Komm schon, Danielle, das ist unser fünftes Date, da wird ein Kuss doch wohl drin sein!"

Der Mann hatte wirklich *überhaupt keine* Ahnung von Frauen. Danielle schüttelte den Kopf.

„Es tut mir leid Robert, aber …"

Er sah beleidigt aus und Danielle hatte das Bedürfnis, sich die Lippen abzuwischen.

„Aber, was? Wie lange willst du mich noch hinhalten?" „Ich glaube, das ist meine Sache. Ich wünsche dir eine gute Nacht, Robert. Auf Wiedersehen." Danielle kramte nach dem Schlüssel in ihrer Handtasche und beachtete ihn nicht weiter.

„Auf Wiedersehen, Danielle. Ich bin wirklich enttäuscht, ich dachte, wir wären uns nähergekommen." Damit drehte er sich auf dem Absatz um und verschwand im Stechschritt um die nächste Hausecke.

Danielle lehnte sich genervt an ihren Aston Martin und atmete stöhnend aus. Womit hatte sie das an diesem Tag auch noch verdient? Sie schloss die Augen einen Moment, froh, tief durchatmen zu können, und genoss die eisige Kälte in ihrem Gesicht. In der Nähe heulte eine Sirene.

„So alleine, Gänseblümchen?"

Danielles Kopfhaut kribbelte und in ihrem Bauch summte es leise. Sie wollte *ihn* nicht sehen, deswegen ließ sie die Augen geschlossen. Vielleicht würde er dann einfach verschwinden. Lucas hatte ihr gerade noch gefehlt, sie hatte Probleme genug.

„Brauchst du Hilfe?", fragte er. Er war ihrem stummen Aufruf leider nicht gefolgt. Danielle spürte, wie er mit seinen Fingern an ihrem Hals entlangstrich und eine heiße Spur auf ihrer Haut hinterließ.

Sie öffnete die Augen langsam und sah ihm direkt ins Gesicht; wenn sie die Hand nur leicht anheben würde, könnte sie ihn berühren. Aber das hatte sie definitiv nicht vor.

„Ich brauche weder Hilfe noch einen Mann, der von sich selbst denkt, er wäre die Krone der Schöpfung. Ihr macht doch alle nur Ärger."

Sie reckte ihr Kinn trotzig in die Höhe, doch zu ihrer Verwunderung lachte Lucas und stützte seinen Arm neben ihr an den Wagen. Ließ er sich von gar nichts aus der Ruhe bringen?

„Schickes Auto." Seine Stimme klang tief und kehlig.

„Danke." Sie kramte wieder in ihrer Handtasche, was etwas durch Lucas' Körper erschwert wurde, aber sie schob ihn damit ein Stück von sich weg. Der Klotz musste doch merken, dass er nicht erwünscht war!

„Schlüssel weg?" Sie spürte die Hitze an ihrem Hals nach oben kriechen.

Verdammt. Sie kramte weiter, in der Hoffnung, doch noch etwas zu finden. Plötzlich hielt er ihren Schlüsselbund vor ihr hoch und klimperte damit unverschämt.

„Ich glaube, den hast du liegen gelassen." Der Mistkerl grinste sie triumphierend an. Ihre Stimmung sackte noch tiefer in den Keller, falls das möglich war.

Das war doch nicht zu fassen!

„Wie kommst du an meine Schlüssel?", zischte Danielle.

„Ich wollte gerade zu dir an den Tisch kommen, aber du warst schon weg, *die da* lagen darunter. Wie unhöflich von dir, ohne ein Wort zu verschwinden, Gänseblümchen." Seine Stimme war gefährlich leise und dicht an ihrem Ohr, was ihr eine Gänsehaut bescherte, obwohl sie das überhaupt nicht wollte. Ihr Körper hatte sich verselbstständigt.

„Wenn hier jemand unhöflich ist, dann ja wohl du", konterte sie atemlos. Lucas strich Danielle im Zeitlupentempo eine Strähne aus dem Gesicht. Sie hielt immer noch ihre Birkin Bag umklammert wie einen Schutzschild.

„Es tut mir leid, du bist sauer auf mich. Aber es war wirklich ein Notfall am Donnerstag."

„Ja klar, war er blond oder brünett?", gab sie ihm sarkastisch zurück.

„Ts, ts, nicht doch. Hast du dich erholt, hattest du Kopfschmerzen?"

„Selbst wenn, es geht dich nichts an. Und jetzt gib mir meine Schlüssel wieder."

„Was bekomme ich dafür?" In seinen Augen blitzte etwas auf und er grinste sexy, während er erneut mit ihren Schlüsseln klimperte.

„Gar nichts. Gib sie her und lass mich in Ruhe." Danielle versuchte, sie ihm zu entreißen, aber er hielt sie so weit über seinem Kopf, dass sie für sie unerreichbar waren. Wenn sie sich nicht völlig lächerlich machen wollte, musste sie sich etwas anderes überlegen.

„Einen Kuss?", fragte er.

„Du hast wohl einen Dachschaden. Ich kann mir auch einfach ein Taxi nehmen."

„Komm schon, Gänseblümchen. *Ein* einziger Kuss. Wenn du danach sagst, es hat dir nicht gefallen, werde ich dich *nie* wieder belästigen. Ich schwöre es. Ich hab schließlich auch meinen Stolz."

„Wirklich? Hab ich noch nichts von gemerkt."

„Autsch." Er winkte weiterhin grinsend mit dem Schlüssel über ihrem Kopf.

Ein Kuss konnte nicht so schlimm sein. Sie hatte einen Zungendreher von Robert überlebt, schlechter würde Lucas kaum küssen. Danach würde sie ihm sagen, dass es abscheulich war, und er würde sie ein für alle Mal in Ruhe lassen. Gar keine so schlechte Idee. In ihrem Bauch kribbelte es.

„Gut. Dann bringen wir es hinter uns." Danielle reckte ihr Kinn mutig nach vorne. Lucas' Augen leuchteten auf und er grinste breit. „Hier? Auf der Straße?"

„Was hast du denn gedacht, dass ich dich zu mir nach Hause einlade? Vergiss es – jetzt oder nie. Du kannst mir die Schlüssel natürlich auch einfach so geben. Es ist ohnehin lächerlich, was du von mir willst."

„Ganz wie Madame möchte." Lucas steckte den Schlüssel in seine Jackentasche und legte nun auch noch den anderen Arm an ihren Wagen, so dass sie zwischen ihm gefangen war. Seine blaugrauen Augen verdunkelten sich, das Grinsen war einem angespannten Gesichtsausdruck gewichen. Er hielt sie mit seinem Blick fest und ihr Puls schnellte in die Höhe. Er war so nah, dass sie seinen unverwechselbaren Lucas-Nightflight-Geruch wahrnahm. Sie würde es kurz und schmerzlos hinter sich bringen und die Sache dann vergessen. Ihre Beine bestanden leider nur noch aus Wackelpudding und in ihrem Bauch tobte eine ganze Horde wildgewordener Hummeln. Lucas nahm beide Hände vom Wagen und legte sie auf ihre Wangen. Sie fühlte sich, als ob er auf den Grund ihrer Seele blicken könnte, ihr Atem kam nur noch stoßweise. Jetzt war es zu spät, um ihre Meinung noch zu ändern. Sie senkte die Lider und ließ es geschehen.

Als erstes spürte sie seinen warmen Atem an ihrem Mund. Er hatte offenbar keine Eile. Obwohl noch nichts passiert war, rauschte das Blut durch ihre Adern. Dann spürte sie ihn. Lucas' Lippen fühlten sich weich und gleichzeitig kräftig an. Sie öffnete ihren Mund ganz automatisch, als hätten sie dies schon hundertmal getan. Er küsste sie sanft, fast vorsichtig. Er erkundete Danielles Mund, liebkoste ihre Oberlippe, bevor er ihn ganz in Besitz nahm. Sie konnte nichts dagegen tun, ihr Körper war im Automatikmodus. Danielle erwiderte die Liebkosung, saugte an seinen Lippen, ließ seine Zunge gewähren. Ihre Zungen trafen sich und tanzten miteinander, zärtlich und fordernd zugleich.

Ein Kuss, der ihr die Sinne raubte. Lucas löste sich viel zu schnell von ihr. Seine Augen waren fast schwarz, als sie ihre öffnete und ihn ansah. Sie hielt noch immer ihre Handtasche umklammert wie einen Rettungsring.

Danielle rang nach Fassung, ihr fehlten die Worte.

Lucas grinste sie frech an und fuhr sich durch die Haare, als er einen Schritt zurücktrat.

„Und, was sagst du?"

Es war himmlisch gewesen. Der beste Kuss ihres Lebens. Sie hätte sich niemals darauf einlassen dürfen.

„Grauenhaft", krächzte sie und senkte den Blick. Ihre Wangen brannten und ihr war so heiß, dass sie am liebsten den Mantel abgeworfen hätte. Sie hob den Kopf und sah ihn an.

„Gänseblümchen ..." Er sah niedergeschlagen aus, seine Stimme war leise. „Hier sind die Schlüssel. Dann werde ich dich nicht weiter belästigen."

Sie schluckte und räusperte sich dann. „Danke."

„Wir sehen uns trotzdem morgen?" Er fuhr sich durch die Haare. Obwohl sie triumphieren sollte, fühlte sie sich, als hätte sie gerade etwas Wertvolles mutwillig zerbrochen.

„Morgen?", fragte sie. Sie war völlig durch den Wind und hatte in dem Moment keine Ahnung, wovon er sprach.

„Der letzte Investorentermin."

Den Termin hatte sie komplett vergessen. Lucas hatte sie wirklich vollkommen durcheinander gebracht. „Ja, natürlich. Die Investoren. Entschuldige."

„Dann treffen wir uns dort?"

„Ja. Äh. Sicher." Sie nahm die Schlüssel entgegen. „Gute Nacht, Lucas."

„Gute Nacht, Gänseblümchen. Schlaf gut." Lucas gab ihr einen sanften Kuss auf die Wange und sie inhalierte seine einzigartige Duftmischung. Warum musste er auch gerade *Nightflight* benutzen? Dann drehte er sich um und verschwand in die Nacht. Sie folgte ihm mit ihrem Blick. Er trug eine ausgewaschene Jeans und einen abgetragenen Dufflecoat mit einem wollweißen Schal. Niemand würde erraten, dass er einer der wohlhabendsten Junggesellen der Stadt war, aber an seinem Geld war sie am allerwenigsten interessiert.

Sie hätte ihn nicht küssen dürfen. Lucas Stanhope war ihr gefährlich nahegekommen, aber damit war jetzt Schluss. Sie hatte ihm eindeutig klargemacht, dass es bei diesem einen Kuss bleiben würde. Außerdem hatte er sie schließlich erpresst, sonst wäre es ohnehin nicht passiert. Nach dem Termin würde sie ihn nicht wiedersehen, vielleicht irgendwann auf der Hochzeit von Julia. Sonst hatten sie keine Gemeinsamkeiten, was gut war, denn er stellte eine große Bedrohung für ihr Seelenheil dar und das Risiko wollte sie nicht eingehen. Er würde sie nur verletzen und für eine einzige Nacht war sie sich zu schade. Sie hatte das alles im Geiste schon hundertmal durchgekaut. Irgendwie schien ihr blöder Bauch das nur nicht zu kapieren, denn ihr ganzer Körper vibrierte immer noch nach dem intensiven Kuss.

Kapitel 11

Er war es bis jetzt nicht gewohnt gewesen, zu verlieren, aber er wusste, wann er das Feld räumen musste. Danielle hatte ihm eindeutig zu verstehen gegeben, dass sie nichts von ihm wollte. Und nach ihrer abweisenden Reaktion auf den Kuss glaubte er ihr sogar. Er würde sich professionell verhalten und ihr beim heutigen Termin noch einmal zur Seite stehen, anschließend würde er nach Shanghai zurückfliegen und sich eine andere Zerstreuung suchen. Wann hatte er das letzte Mal länger als eine Woche abstinent gelebt? Er konnte sich gar nicht mehr daran erinnern. Das Ganze war grotesk. Er schüttelte den Kopf, als er die Quittung des Taxifahrers entgegennahm und vor dem Firmengebäude der Chablonski Limited ausstieg, wo sie gleich verabredet waren. Danielle stand bereits vor dem Eingang und wartete auf ihn. Sie bearbeitete ihr Handy und wirkte nervös.

„Guten Morgen", sprach er sie an.

Sie zuckte zusammen und schaute auf. „Oh, da bist du ja. Ich habe schon gedacht, du kommst nicht."

„Wieso sollte ich nicht kommen?"

„Na ja, nach gestern." Sie errötete.

„Es tut mir sehr leid, deine anhaltend schlechte Meinung von mir schon wieder enttäuschen zu müssen, aber noch diese Nummer und dann musst du mich nicht weiter ertragen." Er hatte es schroffer als beabsichtigt gesagt, aber diese Frau machte ihn wahnsinnig.

„Ist ja schon gut. Können wir es einfach hinter uns bringen?" Sie lächelte ihn scheu an. Sie war so schön, so echt. Er räusperte sich und fuhr sich durch die Haare.

„Yes, Ma'am, kann losgehen, *Private Lucas* zur Stelle."

„Du Idiot! Komm." Danielle ging vor und er bewunderte ihren geschmeidigen Gang. Die hohen Absätze ihrer Schuhe schienen sie nicht im Geringsten zu behindern, sie lief darin wie eine Göttin. Ihre schmalen Hüften wogen bei jedem Schritt sanft hin und her. Der Gürtel betonte ihre schlanke Taille. Er war sich sicher, dass er sie mit seinen Händen umfassen könnte, wenn er nur … Mist, er brauchte dringend eine Frau. So ging es jedenfalls nicht weiter mit ihm, dass er am helllichten Tag einem Mädchen am Po klebte, das nichts von ihm wissen wollte.

Der Termin gestaltete sich zu seiner Freude glücklicherweise äußerst angenehm und unkompliziert. Die Investoren schnurrten, sobald der Name Stanhope gefallen war, und Lucas hatte leichtes Spiel mit dem Herrn und der Dame mittleren Alters. Danielle überließ ihm die Führung und schien zufrieden mit seiner Performance. Sie beachtete ihn überhaupt nicht, was ihm total gegen den Strich ging. Das Meeting dauerte nicht sehr lange, es war gerade Mittagszeit, als die beiden das Gebäude verließen.

„Bist du mit dem Wagen hier?"

Danielle schüttelte den Kopf.

„Nein, hier findet man nie einen Parkplatz. Ich habe mir ein Taxi genommen."

„Na dann …" Lucas Telefon klingelte. „Einen Moment Danielle, warte kurz. Ich muss das Gespräch annehmen."

Sie nickte und er ging ein paar Schritte zur Seite.

„Hallo, Damian. Ja, haben wir gerade beendet ... Nein, ich … Was? ... Nein, das kann ich nicht … Wer bin ich denn, dein Lakai? ...Vergiss es … Damian! Julia ist nicht krank, sie ist schwanger … Mach das gefälligst selbst … Ich fliege sicher nicht in die Schweiz, nur weil du ihr eine Überraschung bereiten willst. Tschüss."

Lucas sog die Luft scharf ein und legte auf. Das war doch Absicht! Als ob er mit der Charity-Nummer nicht schon genug auf sich genommen hatte, nervte ihn Damian jetzt mit der nächsten schrägen Geschichte.

„Was war das denn?", hörte er Danielle fragen. Sie hatte gelauscht. Natürlich. Frauen! Er fuhr herum.

„Ich glaube, das ist meine Sache", erwiderte er irritiert.

„Nein, nein, nein! Julia ist meine beste Freundin. Was wollte Damian?"

„Kümmer dich doch um deinen Kram!"

Danielle baute sich vor ihm auf.

„Willst du, dass ich Damian selbst anrufe? Oder gleich Julia? Dann hast du *richtig* Ärger. Ich weiß nämlich von Julia, was für ein Schlitzohr du bist."

Ach, daher wehte also der Wind. Er hatte von vornherein keine Chance bei Danielle gehabt, kein Wunder, dass sie nichts mit ihm angefangen hatte. Julia hatte Vorsorge getroffen und getratscht, aber das war nun auch egal, denn seine Tätigkeit für *Every Life Matters* war in dieser Minute beendet. Er fuhr sie harsch an: „Du wirst keinen von beiden anrufen!"

„Ach nein? Und wer will mir das verbieten?" Schon kramte sie in ihrer Tasche und holte das Smartphone raus. Sie tippte eine Nummer.

Lucas riss es ihr aus der Hand.

„Spinnst du?" schrie sie ihn an.

„Lass es sein, Danielle. Widme dich lieber deinen perfekt gezupften Augenbrauen."

„Gib mir das Handy zurück! Auf der Stelle." Sie blitzte ihn wütend an. „Ich kann sie auch abends anrufen ...!"

Lucas seufzte. Danielle würde sowieso keine Ruhe geben, deswegen gab er nach. „Ich soll in unser Chalet in die Schweiz fahren und alles für eine romantische Woche im Schnee vorbereiten. Er will Julia überraschen." Lucas runzelte grimmig die Stirn. Danielle schaute ihn einen Moment perplex an, dann leuchteten ihre Augen auf. „Ich dreh durch. Das ist ja toll! Damian ist ein Prachtkerl. Kein Wunder, dass Julia so begeistert ist." Von einer Sekunde auf die andere hatte sich ihre Stimmung um hundertachtzig Grad gedreht. Lucas presste die Lippen zusammen und gab ihr das Smartphone zurück.

„Ganz toll, ja. Und ich soll den beiden den Deppen spielen und alles organisieren."

„Du schwingst deinen Hintern gefälligst zügig in die Schweiz. Und damit du es meiner besten Freundin nicht versaust, komme ich mit."

Lucas klappte vollkommen perplex seine Kinnlade runter. Er musste sich verhört haben.

„Du kommst *mit mir* in die Schweiz?"

„Genau genommen gehe ich nicht mit *dir* in die Schweiz. Du siehst nicht aus, als hättest du groß Ahnung davon, was eine schwangere Frau so braucht."

„Aber du, oder was?" Er lachte.

„Immerhin mehr als du. Julia ist meine beste Freundin, ich *weiß,* was sie mag und was sie glücklich macht. Sie hat das verdient. Und du Neandertaler wirst es nicht versauen!" Danielle hatte ihre schlanken Arme in die Hüften gestemmt und sah wildentschlossen aus. Lucas winkte ab und ging davon.

Die letzten Tage hatten ihn wirklich Nerven gekostet, es würde ihn nicht wundern, wenn er bald die ersten grauen Haare finden würde. Er hatte herzlich wenig Motivation, auch noch einen Trip in die Schweiz draufzusetzen; für Danielle und ihresgleichen hatte er definitiv genug getan. Von seinen Freunden war sicher noch niemand dort und im Ort hatten die meisten Lokalitäten noch geschlossen. Der Weihnachtsbetrieb würde erst in zwei Wochen starten. Es wäre vielleicht ein Anreiz gewesen, hätte er die Reise mit ein paar Tagen Spaß auf Brettern verbunden – Aprés-Ski und schöne Mädchen. Aber so? Nein, danke. Und dazu sollte er noch Danielle mitnehmen? Sie würde alles noch viel komplizierter machen. Er hörte schnelle Schritte hinter sich.

„Du kannst mich hier doch nicht so einfach stehen lassen!"

Lucas sah sie nicht mal an, verlangsamte aber seinen Gang, sodass sie mithalten konnte.

„Du hast es doch gerade gesehen, was willst du noch?"

„Ich bestehe darauf, dass ich mitkomme und alles regele. Denk doch mal nach! Das würde dir vieles erleichtern. Ich kümmere mich darum, dass das Chalet vorzeigbar wird und alles da ist, was die beiden Liebenden brauchen. Du hast nichts weiter zu tun, als mich dorthin zu bringen."

Lucas überlegte einen Moment und blieb stehen. Einerseits könnte er sich einfach weigern, Damian den Gefallen zu tun, andererseits wusste er, dass das Stress mit der ganzen Familie bedeutete. Sie waren so erzogen worden, dass man, wenn man um etwas gebeten wurde und die Möglichkeit hatte, den Wunsch zu erfüllen, alles dransetzte, die Erwartungen nicht zu enttäuschen. Es war ein Dilemma. Andererseits klang Danielles Vorschlag nicht schlecht. Er hatte sie jetzt eine Woche ausgehalten, da würde er auch noch zwei Tage mehr überleben, auch wenn sie nichts von ihm wollte. Er hätte dann immerhin die Gelegenheit, es noch mal bei ihr zu versuchen. Ihr zierlicher Körper machte ihn immer noch an, daran hatte der Korb rein gar nichts geändert. Er machte sich da nichts vor.

„Und was habe ich davon, wenn ich dich mitnehme?"

Grüne Augen blickten ihn flehend an. Sie schien zu überlegen. „Ich komme mit, du lässt mir freie Hand und dafür werde ich dich nie mehr bezüglich *Every Life Matters* behelligen. Ich werde mir bald einen adäquaten Ersatz suchen." Sie grinste ihn an und ihm wurde warm ums Herz.

„Gut, dann haben wir einen Deal." Lucas streckte ihr die Hand hin. „Du machst die Bude flott und ich bin für immer fertig mit Charity."

Sie schlug ein. „So machen wir's."

Lucas' Stimmung war mit einem Mal viel besser. Neue Chance, neues Glück. Und so hatte er tatsächlich zwei Fliegen mit einer Klappe geschlagen.

„Ich habe noch ein paar Dinge in London zu regeln, bevor ich abreisen kann. Ich denke, morgen oder am Mittwoch fliegen wir nach Zürich."

„Gut, mir passt beides. Ich habe diese Woche keine Termine, die ich nicht auf kommende Woche verschieben könnte. Das ist kein Problem für mich."

„Dann vergiss nicht deine Daunenjacke, Gänseblümchen."

„Ich bin schon groß und brauche deine Ratschläge nicht. Soll ich die Flüge buchen?"

„Nein, ich mache das schon. Ich maile dir die Details zu."

„Gut. Dann …?"

Lucas küsste sie auf die Wange und nahm einen Hauch von Rose wahr.

„Bis bald, Gänseblümchen."

Obwohl er wie sie ein Taxi benötigte, beschloss er, noch ein paar Schritte zu gehen. Er hatte ein paar Telefonate zu erledigen und ein wenig frische Luft tat ihm gut.

Als Danielle wieder im Büro ankam, war Jill nicht an ihrem Platz. Sie war aber definitiv heute wieder im Büro, denn auf ihrem Schreibtisch lagen diverse Papiere verstreut und der Bildschirmschoner sauste über den Screen. Schade, sie hätte nach dem Morgen mit Lucas gerne ein freundliches Gesicht gesehen. Aber Jill war sicher gleich zurück und hatte vielleicht sogar schon einen Tee für ihre Chefin vorbereitet. Danielles Nervenkostüm war tatsächlich etwas angefressen, was auch daran lag, dass sie später noch mit ihrem Vater sprechen wollte. Sie wusste nur nicht, wie. Das lastete schwer auf ihr, ihr Magen fühlte sich an, als hätte sie Steine gefrühstückt. Er war ihr immer ein guter Vater gewesen, liebevoll, stark und sehr herzlich. Warum nur zeigte er sich plötzlich von einer ganz anderen Seite, die ihr ganz und gar nicht gefiel? War er vielleicht sogar der Grund für die Depression ihrer Mutter? Vielleicht hinterging er sie seit Jahren und sie wusste Bescheid?

Der Gedanke daran war so absurd, dass Danielle sich kurz schütteln musste. Sie setzte ihr Notebook in die Station und drückte den Startknopf. Wenn sie den Rest der Woche nicht im Büro sein würde, hatte sie noch einiges vorzubereiten, um mit ihren Projekten bei Fane Trading nicht total ins Schleudern zu kommen. Die Tochterkarte hatte sie schon zu oft gezogen und wollte das auch nicht mehr. In ihrem Alter konnte sie die Verantwortung für ihr Geschäftsfeld mittlerweile selbst tragen.

„Oh, du bist schon da?" Jill sah abgehetzt aus, ihre Wangen waren gerötet.

„Alles in Ordnung?"

„Ähm, ja, natürlich. Ich hatte nur noch nicht so bald mit dir im Büro gerechnet."

„Der Termin lief gut, es gab nicht so viel zu diskutieren. Ich denke, wir haben das Startkapital bald zusammen."

„Das ist wirklich toll, Danielle. Soll ich dir einen Tee bringen? Sandwich?"

„Das wäre lieb, ich habe immens viel zu tun. Ich muss auch noch ein paar Termine verschieben. Sprechen wir gleich drüber. Erst muss ich ein paar wichtige Sachen erledigen."

„Alles klar." Jill nickte und verließ das Büro. Obwohl Danielle sehr viel zu tun hatte, hatte sie Mühe, sich zu konzentrieren. Eine innere Unruhe hatte Besitz von ihr ergriffen. Sie schob es auf das bevorstehende Gespräch mit ihrem Vater.

Eine halbe Stunde später hielt sie es nicht mehr aus. Danielle machte sich auf dem Weg zu seinem Büro, sie hatte seinen Fahrer gesehen, er war also da. Die Tür war nur angelehnt, sie trat mit einem kurzen Anklopfen ein. Ihr Vater saß am Schreibtisch und war in Unterlagen vertieft, auf der Nase hatte er eine halbe Brille, die fast über die Nasenspitze rutschte.

„Dad? Kann ich kurz reinkommen und mit dir sprechen?" Sie schloss die Tür leise hinter sich.

„Danielle, Darling, natürlich. Komm her!" Charles stand auf und umrundete seinen Mahagonischreibtisch. Er küsste sie auf den Scheitel und hielt sie an den Schultern fest. „Du siehst blass aus, geht es dir nicht gut?"

Um Danielles Herz legte sich eine eiserne Hand. Ihr Vater roch wie immer nach dem gleichen herben Aftershave, das er schon seit Jahren benutzte, aber es mischte sich noch ein anderer süßlicher Geruch dazu, den sie an ihm nicht kannte.

„Können wir uns kurz setzen?"

„Ja natürlich, Sweetheart. Komm."

Charles führte sie zu einem braunen Ledersofa, das vor der großen Glasfront mit Blick über London stand.

Sie setzten sich und Danielle nahm einen tiefen Atemzug.

„Mama geht es nicht gut."

Charles ließ die Schultern hängen.

„Danielle, Liebes, das weiß ich. Es ist nichts Neues."

„Aber, Dad, hast du sie in den letzten Tagen mal gesehen? Sie sieht schrecklich aus."

Er seufzte. „Ich bekomme keinen Zugang mehr zu ihr. Ich weiß nicht, was ich noch tun soll." Niedergeschlagen blickte er auf den Boden.

„Was ist denn mit den Medikamenten? Sind die richtig eingestellt?"

„Dr. Harper hat ihr gerade erst ein neues Präparat verschrieben. Er meinte, es sei vielversprechend, es dauert sicher nur ein paar Tage, dann …"

Danielle fiel ihm ins Wort: „Es macht mir Angst. Sie ist meine Mutter."

„Mir doch auch, Sweetheart. Mir doch auch …"

Danielle brachte es einfach nicht über sich. Es war ihr zu peinlich, mit ihrem Vater über eine mögliche Geliebte zu reden. Eine Tochter sollte nicht in der Situation sein, so etwas tun müssen. Sie hielt ihre Hände im Schoß gefaltet, so fest, dass ihre Knöchel weiß hervortraten.

„Ich weiß nicht, wie ich Mum helfen kann, Dad. Es tut mir weh, sie so zu sehen."

„Danielle, in ein paar Tagen werden die neuen Medikamente Wirkung zeigen, Dr. Harper hat mir das versichert. Glaub mir." Er drückte ihre Hand aufmunternd.

Danielles Zweifel blieben. „Ich hoffe es sehr. Bist du diese Woche in London oder hast du eine Reise geplant?" Sie musterte ihn argwöhnisch.

„Ich bin hier, wieso?" Täuschte sie sich, oder hatte er einen kurzen Moment gezögert?

„Ich muss für zwei Tage in die Schweiz. Es geht um Julia."

„Ist alles in Ordnung?" Er zeigte sich besorgt.

„Ja, sicher. Alles okay. Ich will nur etwas für sie regeln."

Ihr Vater lächelte erleichtert auf. „Gut, Sweetheart, eine Freundin wie dich zu haben, muss toll sein. Julia weiß das sicher zu schätzen."

„Natürlich. Sie fehlt mir sehr. Dann will ich dich mal nicht länger stören." Sie stand auf und strich ihre Bluse glatt.

„Du störst mich doch nicht. Ich hoffe, dass ich dir das Gefühl gebe, immer ein offenes Ohr zu haben."

„Ja, Dad." *Bis auf ein Thema*, seufzte sie innerlich. Als sie sein Büro verlassen hatte, war sie kein Deut schlauer. Wieso war das nur so verdammt schwer?

Es war ein langer Montag gewesen. Als Danielle das Büro verließ, war es spät und sie hatte ein Loch im Magen. Jill löschte das Licht und folgte ihr nach draußen. Sie war Gold wert. Ihre Sekretärin hatte alle Termine neu arrangiert und so den Rest der Woche freigeschaufelt. Gut, dass sie sich nicht selbst um diesen Orgakram kümmern musste, dafür hätte sie heute beim besten Willen keinen Kopf gehabt.

„Vielen Dank, Jill. Ich wünsche dir eine gute Nacht."

„Natürlich, Danielle. Dir auch. Bis morgen."

Lucas hatte sich noch nicht gemeldet, sie wusste also nicht, ob sie morgen noch ins Büro kommen würde.

„Ich weiß noch nicht, eventuell fliege ich morgen schon. Ich melde mich."

Jill wirkte überrascht, meinte aber nur: „Gut. Ich bin ja da."

„Danke, Jill. Tschüss."

Jill stieg im Erdgeschoss aus dem Lift aus; sie hatte keinen Wagen in der Tiefgarage. Eigentlich war es auch sinnvoller mit öffentlichen Verkehrsmitteln zu fahren, aber Danielle hasste die Tube.

Langsam war Jill ernsthaft genervt von Danielles Arbeitsweise. Die kleine Prinzessin machte wirklich nur das, was ihr passte. Wenn sie ihre Tochter gewesen wäre, hätte sie ihr ein paar Takte erzählt, aber als Assistentin stand ihr das natürlich nicht zu. Trotzdem fiel es ihr immer schwerer, die immer lächelnde gute Seele zu spielen. Eigentlich hatte sie doch etwas Besseres verdient. Jill ballte die Hände zu Fäusten. Am Ende würde sie schon noch bekommen, was sie wollte. Sie hatte sich nicht umsonst zwei Jahre ihres Lebens bei Fane International Trading abgerackert.

Auch für Lucas war es ein durchaus anstrengender Tag gewesen. Er hatte lange und ausführlich mit dem Geschäftsführer der Londoner Gesellschaft zusammengesessen, um sich einen groben Überblick über die aktuellen Themen zu verschaffen. Das Geschäft lief gut, Probleme gab es immer mal wieder, aber das war etwas Alltägliches und kein Grund zur Sorge. Er hätte noch ein paar Tage hier verbringen können; die Mitarbeiter sahen es gerne, wenn die Chefetage öfter Gesicht zeigte, aber er wollte die Sache mit dem Chalet hinter sich bringen, damit er sich wieder den angenehmen Ablenkungen des Lebens widmen konnte. Vor einigen Minuten hatte er die Bestätigung der Flüge per E-Mail erhalten. Lucas ließ sich von einem Fahrer nach Hause bringen und tippte eine Nachricht an Danielle.

*Gänseblümchen, hier ist Dein E-Ticket. Ich hole Dich recht-
zeitig ab. Denk an das schicke Spitzenhöschen, das Du bei
unserem ersten Zusammentreffen getragen hast. Lucas*

Er hatte es sich nicht verkneifen können. Es machte ihm –
auch wenn sie ihm eine Abfuhr erteilt hatte – einen Heiden-
spaß, sie zu necken. Er schaute grinsend aus dem Fenster und
genoss den Ausblick auf die Londoner Innenstadt bei Nacht.
Die Antwort ließ nicht lange auf sich warten. Natürlich, Danielle war ja handysüchtig.

*Lucas, schon vergessen? Wir fliegen in den Schnee, ich pa-
cke Angorawäsche ein. Danielle*

Auf den Mund gefallen war sie jedenfalls nicht.

Du bist sicher auch in Angora sexy.

Gott, er hatte schon zu lange keine Frau mehr gehabt. Die
Spannung in seinem Körper war unerträglich. Er würde noch
eine Runde laufen gehen müssen, draußen, in eisiger Kälte,
wenn er alleine beim Gedanken an Danielle in Unterwäsche
einen Ständer bekam. Das war ja lächerlich!

*Lucas, stell Dir vor, was ich jetzt anhabe ... schwarze Spit-
ze ... sonst nichts ...*

Himmel! Er musste schlucken.

Du bist ein böses Mädchen. Erzähl mir mehr.

Es wurde unangenehm eng in seiner dunklen Anzughose.
Die Macht der Gedanken überraschte ihn immer wieder.

Jetzt ziehe ich mich aus und gehe in die Dusche.

Er hatte ihr Penthaus gesehen, konnte es sich also bildlich
vorstellen. Lucas leckte sich mit der Zunge über seine trocke-
nen Lippen.

Ich wäre gerne ein Stück Seife.

Der Wagen stoppte. Lucas verabschiedete sich knapp und
hoffte, der Fahrer würde von seiner Erregung im Dunkeln
nichts mitkriegen. Auf dem Weg nach oben hörte er das *Ping*
einer eingehenden Nachricht. Lucas überlegte, bei ihr vorbei-
zufahren, um zu überprüfen, ob sie die Seife auch wirklich

selbst fand oder Hilfe benötigte. Er konnte kaum noch klar denken, so sehr wollte er diese Frau.

Du glaubst doch nicht im Ernst, dass ich mit Dir Cybersex habe, Lucas. Träum weiter! Ich habe nur Witze gemacht. Wir sehen uns dann morgen. Danielle /PS: Duschen gehe ich jetzt aber trotzdem

So ein Luder! Er biss sich auf die Zungenspitze. Das konnte ja wohl nicht wahr sein! Die kleine Göre hatte ihn erst heiß gemacht und dann … Unglaublich. Das schrie nach Rache. Schon das zweite Mal. Lucas verbot es sich, doch noch zu ihr zu fahren, um ihr die Flausen auszutreiben. Er zog sich stattdessen Sportklamotten an und drehte eine extragroße Laufrunde. Er lief gute zehn Meilen, was ihm einen klaren Kopf bescherte. Bei der anschließenden Dusche dachte er zwar an Danielle, rang aber erfolgreich das Verlangen, sich selbst zu befriedigen, nieder. Auch wenn sein Körper danach schrie, so nötig hatte er es auch wieder nicht. Aber er bekam ihr Bild einfach nicht aus dem Kopf und verfluchte sie hundertmal, weil er deswegen die halbe Nacht wach lag.

Danielle grinste immer wieder still vor sich hin, wenn sie an ihren kleinen Streich vom gestrigen Abend dachte. Es hatte sie einfach überkommen; sie hatte die Zeilen getippt, ohne groß darüber nachzudenken. Da er nicht auf ihre letzte Nachricht geantwortet hatte, nahm sie an, dass er wegen ihrem kleinen Streich sauer war. Sie fragte sich sogar, ob er möglicherweise alleine in die Schweiz fliegen würde. Sie saß auf gepackten Koffern und wartete mittlerweile schon seit fünfzehn Minuten auf ihn. Und das war das Komische: Normalerweise war *sie* die Unpünktliche und alle anderen mussten auf sie warten. Mit Lucas war anscheinend alles anders. Bisher war er immer pünktlich gewesen.

Danielle ging unruhig in ihrem Apartment auf und ab, als sie endlich den erlösenden Anruf von Frank erhielt. Ihr Herz klopfte schneller, als sie in den Lift nach unten stieg. Sie hoffte, dass Lucas nicht böse war – auf schlechte Stimmung hatte sie keine Lust. Als sich die Türen öffneten, sah sie ihn bei Frank stehen. Lucas trug seine ausgewaschene Jeans und den Dufflecoat; sein Haar war wie immer leicht zerzaust und er lachte über etwas, das Frank gesagt hatte. Als er sich umdrehte, blickte sie in kalte graue Augen. Er war doch sauer.

„Guten Morgen!", flötete sie freundlich lächelnd.

Lucas kam einen Schritt auf sie zu und küsste sie höflich auf die Wange. *Nightflight* stieg ihr in die Nase und sie schloss die Augen für eine Sekunde.

„Guten Morgen, Gänseblümchen. Du warst ganz schön unartig gestern Abend." Er flüsterte dicht an ihrem Ohr und erreichte damit, dass ihren Körper eine Gänsehaut überzog.

„Hach, ich habe nur Witze gemacht. Du hast das doch nicht etwa ernst genommen?" Sie klimperte mit den Wimpern. Lucas umfasste ihren Oberarm und zog sie sanft, aber bestimmt, mit sich. Ihren Koffer rollte er lässig hinter sich her.

„Wir sprechen uns noch, Madame. Aber jetzt müssen wir los, sonst wird das nichts mehr mit dem Flug nach Zürich. Auf Wiedersehen, Frank." Er drehte seinen Kopf und zwinkerte dem Concierge zu.

„Lass mich los, ich kann auch alleine gehen." Danielle wand sich aus seinem festen Griff. Die Stelle, an der er sie angefasst hatte, brannte.

„Du hast ziemlich viele Talente, Herzchen. Komm, steig ein." Lucas öffnete die Hintertür, so dass sie mühelos in den Bentley klettern konnte. Es roch nach neuem Leder und war angenehm warm.

Er setzte sich auf seinen Sitz und der Fahrer setzte die Limousine in Bewegung. Das Schweigen irritierte Danielle, aber sie war zu nervös, um die Initiative zu ergreifen. Vielleicht war sie gestern doch zu weit gegangen. Um ihre Unsicherheit zu überspielen, tippte sie Nachrichten in ihr Smartphone.

„Du und dein Telefon, ihr seid zwei dicke Freunde, hm?"
Lucas trommelte mit den Fingern auf die Armlehne.

„Was?"

„Ich habe uns schon online eingecheckt. Erstaunlich, dass du nur einen so kleinen Koffer dabei hast. Ich habe dich so eingeschätzt, dass du eher drei mitnehmen würdest."

Danielles Wangen wurden warm. Natürlich wusste er nicht, dass sie vorhatte, sich alles in der Schweiz einzukaufen. Sie ging davon aus, dass in der Nähe des Chalets ein Wintersportort war, bei dem sie sich mit der nötigen Ausstattung eindecken konnte. Es widerstrebte ihr zutiefst, mit Klamotten aus der letzten Saison gesehen zu werden. „Tja, du kennst mich eben nicht." Damit hatte sie auch nicht zu viel verraten.

„Ich bin jedenfalls positiv überrascht."

„Klar. Ha. Ha. Stört es dich, wenn ich schnell telefoniere?"

„Tu, was du nicht lassen kannst."

Danielle wählte die Nummer von zuhause, sie wollte kurz hören, wie es ihrer Mutter ging. Lucy holte Sarah ans Telefon, die einsilbig auf Danielles Fragen antwortete und das Gespräch nach wenigen Minuten beendete. Danielle versuchte, sich nichts anmerken zu lassen, aber sie war beunruhigt. Ihr Vater hatte ihr versichert, dass sich durch die neuen Medikamente bald eine Besserung zeigen würde. Hoffentlich hatte er recht. Sie spürte Lucas' Blick auf sich, hatte aber keine Lust, Fragen zu beantworten. Immerhin besaß er so viel Anstand, sie nicht zu fragen, was immer er sich auch nach dem Telefonat zusammenreimte. Es konnte ja auch sein, dass sie immer so mit ihrer Mutter sprach. Er würde sicher nicht gleich darauf schließen, dass ihre Mutter depressiv war und eigentlich mit niemandem mehr reden wollte.

Die Fahrt dauerte nicht lange, die Rushhour war längst vorbei. Danielle fühlte sich schon wie befreit, als sie das Terminal des London Heathrow Airports betraten. Ein kurzer Ausflug in eine andere Welt, weg von den Problemen mit ihrer Mutter und ihrem Vater, der vermutlich sein Liebesglück bei einer fremden Frau suchte. Sie schüttelte sich und folgte Lucas in das Gebäude.

„Du hast Economy gebucht?" Danielle war entsetzt.

„Wo liegt das Problem? Das ist kein Langstreckenflug und der einzige Unterschied besteht darin, dass du dein Brötchen nicht auf einem Teller bekommst." Lucas wirkte leicht gereizt, als er ihr die Boardingkarte in die Hand drückte, nachdem sie den Koffer abgegeben hatten.

„Unfassbar. Ehrlich."

„Du bist und bleibst ein verwöhntes Ding!"

„Das ist ja wohl die Höhe!"

„Komm endlich, Gänseblümchen, das Boarding hat angefangen, sonst fliegen wir nicht in der Holzklasse nach Zürich, sondern gar nicht."

Lucas zog sie mit sich. Da Danielle hohe Absätze trug, hatte sie Mühe, mit seinem Tempo Schritt zu halten.

Als sie das Abfluggate endlich erreichten, waren alle anderen Gäste bereits eingestiegen und das Bodenpersonal tadelte sie wortreich. Lucas beeindruckte das nicht im Geringsten; er ignorierte das Zetern der älteren Frauen, als wäre er taub. Er hatte das offenbar schon häufiger erlebt als sie. Sie mussten sich bis Reihe neunundzwanzig vorkämpfen und Danielle hatte unglücklicherweise auch noch das zweifelhafte Vergnügen, in der Mitte zu sitzen. Sie fühlte sich wie eine Sardine in der Dose. Lucas schnallte sich an und stupste sie in die Seite. „Du schaust wie zehn Tage Regenwetter, Gänseblümchen. So schlimm?"

„Ich hasse dich."

„Haha, du bist niedlich. Schade, dass du nichts von mir willst, wir beide könnten viel Spaß miteinander haben." Lucas schlug die Times auf und nahm ihr damit noch mehr vom ohnehin spärlichen Platz.

„Sonst geht's aber noch. Hallo? Das ist mein Luftraum und das hier bis zu der Armlehne ist deiner!" Sie schob seinen Ellenbogen mit einer klaren Geste von ihrer Armlehne und machte sich so breit wie möglich.

Lucas schaute ein wenig irritiert, ließ die Zeitung aber nicht sinken, sondern drehte sich etwas in Richtung Gang. Danielle schmollte und verfolgte die Mimik und Gestik der Flugbegleiter, die gerade das Notfallprogramm abspulten. Das würde wahrscheinlich der längste Flug ihres Lebens werden. Noch nie hatte sie Economy reisen müssen – es war ein Alptraum. Ihr linker Sitznachbar schnarchte leise und sonderte abscheuliche Gerüche ab. Sie unterdrückte ein Würgen und atmete in ihren Schal, der nach *Bulgari Rose Essentielle* duftete, ihrem aktuellen Lieblingsparfum.

Kapitel 12

Lucas machte sich ein wenig Sorgen wegen des Wetters. Er hatte am Vormittag die Wettervorhersage verfolgt und es war Schnee gemeldet worden. Richtig viel Schnee. Noch war am Züricher Himmel nicht viel davon zu erkennen, aber in den Bergen ging das oft sehr schnell. Schlechte Sicht und dichter Schneefall auf engen Straßen konnten zu dieser Jahreszeit zu einem ernsthaften Problem werden, deswegen war er auf Nummer sicher gegangen und hatte einen Range Rover gemietet, dessen Schlüssel er nun in der Jackentasche hatte. Gentlemanlike zog er Danielles Köfferchen hinter sich her und trug seinen Seesack auf dem Rücken. Er brauchte nicht viel, Winterjacke und feste Stiefel würden noch im Chalet sein. Letzte Saison war er recht häufig in der Schweiz gewesen.

Kurz hinter Zürich setzte leichter Schneefall ein, noch kein Grund zur Beunruhigung. Lucas schaltete das Radio an, er konnte zwar nicht so perfekt Deutsch wie sein Bruder, aber es reichte, um dem Wetterbericht zu entnehmen, dass man heute besser keine großen Touren mehr einplanen sollte. Sie hatten noch gute zweieinhalb Stunden Fahrt vor sich und es begann bereits zu dämmern. Sie mussten sich beeilen, er wollte das Chalet unbedingt erreichen, bevor sie den Pass schlossen, sonst würden sie erst am nächsten Morgen ankommen.

„Was ist los? Du wirkst irgendwie angespannt." Danielle lehnte sich locker in die beheizten Ledersitze zurück und kratzte sich an der Nase.

„Es wurde wieder heftiger Schneefall gemeldet, wir müssen uns beeilen."

„Oh! Sieht gar nicht so aus." Sie reckte sich nach vorne, so dass sie mit ihrer Stirn beinahe an die Scheibe stieß.

„Das ändert sich bald. Wir kommen gleich in die Berge, da vorne siehst du es schon am Himmel."

Er zeigte mit dem Finger durch die Windschutzscheibe. Es schneite nun auch dichter und er musste die Scheibenwischer schneller einstellen. Sie hätten nicht so trödeln sollen, aber Danielle musste ja unbedingt noch am Flughafen shoppen gehen. Als ob sie in London nicht genug Auswahl hätte. Frauen! Zusätzlich ärgerte er sich über sich selbst, denn er hätte es wissen müssen. Die Wettervorhersage war deutlich genug gewesen. Jetzt hatten sie eine wertvolle Stunde verloren und es war fast dunkel.

Fünfzehn Minuten später war es stockfinster und die Straßen waren mit einer lückenlosen Schneedecke überzogen. Lucas kannte den Weg gut und wusste, dass sie bald auf eine kleine Gebirgsstraße abbiegen mussten. Er hoffte, dass sie noch passierbar war.

„Kannst du nicht schneller fahren?", quengelte Danielle.

„Sonst hast du keine Probleme? Ich versuche, uns heil zum Chalet zu bringen", schnaubte er missmutig.

„Ich habe echt Hunger, das Sandwich im Flugzeug war ein Alptraum. Die hatten nicht mal eine vegane Option dabei!" „Zum Glück haben wir ansonsten keine Schwierigkeiten."

„Du bist ein widerwärtiger, selbstgefälliger …"

„Keiner hat dich gezwungen, hier zu sein!" Jetzt war er richtig sauer, er spürte bereits das unkontrolliert heftige Pulsieren seiner Halsschlagader.

„Es war ein großer Fehler mitzukommen. Du bist so ein Rohling. Keine Ahnung von Frauen!"

„Ich hätte nicht schlecht Lust, dich hier auf der Straße einfach auszusetzen."

„Dann mach es doch. Halt an, ich komm' schon irgendwie durch." Danielle verschränkte die Arme vor der Brust und reckte trotzig das zarte Kinn in die Höhe.

„Damit du dir den Tod holst, du verwöhnte kleine Göre?"

„Halt sofort an. Das hab' ich hier nun echt nicht nötig!"

„Und hinterher wird mir angekreidet, dass du erfroren bist. Nein, danke. Du kommst mit. Du kannst dich jederzeit am Chalet abholen lassen, falls du jemanden findest, der bei dem Wetter noch fährt."

Lucas trommelte genervt auf das Lenkrad, um sich irgendwie abzureagieren, und beachtete Danielle nicht weiter. Sie saß mit verschränkten Armen da und schmollte. Ein paar Kilometer und eine Milliarde Schneeflocken später meldete sie sich wieder zu Wort.

„Ich muss aufs Klo", gab sie zu.

„Da wirst du dich gedulden müssen, es zählt jede Minute, wenn wir nicht im Auto übernachten wollen." Lucas war immer noch sauer, aber er musste doch ein Grinsen unterdrücken. Dieses zarte Persönchen hatte wirklich noch nie ihre Komfortzone verlassen. Sie war es gewohnt, zu jeder Zeit alles und jeden bekommen.

„Du übertreibst!" Sie klang erstaunt.

„Nein. Ist mir schon passiert."

„Wirklich?" Sie wendete ihr Gesicht in seine Richtung.

„Ja. Und glaub mir, du willst während eines Schneesturms *nicht* in einem Auto sitzen. Nicht die ganze Nacht." Lucas konnte nicht schneller als vierzig Stundenkilometer fahren – wenn es so weiterging, würden sie ewig brauchen.

„Man kann ja wohl den Motor *und* die Heizung laufen lassen, frieren müssen wir also nicht."

Er schüttelte erneut den Kopf. Danielle hatte keine Ahnung vom wirklichen Leben. „Dann kannst du dir auch gleich die Pulsadern aufschneiden", meinte er trocken.

„Spinnst du?" Danielle tippte sich an die Stirn.

„Der Wagen wird eingeschneit, dann werden die Abgase nach innen geleitet und wir vergiften uns selbst. Keine Heizung." Lucas zuckte mit den Schultern. Danielle schlug sich die Hände vor den Mund.

„Ach du liebe Zeit. Dann fahr schneller, Lucas." Danielles Stimme klang mit einem Mal ängstlich und sehr kleinlaut.

„Ich gebe mein Bestes, Gänseblümchen, hab ja schließlich wichtige Fracht an Bord." Er grinste.

„Du bist und bleibst ein alter Aufschneider."

„Aber ein süßer, äh, Aufschneider?"

„Du bist so *süß* wie eine Zitrone."

„Dein Herz muss aus Eis sein, Weib."

„Hab ich dir noch gar nicht gesagt, dass mein zweiter Vorname Elsa ist?"

„Hä?"

„Kennst du natürlich nicht. Ein toller Film von Disney, ‚Frozen'." Sie klatschte in die Hände.

„Disney? Jesus Christ. Und dazu trägst du rosafarbene Plüschhosen, richtig?"

Sie kratzte sich an der Nase, bevor sie antwortete. „Du spinnst ja. Würde ich nie machen. Konzentriere du dich lieber auf die Fahrt."

„Aye, Captain." Lucas tippte sich zu einem militärischen Gruß an die Stirn. Sie hatte mindestens pinke Puschen zuhause, da war er sich sicher.

„Lass die Hände am Lenkrad, ich will noch nicht sterben."

„O Frau, du bist so anstrengend!" Lucas schüttelte den Kopf und konzentrierte sich wieder. Der Schneefall war mittlerweile so heftig, dass er noch langsamer fahren musste. Er klopfte sich innerlich auf die Schultern, dass er einen Wagen mit Allradantrieb gemietet hatte, sonst hätten sie keine Chance gehabt, nach oben zu kommen. Ihnen begegnete nur noch selten ein anderer Wagen. Recht hatten die Leute; wenn man nicht musste, sollte man zuhause bleiben.

Zwei Stunden später hatten sie das Chalet erreicht. Die Auffahrt war nur noch schwer zu passieren, aber sie schafften es. Lucas war erleichtert. Und müde. Er sehnte sich nach einem kühlen Bier und einer anständigen Mahlzeit. Leider wusste er ganz genau, dass sich nichts davon erfüllen würde. Jedenfalls nicht an diesem Abend. Er stoppte den Wagen, dann zog er den abgetragenen Dufflecoat, Mütze und Schal an, bevor er die Autotür öffnete. Sofort rieselte Schnee in seine Augen und er musste blinzeln.

„Mach schon, Danielle, ich will nicht länger als nötig hier draußen bleiben." Der Wind pfiff ihm um die Nase, als er das wenige Gepäck aus dem Kofferraum auslud und voranging.

„Ja, ich komme ja. Ihhhh!"

Lucas drehte sich nach ihrem Aufschrei um. „Was ist?"

„Ich hab' Schnee in die Schuhe bekommen. So ein Mist."

Das Licht ging an und Lucas balancierte das Gepäck auf einem Arm, während er versuchte, die Alarmanlage zu deaktivieren und aufzuschließen. Ihm lag ein bissiger Kommentar auf der Zunge, er schluckte ihn aber hinunter. Das würde die Stimmung auch nicht verbessern. Er ahnte, dass es gleich noch schlimmer werden würde, wenn Danielle realisierte, dass sie an diesem Abend kein veganes Fünf-Gänge-Menü erwartete. Wie dumm von ihr, auf einer Reise in die Alpen hochhackige Schuhe zu tragen! Die Sohle war bestimmt nur wenige Millimeter dick, so dass ihre Füße nach drei Minuten im Schnee Eiszapfen sein mussten. Aber ihm konnte es egal sein, das war ganz und gar nicht sein Problem.

„Mach schon, ich erfriere!", quengelte sie.

Endlich, die Tür ging auf. „Bitte schön, die Dame. Hier entlang", erwiderte er mit einem sarkastischen Lächeln und ließ Danielle den Vortritt. Lucas folgte ihr ins Haus, stellte das spärliche Gepäck auf dem Boden ab und schloss die massive Tür des alten Chalets, bevor noch mehr Schnee hereinwehen konnte. Er schaltete das Licht an und klopfte sich den restlichen Schnee von der Schulter.

„Mann, ist das kalt." Danielle klappte den Kragen ihres Kaschmirmantels nach oben. „Gibt's hier keine Heizung? Deine Familie steht wohl auf so alte Schuppen?"

Lucas spürte, wie Ärger in ihm aufstieg. Wie sollte er es nur weiterhin mit dieser Zicke aushalten?! Der Trip entwickelte sich zunehmend zum Alptraum. Er zog seine derben Lederstiefel aus und öffnete den Garderobenschrank, aus dem er zwei paar Filzpantoffeln herausholte. Lucas warf Danielle ein Paar kleinere vor die Füße. Vermutlich war sie ebenso müde und hungrig wie er, nur deshalb blieb er ruhig. Er hatte keine Lust auf noch mehr Stress.

„Hier. Zieh die Stilettos aus, die wärmen deine Füße wirklich nicht."

„Gott, sind die hässlich!" Sie rümpfte angewidert die Nase, während sie die Hausschuhe einer Musterung unterzog.

„Zieh sie an oder lass es, mir egal. Ich kümmere mich jetzt um ein Feuer im Kamin."

„Wo ist das Badezimmer? Ich muss wirklich mal." Danielle richtete ihre grünen Augen flehend auf Lucas.

„Hier, wenn sie bitte diese Tür nehmen würden, verehrtes Fräulein." Er zeigte auf das gegenüberliegende Zimmer.

„Ich hoffe, es ist kein Plumpsklo. Wie alt ist das Haus eigentlich? Dreihundert Jahre?"

„Älter. Es wurde 1586 errichtet. Im Laufe der Zeit sind allerdings einige Anbauten dazugekommen. So groß war es ursprünglich nicht." Lucas hängte seinen Mantel auf einen Kleiderbügel und packte ihn in die große Garderobe. Es hingen noch ein paar Jacken und Mäntel darin; Familie Stanhope reiste gerne mit leichtem Gepäck. Danielle verschwand kommentarlos auf dem stillen Örtchen und er ging Richtung Wohnsalon, um nach dem Kamin zu sehen. Es war wirklich sehr kalt hier. Lucas hoffte insgeheim, dass die Heizung nur runtergedreht und nicht vollständig ausgefallen war.

Danielle zitterte und ihre Hände waren bis zu den Fingernägeln blau angelaufen. Es konnte kaum mehr als ein paar Grad über Null in dem Haus haben. Wenigstens hatten sie ein Dach über dem Kopf. Die Vorstellung, im Auto übernachten zu müssen, hatte ihr ganz und gar nicht behagt. Sie wusch sich die Hände, aber aus der Leitung kam auch nur eiskaltes Wasser. Nachdem sie sich mit einem Frotteetuch, das neben dem weißen Waschbecken mit goldenen Armaturen hing, abgetrocknet hatte, konnte sie ihre Finger wieder spüren, wenn auch nur schmerzhaft und klamm. Die Kälte des Steinfußbodens kroch zudem durch die dünnen Ledersohlen nach oben, so dass sie sich entschied, die hässlichen Hausschuhe zu tragen. Wie sie aussah, war nun auch schon egal.

Danielle hörte Lucas mit etwas werkeln, vermutlich zündete er gerade das Feuer an. Sie folgte den Geräuschen, bis sie ihn fand. Er kniete vor dem offenen Kamin und schichtete Holz auf. Danielle blieb einen Moment an der Tür zum Wohnzimmer stehen und beobachtete ihn und seine geschmeidigen Bewegungen. Lucas war durchtrainiert, hatte breite Schultern und schmale Hüften. Sein weißes Hemd hing locker über der ausgewaschenen Jeans, die sein knackiges Hinterteil besonders gut zur Geltung brachte. Als ob er gespürt hätte, dass sie ihn beobachtete, drehte er sich plötzlich um. Ihre Blicke trafen sich und die Kälte war vergessen.

Lucas' blaugraue Augen leuchteten neugierig auf. Die Intensität, mit der er sie ansah, fuhr ihr durch Mark und Bein. Sie kratzte sich an der Nase und hoffte, dass er nicht sehen konnte, wie sie errötete. Danielle hatte das Bedürfnis, sich die kalten Hände auf die heißen Wangen zu legen, um sie zu kühlen, stattdessen knöpfte sie ihren Mantel auf.

„Wie ich sehe, hast du dich nun doch für die Pantoffeln entschieden?" Er grinste und sie bewunderte die Reihe gerader, weißer Zähne, als ob sie sie zum ersten Mal sehen würde. Sie hoben sich von seinem leicht gebräunten Teint ab.

„Ist doch eh schon egal. Ich meine, du hast oft genug erwähnt, dass du mich schon in Unterwäsche gesehen hast, dann ist es doch schnurz, was ich anhabe, oder?"

Sie versuchte, möglichst lässig zu wirken, obwohl es ihr in diesem Moment ganz und gar nicht gleichgültig war, was er dachte. Wenn sie eben noch völlig immun gegen Lucas Stanhope gewesen war, so war es jetzt damit vorbei. Wenn er sie so intensiv anschaute und dazu noch lächelte, klopfte ihr kleines Herz viel zu schnell in ihrer Brust. Lucas war lässig, wie immer, er war es zweifellos gewohnt, angehimmelt zu werden. Sie hoffte, es war nicht zu offensichtlich, dass er ihren Körper zum Vibrieren brachte.

Lucas widmete sich wieder dem Holz, legte einige Schnipsel Zeitung dazu und zündete es mit langen Streichhölzern an.

„In ein paar Minuten wird es wärmer, Gänseblümchen." Er stand auf und klopfte sich ein wenig Staub von der Jeans. Sie hätte ihn stundenlang sprechen hören können, Lucas' Stimme hatte so etwas Beruhigendes, wenn er nicht sauer auf sie war, wie im Auto, oder Anzüglichkeiten von sich gab. Danielle hatte sich auf die Lehne eines dunkelbraunen Ledersofas gesetzt und schlug die Beine über.

„Und was machen wir jetzt?", fragte sie.

Lucas kam langsam auf sie zu, was einen heftigen Tumult in ihrem Magen auslöste. Wo war auf einmal das Summen hergekommen? Sein Gesicht war mit etwas Ruß verschmiert und sie unterdrückte das Verlangen, ihn zu berühren und die schwarzen Flecken abzuwischen. Er stand jetzt so dicht vor ihr, dass sie die Stoppeln auf seiner Wange genau betrachten konnte. Ihr Atem ging flach. Jetzt ging er vor ihr in die Hocke, so dass er zu ihr aufschauen musste. Um das Geleichgewicht zu halten, stützte er sich auf ihren Oberschenkeln ab. Vermutlich wäre das gar nicht nötig gewesen, aber die Wärme, die von seinen Händen durch die dünne Jeans auf sie übertragen wurde, ließ sie nicht mehr klar denken. Es war einfach verrückt, was für eine Wirkung der Kerl auf sie hatte.

„Ich weiß, es ist nicht ganz optimal hier, Gänseblümchen. Aber können wir Waffenstillstand vereinbaren? Ich bin wirklich, wirklich müde und wir hatten Glück, dass wir es überhaupt hierher geschafft haben."

„Mmhh", antwortete sie, während sie den Blick nicht von seinen Augen lösen konnte. Er hatte kleine Lachfältchen um die Augen, die sie sehen konnte, wenn er so verdammt sexy lächelte wie jetzt.

„Es ist mir ernst. Vermutlich haben wir nicht viel zu essen, aber morgen können wir in den Ort fahren und alles besorgen." Er streichelte ihre Schenkel mit seinen Daumen, was ihr das Denken nur noch weiter erschwerte. Es war ihr unmöglich, den Mund geschlossen zu halten, der Sauerstoffgehalt in diesem alten Haus musste zu niedrig sein. Danielle öffnete leicht ihre Lippen, um besser Luft zu bekommen. Sie nickte nur, wobei sie schon fast vergessen hatte, was er eigentlich gesagt hatte. Lucas Aftershave stieg ihr in die Nase. Auch das noch! Danielle hielt ihre Hände noch immer in ihrem Schoß gefaltet, sie war nicht in der Lage, sich zu rühren.

„Frieden? Danielle?" Lucas' Gesicht war direkt vor ihrem, sie musste nur die Hand ausstrecken, dann konnte sie seine dunkelblonden Haare noch mehr zerzausen, als sie es ohnehin schon waren.

„Äh. Ja. Klar. Frieden", brachte sie krächzend hervor. Lucas Miene hellte sich weiter auf. Am liebsten hätte sie ihre Beine noch fester zusammengepresst, damit er ihr nicht zu nahe kam. Vor allem aber sollte er niemals erfahren, wie sehr sie alleine schon dadurch erregt wurde, dass er sie an den Oberschenkeln gestreichelt hatte. Es war lächerlich und sie würde dem Drang auf keinen Fall nachgeben. Andererseits … was hier in der Ödnis passierte, müsste niemals wieder erwähnt werden. Der Gedanke war verlockend, aber sie verwarf ihn sofort, ein wenig schockiert über sich selbst.

„Schön! Dann sehe ich mal, ob wir etwas Essbares im Haus haben. Aber ich sag es dir gleich: Es wird nicht viel sein, wenn wir Glück haben, ein paar Konserven."

168

Lucas stand auf und marschierte los. Danielle hatte keine Ahnung, wie das alte Haus gebaut war, aber sie hatte auch nicht vor, ihm wie ein Hündchen hinterherzulaufen. Außerdem zog sie das Feuer an; endlich wurde es behaglicher im sehr traditionell eingerichteten Wohnsalon. Die Wände waren mit – vielleicht sogar originalen – Holztäfelungen verkleidet, was eine wunderbar natürliche Isolation der dicken Steinmauern war. Lucas hatte zudem einige Kerzen angezündet, die den Raum in ein sanftes Licht tauchten. Die Sitzmöbel waren mit dunkelbraunem Leder bezogen, auf einigen lagen helle Felle, um es gemütlicher zu machen. Der Fußboden war mit Holzdielen ausgelegt, klassisch ‚Eiche geölt'. An den Wänden hingen ein paar Fotografien der Berge – Sommer- sowie Winterlandschaften –, die wirklich toll waren.

Danielle setzte sich näher zum Feuer und rieb sich die kalten Hände. Sie schloss die Augen und genoss die Ruhe. Ums Haus pfiff der Wind, aber sie fühlte sich seltsamerweise wohl, obwohl alles hier fremd für sie war. Sie musste eine ganze Weile so dagesessen haben, als sie Lucas' Schritte hörte.

„Hast du mich vermisst, Gänseblümchen?" Seine dunkle Stimme war plötzlich neben ihr und verursachte eine Gänsehaut auf ihrem Rücken.

Sie drehte den Kopf zu ihm und versuchte, ihn möglichst freundlich-nichtssagend anzulächeln. Er hatte einen dunkelblauen Troyer über das Hemd angezogen. Anscheinend war ihm doch kalt gewesen.

„Ohne Ende. Hast du was gefunden?"

Sie sah, dass er eine Flasche Rotwein und zwei Gläser dabei hatte, die er nun triumphierend nach oben reckte.

„Habe den Weinkeller meines Vaters geplündert."

„Und sonst?" Sie hatte schrecklichen Hunger.

„Jaaaaa, dazu komme ich noch." Lucas machte sich daran, den Wein zu entkorken, nachdem er Danielle die Gläser in die Hände gedrückt hatte. „Es ist folgendermaßen ..."

Sie ahnte, dass es kein frisches Gemüsecurry geben würde, wofür sie jetzt jemanden umgebracht hätte.

„Ich habe etwas Hirsch und Brot in der Gefriertruhe gefunden, außerdem eine Dose Bohnen. Das wird ein Festmahl", scherzte er. Der Korken ploppte aus der Flasche und Lucas roch daran. „Mhhh. Und das hier ist die Krönung. Ein hervorragender Jahrgang, sagt George jedenfalls immer."

Er machte Scherze. Er wollte sie nur provozieren. Sie musste ganz ruhig bleiben. „Du willst mich gerade verarschen, oder?", sagte sie in möglichst neutralem Tonfall.

Lucas goss etwas Wein in eines der Gläser. In aller Seelenruhe, ihn konnte kein Wässerchen trüben.

„Nein, wie käme ich dazu? Willst du kosten?"

Danielle seufzte, warf ihm einen langen, bedeutungsschwangeren Blick zu und ließ die Schultern sacken. Sie schwenkte das Rotweinglas und roch anschließend daran, bevor sie einen Schluck probierte. Der Wein rann samtig ihre Kehle hinunter und hinterließ eine Spur von Vanille, Tabak und dunklen Beeren an ihrem Gaumen. „Der Rote ist gut. Ich habe dir aber gesagt, dass ich Vegetarierin bin, oder? Wie kommst du auf die verrückte Idee, ich würde *Hirsch* essen?" Sie spuckte ihm das Wort förmlich vor die Füße.

Er schaute sie verständnislos an. „Ernsthaft? Kannst du nicht mal eine Ausnahme machen? Du kannst ja morgen wieder vegetarisch essen, das wird wohl kein Drama sein." Lucas goss mehr Wein in Danielles Glas und schenkte sich selbst ebenfalls nach. Sie schüttelte den Kopf. „Und Bohnen? Kannst du vergessen. Das esse ich nicht." Lucas sah nicht gerade glücklich aus, sie sah eine Ader an seinem Hals pochen. Er rieb sich das Kinn und runzelte die Stirn, es sah aus, als würde er innerlich bis zehn zählen. „Weißt du was, Danielle, ich bin eeeeecht gerädert. Dann mache ich mir das Fleisch und die Bohnen und backe das Brot auf und du kannst ja davon essen, was du willst – oder es sein lassen. Nicht mein Problem."

„Willst du mich verhungern lassen?"

Lucas schnaubte. „Es gibt hier sonst nichts. Wie du siehst, leben hier nicht permanent Mitglieder meiner Familie oder *Angestellte*."

Er drehte sich um und ging davon. Danielle wollte nicht alleine bleiben, also folgte sie ihm. Es musste doch noch was anderes im Haus geben. Die Küche erreichte man über den kalten Flur, durch den sie ins Chalet gekommen waren, und sie war klein und zweckmäßig eingerichtet. Herd, Backofen, Kühlschrank, Spüle und ein paar Schränke, das Zimmer maß nur ein paar Quadratmeter. Es war klar, dass die Stanhopes nicht viel Zeit in der Küche verbrachten, jedenfalls nicht die Familie selbst. Sie vermutete, dass sie ein Hausmädchen hatten, wollte aber nicht fragen, da Lucas' Stimmung sowieso schon angespannt schien und er mit Sicherheit nicht über Angestellte ausgefragt werden wollte.

„Pass auf, Danielle, versuch, das Beste aus der Situation zu machen. Ich hab den Hirsch nicht in die Gefriertruhe gepackt, damit du kein Abendessen kriegst." Er schaute sie traurig an. Plötzlich tat es ihr leid, dass sie ihn angemeckert hatte.

„Okay, es tut mir leid. Ich entschuldige mich, aber ich habe so Hunger und …"

„Schhhh." Lucas legte ihr einen Finger auf die Lippen. „Schau doch selbst nach, was wir hier haben, vielleicht findest du ja noch was, Gänseblümchen." Sein Finger hinterließ ein Prickeln auf ihren Lippen.

„Ja, gut", erwiderte sie. Danielle trank noch einen Schluck Rotwein. In ihrem Bauch breitete sich bereits eine wohlige Wärme aus, der Rioja verfehlte seine Wirkung nicht. Spanische Rotweine war sie nicht gewohnt, normalerweise bevorzugte sie fruchtig-leichte Weißweine, die einem nicht so schnell zu Kopf stiegen. Danielle stellte das Glas auf der Arbeitsfläche ab und öffnete ein paar Schränke. Es war nicht sehr ergiebig, aber selbst wenn, sie hatte keine Ahnung vom Kochen. Sie schaffte es gerade mal, unfallfrei Nudeln mit Pesto zuzubereiten. Bereits bei dem Versuch, Kartoffeln zu braten, hatten sich mehrere Malheure ereignet.

Lucas schepperte mit zwei Pfannen und hantierte mit dem gefrorenen Fleisch, als er fragte: „Findest du was?"

Danielle klappte die letzte Tür zu. „Nein, nicht wirklich. Aber hier habe ich noch eine Packung Pistazien, meinst du, die kann man noch essen?" Er drehte sich zu ihr um und überprüfte das Verfallsdatum.

„Seit vier Monaten abgelaufen, Nüsse werden nicht so schnell schlecht, kein Problem." Er riss die Packung auf und füllte die salzigen, gerösteten Pistazien in eine kleine Schüssel, die er aus einem Oberschrank zauberte. „Hier, Gänseblümchen." Er stellte sie auf die Arbeitsfläche und hob Danielle ebenfalls darauf.

„Huch!", entfuhr es ihr. Es hatte ihn kaum Mühe gekostet, sie auf die Holzplatte zu heben.

„Du solltest wirklich nicht abnehmen, an dir ist ja kaum was dran. Willst du nicht doch wenigstens ein paar Bohnen?"

Danielle schälte die kleinen grünen Pistazienkerne und steckte sich ein paar in den Mund. „Äh. Nein, sicher nicht."

„Ha, ha", er lachte während er den Herd einschaltete, „Jedes Böhnchen gibt ein Tönchen. Deswegen?"

Sie fühlte sich ertappt, ihr Gesicht fühlte sich heiß an. Sie hatte nicht vor, mit Lucas Stanhope im Haus seiner Familie in einem Schneesturm eingesperrt zu sein und dann Blähungen von einer Dose Bohne zu bekommen. Lieber würde sie sterben oder verhungern.

„Nein. Ich mag einfach keine Bohnen", verkündete sie so glaubhaft wie möglich und nahm sich noch eine Pistazie.

„Ach so, na dann. Komm, stoß mit mir an." Er drehte sich zu ihr um und prostete ihr grinsend zu. Sie war dankbar, dass er nicht nachtragend war. Sie würde sich mehr Mühe geben, ihre Laune nicht mehr an ihm auszulassen.

„Cheers."

„Cheers, Gänseblümchen. Hoffen wir, dass der Sturm sich bis morgen legt. Manchmal kann das hier dauern. Gerade zu dieser Jahreszeit."

Danielles Augen wurden groß.

„Du meinst doch nicht, dass wir morgen möglicherweise noch hier feststecken? Ohne Heizung?"

„Ich hoffe nicht, aber wir müssen abwarten und Wein trinken. Mach dir keine Sorgen."

Lucas schenkte beiden Rotwein nach und drehte sich wieder zum Herd um, wo er das Fleisch wendete. Der Herd strahlte Wärme aus, in der Küche stieg die Temperatur merklich. Vom Backofen her breitete sich ein verführerischer Duft von frischem Brot aus. Für ein Stück gesalzene Butter hätte sie in diesem Moment einiges gezahlt, aber im Kühlschrank gab es rein gar nichts. Seit dem letzten Winter war anscheinend niemand hier gewesen, oder die Haushälterin entsorgte immer alles nach jedem Besuch.

Die Pistazien waren noch okay, sie schmeckten nur leicht ranzig. Danielle verkniff sich einen Kommentar dazu.

Lucas öffnete den Ofen und holte das Brot mit den Fingern heraus, warf es auf die Arbeitsfläche und schrie auf. „Fuck, ist das heiß!"

Er wedelte mit der Hand und hielt sie unter Wasser. Danielle unterdrückte ein Kichern, es gelang ihr aber nur mäßig.

„Du kleine Göre. Lachst du über mich?" In Lucas Augen blitzte es gefährlich auf. Der Rotwein war ihr zu Kopf gestiegen und sie wurde mutig.

„Du gibst eben auch nur eine mäßig gute Köchin ab", kicherte sie weiter.

„Das ist ja wohl die Höhe! Dir geb' ich gleich Köchin …". Lucas stellte das Wasser ab und schnappte sich Danielle, hielt sie mit seinem muskulösen Körper gefangen und kitzelte sie, bis sie um Gnade flehte.

„Ich kann nicht mehr, bitte! Ich gebe auf. Weiße Fahne!"
Sie war atemlos. Lucas drehte sie zu sich herum und strich ihr
eine Strähne aus dem Gesicht.

„Gänseblümchen, du machst mich verrückt. Aber ich werde
dich nicht anrühren, bevor du mich nicht darum bittest. Noch
mal hole ich mir keinen Korb von dir." Dann ließ er sie los
und drehte ihr erneut den Rücken zu, um Fleisch und Bohnen
umzurühren. Danielles Blut rauschte durch ihre Adern, ihr
Gesicht war erhitzt. Dabei war ihr nicht ganz klar, ob vom
Kitzeln oder wegen seiner Aussage. Ihr fiel keine passende
Antwort ein, also ließ sie sie unkommentiert und setzte sich
wieder auf die Arbeitsfläche.

„Das Essen ist gleich fertig, sollen wir uns ins Wohnzimmer
setzen? Ich glaube, da ist es am wärmsten. Ich habe mir vorhin
die Heizung angesehen, sie läuft, aber es ist nicht genug Druck
auf dem Kessel. Da kann ich ohne einen Fachmann leider
nichts machen. Tut mir leid."

„Wohnzimmer ist gut. Klar."

„Bist du dir ganz sicher? Es ist echt genug Fleisch und Bohnen für zwei."

Danielle rümpfte die Nase.

„Äh. Nein, danke. Ich denke, ich nehme etwas Brot."

„Wie du meinst." Lucas füllte sich von beidem auf einen
Teller, nahm sich Besteck und sein Glas. „Komm, nimmst du
den Rest?"

„Jawoll, Sir." Danielle schnappte sich Rotwein, Glas und
ein Brett, auf dem Brot und Messer bereit lagen, und ging hinüber ins Wohnzimmer.

Dort war es in Kaminnähe recht behaglich. Der Wohnzim-
mertisch war niedrig, so dass Lucas sich kurzerhand im
Schneidersitz auf den Boden setzte.

„Hab' ich in Japan schon tausendmal gemacht, ist mal was
anderes", lachte er.

„Was?"

174

„Na, auf dem Boden sitzen."

„Ach so. Da darf man nur kein Hüftleiden haben."

„So alt bin ich nun auch wieder nicht."

„Wie alt bist du denn?" Sie schwenkte den Rotwein in ihrem Glas. Danielle hatte sich bisher nicht die Mühe gemacht, mehr über Lucas zu erfahren, sie war viel zu viel damit beschäftigt gewesen, ihn schlecht zu behandeln. Dabei verhielt er sich momentan wirklich ganz und gar wie ein Gentleman. Vielleicht musste sie ihre Meinung über ihn etwas korrigieren. Zumindest vorläufig.

„Wie alt sehe ich aus?"

„Als ob ihr Männer euch ums Alter schert. Die biologische Uhr tickt doch nur bei uns Frauen."

„Ach, bei dir tickt die Uhr?" Lucas hob beide Augenbrauen und grinste ganz unverschämt.

„Sehr witzig. Ha. Ha. Selten so gelacht." Der sarkastische Unterton in ihrer Stimme war nicht zu überhören. „Ich glaube nicht. Ich bin ja noch nicht mal dreißig. Du dagegen siehst aus wie knapp vierzig."

„Autsch. Der Stich ging ins Herz, Mylady. Ich bin doch eben erst dreiunddreißig, gerade aus dem Teenageralter raus."

„Stimmt ja, ich vergesse immer wieder, dass du und Damian gleich alt seid."

Lucas kaute auf einem Stück Fleisch. „Hat dir Julia viel von ihm erzählt?"

„Was meinst du?"

„Familiengeschichte und so?"

„Ähm. Ein wenig. Ich weiß nicht." Sie trank einen Schluck Rotwein und knabberte an einer Nuss.

„Na ja, lass uns über was anderes sprechen."

„Huch? Wieso das denn jetzt?"

„Also, wenn ich unsere Familiengeheimnisse vor dir ausbreite, wirst du niemals mit mir ins Bett gehen, deswegen lasse ich es lieber." Er zwinkerte ihr zu.

„Ich geh so oder so nicht mit dir ins Bett."

Lucas seufzte laut und zuckte mit ihren Schultern. „Hat dir Julia gar nicht mehr erzählt? Ihr Weiber tratscht doch sonst ganz gerne."

Danielle überlegte und kratzte sich an der Nase. Julia hatte das mit der Adoption erwähnt und auch, dass es in der Familie einige Tragödien gegeben hatte, Details wusste sie aber nicht. Und jetzt interessierte es sie irgendwie, nein, Lucas interessierte sie und die Details zu seinem Leben. Zugebenwollte sie das jedoch nicht.

„Sie hat ein paar Sachen angedeutet, aber es drehte sich dabei hauptsächlich um Damian."

„Ja, er hat das alles nur sehr schwer verkraftet und sich immer die Schuld an allem gegeben, was natürlich totaler Quatsch ist."

Der Vater der Zwillinge hatte seine Tochter sexuell missbraucht und die Mutter war an Krebs erkrankt und gestorben, als sie noch sehr klein waren. Julia hatte ihr keine näheren Infos gegeben, aber es war klar, dass das auch schwer auf Lucas lasten musste.

„Und wie war es für dich?", fragte sie ihn.

Lucas lehnte sich zurück und legte die Gabel beiseite, um sich durch die Haare zu streichen. Er zögerte, bevor er ihre Frage beantwortete. „Das sind keine Themen, die ich sonst mit Frauen bespreche, mit denen ich die Nacht verbringe."

Sie runzelte die Stirn. „Bei uns ist es etwas anders als sonst, Lucas. Ich bin keines deiner Betthäschen. Du lenkst ab."

„Es gibt nichts mehr zu erzählen. Ende gut, alles gut, würde ich sagen. Wir sind Charlotte und George sehr dankbar, dass sie uns als ihre Nichten und Neffen aufgenommen haben. Mein leiblicher Vater lebt noch, aber für mich ist er schon lange gestorben. Es gibt nur noch Damian, Charlotte und George für mich."

„Was ist mit deiner Schwester?"

„Sie sagt, sie könne das alles nur hinter sich lassen, wenn sie uns auch hinter sich lässt. Uns zu sehen, würde ihr jeden Tag wieder den Schmerz und das Leid zurückbringen, und sie könnte es nicht ertragen. Aber soweit ich weiß, geht es ihr gut. Sie ist Kunstlehrerin."

„Das tut mir leid, sowas muss schlimm sein. Ich habe mir immer Geschwister gewünscht, wie kann man seine Brüder nicht mehr sehen wollen?"

„Es muss dir nicht leidtun. Und ich kann nichts daran ändern, ich habe gelernt, es zu akzeptieren, Gänseblümchen." Er goss Rotwein in beide Gläser, die Flasche war beinahe leer. „In vino veritas. Erzähl mir lieber von dir. Warum hast du keine Geschwister?"

Danielle seufzte. Es gab nichts, was sie sich als Kind sehnlicher gewünscht hatte, dann hätten ihre Eltern sie womöglich nicht so überbehütet. Aber es sollte nicht sein.

„Leider klappte es nicht. Meine Mutter hatte, bevor sie mich bekam, schon vier Fehlgeburten. Ich glaube, sie hätte das nicht verkraftet, so etwas noch einmal zu erleben. Ich habe mir immer eine Schwester oder einen Bruder gewünscht." Danielle nahm sich ein Stück Brot und biss davon ab. Lucas' Teller war bis auf ein paar Sehnenstücke vom Fleisch leer.

„Puh, wir beide werden heute noch richtig melancholisch hier, hm?"

In diesem Moment ging das Licht aus.

„Verdammte Scheiße", fluchte Lucas aus ganzem Herzen und sprang auf.

„Was ist das?" Glücklicherweise brannten ein paar Kerzen, aber das beleuchtete den Raum nur spärlich. Der Rest des Chalets lag nun im Dunkeln.

„Stromausfall, vermute ich. Das ist bei dem Sturm keine Überraschung." Er ging durch den Raum und arrangierte die Kerzen neu. Danielle folgte ihm mit den Augen. „Wie lange kann das dauern?"

„Ich bin kein Hellseher. Es kann sein, dass eine Leitung umgestürzt ist, dann wird es sich ein paar Tage hinziehen. Vielleicht haben wir Glück und es ist nur eine Störung."

„Wie schrecklich! Stell dir vor, du wärst jetzt alleine hier!"

„Ich habe keine Angst im Dunkeln, Gänseblümchen." Lucas kehrte grinsend mit einer Kerze in der Hand zurück. Nachdem er sie abgestellt hatte, ließ er sich auf das Sofa fallen und griff nach dem Rotweinglas. Er hielt es mit beiden Händen fest und streckte die langen, athletischen Beine unter dem Tisch aus.

„Du bist ja sooo coool, Lucas Stanhope, echt!", schnaubte Danielle. Sie fühlte sich verlassen in der Wildnis; den Handy-empfang hatte sie schon eine Weile vor dem Chalet verloren und seitdem auch nicht wiederbekommen. Vermutlich war auch das für Lucas normal, er war ja dermaßen abgebrüht. Dennoch hatte sie keine Angst. Es kribbelte, das hier war ein echtes Abenteuer. So etwas hatte sie noch nie erlebt. Sie war noch *nie* an einem Ort gewesen, an dem sie länger als dreißig Minuten ohne Empfang gewesen war. Sogar im Flugzeug konnte man mittlerweile im Internet surfen, wenn die Airline Wifi anbot.

„Wenn du Angst hast, komm rüber. Ich beschütze dich." Er breitete einen Arm aus und lachte.

„Nee, also im Ernst. Ich dachte, das hatten wir schon. Hol lieber noch was zu trinken, das wärmt uns von innen."

„Aye, Madam. Zu Ihren Diensten. Ich muss aber erst mal eine Taschenlampe finden, ohne Strom werde ich im Keller nämlich gar nichts sehen."

„Oh, stimmt ja. Aber brich dir nicht den Hals, ja? Ich wäre ungern mit einer Leiche alleine hier."

„Du bist so egoistisch. Dann wird dich der Geist der ehema-ligen Besitzer ja bestimmt nicht stören, oder hast du Angst vor Gespenstern?"

„Wie bitte? Ist das der nächste Versuch, mich in deine Arme zu treiben?" Sie fühlte sich in der Tat beobachtet.

„Nein, ehrlich. Manchmal hört man nachts die Stufen knarren oder Türen fliegen auf einmal auf. Anfangs dachte ich, es sei der Wind, aber …"

„Lucas, du alter Mistkerl. Du willst mir Angst machen. Das stimmt doch nicht!"

In diesem Moment klappte ein Fensterladen auf und Wind pfiff an die Glasscheibe.

„Ahhhhh", schrie Danielle und sprang auf die Füße.

Lucas stand auf, stellte sein Glas ab und ging zum Fenster.

„Emil und Anne mögen es nicht, wenn man sich über sie lustig macht, Gänseblümchen."

Danielle starrte Lucas an. Ihr war mulmig zumute. Lucas öffnete die Scheiben, zog den klappernden Fensterladen wieder zu und verriegelte ihn erneut.

„Ich geh' dann mal mehr Wein holen." Er nahm sich eine Kerze vom Tisch und stolzierte langsam los.

„Warte, du kannst mich hier doch nicht allein lassen!" Danielle hielt sich an Lucas' Hemd fest und folgte ihm.

„Wie du meinst, Gänseblümchen. Bist du sicher, dass du in den Keller willst?" Er hörte sich belustigt an. Sie würde ihn morgen umbringen, aber jetzt brauchte sie ihn noch.

„Du bist sooo fies."

„Zerr nicht so an meinem Hemd, das ist mein einzig Gutes." Lucas ging ganz vorsichtig die schiefen Kellerstufen nach unten, Danielle dicht hinter sich. Als er kurz innehielt, rempelte sie ihn an.

„Was ist?" Sie klang besorgt.

„Nichts, ich dachte, ich hätte was gehört."

„My goodness! Wo bin ich hier gelandet? Das ist ja schlimmer als in einem Horrorfilm!" Danielles sonst so klare Stimme klang schrill. Sie hatte wirklich Angst. Lucas grinste. Eigentlich hatte er nur einen Scherz machen wollen, aber als sie darauf so angesprungen war, konnte er nicht anders, als sie weiter aufzuziehen. Außerdem genoss er ihre Nähe, obwohl er es ernst gemeint hatte, als er sagte, er würde sie nicht anrühren, bis sie auf ihn zuginge. Wenngleich es ihm auch verdammt schwerfiel, wenn sich ihr zarter Körper so verführerisch an ihn schmiegte und er ihren Atem an seinem Hals spüren konnte, weil sie eine Stufe über ihm stand.

„Das war nur Spaß", erlöste er sie für den Moment.

Er spürte ihre kleine Faust an seinem Rücken.

„Au."

„Du Lump! Ich war kurz vor einem Herzinfarkt! Wo ist jetzt der Rotwein?"

„Komm." Lucas nahm ihre Hand und führte Danielle die letzten beiden Stufen nach unten. Er kannte jeden Winkel des Chalets, daher bereitete es ihm wenig Mühe, den Weg zu finden. Als erstes holte er eine LED-Taschenlampe aus dem Werkzeugschrank in der Ecke des Vorkellers. Damit konnten sie viel besser sehen.

„Hier, damit leuchte ich dir den Weg." Er blies die Kerze aus und drückte sie Danielle in die Hand, dann führte er sie in den nächsten Raum, den Weinkeller des Hauses.

„Wow", entfuhr es Danielle, als sie die vielen Flaschen sah, die Lucas für sie anstrahlte. „Ich hab ja schon einiges gesehen, aber das ist wirklich, äh, beeindruckend."

„Was hätten S'denn gern?", fragte er sie grinsend.

„Ich habe echt nicht viel Ahnung von Wein, aber den, den wir eben hatten. Der war gut."

„Den gleichen also? Und das bei der Auswahl?"

„Dann such du doch einen aus. Ich bleibe ja sonst lieber beim Bewährten, während du offenbar nicht genug von verschiedenen Geschmäckern bekommen kannst, hm?" Danielle bohrte ihm einen Finger in die Brust. Er hatte das Gefühl, dass sie nicht nur den Wein meinte, daher hielt er ihre Hand fest und drückte sie an sein Herz.

„Spürst du das, Gänseblümchen? Es schlägt nur für dich."

Sie entwand sich ihm wie ein Aal und sprang einen Schritt zurück, als hätte er sie verbrannt.

„Was ist denn jetzt mit dem Wein?"

„Natürlich. Ich eile." Lucas beleuchtete verschiedene Weine, nahm einige Flaschen aus den Regalen und begutachtete die Etiketten. Es dauerte ein paar Minuten, bis er gefunden hatte, was er suchte.

„Ich denke, wir haben's. Komm." Lucas nahm Danielles Hand und zog sie hinter sich her.

„Nicht so schnell, ich seh' doch gar nichts."

„Entschuldige, soll ich dich tragen?"

„Nee, lass mal."

Als sie oben angekommen waren, entzündete Lucas ein paar zusätzliche Kerzen und entkorkte den Wein.

„Möchtest du Musik hören?"

„Ohne Strom? Oder willst du Klavier spielen?" Danielle war das alte Klavier an der Wand neben der Tür anscheinend nicht entgangen, vermutlich musste es dringend mal gestimmt werden. Außer Tamara hatte hier niemand gespielt und sie war schon seit vielen Jahren nicht mehr im Chalet gewesen. Er wischte die traurigen Erinnerungen weg.

„Ich glaube, mein Handy hat noch ein wenig Saft."

„Sollten wir das nicht sparen, für Notfälle?"

„Ohne Empfang?"

Sie kratzte sich an der Nase, während er am Korken roch.

„Da hast du auch wieder Recht. Hm, ich weiß nicht. Na gut. Ich mach meins einfach aus, dann spar ich damit Energie, falls wir hier jemals wieder rauskommen."

„Nicht so düster, Gänseblümchen." Lucas schnappte sich die beiden Rotweingläser und ging davon.

„Hey! Wohin gehst du?"

„Erst die Gläser ausspülen und danach auf Toilette, wieso? Willst du mit?"

„Nein. Natürlich nicht."

Er musste grinsen, sie war einfach zu süß. Er hatte ihr offenbar einen echten Schrecken eingejagt mit der kleinen Geistergeschichte.

Als er wiederkam, fand er Danielle vor dem Kamin sitzend und ins Feuer schauend.

„Buh!", machte er. Sie schrie spitz auf und stürzte fast aus ihrem Sessel.

„Du verdammter Idiot! Mach das nie wieder!" Sie schlug ihm auf den Oberarm.

„Au! Du bist aber ganz schön stark." Er lachte und stellte die Gläser ab, um einzugießen.

„Und du bist ein ganz schöner Arsch."

„Na, na. Wortwahl!" Er roch am Wein und kostete davon. „Sehr gut", stellte er fest und goss beiden ein.

„Wolltest du nicht Musik machen?"

„Aber ja doch, eins nach dem anderen. Ich lege erst noch etwas Holz aufs Feuer und dann geht's los." Lucas stocherte mit dem Schürhaken in der Glut und nahm ein paar Holzscheite, die er vorsichtig in den Kamin stapelte. Anschließend holte er sein Telefon aus der Gesäßtasche und scrollte langsam über den Screen.

„Was darf's denn sein?"

Sie kratzte sich an der Nase, während sie überlegte.

„Was hast du denn?"

„Sehr viel. Leider ist das meiste davon in der Cloud. Ärgerlich. Heavy Metal ist wahrscheinlich nicht so deins, wie wäre es mit James Blunt oder David Grey oder Damian Rice?"

„Hmm. James Blunt ist gut."

„Alles klar." Er drückte auf Play und legte das iPhone auf dem Tisch ab.

Das Feuer prasselte, leise sang James Blunt und die beiden saßen im Schneidersitz auf Kissen vor dem Kamin und tranken Rotwein. Lucas erzählte ihr ein paar Urlaubsgeschichten von früher; sie hatten viele tolle Winterferien in dem Chalet verbracht. Nur den Winter, nachdem Tamara der Familie den Rücken gekehrt hatte, hatten sie es nicht über sich gebracht hierherzukommen, wo sie als Familie so viele glückliche Stunden erlebt hatten.

„Das tut mir sehr leid, Lucas." Danielle legte ihm eine Hand auf den Arm und drückte ihn aufmunternd.

„Ist kein Problem, ehrlich. Schade, dass du Damian noch nicht kennst, ich hätte einige wirklich lustige Geschichten über ihn, wie er sich beim Skifahren auf die Nase gelegt hat. Einmal, als wir powdern waren, hatte er zu kurze Skier dabei. Er hat das Gleichgewicht verloren, ist voll noch vorne geklappt und es hat ihn total hingehauen. Wir mussten stoppen und ihn ausgraben, so tief steckte er im Schnee." Lucas lachte leise, als er das erzählte.

Danielle unterdrückte ein Gähnen, was ihm nicht entging. „O Mann. Es ist Gift für mein Ego, wenn die Frauen in meiner Gegenwart nur noch schlafen wollen."

„Entschuldige, wie spät ist es eigentlich? Ich habe total das Gefühl für die Zeit verloren."

Er bemerkte erst jetzt, dass die Musik aufgehört hatte. Er war zu vertieft in die Unterhaltung mit Danielle gewesen. Die zweite Flasche Wein war auch so gut wie leer und er vermutete, dass sie auch davon müde geworden war. Dazu die Wärme des Kamins …

„Es ist wirklich schon ziemlich spät, vielleicht sollten wir schlafen gehen. Soll ich dir dein Zimmer zeigen?"

Sie gähnte erneut. „Ja. Ich glaube, das wäre gut."

„Ich hoffe, die Betten sind bereits bezogen, aber wir kriegen das schon hin."

Er zog Danielle auf die Beine und sie schwankte ein wenig.

„Huch!", gab sie von sich und stützte sich auf der Hand ab, die er ihr anbot. „Ich glaube, das war doch eine Menge Wein für meine Verhältnisse. Echt seltsam, wieso trinke ich in deiner Gegenwart immer zu viel Alkohol?" Sie spielte auf

Hambleton Hall an, aber er ging nicht darauf ein, sondern zog sie mit sich und hielt ihre Hand fest. Es fühlte sich gut an; sie war weich, zart und ganz warm. In der anderen hielt er die Taschenlampe und leuchtete den Weg aus. „Soll ich eine Kerze mitnehmen?"

„Ich weiß nicht …?"

„Ich kann ja nachher noch eine holen, wenn du möchtest."

Lucas ging vor. Die Treppe war erst vor einigen Jahren erneuert worden, breite Eichenstufen führten in den ersten Stock, in dem sich vier Schlafzimmer mit angrenzenden Badezimmern befanden. Er musste zugeben, dass die langen Schatten an den Wänden so im Dunkeln tatsächlich ein wenig furchterregend aussahen. Am zweiten Zimmer stoppten sie und Lucas öffnete die knarzende Tür.

„Hier, das wäre dein Bett."

Danielle ließ seine Hand nicht los, sondern trat zu seinem Erstaunen noch einen Schritt näher an ihn heran. Er zog eine Augenbraue nach oben, sagte jedoch nichts.

„Ähm. Ja. Ich weiß nicht."

„Was ist los?"

Sie kratzte sich an der Nase und er musste grinsen. Er hatte eine Ahnung, wollte sie aber nicht damit aufziehen, bevor sie es nicht selbst gesagt hatte. Auch er war nicht mehr ganz nüchtern, hatte er doch den größten Teil der zweiten Flasche selbst ausgetrunken.

„Ich weiß nicht. Ähm. Also."

„Spuck es aus, Gänseblümchen."

„Ich habe wirklich Angst in diesem Haus. Es ist so gruselig, dunkel … Hörst du nicht den Wind? Wie soll ich hier ein Auge zu machen? Außerdem liegt die Temperatur hier kaum über dem Gefrierpunkt."

Lucas Herz pochte schneller.

„Und was willst du mir damit sagen?"

„Kann ich bei dir schlafen? Nur schlafen! Ehrlich!"

Er war enttäuscht, irgendwie hatte er auf mehr gehofft.

„Das Risiko willst du eingehen?", scherzte er und hielt ihre Hand fest. Es musste ein komisches Bild abgeben, wie sie beide in einem dunklen Raum mit einer Taschenlampe standen und Händchen hielten.

„Ich will auch nicht erfrieren."

„Also nutzt du mich nur aus", zog er sie auf. Er konnte auch im schwachen Licht erkennen, dass sie lächelte.

„Das ist sicher eine vollkommen neue Erfahrung für dich, Lucas Stanhope!"

„In der Tat, Gänseblümchen. In der Tat." Er kratzte sich am Kinn und drückte ihre Hand. „Dann komm. Ich zeige dir mein Zimmer. Aber ich fürchte, da wird es auch nicht wärmer sein."

Danielle folgte ihm ein Zimmer weiter, dort ließ er sie los und legte die Taschenlampe auf den Nachttisch, von wo aus sie einen Punkt an der Wand beleuchtete. Lucas schlug die Daunendecke des großen Bettes zurück und klopfte einladend auf das Laken.

„Dann mach es dir gemütlich."

„Ich kann doch nicht mit Mantel und Jeans ins Bett gehen. Kannst du nicht meine Tasche holen?"

„Natürlich. Kannst du eine Minute alleine bleiben?"

„Sicher." Sie setzte sich aufs Bett und schaute ihn an. In ihren Augen las er Besorgnis, aber sie würde schon nicht von den Hausgeistern geholt werden und er war ja gleich zurück.

„Gut, dann einen Moment."

Er ging, so schnell es im Licht des Taschenlampenkegels möglich war, nach unten, holte aus der Küche zwei Kerzen mit Halter und schnappte sich ihr Gepäck aus dem Flur.

Als Lucas zurückkehrte, hatte sich Danielle nicht von der Stelle gerührt. Sie sah durchaus erleichtert aus, ihn zu sehen. Er stellte die beiden Taschen und die beiden Kerzen ab.

„Es ist das erste Mal, dass du dich aufrichtig freust, mich zu sehen, Gänseblümchen."

„Quatsch", erwiderte Danielle. Lucas zündete die beiden Kerzen an, eine sollte fürs Badezimmer sein.

„Doch, doch. Ich verstehe schon. Hier ist deine Tasche."

Er sah, dass sie leicht vor sich hin zitterte, im Zimmer war es wirklich verdammt kalt. Vielleicht sollte er noch eine zweite Daunendecke aus einem der anderen Zimmer holen. Danielle stand vom Bett auf und öffnete den Koffer. Was immer sie darin finden würde – in Zürich hatte sie tatsächlich eine Stunde Zeit für den Kauf von zwei Handtaschen und Kosmetik verplempert.

„Ich bin gleich wieder da, Gänseblümchen. Ich hole nur eine Decke, in der Zeit kannst du dich ja umziehen."

Er wartete nicht auf ihre Antwort und lief ins Nebenzimmer, um die zweite Decke zu holen. Lucas rätselte, wie diese Nacht ablaufen würde. Normalerweise gäbe es keine Zweifel; jede andere Frau würde er von seinen Liebhaberqualitäten zu überzeugen wissen. Danielle war wirklich anders als alle Frauen, die er bis jetzt getroffen hatte. Dabei hatten sie sich am Ende des Abends wirklich gut verstanden, obwohl er, wenn er ganz ehrlich zu sich selbst war, zu guter Letzt an kaum etwas anderes hatte denken können als daran, ihren festen, schlanken Körper zu erkunden. Als sie mit dem Weinglas so dicht bei ihm saß, war seine Fantasie mit ihm davongaloppiert. Er würde sich ganz schön beherrschen müssen, sie nicht doch noch anzurühren, aber er stand zu seinem Wort. Entweder sie wollte etwas von ihm oder es würde nichts passieren, auch wenn sein eigener Körper da anderer Meinung sein sollte. Als er zurückkam, lag Danielle bereits im Bett, die Bettdecke bis zum Kinn gezogen. Er warf die zweite Decke darüber.

„Du bist ganz schön schnell!"

„Es ist so kalt im Bad, da hab ich es vorgezogen, mich zu beeilen."

Sie klapperte mit den Zähnen. Lucas fuhr sich seufzend durch die Haare, als er selbst ins Badezimmer ging, um sich

186

die Zähne zu putzen. Er hatte eine heiße Braut im Bett, die nicht mehr von ihm wollte, als gewärmt zu werden. Sein bester Freund Oliver würde sich kaputtlachen, wenn er ihm das berichtete. Er konnte es selbst kaum fassen. Lucas wusch sich die Hände mit eiskaltem Wasser und musste Danielle zustimmen: Schnell ab ins Bett, das dank ihr hoffentlich nicht mehr ganz so kalt war. Lucas schaltete die Taschenlampe ab, so dass nur noch die Kerze Licht spendete. Er holte sich noch eine Pyjamahose und ein weißes Shirt aus dem Schrank, streifte es sich eilig über und sprang ins Bett.

„Hey, spinnst du?"

„Du schläfst also noch nicht?"

„Wie könnte ich? Wenn ich einschlafe, erfriere ich." Sie zitterte, er spürte die Vibrationen neben sich auf der Matratze.

„Du tust mir richtig leid. Ich finde, es ist schön kuschelig unter der Decke – dank dir." Er grinste und kroch neben ihr tiefer unter die Decke.

„Ich. Finde. Nicht", bibberte Danielle.

„Gänseblümchen, das kann ich als Gentleman alter Schule wirklich nicht ertragen, komm her."

Lucas zog sie in seine Arme und rieb ihr den Rücken. Danielle versteifte sich zunächst, entspannte sich aber nach ein paar Sekunden.

„Ich tu dir nichts, versprochen."

„Okay. Das. Ist. Gut."

Sie schmiegte sich an ihn und nach ein paar Sekunden konnte er ihre eiskalte Füße an seinen Waden spüren.

„Verdammt, was ist das denn?! Eiszapfen?"

Sie kicherte, was wohl am kleinen Schwips liegen mochte.

„So fühlt es sich an, aber deine Beine sind schön warm."

Lucas rollte mit den Augen. „Was ist nur aus mir geworden? Wärmflasche statt Weiberheld."

Zu seiner großen Zufriedenheit lag Danielles Kopf entspannt auf seiner Schulter, jetzt legte sie noch ihre Hand auf seinen

Brustkorb. Sein Herzschlag wurde kräftiger unter ihrer Berührung. Das konnte ja heiter werden.

„Du bist gar nicht so übel, Lucas."

„Ach, echt? Ist das ein Kompliment?"

„Nein, wirklich. Ich habe dir vielleicht unrecht getan."

Das waren ja ganz neue Töne.

„Warum bist du aus Hambleton Hall abgereist?"

„Mein Vater, also mein Adoptivvater George, kam in der Nacht ins Krankenhaus, Verdacht auf Herzinfarkt. Er hatte bereits einen und einen zweiten überleben die wenigsten."

„Wirklich?"

„Ja."

„Warum hast du mir nichts gesagt?"

„Danielle, deine Meinung von mir stand doch von Anfang an fest. Du hättest mir doch sowieso nicht geglaubt, oder?"

„Hm." Sie schien zu überlegen und malte mit ihrem Finger auf seiner Brust. Himmel, das würde er niemals bis zum nächsten Morgen aushalten.

„Was?"

„Ach, ich weiß nicht. Ich glaube, ich bin ein wenig betrunken, es fühlt sich gerade alles so leicht an."

„Solange du nicht spucken musst …"

„Nein, also so schlimm ist es auch wieder nicht." Sie kicherte. „Doch nicht bei dem guten Wein."

„Das will ich aber meinen." Lucas streichelte über ihr Haar, es fühlte sich weich und seidig an.

„Lucas?"

„Was?"

„Wie wäre es, wenn …", sie zögerte, fuhr dann mit einem Seufzer fort: „Ach, nichts."

„Na, sag schon." Er spürte das Kribbeln auf seiner Kopfhaut … und nicht nur da.

„Vielleicht … nur solange wir hier sind?" Sie klang schläfrig. Ein winziger Hoffnungsschimmer glomm in ihm auf.

Er wartete, wollte, dass sie es von sich aus sagte. Er streichelte weiter über ihren Kopf und stellte sich vor, wie es mit Danielle wäre. Er konnte es kaum noch aushalten, plötzlich war ihm viel zu heiß unter den zwei Daunendecken. Würde sie nur etwas tiefer mit ihrer Hand wandern, würde sie den eindeutigen Beweis seiner Erregung spüren können. Und er war groß, verdammt groß geworden.

„Danielle?"

Sie antwortete nicht. Panik durchfuhr ihn. Das war doch nicht möglich!

„Danielle?", versuchte er es noch einmal, aber sie reagierte nicht.

Verflixt, sie war tatsächlich eingeschlafen! Danielle atmete tief und gleichmäßig an seiner Schulter. Er riss die Augen auf und starrte an die dunkle Decke.

„Scheiße", stöhnte er, hielt sie weiter in seinen Armen und atmete ihren Rosenblütenduft ein. Er würde in dieser verfluchten Sturmnacht kein Auge zu tun.

Kapitel 13

Als Danielle aufwachte, lag sie in Lucas' Armen, während er tief und gleichmäßig atmete. Draußen war es noch dunkel, aber es dämmerte bereits und der Wind pfiff gegen die alten Mauern. Die Kerze war heruntergebrannt. Das Letzte, woran sie sich erinnern konnte, war, dass sie ihn etwas fragen wollte. Ihre Wangen brannten. Sie hatte ernsthaft in Erwägung gezogen, mit ihm zu schlafen, nur weil ihr Körper nach ihm verlangte. Sie fühlte sich zu ihm hingezogen und ihr gefiel es, in seinen starken Armen zu liegen. Lucas strahlte eine Stärke aus, die sie sexy fand. Da er noch schlief, nahm sie die Gelegenheit wahr, ihn ungestört zu betrachten. Er sah so friedlich aus, wie er in die Kissen gekuschelt dalag. Seine markanten Gesichtszüge waren ebenmäßig, die Nase gerade, vielleicht einen Tick zu lang, aber es tat seiner Attraktivität keinen Abbruch. Das dunkelblonde Haar war zerzaust, wie immer. Auf seinem Gesicht waren die Bartstoppeln zu einem richtigen Dreitagebart herangewachsen. Sie legte eine Hand an seine Wange, um das sanfte Kratzen an ihrer Handfläche zu fühlen. Dann blickte sie in ein paar blaugraue Augen, die in der Dämmerung fast schwarz waren.

„Gänseblümchen …", sagte er verschlafen und ihr wurde warm ums Herz. Schnell zog sie die Hand zurück, aber Lucas hielt sie fest. „Lass, es ist so schön", murmelte er. Sie kuschelte sich an ihn, ließ ihre Hand in seiner und genoss den Moment, auch wenn sie es nicht sollte. Sie hatte kein Bedürfnis, aus dem warmen Bett zu schlüpfen. Schließlich übermannte sie der Schlaf noch einmal.

Als sie das nächste Mal aufwachte, war das Bett neben ihr leer. Lucas war fort. Panik stieg in ihr auf – er hatte sie doch nicht zurückgelassen?! Sie sprang aus dem Bett und lief die Treppe nach unten. Erleichterung machte sich in ihr breit, als sie Lucas in der Küche klappern hörte.

„Guten Morgen!", rief sie. Sie nahm an, dass sie schrecklich aussah mit zerlaufenem Mascara und ihren verstrubbelten Haaren, aber es war ihr egal, als er sie mit einem strahlenden Lächeln begrüßte.

„Guten Morgen, Gänseblümchen. Wie hast du geschlafen?" Lucas war offenbar gerade dabei, einen alten Gaskocher auf Vordermann zu bringen.

„Gut", erwiderte sie und spürte schon wieder die verräterische Hitze in ihren Wangen. Die Erinnerung an die Nacht mit Lucas Stanhope in einem Bett machte sie tatsächlich verlegen. „Und du?"

Er zog die Stirn kraus und fuhr sich durch die Haare. „Ich muss ehrlich sagen, das mit dir heute Nacht war ein absolutes Novum für mich. Ich weiß noch nicht, was ich davon halten soll." Er lehnte sich an die Arbeitsfläche und ließ die Arme sinken. Sie spürte wieder das Summen in der Magengegend.

„Was treibst du hier?", lenkte sie vom Thema ab.

„Einer Sehnsucht nach Kaffee oder Tee zur Realität verhelfen. Leider haben wir immer noch keinen Strom."

„Oh." Sie trappelte von einem Fuß auf den anderen; der Steinboden in der Küche war eiskalt. Lucas war bereits angezogen und trug das gleiche Outfit wie am Vortag. Männer hatten es so leicht. Ein Blick aus dem Fenster beantwortete ihre unausgesprochene, nächste Frage – sie sah nur weiß.

„Ich habe für ein paar Minuten den alten Weltempfänger angeschaltet und im Radio gehört, dass es leider keine Entwarnung gibt. Lawinenwarnstufe fünf und der Sturm soll mindestens heute noch in der Gegend sein Unwesen treiben."

„Tatsächlich?" Merkwürdigerweise war der Gedanke an einen weiteren Tag mit Lucas gar nicht mehr so schlimm wie gestern noch. Irgendwas war mit ihr passiert in dieser Nacht.

Lucas legte den Kopf schief und musterte sie fragend. Sein Blick war verhangen, nicht so frech wie üblich.

„Danielle?"

„Ach, nichts. Ich denke, ich zieh mir schnell etwas über."

„Klar. Ruf mich, wenn du Hilfe brauchst", spaßte er etwas leiser als sonst.

Danielle war nachdenklich, als sie sich im eiskalten Badezimmer mit einer Katzenwäsche frischmachte. Sie hatte den Gedanken an eine Dusche verworfen, nachdem sie eine Fußspitze ins eiskalte Wasser getaucht hatte. Es war einfach unmöglich. Trotzdem tuschte sie ihre Wimpern und legte ein wenig Rouge auf – konnte ja nicht schaden.

Auf der Treppe stieg ihr Kaffeeduft in die Nase. Wie verführerisch das schwarze Getränk duftete, wenn man es nicht mehr als Selbstverständlichkeit jederzeit bekommen konnte!

„Es riecht wirklich appetitlich in der Küche."

Lucas drehte sich um und strahlte sie an.

„Toll, nicht? Und ich habe noch eine Packung Knäckebrot und Gelee in einem Schrank gefunden. Ein Festmahl!"

„Klasse. Und sogar vegetarisch", witzelte sie.

„Bitte." Lucas reichte ihr einen Becher Kaffee und eine Scheibe Knäckebrot, die er bestrichen hatte.

„Danke, Lucas."

„Bitte, Gänseblümchen." Er deutete eine Verbeugung an.

Sie trank einen Schluck und verbrannte sich dabei die Zunge. „Autsch." Danielle fächelte sich Luft zu. „Ich verrate dir mal wohlgehütetes ein Geheimnis: Meine Freunde nennen mich Danielle."

Lucas Miene hellte sich auf. „Bin ich jetzt dein Freund?"

„Das hättest du wohl gerne. Aber ich muss ehrlich sagen, du kannst nett sein. Ich habe mich vielleicht ein ganz klein wenig in dir getäuscht."

„Oho!" Er hob spöttisch die Augenbrauen. „Das sind ja ganz neue Töne!"

„Ach, du bist doch ein Idiot! Jetzt bilde dir bloß nichts darauf ein." Sie biss in ihr Knäckebrot und kaute darauf herum. Lucas Augen blitzten schon wieder merkwürdig amüsiert. Ein klares Zeichen dafür, dass er was im Schilde führte. Zu spät hatte sie erkannt, dass er langsam auf sie zugekommen war. Unmöglich, zu entkommen. Lucas hielt sie fest, nahm ihr die Tasse aus der Hand, stellte sie ab und warf Danielle über seine Schulter.

„Dir geb' ich ‚Idiot'!"

Danielle trommelte wild auf seinen Rücken, hatte aber absolut keine Chance gegen ihn. Er war zu fit und athletisch für sie. Was hatte er vor? Er würde doch nicht?! Aber da war er auch schon draußen und sie flog in hohem Bogen in einen Schneehaufen direkt neben der Eingangstür. Der Wind hatte unendliche Schneemassen an der Hauswand aufgetürmt und sie war darin verschüttet. Danielle prustete und schnappte nach Luft, dann kämpfte sie sich auf die Beine. Lucas stand vor ihr und lachte sich krumm.

„Jetzt schlägt's dreizehn!" Sie spürte nicht mal die Kälte, sondern setzte zum Gegenschlag an. Blitzschnell landete eine große Menge Schnee in Lucas Gesicht.

„Heeeey, Gänseblümchen!"

„Das kriegst du zurück." Sie nahm Anlauf und sprang auf ihn, so dass er stolperte und selbst im Schnee landete. Danielle saß mit ihrem ganzen Gewicht auf seinem Brustkorb und seifte Lucas ein. Der Moment der Überraschung hatte ihr geholfen, aber Lucas war kräftiger und hatte sie nach kurzer Zeit unter Kontrolle. Er umklammerte sie eisenhart, aber sein Griff lockerte sich gleich wieder und sie spürte, dass er sie gewinnen lassen wollte. Das konnte er haben! Eine dicke Portion Schnee landete in seinem Gesicht und sie verrieb sie kräftig, bis er prustete und nach Luft schnappte.

„Gnade! Gnade!", flehte Lucas, bis sie von ihm abließ und nur noch lachte.

„Na gut." Danielle stand auf und reichte Lucas die Hand. Sie half ihm auf die Beine, erst jetzt bemerkte sie, wie kalt es hier tatsächlich war. „Du bist echt nicht ganz dicht, Lucas." Sie schüttelte lachend den Kopf und klopfte sich den Schnee von der Kleidung.

„Komm, wir gehen wieder rein. Im Wohnzimmer brennt schon ein Feuer."

„Dein Glück, dein Glück!"

Lucas holte die zwei Kaffeetassen aus der Küche und brachte sie zum Kamin. Danielle war bereits vorausgegangen und saß schon händereibend davor. Ihr Haar war etwas feucht vom Schnee, aber hier war es angenehm warm und sie würde sich hoffentlich nicht erkälten.

„Was meinst du, wie lange das hier noch dauert? Müssen wir verhungern?"

Lucas lachte. „Nein. Ich glaube, verhungern müssen wir nicht. Im Dunkeln habe ich wohl nicht alles gefunden, aber im Keller haben wir noch ein paar Dosen Suppe und Ravioli."

„Bestimmt mit Fleisch. Aber okay, bevor ich verhungere."

„Der Gaskocher funktioniert auch noch ganz gut, nachdem ich ihn instandgesetzt habe. Bist du nicht beeindruckt?" Er grinste spitzbübisch.

„Total. Du bist ein echter Mann." Danielle klopfte ihm auf die Schulter. Der Kaffee und die Schlacht im Schnee hatten Farbe in ihr Gesicht gezaubert. Ihre Haut war so zart wie die eines Pfirsichs und seit gestern wusste er auch, dass sie sich ebenso weich anfühlte, wie sie aussah. Die Frau machte ihn total verrückt und er hoffte, dass der Schneefall bald nachlassen würde. Es war die reinste Folter, dass er hier mit ihr einge-sperrt sein musste, ohne sie anzurühren.

„Lust auf eine Partie Schach?"

„Wieso nicht? Sonst haben wir, denke ich, auch nicht viel, was wir tun können, oder?"

„Holz hacken ist die Alternative."

Sie blickte schockiert drein.

„Nein. Dann schon lieber Schach."

„Gut, warte einen Moment."

Es dauerte ein paar Minuten, dann kehrte er mit dem Schachbrett, einer Packung Cracker und ein paar Kerzen zurück, die er im Keller noch gefunden hatte.

„Wann sind die denn abgelaufen?"

„Wir müssen einfach probieren, wie sie schmecken. Solange keine Maden drin rumkriechen, wird es schon gehen."

„Wuah, du bist eklig! Nein, danke."

„Ganz wie du möchtest. Ich probiere mal einen. Der sieht doch noch ganz gut aus." Lucas biss in einen Keks und stellte die Packung ab.

„Und? Wie Pappe, oder?"

„Nö. Gut." Dass er keinen weiteren Cracker nahm, beantwortete ihre Frage damit allerdings von selbst.

Zum Mittagessen gab es Suppe aus der Dose und die Reste des Brotes vom Vorabend. Lucas hatte zweimal gewonnen, Danielle vermutete, dass er bei der dritten Partie absichtlich verloren hatte, damit sie sich besser fühlte. Er war ihr eindeutig überlegen, aber Schach hatte sie noch nie so interessiert.

„Ich geb' auf", sagte sie. „Genug für heute."

„Schade. Aber ganz wie du magst. Spielst du Klavier?"

„Nicht freiwillig. Du?"

„Nö. Ein Jammer, ich hatte gehofft, du gibst ein kleines Ständchen zum Besten."

„Träum weiter."

Danielle fand es äußerst entspannend, dass Lucas, seit sie abgeflogen waren, aufgehört hatte, sie plump anzumachen. Dieser Lucas gefiel ihr wesentlich besser, sie fühlte sich wohl in seiner Gegenwart.

„Soll ich uns eine Flasche Wein holen?"

Danielle zuckte mit der Schulter. Sie hatten sonst wirklich nicht viel zu tun, dann konnten sie auch einfach einen guten Tropfen genießen.

„Klar. Wird ja schon bald dunkel, dann brauch' ich kein schlechtes Gewissen haben."

„Trinkst du sonst nur im Dunkeln?" Er grinste.

„Da hab' ich noch nie drüber nachgedacht, aber irgendwie sind wir hier in einem Ausnahmezustand, da würde ich meine Prinzipien ohnehin ein wenig lockern, denke ich."

„Gilt das auch für andere Regeln?" Sein Blick fixierte sie, so dass ihr ganz warm wurde. Sie kratzte sich an der Nase.

„Ich. Äh. Weiß nicht."

„Denk drüber nach, ich suche uns derweil einen Wein aus."

„Mach mal." Danielle lehnte sich in dem Ledersessel zurück und betrachtete ihre Hände. Was hatte sie schon zu verlieren? Niemand würde davon erfahren. Sie waren zwei erwachsene Menschen. Vielleicht würde sie ... wenn sich die Situation ergab. Ihre Kopfhaut prickelte. Sie fühlte sich wie ein böses Mädchen. Dann grinste sie.

„Was ist Lustiges passiert, als ich weg war? Waren die Hausgeister zu Besuch?"

Sie kniff die Augen ein wenig zusammen und betrachtete Lucas mit anderen Augen.

„Nein, das zum Glück nicht. Aber ich hatte eine ziemlich interessante Erkenntnis."

„Ein Geistesblitz also?" Der Korken ploppte, als Lucas die Flasche öffnete.

„So in etwa."

„Willst du mir verraten, worum es ging?"

„Vielleicht. Später. Mal sehen." Sie grinste schelmisch und wartete darauf, dass er ihr ein Glas reichte. Sie würde sich ein wenig Mut antrinken müssen, denn bisher hatte Lucas Wort gehalten und sie nicht angerührt. Aber er musste diese Anziehungskraft zwischen ihnen auch spüren.

„Prost", hörte sie ihn sagen.

„Cheers, Lucas. Auf den Sturm."

Er hob eine Augenbraue. „Auf den Sturm", erwiderte er bedächtig. Sie war sich nicht sicher, ob sie die Courage aufbringen würde, schließlich hatte sie noch nie einen One-Night-Stand gehabt. Nun ja. Sie würde es sich überlegen.

Im Kamin knacke es und Danielle zuckte zusammen.

„Alles gut, es ist nur das Feuer", beruhigte sie Lucas. Sie waren bei der zweiten Flasche Weißwein und er fühlte sich wohl und ein wenig zu beschwingt, als dass er sich noch als nüchtern bezeichnet hätte, aber er war auch nicht betrunken. In den letzten Stunden hatte er einiges über Danielles Familie erfahren. Sie war ein überbehütetes Einzelkind, dessen halbherzige Versuche, die Schranken zu durchbrechen, daran gescheitert waren, dass sie sich nie getraut hatte, ihre Familie richtig vor den Kopf zu stoßen. Mittlerweile konnte er verstehen, warum sie so verwöhnt und teilweise weltfremd war.

Wem würde es nicht so ergehen, wenn alle bedrohlichen Dinge von einem ferngehalten wurden? Sie hatte ihm erzählt, dass sie erst mit sieben Jahren Fahrradfahren lernen durfte, weil es in den Augen ihrer Eltern viel zu gefährlich für ein Mädchen war. Es war wohl kein Zuckerschlecken für sie gewesen, im goldenen Käfig aufzuwachsen.

„Ich hab mich nur kurz erschreckt." Sie zog die Beine an und verschränkte die Arme davor.

„Ist dir kalt? Ich sollte noch etwas Holz nachlegen. Ich fürchte, ich muss kurz verschwinden und tatsächlich Holz hacken. Kommst du einige Minuten klar hier?"

„Natürlich!"

„Keine Angst?"

„Quatsch."

„Gut. Ich bin in der Garage, falls was ist. Erst in die Küche, dann in die Speisekammer, von dort aus gibt es eine Tür."

„Ich komme zurecht. Wirklich."

„Gut, Gänseblümchen." Als er aufgestanden war, prüfte er kurz seine Wahrnehmung – alles schien noch grade. Glücklicherweise war er nüchtern genug, um ohne Gefahr für seine Beine die Scheite hacken zu können. Lucas ging in die Garage und begann, die Holzstücke zu bearbeiten. Nach kurzer Zeit wurde ihm warm, so dass er zunächst seinen Pullover und anschließend das Hemd auszog und über die an der Wand lehnende Holzleiter hängte. Er war beinahe fertig, als Danielle in der Tür erschien.

„Du bist ja tätowiert!"

Er wischte sich den Schweiß von der Stirn.

„Und? Passt das nicht in dein Weltbild?"

„Nein. Äh. Ich weiß nicht. Es passt zu dir, es sieht gut aus."

„Danke." Er lächelte sie an. Danielle senkte den Blick und nestelte an dem zu großen Wollpulli, den er ihr aus seinem Fundus ausgeliehen hatte. Lucas hatte sich das Tattoo, das sich über Oberarm und Rücken zog, vor einigen Jahren in mehreren Sitzungen stechen lassen. Schwarze Tribals, die eine ganz eigene Bedeutung für ihn und sein Leben hatten. Er war merkwürdigerweise erleichtert, dass sie es mochte.

„Ich habe mich gefragt, wo du so lange steckst."

„Und dann bist du auf die Suche gegangen."

„Ja", erwiderte sie leise.

„Wollen wir wieder reingehen?" Lucas nahm seinen Pulli und das Hemd vom Haken und ging auf sie zu, dann schnappte er sich noch den Korb mit den Holzscheiten, die er eben gehackt hatte.

„Natürlich. Klar."

„Was ist los, Gänseblümchen? Hast du doch noch einen Geist gesehen?"

„Nein." Sie lachte etwas künstlich. „Natürlich nicht."

So ganz begriff er nicht, was hier los war, machte sich aber keine weiteren Gedanken darüber. Er trank einen großen

Schluck Wein, bevor er sich daran machte, frische Scheite ins Feuer zu legen. Lucas kniete sich vor den Kamin und schichtete das Holz auf, als er zarte Hände auf seinen Schultern spürte. Sein Herz setzte einen Moment aus, dann drehte er sich um, nahm ihre Hände in seine und stand auf. Sie stand so dicht vor ihm, dass er kleine goldene Sprenkel in ihren wunderschönen grünen Augen erkennen konnte, die sie so einzigartig machten. Dass sie zu ihm gekommen war, konnte nur eines bedeuten …

Ihr Blick war unergründlich. Allein durch die Nähe brachte sie sein Blut zum Kochen. Er wollte etwas sagen, aber sie fiel ihm ins Wort. „Nicht! Sonst verliere ich vielleicht den Mut." Sein Atem ging schneller, Danielles Lippen waren leicht geöffnet. Er hielt ihre Hände fest in seinen, stand vor ihr, nur noch wenige Zentimeter trennten sie. Ihre Lippen zogen ihn an wie ein Magnet; selbst wenn er gewollt hätte, hätte er es nicht mehr verhindern können. Lucas legte seine Hände auf ihr Gesicht und betrachtete sie. In seinem Bauch herrschte ein großer Tumult, seine Gefühle erschreckten ihn und er konnte nicht mehr klar denken. Er musste sie küssen, wollte sie schmecken, die süße Danielle kosten. Sie war für ihn wie der Garten Eden. Eine sündige Verführung, zart und unschuldig.

„Danielle. Meine süße Danielle." Er senkte seine Lippen auf ihre, küsste sie zärtlich, fast vorsichtig. „Bist du sicher, dass du das willst?", hauchte er an ihrem Mund. Danielles Hände schlangen sich um seinen Hals, seine Haut brannte unter ihrer Berührung. „Ich bin nicht dumm, Lucas. Solange der Sturm tobt, vergessen wir, wer wir sind. Unsere Leben. Unsere Geschichte. Es sei denn, du willst mich nicht."

Lucas schloss kurz die Augen. Er hatte noch nie eine Frau so sehr begehrt wie Danielle. Und das wollte etwas heißen.

„Natürlich will ich dich. Mehr als das, ich … ich kann es kaum in Worte fassen. Du lässt mich nicht mehr klar denken, Danielle." Sein Daumen strich zärtlich über ihr Gesicht.

„Dann küss mich endlich."

Lucas ließ sich das nicht zweimal sagen. Was zart anfing, wurde schnell fordernder; ihre Lippen waren geöffnet und er nahm die wortlose Einladung an. Seine Zunge tanzte mit ihrer, als hätten sie nie etwas anderes getan. Er saugte an ihrer Unterlippe, knabberte daran, um sie dann noch leidenschaftlicher zu küssen. Alles um ihn herum verschwand. Sie schmiegte sich wie ein Kätzchen an ihn und er spürte ihre zarten Kurven an seinem Körper. Lucas konnte keinen klaren Gedanken mehr fassen, er stand in Flammen. Sein Verlangen hatte sich viel zu lange aufgestaut. Danielles Hände streichelten seinen Rücken, hinterließen brennende Spuren, während er seine in ihrem Haar vergraben hatte und sie küsste, als ginge es um sein Leben. Danielle presste sich an ihn. Sie musste seine Erregung spüren, aber es schreckte sie nicht ab, sondern ließ sie noch wilder in seinen Armen zappeln. Zähne schlugen aufeinander, wie zwei Ertrinkende klammerten sie sich aneinander. Danielles leises Stöhnen brachte ihn um den Verstand, er musste sich zusammenreißen, sonst würde er auf der Stelle kommen, ohne dass überhaupt etwas passiert war.

„Danielle, du machst mich verrückt!" Ihr Blick war verhangen, als sie ihre grünen Augen öffnete. Lust stand in ihren Gesichtszügen, als sie sich Pullover und Shirt über den Kopf zog. Sie stand nur noch im BH vor ihm.

„Du bist so schön", entfuhr es Lucas, der ihr Schlüsselbein mit einem Finger nachzog. Danielles Hände erkundeten seinen Bauch und er spannte alle Muskeln unter dieser zarten Berührung an. Als sie begann, die Knöpfe seiner Jeans zu öffnen, stöhnte er leise.

„Lucas, ich bin wirklich nicht unerfahren, aber im Vergleich zu dir …"

„Schhh…" Er legte ihr einen Finger auf die Lippen. „Das war gerade der beste Kuss meines Lebens. Ich begehre dich, Danielle. Sehr." Seine Stimme klang heiser. Lucas zog sie mit sich aufs Sofa und setzte sie sich rittlings auf den Schoß, wo er sie lächelnd betrachtete, bevor er ihren Kopf zu sich herunterzog. Dann war alles um sie herum vergessen. Danielles stürmische Küsse raubten ihm die Sinne, er war nicht mehr Herr seiner selbst. Sie öffnete seine Jeans und streifte sie von seinen Beinen. Als sie die Ausbuchtung seiner Shorts erkannte, zögerte sie einen Moment.

„Wir müssen nichts tun, was du nicht voll und ganz willst, Gänseblümchen." Lucas strich ihr zärtlich eine Strähne aus dem erhitzten Gesicht.

„Doch, doch. Es ist nur … hast du Kondome?"

„Ja. Warte einen kleinen Moment." Lucas eilte schnellstmöglich nach oben und holte ein Kondom aus seinem Seesack. Natürlich hatte er immer welche dabei. Ihn streifte dabei fast so etwas wie ein schlechtes Gewissen. Als er wieder nach unten kam, saß Danielle nackt auf dem Sofa, hatte eine Decke über sich ausgebreitet und lächelte ihn an. Dieses Lächeln raubte ihm den Atem.

„Verdammt, wie habe ich die letzte Nacht überhaupt ausgehalten?", sagte er, mehr zu sich selbst.

Sie lud ihn zu sich unter die Decke ein und er ließ es sich nicht zweimal sagen. Lucas küsste ihren schlanken Hals, bahnte sich einen Weg zu ihrem Bauchnabel und kostete jeden Zentimeter ihres Körpers. Es erregte ihn so sehr, dass er Mühe hatte, die Kontrolle zu behalten. Danielles Hände kneteten seinen Rücken und ihre schnellen Atemzüge zeigten ihm, dass es ihr ähnlich erging wie ihm. Als er ihre geheimste Stelle fand, stieß sie leise Seufzer aus, die ihn endgültig über die Klippe seiner Selbstbeherrschung brachten.

Kapitel 14

„My goodness! Das war Wahnsinn!" Danielle fächerte sich Luft zu und schmiegte sich in Lucas' Arme. „Hätte ich das vorher gewusst, hätten wir schon viel früher ..."

„Du kleine Sexgöttin!" Lucas küsste sie auf den Scheitel und hielt sie ganz eng umschlungen. Danielle fühlte sich glücklich und seltsam energiegeladen. Langsam strich sie mit ihren Fingern über Lucas' schlanken Bauch, zog kleine Kreise über die Bauchmuskeln und arbeitete sich langsam, aber bestimmt, in tiefere Regionen vor.

„Jesus Christ, Danielle! Du kannst scheinbar wirklich nicht genug bekommen!"

Sie kicherte leise vor sich hin und legte sich auf ihn, sodass sie das wachsende Interesse seinerseits deutlich an ihrem Bauch spüren konnte.

„Haben wir sonst etwas auf dem Programm? Ich glaube, wir haben Zeit, oder?", flachste sie. Sobald der Sturm vorbei war, würde sie die Affäre mit Lucas beenden. Er war kein Mann für die Zukunft; er war ein Typ für das Hier und Jetzt. Und was für einer! Lucas' Hände waren überall und Danielle hatte keine Gelegenheit mehr, ihren Gedanken weiterzuverfolgen ...

Die Dämmerung war schon lange vorüber und beiden knurrte der Magen. Der Wind pfiff um das Haus und der Schneefall hatte nicht nachgelassen. Am Mittag war der Range Rover bereits völlig eingeschneit gewesen. Glücklicherweise gab es wenigstens genug Holz und mit den Konserven würden sie sich noch mindestens zwei Tage über Wasser halten können. Eine Dusche wäre traumhaft gewesen, aber das würden sie auch überleben. Danielle hatte ihn gebeten, auf dem Gasherd

Wasser zu erhitzen und damit eine Badewanne zu füllen, aber er war der Meinung, solange es vermeidbar war, sollten sie das Gas sparen. Es war wichtiger, dass sie Essen erhitzen und Tee und Kaffee kochen konnten. Danielle beklagte sich ausgiebig, wie stinkig sie doch wäre, Lucas hingegen fand den Geruch nach Sex, der nach ihren Liebesspielen in der Luft hing, äußerst anregend. Allein bei der Erinnerung an die letzten Stunden spürte er erneut Verlangen in sich aufsteigen, aber er unterdrückte es für den Moment, sonst würde Danielle morgen nicht mehr gehen können. Er war kein Unmensch, höchstens besessen von ihrem Körper – und ihrem Wesen.

„Komm, Danielle. Wir sehen mal, was wir heute noch in unserem fantastischen Gourmetangebot zur Verfügung haben. Darf ich dir zur Abwechslung einen Wein anbieten?", fragte er sie halb im Scherz, halb im Ernst. „So haben wir wenigstens eine kleine Gaumenfreude, wenn das Essen schon nicht so vielversprechend ist." Lucas schlüpfte in seine Jeans und warf sich den Troyer über. Danielle rekelte sich lasziv auf dem braunen Ledersofa, das er von jetzt an mit anderen Augen betrachten würde.

„Hm, ja. Geh du nur, ich glaube, ich bleibe hier noch ein wenig liegen und erhole mich von dir, du Lustmolch!" Sie kicherte. Lucas grinste zurück und drückte Danielle einen Kuss auf die Stirn.

„Gut, erhol dich, Weib. Bin gleich wieder da."

Lucas griff gerade nach einem leichten Rotwein aus Georges Weinkeller, als ihm eine Spinne über das Handgelenk lief. Er zuckte zusammen und schüttelte sie ab. Ein kleiner Schreck, der ihn wacher gemacht hatte. Wenigstens gab es hier unten keine Ratten oder sonstige Kriechtiere. Gut gelaunt schnappte er sich noch zwei Dosensuppen und machte sich auf den Weg nach oben. Nicht mal vor sich selbst hätte er es zugegeben, aber er wollte nicht länger als nötig von Danielle getrennt sein. Sie zog ihn magisch an und er konnte, jetzt, nachdem der Bann gebrochen war, die Finger einfach nicht mehr von ihr lassen. Mit jeder Berührung begehrte er sie noch stärker als zuvor.

Sie saß mit einem Buch auf dem Sofa, das sie offenbar aus dem Familienregal herausgezogen hatte.

„Was liest du Schönes?"

Danielle strahlte ihn an; sie war noch nackt und hatte die Decke um sich gewickelt. Das Wohnzimmer war warm und gemütlich und ein zarter Duft von Liebe hing in der Luft. Lucas hätte sie am liebsten gleich wieder unter sich gespürt, nahm sich aber vor, mindestens bis nach dem Abendessen zu warten, selbst wenn es ihm schwerfiel.

„Irgendeinen Krimi von Henning Mankell. Er schreibt so schön düster und diesen hier kenne ich noch nicht."

Lucas entkorkte den Wein und roch daran. Ein guter Tropfen aus dem Burgund, leicht und nicht zu gehaltvoll. Er probierte einen Schluck und nickte anerkennend. Lecker.

„Meinst du, du kommst hier mit mir viel zum Lesen?" Er grinste sie breit an und reichte Danielle ein Weinglas.

„Danke. Ich weiß nicht … Vielleicht bist du irgendwann so erschöpft, dass du nicht mehr kannst?" Danielles grüne Augen blitzten auf und sie lächelte, es wurde plötzlich verdammt eng in seiner Brust.

„Das, Gänseblümchen, wird niemals passieren. Cheers."

„Du bist wirklich einmalig – von dir überzeugt. Cheers."

„Zweifelst du an mir?" Er verschränkte die Arme vor seiner breiten Brust und versuchte vergeblich, einen schmollenden Gesichtsausdruck aufzulegen.

„Neeeein, wie könnte ich nur? Der Tag bisher war durchaus, äh, befriedigend."

Lucas reckte die Faust in die Luft. „Yes! Und der Tag ist noch nicht vorbei." Lucas grinste anzüglich. Er wollte sie tatsächlich schon wieder! Zu seiner großen Freude klappte Danielle das Buch zu und legte es zur Seite. Sie trank einen

Schluck und ließ die Decke so weit herunterrutschen, dass er den Ansatz ihrer festen, kleinen Brüste sehen konnte. Himmel, sie waren einfach perfekt!

„Mr. Stanhope, sie haben nur das Eine im Kopf. Ts, ts."

Er war in kürzester Zeit bei ihr auf dem Sofa und machte sich neben ihr breit.

„Das muss an Ihnen liegen. In meinem Kopf ist für nichts mehr Platz außer für Sie." Er küsste ihren Mund und schmeckte die süße Danielle und einen Hauch Rotwein in ihrem Atem. Ihre Zungen tanzten in einem verlockenden Rhythmus, sein Körper sprach eine eindeutige Sprache und er hatte genug davon, sich zu beherrschen. Danielles Hände streichelten seinen Rücken unter dem dicken Wollpullover, der plötzlich so störend war. Lucas riss ihn sich vom Leib und schleuderte ihn zu Boden. Verdammt, er wollte sie am liebsten auffressen, so sehr brauchte er sie, die körperliche Nähe und ihre Leidenschaft. Ihr ging es offenbar genauso, denn sie war wild, krallte sich an ihm fest und atmete heftig gegen ihn, was ihn noch mehr anheizte.

Dass er nach diesem Nachmittag überhaupt nochmal konnte, grenzte an ein Wunder, aber er war bereits wieder so erregt, dass er Mühe hatte, sich zurückzunehmen und sie das Tempo bestimmen zu lassen. Danielle hatte keinerlei Mitleid mit ihm. Er lag auf dem Rücken, sie saß rittlings auf ihm – völlig nackt – und zog ihm die Jeans qualvoll langsam über die Hüften nach unten. Dann nahm sie einen Schluck Rotwein und ließ ihn von ihr trinken. Himmel, er hatte noch niemals so einen köstlichen Rebsaft probiert! Er wollte mehr, er war ein Verdurstender in der Wüste Gobi, der nach jedem Tropfen von ihren Lippen lechzte.

„Danielle, du bringst mich um den Verstand!"

Sie lachte, tauchte einen Finger in den Rotwein und ließ ihn daran lutschen. Er genoss es, überließ ihr ganz und gar die Führung und gab sich ihren Liebesbekundungen hin.

Viel später aßen sie gemeinsam die nicht vegetarische Suppe und dazu ein Stück Brot. Sie hatten doch nur Augen füreinander. Danielle war glücklich, müde und ein wenig wund. Lucas strahlte sie an und fütterte sie mit einem Löffel der geschmacklosesten, ekelhaftesten Suppe, die sie jemals probiert hatte, aber es war ihr egal. Alles hing von den Umständen ab; die einfachen Dinge des Lebens konnten manchmal so schön sein.

Nach dem Abendessen versuchten sie sich erneut an einer Partie Schach, die aber bald in einen kleinen Kampf überging, der natürlich mit Sex endete. Lucas trug sie nach oben und sie liebten sich unter den dicken Daunendecken, langsam und zärtlich, weil er wusste, dass ihr zartes Fleisch litt, obwohl sie mehr wollte. Lucas war unglaublich fürsorglich und rücksichtsvoll, niemals hätte sie solch ein Einfühlungsvermögen bei ihm erwartet. Sie konnte sich völlig fallen lassen und erlebte die schönste Nacht ihres Lebens. Lucas schlief nicht, wie andere Männer, nach dem Akt ein. Er redete mit ihr, fragte sie über die kleinsten Winzigkeiten ihres Lebens aus und schien wirklich Freude daran zu haben. Dazwischen küsste er sie auf die Nasenspitze, Stirn oder einzelne Finger, die er sonst mit seinen verflocht. Sie hatten die ganze Nacht geredet, aber als es dämmerte, fielen ihnen doch die Augen zu. Eng umschlungen in inniger Umarmung schliefen sie unter zwei Daunendecken im Schneesturm, der wild ums Haus pfiff.

Als Lucas erwachte, war es merkwürdig still. Er hatte sich nach zwei Tagen so an das Geräusch des Windes gewöhnt, dass plötzlich etwas fehlte. Da die Fensterläden geschlossen waren, konnte er nicht sofort erkennen, wie das Wetter aussah, aber er vermutete, dass der Sturm vorbei war. Durch die Ritzen des Fensters leckte die Sonne. Lucas stand auf und ging zum Fenster, öffnete die Läden und ließ Licht ins Zimmer. Im ersten Moment musste er blinzeln; der Schnee reflektierte die

Dezembersonne so stark, dass er nichts sehen konnte. Er schirmte die Augen ab und schaute in einen strahlendblauen Himmel, kein Wölkchen trübte die Sonne.

Es war vorbei. Eigentlich sollte er sich freuen, aber er wusste auch, was das bedeutete. Danielle hatte keinen Hehl daraus gemacht, dass sie nach den Tagen hier im Chalet in ihr altes Leben zurückkehren würde. Und zwar ohne ihn. Es versetzte ihm einen Stich, dass die schöne Zeit mit ihr nun vorbei war, aber er rief sich rasch in Erinnerung, dass ihm das Liebesgedöns über kurz oder lang auf die Nerven ging und er Beziehungen schrecklich fand. Und beides war genau das, was eine Frau wie Danielle verdiente. Er würde ihr das jedoch niemals geben können. Er war ein Einzelgänger und würde auch immer einer bleiben.

Lucas drehte sich um und beobachtete vom Fenster aus Danielle im Schlaf. Ihre Wangen waren leicht gerötet. Er bewunderte ihre langen, dichten Wimpern, die ihre grünen Augen so wundervoll umrahmten, wenn sie ihn anlächelte. Er schlüpfte wieder unter die Decke und zog sie in seine Arme. Er wollte die letzten Stunden auskosten, die ihm mit ihr blieben. Seine Brust fühlte sich merkwürdig schwer an und er musste schlucken.

Danielle war noch nicht ganz wach, aber sie spürte Lucas' warmen Körper an ihrem und das machte sie glücklich. Sie lächelte und ließ die Augen noch geschlossen. Sie schmiegte sich noch enger an ihn und genoss die Wärme seines athletischen Körpers neben ihr.

„Guten Morgen, du Schlafmütze." Er küsste sie sanft auf den Scheitel.

„Selber guten Morgen." Sie war noch nie recht gesprächig gewesen, wenn sie aufwachte, aber an Reden dachte sie in diesem Moment auch nicht. Je öfter sie Lucas berührte, ihn spürte, desto mehr wollte sie von ihm. In ihrer Mitte summte es schon wieder verdächtig, verlangte es nach mehr. Wärme strahlte in jede Zelle ihres Körpers. Sie blinzelte, warum war es so hell im Zimmer?

„Wie geht es dir, Gänseblümchen?"

„Allerbestens."

Lucas strich ihr über die Wangen und hinterließ eine heiße Spur auf ihrem Gesicht. Wie konnte eine so simple Berührung sich so erotisch anfühlen?

„Denkst du, was ich denke?"

Danielle schloss die Augen wieder und legte sich entspannt zurück. „Mhhh", brummte sie nur und strich verführerisch über Lucas' Lenden.

„Sehr gut, denn es gibt nichts Besseres, als damit einen Tag zu beginnen." Seine Stimme klang fröhlich und gefährlich. Sie hatte keine Zeit mehr, etwas zu erwidern, denn er war bereits abgetaucht und widmete sich ihrer Lust, die sie kurze Zeit später hinausschrie.

Danielle wünschte sich nichts sehnlicher, als eine heiße Dusche, sie fühlte sich, als ob sie monatelang kein heißes Wasser mehr gesehen hätte. Nach dem ganz speziellen Guten-Morgen-Gruß hatte sie realisiert, dass es draußen ungewohnt hell war. Es hatte aufgehört zu schneien ... das bedeutete, es war vorbei. Es war nur eine Frage der Zeit, bis die Straßen wieder passierbar waren.

„Was meinst du, wie lange dauert das?" Sie schlürfte heißen Kaffee, Lucas saß ihr gegenüber und seine blaugrauen Augen fixierten sie. Sie konnte den Ausdruck darin nicht deuten.

„Ich denke, ein paar Stunden. Ich weiß gar nicht, wie spät es ist. Durch die Auffahrt müssen wir uns selbst kämpfen, aber wahrscheinlich hat der Wind einiges auch einfach weggeweht und an Stellen, wie hier am Haus, aufgestaut. Müssen wir uns ansehen." Lucas fuhr sich durch die Haare. Das Schweigen zwischen ihnen war unangenehm. Danielle räusperte sich.

„Ja, dann machen wir am besten eine Liste, damit wir wissen, was wir besorgen müssen, nicht?"

„Natürlich. Deswegen sind wir ja hier." Er seufzte.

„Was ist?"

„Nichts. Was soll sein? Es gibt bestimmt eine Menge zu tun, das meine ich."

Es klang nicht aufrecht, aber sie wusste auch nicht, wie sie sich verhalten sollte. Sie hatte das Bedürfnis, sich in seine Arme zu werfen und genau da weiterzumachen, wo sie vor kurzem aufgehört hatten. Gleichzeitig wusste sie, dass es nicht ging, das mit ihnen würde niemals funktionieren.

Lucas wollte bestimmt keine Beziehung, er war ein Weiberheld, der mehr Frauen flachlegte, als sie sich vorstellen mochte. Die Realität versetzte ihr einen Stich. Er sollte auch nicht denken, dass sie plötzlich mehr von ihm wollte. Sie fühlte sich verletzlich und verspürte den inneren Drang, ihm mitzuteilen, dass alles gut war, wie es nun sein würde, wenn ihr Herz auch etwas ganz anderes sagte. *Danielle Fane!*, zürnte sie schwach, *natürlich hast du es nicht geschafft, deine Gefühle außen vor zu lassen*. Es war Selbstbetrug gewesen. In dem Moment, in dem sie zugelassen hatte, dass Lucas sie berührte, war es um ihr Herz geschehen gewesen. Aber sie beide hatten keine Zukunft, sie brauchte einen verantwortungsbewussten Mann und er suchte alles, nur keine Frau fürs Leben. Außer Sex hatte sie nichts verbunden, das war die unverhüllte Wahrheit.

„Du siehst aus, als hätten dich unsere Hausgeister im Traum besucht, Gänseblümchen." Lucas hob ihr Kinn an und sie verlor sich in seinen blaugrauen Augen. Niemals würde sie vergessen, wie er sie in den Momenten der grenzenlosen Leidenschaft angesehen hatte. Es war von nun an fest in ihrem Herzen verschlossen.

„Ich doch nicht. Bin nur am Grübeln, was wir alles brauchen. Gibt es eine Haushälterin im Dorf, die hier klar Schiff machen kann?"

Lucas nickte. „Selbstverständlich. Sobald ich Empfang habe und mein Handy aufgeladen ist, rufe ich sie an."

„Gut, dann müssen wir Blumen bestellen, Lebensmittel besorgen und natürlich eine Kutschfahrt organisieren. Julia wird hingerissen sein!"

„Ganz wie du meinst, du bist da eher die Expertin."

„Ach, und Kosmetik, Schwangere brauchen doch dieses Bauchöl und … keine Ahnung was alles, wir müssen uns da etwas beraten lassen."

Lucas seufzte. Er war seltsam wortkarg. Wahrscheinlich hatte er nach wie vor keine Lust, sich um das Anliegen seines Zwillingsbruders zu kümmern, aber sie würde das schon schaukeln. Das war sie Julia schuldig. Außerdem lenkte es sie ein wenig von ihrem eigenen Elend ab. Lucas holte den Weltempfänger, sie hörten die Nachrichten und erhielten die Info, dass die meisten Straßen mittlerweile passierbar waren.

„Gut, ich geh dann nach draußen und mache den Jeep und die Auffahrt klar. Es kann eine Weile dauern, du kannst ja ein wenig lesen oder so." Lucas ging zur Garderobe und suchte eine Daunenjacke heraus. Danielle folgte ihm.

„Ich kann dir helfen!"

Lucas schüttelte mit einem Anflug von Lächeln den Kopf. „Nein, das ist Männersache." Dann zog er sich eine Mütze und Handschuhe an.

„Neandertaler!", schnaubte Danielle halb lachend.

„Gentleman, würde ich sagen. Bis gleich." Er öffnete die Tür und schlüpfte in den Sonnenschein. Danielle fröstelte, die Kälte kroch ihr am Nacken nach oben. Vielleicht war das die schönste Nacht ihres Lebens gewesen und genau in diesem Moment wurde sie Vergangenheit. Sie wusste nichts mit sich anzufangen, also sammelte sie benutzte Gläser und Tassen ein und brachte sie in die Küche. Den Gaskocher konnte sie nicht bedienen, also fiel der Abwasch flach. Ohne heißes Wasser würde das schmutzige Geschirr kaum sauber werden. Seltsam, noch vor zwei Tagen hätte sie nicht im Traum daran gedacht, in einem fremden Haus aufzuräumen, aber durch die Erlebnisse in den letzten achtundvierzig Stunden fühlte sie sich im Chalet wohl und hätte nichts dagegen, wenn der Schneesturm noch ein paar Wochen anhalten würde.

Sie seufzte. Sie war doch echt ein Dummchen. Es war wirklich ziemlich um sie geschehen. Schließlich ging sie nach oben ins Badezimmer und packte ihren Kram zusammen, obwohl sie nicht wusste, ob sie noch eine Nacht hier verbringen würden. Danielle drehte sich ihr seit drei Tagen ungewaschenes Haar zu einem festen Knoten zusammen und befestigte ihn mit ein paar Haarnadeln und einem dicken Haargummi. So würde es gehen. Außerdem würde sie eine Mütze aufsetzen, dann sah keiner den fettigen Haaransatz. Als sie aus dem Badezimmer kam, fiel ihr Blick auf das zerwühlte Bett. Danielle verharrte einen Augenblick und schwelgte in Erinnerungen. Es war tatsächlich erst etwas mehr als eine Stunde her, dass sie sich hier mit Lucas geliebt hatte. Es kam ihr vor, als wären seitdem Tage vergangen.

„Danielle?", rief Lucas von unten. Er war anscheinend fertig mit Schneeräumen.

„Bin oben!", antwortete sie ihm. Nach einem kurzen Schweigen hörte sie Lucas' schwere Schritte die Treppe hochkommen. Verrückterweise klopfte ihr Herz schneller. Er steckte den Kopf durch die Tür und lächelte sie an.

„Ach, schade, ich dachte, du hättest dich ins Bett gelegt und auf mich gewartet."

Wie genau er ihre Gedanken damit erraten hatte, konnte sie kaum glauben, aber sie antwortete stattdessen: „Du bist ja einer. Wir haben zu tun! Es ist ja schon eins durch, nicht dass wir heute wieder nichts erledigt bekommen."

Lucas' Augen schimmerten einen kleinen Moment enttäuscht, aber in der nächsten Sekunde war alles wie immer. Vielleicht hatte sie sich auch geirrt.

„Gut, dann komm. Der Wagen läuft, damit Gänseblümchen nicht frieren muss." Damit polterte er die Treppe hinunter und ließ sie stehen. Danielle zögerte nicht lange und folgte ihm hinab. In der Garderobe standen nur ihre Stilettos, was ihr mittlerweile lächerlich vorkam. Sie hätte Moonboots einpacken sollen. Lucas stand an der Haustür und beobachtete sie stirnrunzelnd. „Das ist jetzt nicht dein Ernst, oder?"

Sie wusste genau, was er meinte, stellte sich aber lieber dumm. Was sollte sie ihm auch antworten? Dass sie zu blöd war, für einen Winterort zu packen? Niemals!

„Was meinst du?"

Er deutete mit dem Zeigefinger auf ihre Stiefelchen.

„Das da. Bist du irre? Da draußen liegt meterhoch Schnee!"

Sie zuckte nur mit den Schultern. „Ich hab' keine anderen dabei, das weißt du doch."

Er rollte mit den Augen und stöhnte. „Luxusweiber. Ehrlich." Lucas war mit einem großen Schritt bei ihr und hob sie in seine starken Arme.

„Hey! Was soll das?"

„Ich trag dich ins Auto, was soll es sonst sein?"

„Ich kann selber laufen", protestierte sie. Die Hummeln in ihrem Bauch sahen das aber ganz anders, die tobten in zufriedenem Aufruhr mit dem zuvorkommenden Casanova.

„Nix da. Keine Widerrede." Lucas hatte ganz offensichtlich keine Mühe, Danielles Gewicht zu tragen, er bewegte sich dynamisch und zielsicher auf den dunklen Range Rover zu.

„Bitte sehr, die Dame." Damit setzte er sie auf den beheizten Ledersessel. Sie musste gegen ihren Willen grinsen.

„Wer hätte das gedacht, Lucas Stanhope!"

„Was?" Er blieb vor ihrer offenen Tür stehen und lehnte sich an den Rahmen des Wagens.

„Ach, nichts. Schon gut."

„Dann wollen wir mal. Schnall dich an, Baby. Jetzt geht's rund." Lucas grinste spitzbübisch und kehrte den kleinen Jungen heraus. Danielle hatte eine dunkle Vorahnung, dass er gleich aus dem Wagen rausholen würde, was der Allradantrieb hergab. Testosteron konnte manchmal ein echter Fluch sein.

Eine halbe Stunde später hatten sie den kleinen, aber exquisiten Skiort in den Schweizer Alpen erreicht. Lucas Mobiltelefon lud in der Basisstation des Wagens und hatte mindestens hundertmal gepiept und damit eingehende Nachrichten angezeigt. Es schien so, als ob man ihn ordentlich vermisst hatte. Danielle hatte selbst einige Nachrichten bekommen und natürlich sofort ihre Eltern per SMS informiert, dass alles in Ordnung war, es ihr gut ging und sie nur keinen Handyempfang gehabt hatte. Alles andere konnte warten. Ihr stand nicht der Sinn nach Businessmails oder Telefonaten. Lucas parkte den Wagen vor einem kleinen Einkaufscenter.

„Ich rufe kurz Frau Lübli an, sie kümmert sich sonst ums Haus, willst du schon vorgehen?"

„Was soll ich denn kaufen?"

„Keine Ahnung, du kannst natürlich auch wieder warten, bis ich dich reintrage", hänselte er sie, bereits das Handy am Ohr. Danielle entschied sich, schon mal in den Laden zu gehen. Möglicherweise hatte Lucas auch noch andere private Gespräche zu führen, und die wollte sie möglichst nicht live miterleben. Der Gedanke daran, dass er mit einer anderen ebenso intim werden würde wie mit ihr, behagte ihr ganz und gar nicht, aber sie versuchte, das dumpfe Pochen in ihrer Bauchgegend zu ignorieren. Es wäre auch einfach zu albern, wenn sie sich davon aus der Bahn werfen lassen würde. Sie ging ins Gebäude, das wie eine kleine Shoppingmall aufgebaut war, und sie sah sich die vielen verschiedenen Läden an. Ein Lebensmittelmarkt, ein Souvenirladen, ein Klamottenladen, eine Drogerie und ein Dessousgeschäft. Danielle prüfte sorgfältig das Sortiment im Schaufenster, aber es war nichts dabei, was ihr auf Anhieb gefiel.

„Buh!", machte plötzlich jemand hinter ihr. Sie schrie auf und fuhr zusammen.

„Verdammt, Lucas! Du sollst mich nicht immer so erschrecken!"

Er grinste sie spitzbübisch und zeigte auf die perlmuttfarbene Spitzenwäsche.

„Ist das was für dich?"

Sie zuckte mit den Schultern. „Ich weiß nicht. Nichts besonders Ausgefallenes, oder?"

„Würde dir sicher gut stehen, Gänseblümchen. Höchstens ein bisschen zu unschuldig für dich", meinte er mit nachdenklicher Miene.

„Keine Ahnung. Vielleicht bin ich einfach nicht in Shoppingstimmung. Ich glaube, eine Dusche hätte ich nötiger!"

„Komm." Lucas zog sie mit sich, schnappte sich einen leeren Einkaufswagen und ging mit ihr in den Lebensmittelmarkt. „Ich habe gute Nachrichten für dich."

Danielles Herzschlag beschleunigte sofort, ein neuer Schneesturm vielleicht?

„Ich habe den Klempner erreicht, die machen sich gleich auf den Weg zum Chalet. Wenn wir zurückkommen, haben wir es hoffentlich schon schön warm."

Lucas packte etwas Obst und Gemüse in den Einkaufskorb und marschierte weiter durch den Laden.

„Tatsächlich? Bleiben wir noch? Ich dachte, wir fliegen vielleicht heute schon?"

Er zögerte einen Moment. „Du hast es ja ganz schön eilig wegzukommen, hm?"

„So war das nicht gemeint, wirklich. Ich dachte nur …"

Lucas legte eine Packung Saft und Toast in den Wagen.

„Wir fliegen morgen, das wird jetzt alles zu knapp mit den Flügen aus Zürich. Durch den Sturm hat es in den letzten Tagen auch Verschiebungen gegeben und es war alles voll, zumindest nach Asien."

Natürlich, er würde direkt nach Asien fliegen, er hatte in Europa nichts mehr zu tun. Sie schluckte.

„Entschuldige …"

Lucas hielt sie am Ärmel fest und suchte ihren Blick.

„Was ist auf einmal los mit dir? Ich dachte, wir hatten eine gute Zeit, haben uns gut verstanden und auf einmal kannst du nicht schnell genug wegkommen?"

Ihre Wangen brannten heiß. Er hatte natürlich vollkommen Recht. Es war nicht zu erklären. Jedenfalls wollte sie ihm nicht auf die Nase binden, dass sie schon viel zu viele Gefühle für ihn entwickelt hatte, das würde ihr Elend am Ende nur noch verschlimmern.

„Das ist es nicht", versuchte sie abzulenken und senkte den Blick. Sie hatte Angst, er würde den wahren Grund erkennen, wenn er sie so durchdringend ansah, dass es ihr durch Mark und Bein ging.

„Was dann?"

„Es ist wegen Robert." Etwas anderes war ihr auf die Schnelle nicht eingefallen.

Lucas ließ seine Hand sinken.

„Oh. Na, das tut mir dann natürlich leid." Er grinste verzerrt und schob den Einkaufswagen weiter. „Ich hatte ja keine Ahnung, dass …"

Danielle ballte die Hände zu Fäusten. Sie machte aber auch wirklich alles kaputt.

„Lucas, warte doch mal."

„Dann seid ihr also ein Paar?"

„Hey, können wir vielleicht das Thema wechseln?"

„Klar. Natürlich. Kein Problem. Wechseln wir einfach das Thema." Er klang verärgert und packte einige Dinge in den Wagen, die sie garantiert nicht benötigen würden: Badeschaum, Alufolie, Pfefferkörner. Es sah fast so aus, als ob er wahllos Sachen aus dem Regal zog, um den Wagen mit irgendwas zu füllen.

„Danielle, ehrlich, es ist mir egal, mit dem du liiert bist. Ich dachte nur …“. Er zerzauste sich die Haare. „Ach, holy shit. Können wir einfach einkaufen und alles erledigen, was wir noch für Damians und Julias Besuch vorbereiten müssen?“

Sie steckte die Hände in die Manteltasche.

„Klar. Machen wir das.“

Glücklicherweise war der Supermarkt gut sortiert und nicht groß, so hatten sie bald allen möglichen Kram von Schwangerschaftsöl über Duftkerzen bis zu Pralinen und Tic Tacs im Wagen. Danielle war froh, als sie alles im Range Rover verstaut hatten. Ihr Magen knurrte gewaltig, aber sie traute sich nicht, etwas zu sagen. Lucas blickte so grimmig drein, dass sie Angst hatte, seine Stimmung würde noch schlechter werden. Die Zeit im Chalet hatte etwas zwischen den beiden verändert. Lucas würde zurück nach Asien fliegen und sie würde ihr Leben in London weiterleben – damit war die kleine Romanze zwischen ihnen Geschichte. Genau das hatte sie ihm ja gesagt, bevor sie Sex hatten. Warum fühlte sie sich dann so schlecht? Lucas musste es auch spüren, aber er war natürlich ein Kerl und würde niemals über Gefühle reden. Und Danielle war zu stolz, deswegen machten sie die restlichen Erledigungen mehr oder minder schweigend, jeder in die eigenen Gedanken versunken.

Sie fuhren noch zu einem Freund der Familie, der die Kutschfahrt für das frischverliebte Paar buchen würde, und machten anschließend einen Abstecher zum ortsansässigen Blumenladen. Danielle wählte einige Bouquets aus dem Katalog aus, die in der kommenden Woche, einen Tag vor der Anreise der beiden, angeliefert werden würden. Lucas zahlte alles im Voraus; in der Schweiz waren schwarze Kreditkarten ein nicht weniger willkommenes Zahlungsmittel als sonst überall. Auf dem Weg zum Auto telefonierte er noch einmal, aber sie verstand nicht, worum es ging, weil er deutsch redete. Es klang nach etwas Geschäftlichem, aber sicher war sie nicht.

Es wurde bereits dunkel, als sie sich auf den Rückweg zum Chalet machten. Die Stimmung zwischen ihnen war angespannt und Danielle zerbrach sich den Kopf, wie sie es hinkriegen könnte, dass sie sich wieder so gut verstanden wie noch am Morgen und gleichzeitig die Tatsachen so stehen zu lassen. Ja, es war vorbei. Die kurze, aber heftige Affäre war beendet, noch bevor sie richtig angefangen hatte. Es war auch gut so, sprach Danielle sich wortlos Mut zu und schaute aus dem Fenster. Sie konnte nichts erkennen, aber es war ihr gerade auch herzlich egal. Der Kloß in ihrem Hals wollte einfach nicht verschwinden, sie fühlte sich elend.

Lucas parkte den Wagen rückwärts vor dem Haus und stellte den Motor ab. Er schickte Danielle hinein und sie sparte sich den Protest – es hatte doch keinen Sinn. Er wollte nicht, dass sie ihm half, und sie hatte auch keine Kraft dafür. Als sie die Haustür öffnete, wehte ihr eine angenehme Wärme entgegen. Der Klempner hatte die Heizung also schon wieder instandgesetzt. Lucas folgte ihr und balancierte den schweren Karton, der randvoll war, in die Küche. Dabei hinterließ er eine Spur auf dem dunklen Steinboden. Sie folgte ihm und wollte die Einkäufe ausräumen. Jemand hatte auch bereits das schmutzige Geschirr abgewaschen und aufgeräumt. Lucas war ziemlich gut darin, Personal zu organisieren. Sie waren kaum länger als vier Stunden außer Haus gewesen. Er kehrte mit dem zweiten Einkaufskarton in die Küche zurück und stellte ihn auf dem Boden ab.

„Lass das. Du musst das nicht tun." Er klang unerwartet ruppig. Sie hatte keine Ahnung, was sie jetzt schon wieder falsch gemacht hatte.

„Ich will doch nur helfen!"

„Vergiss es. Ich mach das schon. Das Wasser ist wieder warm, du kannst dich also unter einer heißen Dusche entspannen. Die Haushälterin hat das Gästezimmer hergerichtet. Du musst nicht mehr bei mir schlafen. Du hast es ja ohnehin nur

gemacht, weil es so kalt war, nicht?" Das klang ziemlich bei-
ßend, als ob er ihr signalisieren wollte, dass es endgültig vorbei war. Ihre Augen füllten sich mit Tränen. Sie wandte sich
ab und ging wortlos nach oben. Wieso war er plötzlich so ge-
mein zu ihr? Es konnte doch nicht daran liegen, dass sie Robert erwähnt hatte? Lucas hatte ihr doch von Anfang an klargemacht, dass sein einziges Vorhaben war, sie ins Bett zu bekommen! Warum sollte es ihn interessieren, dass sie einen
Freund hatte? Natürlich war sie nicht mit Robert zusammen,
aber ihr war im Supermarkt nichts Besseres eingefallen.

Ihre Sachen lagen auf einem Sofa im Gästezimmer, das nun
heimelig warm war. Danielle schloss die Tür hinter sich und
eine Träne kullerte an ihrer Wange nach unten. Sie wünsche
sich fort von diesem Ort, aber sie musste noch eine Nacht
überstehen. Das Bett wirkte nicht sonderlich einladend auf sie.
Schließlich ging sie ins Badezimmer und duschte lange und
sehr heiß. Sie genoss es, das Wasser über ihren Körper laufen
zu lassen, gleichzeitig wurde ihr bewusst, dass sie nun die
letzten Spuren ihres Zusammenseins mit Lucas fortspülte.

Sie hatte schon fast vergessen, wie er roch. Bald würde er
aus ihrem Leben verschwunden und sie in London weit weg
von all dem hier sein. Der Knoten in ihrem Magen zog sich
fester zusammen, schlagartig kehrten ihre Sorgen zurück –
ihre Mutter, ihr Leben. Wann hatte sie das letzte Mal so viel
Spaß gehabt wie mit Lucas – bei der Schneeballschlacht oder
dem Löffeln einer blöden, nicht vegetarischen Dosensuppe?

Sie konnte sich nicht erinnern. Aber es gab keinen Ausweg,
es war ihr Leben. Und er hatte seins. Sie stellte das Wasser ab
und stieg aus der Dusche, wickelte sich ein Handtuch um die
Haare und trocknete sich ab. Selbst ihre Lieblingsbodylotion
verbesserte nicht ihre Stimmung. Sie dehnte das Beautypro-
gramm etwas in die Länge, sie wollte ihm noch nicht wieder
unter die Augen treten. Ihr Magen knurrte laut, sie hatte lange
nichts Vernünftiges gegessen, aber es war ihr irgendwie egal.

Am Ende zog sie sich noch einen leichten, grünen Kaschmirpullover und eine saubere Jeans dazu an, wenigstens das hatte sie in ihrem spärlichen Gepäck mitgenommen. Als sie die Treppe nach unten ging, stieg ihr ein köstlicher Duft in die Nase: Knoblauch, Oregano und Tomaten. Lucas kochte? Als sie unten in der Küche ankam, traf sie fast der Schlag. Lucas stand nur in Jogginghose bekleidet am Herd und rührte gedankenverloren in einer blubbernden Tomatensoße. Er bemerkte sie nicht gleich, tanzte leicht zu den Klängen aus seinem Handy und sang mit. Wer hätte gedacht, dass er auf George Ezra stand? Sie liebte das Spiel seiner Muskeln am Rücken und auch die dunklen Tätowierungen waren schön. Danielle schluckte. Sie würde ihn einfach höflich behandeln und die restlichen Stunden mit Würde hinter sich bringen. Morgen Abend könnte sie ihre Wunden lecken und sich in ihr Bett verkriechen.

„Du kochst?"

Lucas drehte sich um und lächelte sie an. „Klar, wir haben lange genug gehungert, oder?" Seine Laune war so gut wie sonst auch, als hätte es die seltsame Szene im Dorf nicht gegeben. Zum Glück. Das machte es einfacher, mit ihm umzugehen. Sie konnte den Blick nicht von seinem Sixpack abwenden, Lucas' Körper war beeindruckend.

„Essen ist toll", brachte sie hervor, obwohl ihr der Appetit vergangen war.

„Schön, ich hab mich schon gefragt, wo du bleibst. Kannst du bitte noch zwei Teller ins Esszimmer bringen? Die Nudeln sind gleich fertig."

„Natürlich", beeilte sie sich zu sagen und fischte nach den tiefen Tellern im obersten Regal.

„Hier, Danielle, du bist einfach zu klein, hm?" Er lachte und reichte ihr die Teller.

„Oder jemand hat doof eingeräumt."

„Ja, oder so."

Zum Glück hatte er nicht noch eine Flasche Wein aus dem Keller geholt. Alkohol wäre Gift für sie, am Ende würde sie noch melancholisch werden und ihm die Ohren vollheulen. Das musste sie unter allen Umständen vermeiden.

Lucas biss in eine Nudel – eine Minute noch, dann waren sie al dente – doch in Gedanken war er ganz woanders. Danielle wirkte so verändert auf ihn, und er konnte nicht einmal beschreiben, was das in ihm auslöste. Nur, dass es sich merkwürdig anfühlte, nahm er verschwommen wahr. Unbekannt. Anders. Aber er würde sich nicht lange damit aufhalten. Warum Trübsal blasen, das Leben war zu kurz dafür.

Er schüttete die Pasta in ein Sieb in der Spüle und füllte sie anschließend in eine große Schüssel um, auf die er die Soße gab. Es war äußerst wichtig, die Soße mit den Nudeln zu verbinden, nur dann war es echt italienisch. Im Esszimmer brannten ein paar Kerzen und Danielle legte gerade das Besteck neben die Teller. Sie hatten zwar seit Kurzem wieder Strom, aber er fand es für die Stimmung besser, wenn es nicht zu hell beleuchtet war.

„Setz dich, Essen ist fertig."

„Ja, toll!" Sie lächelte schüchtern, dabei hatte sie eigentlich absolut keinen Grund, schüchtern zu sein, er hatte schon weitaus mehr mit ihr geteilt als nur ein Abendessen. Und Himmel, es war wirklich toll gewesen, jedes einzelne Mal. Sein Körper verlangte immer noch nach Danielle, aber er hatte sich damit abgefunden, dass da nichts mehr laufen würde. Sie hatte Robert im Supermarkt nur erwähnt, weil sie nicht wollte, dass er ihr noch einmal zu nahe kam. Er würde sich daran halten, auch wenn es ihm äußerst schwer fiel. Es war wahrscheinlich gut, dass sie morgen früh wieder abreisten. Wenn er erst mal im Flieger nach Shanghai saß, würde das unbändige Verlangen nach Danielle von allein abflauen. Er kannte das schon. Lucas trauerte niemals lange einer beendeten Affäre nach, das war nicht sein Ding. Er füllte ihr Nudeln auf einen Teller und rieb frischen Parmesan darüber.

„Et voilà, bon appetit!"

„Danke, es riecht wirklich lecker."

Lucas nahm sich selbst eine Portion und sparte nicht am Käse. Er hatte ein Loch im Magen und genoss jeden einzelnen Bissen. Als er mit dem ersten Teller fertig war, fiel ihm auf, dass Danielle nur im Essen pickte.

„Schmeckt es dir nicht?"

„Nein, es ist toll! Ich hab einfach nicht so viel Hunger."

„Hm. Aber es ist doch vegetarisch!"

Sie schaute ihn verständnislos an.

„Ich mag einfach nichts!"

„Okay", er hob die Hände, „Entschuldigung. Man wird ja noch mal fragen dürfen." Nun war ihm auch der Appetit vergangen. Ganz toll. Frauen sollte mal einer verstehen.

„Lucas, ich bin wirklich müde. Wäre es schlimm, wenn ich mich zurückziehe? Wir müssen ja früh los, oder?"

Er war überrascht, dass sie nicht mal mehr den Abend mit ihm verbringen wollte, ließ sich aber nichts anmerken.

„Klar. Ich mach das schon, kein Ding."

Grüne Augen hielten seinen Blick gefangen. Sie wirkte traurig, senkte aber den Blick und stand auf.

„Danke", sagte sie leise und verschwand nach oben.

Lucas blieb noch einen Moment sitzen, er hatte keine Ahnung, was hier gerade abging. Schulterzuckend räumte er ab und kippte die restliche Pasta in den Müll.

Das Internet funktionierte wieder und er verbrachte den Abend damit, im Netz zu surfen. Lucas checkte seine Inbox und beantwortete ein paar Mails williger Frauen, mit denen er sich möglicherweise mal in Shanghai verabreden wollte. Dabei erwischte er sich wiederkehrend beim Gedanken, was Danielle da oben so alleine trieb. Er fand es irgendwie doof, dass sie ihm auf einmal die kalte Schulter zeigte.

Kapitel 15

Die Fahrt nach Zürich war schweigsam verlaufen. Danielle hatte nur wortkarg auf Lucas' Fragen geantwortet und am Ende hatte er es aufgegeben. Für ihn kein Problem, er musste nicht den Raum mit Worten füllen. Schon gar nicht mit einer ehemaligen Affäre. Er wollte ihr deutlich machen, wie wenig ihn ihr Schweigen beeindruckte, deswegen wählte er die Nummer von Camille, einer seiner On-and-off-Freundinnen aus Shanghai. Er erkundigte sich nach ihrem Befinden und teilte ihr mit, dass er morgen wieder zuhause sein würde. Danielle schien unbeteiligt und tippte selbst Nachrichten auf ihrem Mobiltelefon, trotzdem fühlte er sich irgendwie mies, als er aufgelegt hatte. Vielleicht war es nicht nötig gewesen, das im Beisein von Danielle abzuziehen, aber sie zeigte sich nicht berührt davon. Dann konnte es so schlimm nicht gewesen sein.

Lucas' Flug ging erst in drei Stunden, der Abflug nach Heathrow war schon in einer Stunde. Nachdem sie den Mietwagen abgegeben hatten, ging es auf den Abschied zu. Es fühlte sich seltsam in seiner Magengegend an und er hoffte, dass keine Grippe im Anmarsch war, das würde er jetzt am wenigsten brauchen können. Er würde viel zu tun haben, wenn er zurück in China war.

Danielle war blass und hatte leichte Schatten unter den Augen. Das Grün strahlte nicht so intensiv, wie er es gewohnt war. Er wollte den Abschied kurz und schmerzlos halten.

„So, Gänseblümchen, dann hast du es also überlebt mit mir. Ich hoffe, es war nicht allzu schlimm und *Every Life Matters* wird ein Erfolg."

Sie waren gerade durch die Sicherheitskontrolle gekommen und Danielles Gate lag in einer anderen Richtung als die Wartelounge zu seinem Asienflug. Danielle hielt ihr Telefon in der rechten Hand, die linke Hand steckte in ihrem Mantel.

„Klar. Kein Ding, Lucas. Danke für die Hilfe. Wir waren kein schlechtes Team." Ihr Lächeln sah gequält aus.

Lucas trat von einem Fuß auf den anderen. Er hasste Lebewohlsagen, deswegen trat er kurzerhand einen Schritt näher und küsste sie auf die Wangen. Danielles zarter Duft nach Rosen stieg ihm in die Nase. Ab sofort würde er Rosen immer mit ihr verbinden, wurde ihm plötzlich klar.

„Mach's gut, Danielle. Ich danke dir. Es war schön mit dir."

Es klang tatsächlich so endgültig, wie es sich anfühlte.

Sie nickte und ging einen Schritt rückwärts. „Ja, du auch. Bye, Lucas." Sie drehte sich ohne ein weiteres Wort um und ging davon. Lucas blieb noch eine Weile stehen und sah sie schließlich um die Ecke zu ihrem Gate biegen. Danielle war gleich sicher zufriedener mit ihm, denn für den Rückflug hatte er ihr einen Platz in der Business Class reserviert. Es war ein seltsames Gefühl, plötzlich alleine zu sein; er hatte sich in den letzten Tagen irgendwie an sie und ihre erfrischend direkte Art gewöhnt. Lucas fuhr sich durch die Haare und machte sich auf den Weg zur Lounge. Ein starker Kaffee war jetzt genau das, was er brauchte.

London

Die Tage nach ihrer Rückkehr verbrachte Danielle größtenteils damit, sich um ihren Job und *Every Life Matters* zu kümmern. Sie vergrub sich regelrecht in ihrer Arbeit. Jill fing irgendwann an, sie damit zu nerven, dass sie sich zu viel zumute und dass sie den Stress mit der Charity doch endlich sein lassen sollte. Aber zuhause fiel ihr die Decke auf den Kopf. Im Radio liefen nur noch Weihnachtssongs, überall hingen Lichterketten und die Leute strahlten eine schreckliche Vorfreude aus, die sie nicht teilte. Ihrer Mutter ging es unverändert und ihren Vater schien es nicht zu interessieren. Kurz gesagt, ihr Leben war ein Alptraum. Um dem Ganzen die Krone aufzusetzen, nervte sie Robert beinahe täglich, seit sie zurück war. Sie war noch einmal mit ihm ausgegangen, aber sie konnte sich diese Farce nicht länger antun – ihm zuliebe und um ihrer selbst willen nicht. Lieber würde sie einsam und still vertrocknen, als sich mit einem Mann zusammenzutun, der so abartig langweilig war wie Robert. Nachdem sie mit Lucas die Leidenschaft, zu der sie fähig war, kennengelernt hatte, wollte sie sich nicht mehr mit weniger zufriedengeben.

„Sweetheart, du bist noch hier?" Ihr Vater schaute um die Ecke in ihr Büro.

„Ja, ich hatte noch was Dringendes zu erledigen. Was machst du noch hier? Es ist wirklich schon spät."

„Das sollten meine Worte sein, Darling. Ich mache mir ein wenig Sorgen um dich." Er kam in ihr Büro und setzte sich auf die Kante ihres Schreibtisches.

„Weil ich arbeite? Das wolltest du doch immer. Eine würdige Nachfolgerin für Fane International Trading." Sie legte den Kopf schief. Charles nahm ihre Hand und plötzlich wünschte sie sich, dass er sie in den Arm nehmen würde, so wie früher. Dann würde wieder alles gut werden. Aber nichts passierte.

„Versprich mir, dass du bald nach Hause gehst, ja? Du siehst blass aus."

„Klar, Dad. Mache ich." Sie brachte es nicht über sich, nach ihrer Mutter zu fragen. Eine Stimme in ihrem Kopf drängte sie, das andere Thema endlich anzusprechen, aber sie fühlte sich nicht bereit für die Wahrheit. Nicht heute Abend. Ihr Vater küsste sie auf die Stirn und wünschte ihr eine gute Nacht. Sie wollte gerade eine Mail an Julia schreiben, da sie wusste, dass in Shanghai tiefste Nacht war und sie sie nicht mit einem Anruf wecken wollte, als Jill ihren Kopf ins Büro steckte. Erst dachte sie, ihr Vater hätte etwas vergessen.

„Ich geh' dann los, ja?"

„Klar, du bist sowieso schon zu lange hier."

„Du brauchst mich doch. Aber diese blöde Migräne, ich glaube, da ist schon wieder was im Anflug!"

„O nein, du Arme! Dann nimm schnell was und leg dich ins Bett. Husch, ab nach Hause. Danke, Jill!"

„Gute Nacht, Danielle." Danielle hörte, wie Jills Absätze auf dem Flur klapperten. Schließlich tippte sie noch eine kurze Mail an Julia mit einer Rückrufbitte. Sie vermisste ihre Freundin. Die Schweiz erwähnte sie nicht, um Damian die Überraschung nicht zu verderben. Außerdem wollte sie nichts von Lucas erzählen. Julia hatte mit Sicherheit eine Meinung dazu, von der Danielle lieber nichts wissen wollte. Sie hätte sich nie auf Lucas einlassen dürfen. Jetzt musste sie mit dem Kummer leben. Von Anfang an hatte sie erkannt, dass er kein Mann für sie war und eine Beziehung nie und nimmer in Frage kommen würde. Sie hatte einen Fehler gemacht und bereute ihn. Deswegen war es gut, dass er ganz weit weg von ihr auf einem anderen Kontinent lebte. Danielles iPhone, das sie auf Vibrationsalarm geschaltet hatte, summte. Nach einem kurzen Blick auf das Display ging sie ran.

„Suzie! Mensch, ich habe ja ewig nichts von dir gehört, wie geht's dir denn?"

„Danielle, Sweetheart, Simon hat sich von mir getrennt. Schon vor acht Wochen."

„Nein? Aber das ist ja schrecklich! Dabei wart ihr doch immer so glücklich miteinander!"

„Ja, jetzt nicht mehr", schniefte Suzie am anderen Ende der Leitung ins Telefon. „Das miese Stück Dreck ist jetzt glücklich mit seiner persönlichen Trainerin."

„Ach, du meine Güte! Das darf doch nicht wahr sein. Wie furchtbar! Tut mir leid!"

„Ja. Ach. Ich glaube ich habe die schlimmste Phase der Trauer hinter mir. Ich muss mal raus. Deswegen ruf ich dich an. Wollen wir morgen Nachmittag zum Winter Wonderland in den Hyde Park? Schlittschuhlaufen und vielleicht einen Glühwein oder so trinken?"

Danielle hatte zu nichts weniger Lust, als sich dem Weihnachtszauber und all den glücklichen Menschen im Hyde Park zu stellen, aber sie konnte Suzie den Gefallen nicht abschlagen. Sie war wirklich immer für sie da gewesen; eine ihrer wenigen wirklich guten Freundinnen in London. Allerdings hatte sie sich ewig nicht gemeldet, seit sie mit ihrem Traummann Simon zusammengekommen war. Bedauerlicherweise hatte die große Liebe anscheinend nur ein paar Monate gehalten. Danielle war nicht nachtragend, sie würde es bestimmt genauso machen. Frischverliebte blieben sowieso am besten unter sich.

„Danielle? Hallo?"

„Äh. Entschuldige, ich hab nur eben meinen Kalender gecheckt", log sie und kratzte sich dabei an der Nase. „Klar, lass uns morgen Nachmittag treffen."

„Toll, das wird schön. Wie in alten Zeiten."

„Super, ich freu' mich."

„Wo wollen wir uns treffen? Soll ich dich abholen?"

„Lass uns morgen noch mal telefonieren, ja? Ich habe einen Lunchtermin, danach hätte ich Zeit."

„Okay, Sweety, fantastisch, dass das auf Anhieb klappt. Bis morgen." Suzie hatte schon aufgelegt und Danielle saß ermattet in ihrem Sessel. Sie musste nach Hause und etwas schlafen, sie war wirklich müde, dabei war erst Dienstag. Genau vor einer Woche war sie mit Lucas im Chalet angekommen. Es kam ihr vor, als wären seitdem Jahre vergangen. Natürlich hatte sie nichts mehr von ihm gehört, das war ja auch gut so, trotzdem dachte sie noch viel zu häufig an seine strahlenden Augen und seine Berührungen ... Nichts da. Sie stand energisch auf und verließ das Büro fluchtartig. Nicht einmal hier war sie vor ihren eigenen Gedanken sicher.

Shanghai

Damian hatte den Auftrag von Julia bekommen, Lucas auf den Zahn zu fühlen. Er hatte dazu eigentlich wenig Lust, weil er sich keinesfalls in das Liebesleben seines draufgängerischen Zwillingsbruders einmischen wollte. Das mit der Charitygeschichte war seine Rache gewesen, aber dieses Liebesgedöns stand auf einem anderen Blatt. Leider hatte seine Angebetete darauf bestanden.

Julia war sich sicher, dass in der Schweiz etwas passiert war, aber Danielle wollte nicht mit der Sprache rausrücken, was bei ihr angeblich ein eindeutiges Zeichen für definitives Interesse war. Es war für Julia keine Überraschung, dass sie in die Schweiz fuhren. Erst bei der Planung dieses Trips war ihr die Idee gekommen, dass das dem Projekt Lucas-Danielle einen Kick geben könnte. Damian verstand all diesen Quatsch nicht. Ihm waren Fakten und eindeutige Aussagen tausendmal lieber – aber er konnte es seiner schwangeren Verlobten auch nicht abschlagen, wenn sie so viel Wert darauf legte. Anscheinend hatte sie sogar mit Charlotte darüber geredet, da seine Mutter gestern auch schon damit angefangen hatte, als sie ihn auf dem Handy erwischt hatte.

Wenn ihre Mutter mitmischte, sollte Lucas sich tatsächlich in Acht nehmen. Damian musste grinsen. Ohne Charlottes Hartnäckigkeit wäre er jetzt nicht so glücklich; auf ihr Drängeln hin hatte er Julia als Fake-Freundin engagiert. Es war wirklich eine glückliche Fügung des Schicksals gewesen, denn Julia war die tollste Frau auf der Welt und er konnte sich nicht mehr vorstellen, ohne sie zu leben. Deswegen freute er sich umso mehr, mit ihr ein paar Tage alleine in der Schweiz zu verbringen, bevor es in den Weihnachtstrubel mit Hochzeitsvorbereitungen nach Ragley Manor ging.

Hoffentlich hatte Lucas wirklich alles arrangiert. Das war auch ein Grund, warum er mit ihm sprechen wollte, bevor er das Büro heute verließ, um Julia abzuholen und mit ihr zum Pudong International Airport zu fahren. Sie würden Shanghai für einige Wochen verlassen und im neuen Jahr als Ehepaar zurückkehren. Silvester würden sie heiraten. Er konnte es kaum erwarten, aber erst musste er sich um Lucas kümmern, sonst würde er Ärger bekommen.

Als Damian die Tür zu dessen Büro öffnete, fand er Lucas in Unterlagen vertieft vor. Er sah seinen Bruder selten so oft und lange im Büro wie nach seiner Rückkehr aus Europa. Üblicherweise zog er es vor, so viel Zeit wie möglich mit häufig wechselnden Partnerinnen zu verbringen.

„Lucas, du bist ja noch hier."

„Bruderherz, wie du siehst. Ja." Lucas legte den schwarzen Kugelschreiber zur Seite und setzte sich auf. Damian sah, dass er dunkle Augenringe hatte und abgeschlagen wirkte. Etwas stimmte nicht. Er ließ sich auf einen der beiden Stühle fallen, die vor Lucas Schreibtisch standen.

„Was ist los mit dir?"

Lucas zog die Augenbrauen zusammen. „Was soll sein?"

„Du bist mehr im Büro als ich und Weibergeschichten erzählst du mir auch keine mehr. Nicht, dass ich das vermissen würde, aber … du bist das nicht."

„Na, herzlichen Dank. Von dir habe ich doch immer zu hören bekommen, dass ich mich mehr ins Unternehmen einbringen soll und den ganzen Quatsch!" Lucas Gesichtszüge wurden hart und Damian runzelte die Stirn.

„Was ist in England eigentlich passiert?"

„Du stellst Fragen – was soll denn in England *passiert* sein."

„Keine Frau *genagelt*?" Damian spuckte das Wort förmlich aus, aber so drückte sich Lucas für gewöhnlich aus, wenn er über seine neuesten Eroberungen sprach.

„Was geht dich das denn an?"

„Lucas, du lässt sonst keine Gelegenheit aus, mich über dein Sexleben aufzuklären. Also?"

„Es gibt absolut nichts dazu sagen."

Lucas presste die Lippen spitz aufeinander und eine steile Falte bildete sich zwischen seinen Augen.

„Von dir kein Wort? Hat es vielleicht was mit Julias Freundin Danielle zu tun?"

Lucas erstarrte für einen kleinen Moment und Damian glaubte, dass sich die blaugrauen Augen seines Zwillingsbruders verdunkelt hatten, als Danielles Name gefallen war. Aber Lucas senkte den Blick und packte die Papiere auf seinem Schreibtisch zusammen.

„Ach, die? Nein. *Ganz* sicher nicht. Sie ist nicht mal blond."

Damian wurde noch hellhöriger. „Und weiter?"

„Nichts weiter." Lucas klappte sein Notizbuch zusammen und sah Damian nicht an.

„Du lügst. Ich kenne dich, Lucas Stanhope!"

„Verpiss dich, Damian. Kümmer dich um deine schwangere Frau. Du bist wie ein Geschwür, das man nicht loswird."

Damian ergötzte sich an Lucas Zustand. Er hatte ihn noch nie so erlebt, wenn es um eine Frau ging. Zum Thema Danielle hatte er zwar noch nicht alles erfahren, was er wissen wollte, aber die kurze Diskussion war doch bereits aufschlussreich gewesen. Er würde Jan auf Lucas ansetzen, denn er musste los. Damian war sich sicher, dass Jan mehr herausfinden würde, schließlich hatte er mit Lucas um seine Plattensammlung gewettet. Und wie es momentan aussah, hatte Jan gewonnen.

„Fein. Nicht mein Problem. Aber wie ist es in der Schweiz mit den Vorbereitungen gelaufen?"

Lucas' Miene wurde noch grimmiger.

„Ganz toll."

Damian kratzte sich am Nacken.

„Na, sag schon? Deinen Sarkasmus versteh' ich nicht."

„Was glaubst du, wie es ist, in einem Schneesturm festzusitzen? Es war beschissen." Lucas fuhr sich durch die Haare und seufzte.

Damian ging ein Licht auf. Anscheinend hatte Julia einen guten Riecher gehabt, was die Konstellation der beiden betraf. Lucas würde nie im Leben mehrere Tage mit einer gutaussehenden Frau verbringen – und dabei war es ihm scheißegal ob brünett, blond oder rothaarig – ohne den Versuch zu starten, sie ins Bett zu bekommen. Aber irgendwas musste bei den beiden schiefgelaufen sein, sonst wäre er nicht so übel drauf.

„Wollte sie etwa nichts von dir?"

„Damian, jetzt halt die Fresse und verzieh dich, sonst muss ich dir in dein gottverdammt grinsendes Gesicht schlagen."

Damian hob leicht abwehrend die Hände. Das genügte ihm als Information dazu.

„Hast du dann wenigstens alles arrangiert für meine Reise mit Julia, worum ich dich gebeten habe?"

„Ja, ich habe alles erledigt. Wer bin ich denn, dein Sklave?"

Lucas Halsschlagader pochte beängstigend heftig. Damian wollte ihn nicht weiter herausfordern; die beiden Brüder waren ziemlich impulsiv und er hatte Lucas offenbar weit über die gesunde Grenze gereizt.

Zur Sicherheit konnte er die Haushälterin später anrufen, sie würde ihm ein besseres Bild über den Zustand des Chalets geben als sein wildgewordener Bruder. Damian stand auf und versuchte, nicht zu schmunzeln, was ihm verdammt schwerfiel. Es sah tatsächlich so aus, als ob auf Lucas' Europareise etwas vorgefallen war, was ihm jetzt die Laune verdarb. Das war äußerst faszinierend.

„Gut, Bruderherz, ich danke dir. Ich fliege heute Abend mit Julia nach Zürich. Darf ich davon ausgehen, dass wir uns Weihnachten auf Ragley Manor sehen?"

Lucas trommelte mit den Fingern auf die Tischplatte. „Ihr mit eurem Weihnachtsgetue. Weiß ich noch nicht."

„Ist ja gut. Wir telefonieren, bis dann." Er klopfte seinem Bruder auf die Schulter und verließ dann schnellstens sein Büro, um aus der Gefahrenzone zu gelangen.

Auf dem Weg nach Hause telefonierte Damian mit Jan. Er schlug ihm vor, sich etwas um Lucas zu kümmern, vielleicht würde er ein paar Infos aus ihm herausholen können. Außerdem würde es Jan guttun, wenn er mit Lucas um die Häuser zog. Vielleicht würde sein zurückhaltender Freund dann endlich wieder anfangen, das Leben zu genießen. Jan bekundete wenig Interesse, ihm den Gefallen zu tun, aber die Erwähnung seiner Plattensammlung zog sofort. Dafür würde er mit Freuden herausfinden, was bei Lucas wirklich los war.

London

Das Ganze wuchs Charles über den Kopf. Als er sich in die Affäre gestürzt hatte, hatte er gedacht, er könnte mit der Situation umgehen. Aber seine Geliebte fing an, Ansprüche zu stellen, wollte mehr Zeit mit ihm verbringen, immer öfter verreisen. Sie bedrängte ihn sogar, es Sarah zu sagen, aber das brachte er nicht fertig. Sie würde damit nicht klarkommen. Er liebte seine Frau zwar nicht mehr, aber er hatte Respekt vor ihr und würde sie niemals verlassen.

Die vier Fehlgeburten vor Danielles Geburt hatten ihr das Herz gebrochen, die ständigen Hormonbehandlungen ihren Körper belastet, sie war daran erkrankt. Vielleicht war er sogar schuld daran, weil er sie immer wieder zu neuen Behandlungen ermutigt hatte. Aber ohne das alles hätten sie Danielle nie bekommen und seine Tochter war sein Ein und Alles. Charles lief mit zusammengebissenen Zähnen in seinem Büro auf und ab. Seine Geliebte wartete auf eine Antwort. Eigentlich konnte er nicht schon wieder weg, er hatte erst vor kurzem drei Tage mit ihr verbracht. Wie sollte er das erklären? Ein Klopfen an der Tür unterbrach seine Gedanken. Seine Gäste waren eingetroffen, nun musste er sich aufs Wesentliche konzentrieren, denn er hatte auch noch einen Konzern zu leiten.

Shanghai

Jans Gesicht erschien in der Tür zu Lucas' Büro. Dieser rollte mit den Augen, der Kerl sollte längst zuhause sein und er hatte auf weitere Gespräche so viel Lust wie auf ein Magengeschwür. Er hatte angenommen, dass Damian der letzte gewesen war, den er heute aus seinem Büro werfen musste.

„Was willst du, Advokat?", hielt er ihm mürrisch entgegen.

„Du siehst gestresst aus." Jans sanfter Tonfall brachte ihn in Rage. Lucas' Puls schnellte in die Höhe.

„Fuck. Warum kümmert es euch überhaupt?! Sonst nervt ihr doch auch nicht alle fünf Minuten und erkundigt euch nach meinem Befinden!"

„*Sonst* bist du auch selten mal ein paar Tage lang am Stück hier, Lucas."

Lucas stöhnte und fasste sich an die Stirn.

„Hab' ich schon gehört heute. Hast du noch was mitzuteilen, was ich noch nicht weiß?"

„Lass uns heute um die Häuser ziehen, was trinken, paar Clubs." Jan stand vor ihm und spielte mit einem Kugelschreiber. Lucas legte den Kopf schief. Was waren das denn für Töne von Jan? Sehr seltsam. Aber die Idee war ganz gut, vielleicht brachte ihn das auf vernünftige Gedanken. Seine Libido war in den letzten Tagen auf null zusammengeschrumpft, das machte ihm Angst. Getreu dem Sprichwort „Der Hunger kommt beim Essen" sollte er vielleicht mal wieder so richtig die Sau rauslassen.

„Von mir aus. Aber nur, wenn du die Fresse hältst und mir nicht mit Fragen auf den Sack gehst."

Jan nickte zustimmend. „Klar. Wer will schon reden. Trinken und Frauen, hm?"

Lucas grinste, zum ersten Mal an diesem Tag. Er war noch nie mit Jan allein feiern gewesen, aber stille Wasser waren ja bekanntlich tief. Seine Laune besserte sich schlagartig.

„Genau. Ich sehe, wir verstehen uns. Sehr gut. Dann lass uns gehen." Lucas schnappte sich das Jackett und warf es sich lässig über die Schulter.

Sie saßen in einer Ecke, eine Flasche Whiskey vor ihnen auf dem Tisch und jeder mit einer Zigarre im Mund. Jan hatte lange nicht mehr so viel Spaß gehabt. Beide waren nicht mehr ganz nüchtern, aber es interessierte ihn zur Abwechslung mal nicht. Sonst blieb er eher bei Wasser, aber damit würde er Lucas nie zum Sprechen bringen können. Die Kellnerin schenkte den beiden nach und bot ihnen Eis zum Whiskey an.

„Auf keinen Fall, das versaut den ganzen Geschmack", winkte Lucas ab. Sein Blick hing im Dekolleté der nicht ganz farbechten Blondine, die außer einem bauchfreien Shirt und verdammt knappen Hotpants nur noch High Heels trug. „Plastiktitten", klärte Lucas Jan auf. „Fühlt sich nicht gut an. Hab ich probiert. Ich steh auf echte, ‚lieber klein, aber fein', mein neues Motto." Dabei schwenkte er sein Whiskyglas und es schwappte ein wenig über.

„Ach, tatsächlich?", Jan klang amüsiert. Lucas hatte wirklich schon ganz schön einen im Tee. Aus den Lautsprechern dröhnte David Guetta und heizte die Stimmung ordentlich an, auf der Tanzfläche hüpften hauptsächlich Europäer und Amerikaner um die Wette. Asiaten feierten eher unter sich, der Musikgeschmack der verschiedenen Kulturen unterschied sich oft ziemlich deutlich.

Lucas trank einen Schluck und zeigte mit dem Glas auf ihn. „Du hast wahrscheinlich noch nie Silikonbrüste in der Hand gehabt, hm? Na ja, egal, hast du nichts verpasst. Aber wenn ich du wäre, würde ich mir echt Sorgen machen, ob ich noch einen hochkriege. Wann hattest du denn das letzte Mal geilen, hemmungslosen Sex?"

Lucas hatte damit nicht ganz Unrecht, es war schon eine ganze Weile her, dass Jan etwas mit einer Frau gehabt hatte.

Aber an diesem Abend ging es nicht um ihn, sondern um Lucas, deswegen antwortete er ausweichend: „Kann dir doch egal sein." Jan nickte einer ihm zulächelnden Brünetten zu. „Ich hatte vielleicht 'ne Weile keine Beziehung, aber ich bin kein Mönch."

Lucas lachte ihn aus. „Ehrlich? Ich würde es dir abnehmen, wenn du mir sagen würdest, dass du im freiwilligen Zölibat lebst. Nix für mich."

„Was ist denn was für dich?"

„Sex. Viel davon."

„Ah, okay." Jan lachte. „Dann zeig mir doch mal die Frau, die du heute mit nach Hause nehmen wirst."

Lucas schwenkte den Whisky in seinem Glas und überlegte, dann sah er sich um, verzog den Mund und rümpfte die Nase. „Keine dabei hier." Er zuckte mit den Schultern und trank sein Glas aus. „Ahhh", fügte er hinzu und atmete scharf ein.

„Was ist denn mit der da?" Jan zeigte auf ein Mädchen, das verdammt viel Ähnlichkeit mit der jungen Kate Moss hatte. Vielleicht war sie sogar ein Model, das demnächst auf dem Cover der Vogue abgelichtet werden würde.

Lucas winkte ab. „Nee, nicht mein Typ. Ich hab grad keinen Bedarf an Frauen. Kein Bock."

Jan hob eine Augenbraue und schenkte Lucas und sich nach.

„Wieso denn nicht? Keine Tinte mehr auf dem Füller?"

Lucas boxte ihn an die Schulter und rückte sich seine besten Teile zurecht. „Du Idiot, das ist noch nie mein Problem gewesen. Ich will einfach nicht."

„Oha. Lucas will nicht. Das gab's ja noch nie. Was ist eigentlich mit der Charity?"

„Hab meinen Job erledigt."

Jan hob eine Augenbraue und musterte Lucas, der mit einem Mal grimmig vor sich hin starrte. „Ach, das ist ja interessant. Nur fürs Protokoll: drei Monate sind noch nicht rum. Wann kann ich mir meine Plattensammlung abholen?" Jan konnte die Freude über seinen Sieg kaum verhehlen. Lucas schien einen Moment zu überlegen, als ob er es selbst nicht glauben könnte. „Weißt du was, ich hab genug für heute. Das kann doch alles gar nicht wahr sein." Er zog sein Telefon aus der Gesäßtasche und stand dann auf. „Es ist drei Uhr und ich bin echt voll. Lass uns gehen." Dabei schwankte er tatsächlich kurz, fand sein Gleichgewicht aber sofort wieder. Lucas hielt Jan die Hand hin und zog ihn kameradschaftlich auf die Beine.

Jan fühlte sich gar nicht so betrunken, er meinte jedenfalls, dass sein Hirn noch gut funktionierte, aber seine Beine waren aus Gummi. Herrgott, morgen würde er dafür büßen, er war so viel Alkohol nicht gewohnt. Lucas war eindeutig der Trinkfestere von beiden. Aber er hatte sein Ziel erreicht und für Damian herausgefunden, was mit Lucas los war. Und das Wichtigste, er bekam seine Platten endlich wieder – wenn er Lucas heil nach Hause brachte.

Lucas blinzelte verschlafen. Das Klingeln seines iPhones hatte ihn geweckt. Verdammt, welcher Idiot rief um die Uhrzeit an?

„Hallo?", grummelte er in den Hörer. Seine Augen waren noch nicht weit genug geöffnet, um zu lesen, welcher Name auf dem Display erschien.

„Lucas, altes Haus! Wo steckst du?" Aus dem Hintergrund drangen laute Bässe und Kneipenlärm in Lucas' Ohr. Oliver!

„Spinnst du, es ist mitten in der Nacht!" Er hatte Kopfschmerzen.

„Lucas, du musst kommen! Hier sind die geilsten Bräute der Schweiz versammelt."

„Alter. Wo bist du?"

„St. Moritz, Junge. Wir haben uns ewig nicht gesehen und die Saison fängt jetzt an. Hock dich in den Flieger und komm rüber."

Lucas fuhr sich mit der Hand über das Gesicht. Sein letzter Trip in die Schweiz war nicht gerade von Erfolg gekrönt gewesen und er hatte außerdem sowieso keine Lust auf Party im Moment. Diesen Gedanken musste er noch einmal denken.

Keine Lust auf Party? Mit ihm stimmte definitiv was nicht. Aber er hatte keinen Bedarf, diese Diskussion mit seinem Kumpel Oliver zu führen, schon gar nicht in seinem Zustand. Ganz abgesehen davon, dass dieser ihn für verrückt erklären würde. Die beiden hatten schon so manche Fete sonst wo auf der Welt miteinander gefeiert, Ibiza, St. Tropez – Oliver wusste, wo man die schönsten Frauen abschleppen und am besten rocken konnte. Aber im Moment hatte er vor allem hämmernde Kopfschmerzen und einen handfesten Kater.

„Nee, echt nicht, Oliver. Ich hab' zu tun."

„Du hast zu tun?"

„Ja."

„Du spinnst ja. Alter, hier geht die Post ab!"

„Mir egal. Fick dich ins Knie." Lucas unterdrückte die aufsteigende Übelkeit.

„Bist du krank oder was?"

„Boah, nein. Natürlich nicht."

„Oder hast du gerade was in Shanghai am Laufen?" „Was willst du eigentlich?"

„Hey, Lucas, wenn du keinen Bock hast, dann mach ich die Bräute hier halt alleine klar. Auch schön. Falls du es dir überlegst, ich bin die nächsten zehn Tage hier."

„Wirklich toll. Ja. Ich *überleg's* mir", wiederholte er wenig begeistert. Jan hatte ihn ganz schön abgefüllt gestern Abend. War da nicht noch irgendwas mit der Wette gewesen? Ihm wurde leicht schwindelig, obwohl er sich noch nicht mal aus dem Bett bewegt hatte.

„Okay. Bye."

„Ciao, Oliver."

Lucas legte auf und schmiss sein Telefon gegen die Wand. Ihm war wieder eingefallen, dass Jan seine Platten zurückgefordert hatte. Die Nacht war gelaufen, also konnte er auch gleich aufstehen. Toller Tag. Wenn ihm heute einer querkam, würde er ihn oder sie umbringen. Trotzdem drehte er sich noch mal um. Wenn er jetzt aufstand, würde er definitiv kotzen. Whisky war und blieb ein Teufelszeug.

Kapitel 16

Danielle wollte ihrem Vater nur kurz Bescheid geben, dass sie für den restlichen Nachmittag mit Suzie unterwegs war. Ursprünglich war sie mit ihren Eltern zum Abendessen verabredet gewesen und Charles hatte sie mitnehmen wollen – so hatte sie es vorgestern zumindest verstanden, als er sie eingeladen hatte. Seltsamerweise war er nicht in seinem Büro und seine Assistentin Judy meinte, er sei spontan zu einer Konferenz nach Italien geflogen. Das war alles sehr merkwürdig, was für eine Veranstaltung sollte das denn sein? Ihr in letzter Zeit ohnehin waches Misstrauen bekam Zündstoff.

Auf dem Weg zum Hyde Park wählte sie seine Nummer. Er antwortete nach dem fünften Klingelton.

„Danielle, Darling. Wie geht es dir?"

„Dad, wo bist du?"

„Äh. In Italien ist eine Tagung und …"

„Was denn für eine? Davon höre ich heute zum ersten Mal. Ich dachte, wir wären zum Abendessen verabredet?"

„Ach, Sweetheart. Das müssen wir leider verschieben."

Danielle wurde übel. Er war mittlerweile so abgebrüht, dass er selbst Familientreffen hintenanstellte.

„Du bist nicht allein, oder?"

„Was? Nein! Äh, ich …"

„Weißt du eigentlich, was du Mum und mir damit antust, Dad? Ich bin so enttäuscht von dir."

„Aber Darling, lass es mich erklären …"

„Spar es dir, Dad. Das hätte ich nicht von dir gedacht."

„Danielle, können wir das nicht in Ruhe besprechen?"

„Ja, wann denn? Wenn du dir mit deinem Betthäschen die Seele aus dem Leib gevögelt hast?"

Sie spuckte die Worte aus. Sie war sauer, nein, sie war richtig wütend auf ihn. Wie konnte er nur?!

„Darling …"

„Nenn mich nicht so! Das werde ich dir nie verzeihen!"

Sie legte auf, ohne eine Antwort abzuwarten. Sie konnte es einfach nicht ertragen. Es war widerwärtig, einfach nur ekelhaft. Ihr Vater hatte eine Affäre, seine Reaktion war so gut wie ein Geständnis gewesen. Die nächsten fünfzehn Minuten verbrachte sie damit, sich mit tiefem Ein- und Ausatmen zu beruhigen. Suzie wollte sie nicht als Nervenbündel begegnen, sie hatten sich so lange nicht gesehen. Als sie schließlich ankam, wartete Suzie schon vor dem Riesenrad auf sie und lief ihr lachend entgegen.

„Danielle!" Ihre Freundin fiel ihr um den Hals. Danielle erwiderte die Umarmung und hielt Suzie dann auf Armlänge von sich weg, um sie genauer zu betrachten. „Du warst wieder in Mailand auf der Messe und hast den letzten Schrei nach London mitgebracht. Was für ein Mantel! Gibt's den bald auch in unserem Nest?" Suzie schaute an sich herunter und strich mit einem Lächeln über den Wollmantel mit Applikationen und bunten Stickereien. „Ja, die Boutique läuft gut, meine Entwürfe sind gefragt und der hier ist nach Pariser Vorbild", zwinkerte sie stolz. „Wenn es so weitergeht, kann ich zusätzlich zum Laden in Shoreditch bald einen zentraleren aufmachen, mit zwei weiteren Mitarbeiterinnen."

„Menschenskinder, fantastisch! Aber so blass bist du wahrscheinlich nicht von der vielen Arbeit …" Danielle umarmte ihre Freundin erneut und Suzie drückte sie an sich.

„Es ist gut, dich zu sehen", lachte Danielle schließlich. „Ich bekomme ja gar keine Luft."

Suzie war etwas fülliger als früher, was ihrer natürlichen Schönheit aber keinen Abbruch tat. Ihre Haare waren schwarz gefärbt und sie hatte einen langen, geraden Pony, der knapp über den Augen endete.

„Na, bei mir weiß man ja, woher's kommt. Aber du siehst ja fertig aus, Baby! Was ist los?" Suzies braune Augen durchbohrten Danielle förmlich. „Ach, Suzie. Ich weiß nicht. Ich will dir den Tag nicht verderben." Suzie zupfte sie am Mantel. „Komm, wir suchen uns eine Glühweinbude, dann kannst du mir alles erklären."

„O je ... ich weiß, wie das endet. Kopfschmerzen vorprogrammiert. Und dass ich mir hier schon wieder so ein deutschtummelndes Weihnachtsbrimborium antun muss, mitten in London! Mein Trip neulich in die Schweiz reicht für ein ganzes Leben Winter Wonderland."

Suzie lachte. „Quatsch, von Weihnachtskitsch kann man nie genug haben. Nur einen Punsch", bettelte sie.

Danielles schwacher Widerstand schmolz dahin, es hatte sowieso keinen Zweck. Sie wusste, dass es nicht bei einem bleiben würde, aber vielleicht war ein Knock-out sinnvoll. Dann hörte ihr Kopf vielleicht auf, sich um die Probleme ihres Lebens zu drehen.

„Na gut", antwortete sie lächelnd.

Es war gerade mal fünfzehn Uhr, aber es dämmerte bereits; die Nächte wurden länger. Die Buden waren jedoch hell beleuchtet und tausende Menschen bewegten sich durch den Weihnachtsmarkt im Hyde Park. Suzie zog sie zu einem Glühweinstand neben den Winter Wonderland Games. Als sie ein Kind gewesen war, hatten ihre Eltern sie immer mit hierhergenommen und sie hatte Bälle auf Blechdosen werfen und Plastikenten angeln dürfen. Die Unbeschwertheit dieser Tage lag lange zurück; sie war erwachsen und musste sich der Realität stellen. Ihr Vater betrog ihre Mutter, ihre Mutter war depressiv und ihr eigenes Leben bestand nur aus Arbeit. Sie hatte keinen liebenden Partner an ihrer Seite, sondern war alleine. Danielle seufzte. Suzie kam mit zwei dampfenden Tassen zu ihr und drückte ihr eine in die Hand.

„Cheers, und jetzt erzähl!"

„Nein, nein. Wir sind wegen dir hier, Darling. Was hat Simon nur angestellt?"

Suzie hielt einen zehnminütigen Monolog, brach in Tränen aus, nur um drei Minuten später gut gelaunt auf die Zukunft anzustoßen. Ihre Freundin neigte schon immer zu extremen Gefühlsausbrüchen, aber die Fähigkeit, mit einem Fingerschnippen von Verzweiflung auf positive Zukunftserwartungen umzuschalten, ging Danielle total ab. Sie selbst hatte sich auch eine Woche nach der Schweiz noch nicht mal halbwegs wieder gefangen. Danielle wünschte sich, sie hätte eine annähernd so positive Krisenbewältigungskonstitution wie ihre Freundin.

Neben ihnen drängte sich eine Horde betrunkener Studenten vorbei, die ihnen anzügliche Komplimente zuwarfen. Suzie verzog den Mund und schüttelte den Kopf, dann hörte sie weiter zu, was Danielle über ihren Vater zu berichten hatte. Nach der ersten Tasse spürte Danielle die wohlige Wärme in ihrem Magen. Es fühlte sich gut an, sie war leicht beschwingt und ihre Zunge wurde lockerer.

„Ich hol uns noch einen", schlug sie ihrer Freundin vor.

„Gute Idee! Mach mal."

Als sie mit zwei vollen Bechern zurückkehrte, wollte Danielle von Suzie wissen, ob ihr etwas einfiele, wie sie mit ihrem Vater verfahren sollte. Alles, was Suzie jedoch zu der Affäre zu sagen hatte, war, dass es seine Sache sei und sie da nichts zu melden habe.

„Spinnst du? Du solltest doch wohl auf meiner Seite sein! Das kann ich ihm doch nicht einfach so durchgehen lassen! Hallo? Er ist verheiratet!" Sie hatte Mühe, ihre Stimme unter Kontrolle zu halten.

„Schätzchen, du sagst doch selbst, dass deine Mutter kaum noch am Leben teilnimmt. Sie merkt sicher nicht, was dein Vater hinter ihrem Rücken treibt. Denk mal nach, er sieht gut aus und ist noch nicht so alt. Alles andere wäre unnatürlich."

Danielle nahm noch einen Schluck und dachte widerwillig über Suzies Worte nach.

„Ich weiß nicht. Es ist einfach nicht in Ordnung. Ich bleibe dabei. Klar, er hat vielleicht auch Bedürfnisse – Igitt, da will ich bei meinem Vater lieber nicht dran denken – aber er ist verheiratet, Punkt. Komm, ich will hier nicht den ganzen Abend über meine Sorgen klagen. Erzähl mir lieber was über deine neue Kollektion!" Besser sie vertieften diesen Punkt nicht; Danielle hatte wirklich keine Lust darauf, auch noch Streit mit Suzie anzufangen.

Shanghai

Die Erkenntnis hatte Lucas wie ein Schlag getroffen. Nach dem Anruf seines Freundes Oliver hatte er lange gegrübelt, bis er schließlich eine Antwort auf seine merkwürdigen Empfindungen gefunden hatte. Er hatte sich einfach nicht erklären können, was mit ihm los war. So etwas hatte er noch nie erlebt, nicht in den gut zwanzig Jahren seines sexuell aktiven Lebens. Lucas Stanhope hatte keine Lust auf Sex, interessierte sich nicht für Frauen und war permanent schlecht gelaunt. Das war unheimlich. Die ganze Zeit hatte er gerätselt, warum er nicht dort weitermachen konnte, wo er aufgehört hatte, bevor er nach London gereist war.

Und dann hatte er es direkt mit der Brechstange versucht: Er hatte sich mit Camille verabredet, um seiner ungewöhnlichen Abstinenz ein Ende zu bereiten. Kaum hatte er ihre Wohnung betreten, hatte sie ihn umarmt, geküsst und ihn direkt in ihr Bett locken wollen. Eigentlich das, was sie immer taten, wenn sie sich trafen. Doch als ihm ein Duft von Rosen in die Nase gestiegen war, war seine Lust verpufft. Die Erinnerung an Danielle, an ihre zarte Haut, ihr helles Lachen, ihre kleinen, festen Brüste und ihre herrlichen grünen Augen hatten den Anflug von Leidenschaft im Keim erstickt. Lucas hatte Camilles Wohnung kurz darauf verlassen und war lange durch die Gegend gelaufen, ohne zu begreifen, was mit ihm los war.

Jetzt war der Groschen endlich gefallen. Danielle war das Problem! Er hatte Gefühle für sie entwickelt. Er vermisste sie. Das war geradezu sensationell.

Er stand in seinem Büro und schaute über die nächtliche Skyline von Shanghai. Das tiefe Unbehagen, das er den ganzen Tag empfunden hatte, war einer ihm neuen Empfindung gewichen. Plötzlich war er sich ganz sicher: Er wollte mehr von Danielle. Achtundvierzig Stunden mit ihr waren nicht genug gewesen; sein Körper sehnte sich nach ihrer zarten Haut und ihrem hellen Lachen.

Lucas seufzte und ließ sich in den Sessel fallen. Er raufte sich die Haare und überlegte, was er mit der Erkenntnis anfangen sollte. Sie war weit weg und hatte ihn vielleicht schon vergessen oder zumindest abgehakt, aber er wollte es wenigstens versuchen. Er war kein Typ, der lange zögerte, deswegen schickte er ihr eine Nachricht. Sein Herz klopfte, als er auf „Senden" drückte. Mit seinen Worten hatte er meilenweit untertrieben und war doch weit über seine Komfortzone hinausgegangen.

Augenblicklich wollte er nichts lieber, als in den nächsten Flieger zu steigen, um sie zu sehen. Die Minuten verstrichen, aber sie antwortete nicht. Er hielt es kaum aus, deswegen rief er Julia an, erkundigte sich, wie es ihr ginge und ob sie was von Danielle gehört hätte. Sie klang zwar etwas erstaunt, begriff aber schnell, was er von ihr wollte. Julia hatte am Nachmittag mit Danielle telefoniert und so konnte sie ihm brühwarm deren Pläne für den Tag, Business Lunch und Weihnachtsmarkt weitergeben. Lucas bedankte sich. Eifersucht wallte in ihm hoch; er hoffte, dass sie nicht mit diesem Kerl, diesem Robert, dort war. Es war das erste Mal, dass er diese giftigen Pfeile in seinem Herzen spürte, aber er fühlte sich unglaublich lebendig. Warum antwortete sie ihm nicht? Er lief nervös vor dem Fenster auf und ab.

London

Die zweite Tasse war noch nicht ganz leer, aber sie fühlte sich ordentlich beschwipst. Suzie unterhielt sich angeregt mit einem gutaussehenden Typen, so dass Danielle etwas abgemeldet war. Suzies Flirt hatte einen Freund im Schlepptau, der Danielle aber nicht interessierte. Sie checkte ihr Telefon und ihr Herz setzte aus, um nach einer Schrecksekunde im doppelten Tempo weiterzuschlagen. Sie hatte eine Nachricht von Lucas erhalten!

Wie geht es Dir, Gänseblümchen? Du fehlst mir. Lucas

Zuerst dachte sie, er scherzte. Aber wieso sollte er sich für einen Scherz die Mühe machen?

Du lebst! Dachte nicht, dass ich nochmal von Dir höre. Danielle

Sie entschied sich dafür, sich erstmal bedeckt zu halten, ein weiterer Glühwein konnte aber nicht schaden. Sie fühlte sich wie ein aufgescheuchtes Huhn und tausend Empfindungen durchströmten sie gleichzeitig.

„Suzie, ich hol' noch mal eine Runde. Bis gleich." Ihre Freundin klebte förmlich an ihrem Gesprächspartner und nickte nur lächelnd.

Als sie an den Stehtisch zurückkehrte, brummte das Telefon erneut in ihrer Manteltasche.

Ich denke die ganze Zeit an unsere Zeit in den Alpen. Du gehst mir nicht mehr aus dem Kopf. Gib mir eine Chance, Gänseblümchen.

Danielles Herz machte einen Satz und in ihrem Bauch tummelten sich die Hummeln, die seit einer Woche verschollen gewesen waren.

Lucas, der Schwerenöter, auf Freiersfüßen? Du bist auf einem anderen Kontinent, oder?

Sie nahm einen großen Schluck, um sich Mut anzutrinken. Was wollte er tatsächlich von ihr? Am anderen Ende der Welt schien jemand auf ihre Reaktion zu lauern, denn ihr Telefon brummte einige Sekunden später mit einer Antwort. Er war doch nicht in der Nähe? Sie schaute sich um. Nein, da war niemand. Jedenfalls nicht Lucas.

Es gibt Flugzeuge.

In ihrem Kopf drehte sich alles. Er war gefährlich für sie. Bereits zwei Tage mit ihm hatten ihren Seelenfrieden ins Schwanken gebracht. Was würde mehr Zeit anrichten? Ein gebrochenes Herz? Nicht das, was sie brauchte.

Ich glaube, das ist keine gute Idee.

Lucas würde ihr nur wehtun. Sie sehnte sich nach ihm, aber er war verbotene Ware. *Ping.*

Ich weiß, Du glaubst mir nicht, Danielle, aber ich habe Gefühle für Dich. Lass es mich Dir beweisen. Bitte.

Danielles Blut rauschte durch ihre Adern. Sollte sie es wagen? Ihr Herz schrie *Ja, ja, ja!* Ihr Kopf meldete berechtigte Zweifel an, aber der Alkohol hatte sie berauscht. So wurde sie mutiger. Er hatte Gefühle für sie!

Sag mir, wie sehr Du es willst.

„Was tippst du die ganze Zeit auf deinem Telefon rum? Komm, trink noch einen mit uns", sagte der dunkelhaarige Typ zu ihr. Sie nickte nur, es war ihr egal, was Suzie mit den Kerlen wollte. Sie konnte keinen klaren Gedanken mehr fassen. Es wirkte so irreal auf sie, mitten im Hyde Park unter tausenden von Leuten mit Lucas, der auf einem anderen Kontinent war, zu chatten.

Gib mir eine Chance, Danielle. Du wirst es nicht bereuen. Paris? Am Wochenende? Neutraler Boden, dann zeige ich Dir, dass ich es ernst meine. Ich habe noch nie eine Frau so sehr begehrt wie Dich.

Ach du meine Güte!

Danielle schlug sich die freie Hand vor den Mund. Er zauderte wirklich nicht. Sie rang mit sich. Da ertönte erneut das vertraute ‚Ping'.

Meine Sehnsucht nach Dir hat mich sogar zum Stalker gemacht. Ich weiß, dass Du im Hyde Park bist!

Sie blickte sich hastig um. War er doch hier? Ihr Herz klopfte bis zum Hals.

Woher weißt Du das?

Sie sollte nichts mehr trinken, ihre Beine bestanden auch so schon nur noch aus Gummi.

Ich bin eifersüchtig, hoffentlich ist nicht der rothaarige Kerl bei Dir!!!

Ihr Herz hüpfte vor Freude, als sie Lucas' Nachricht las. Danielle wägte Risiko mit Abenteuer ab. Der Alkohol machte sie übermütig.

Ich bin mit einer Freundin hier. Was ist Dein Vorschlag?

Seine Antwort kam innerhalb von Sekunden.

Gott sei Dank. Ich bin erleichtert. Check Deine Inbox. You got mail!

Danielles Finger zitterten. Was, wenn er sie doch hochnahm? Sie hatte schließlich mit ihm gespielt und ihn dann fallengelassen. Aber ihre Ängste waren unbegründet. Lucas hatte ihr eine Hotelreservierung für zwei Nächte und ein Flugticket weitergeleitet. Er war total verrückt. Der Abflug war schon übermorgen! Sie bekam das Grinsen nicht mehr aus dem Gesicht. In ein paar Tagen war Weihnachten, das war doch viel zu knapp! Wie sollte sie so einen Ausflug erklären? Dann erinnerte sie sich an ihr Dilemma. Ihr Vater vergnügte sich mit seiner Geliebten in Italien, ihre Mutter bekam sowieso nichts mehr von alledem mit. Ihre Finger tippten wie von selbst. Ihr Herz drohte aus der Brust zu springen, sie wollte es in die ganze Welt schreien, aber sie schickte nur ein einziges Wort.

Okay.

Sie musste weg. Der Lärm, die Stimmen, die vielen Menschen, es wurde ihr zu viel. Danielle verabschiedete sich von Suzie, die sie nur etwas überrascht ansah, aber nicht böse war. Sie hatte eine Begleitung für den Abend gefunden. Suzie war noch nie ein Kind von Traurigkeit gewesen. Danielle hatte den Weihnachtsmarkt noch nicht verlassen, als Lucas' Antwort auf ihrem Display erschien.

Du machst mich zum glücklichsten Mann auf Erden.

Er konnte das doch unmöglich ernst meinen? Sie wagte kaum, daran zu glauben. Bald würde sie es wissen!

Ich gehe jetzt nach Hause. Genug Punsch.

Es dauerte eine Viertelstunde, bis sie ein Taxi gefunden hatte. Fast dachte sie, dass Lucas nicht mehr antworten würde – in Shanghai war es mitten in der Nacht.

Pass auf Dich auf, Gänseblümchen. Ich zähle die Stunden, bis wir uns sehen!

Danielle presste das Handy an ihre Brust und lächelte selig.

Sie las die Nachrichten bis zum nächsten Morgen ungefähr hundertmal, und jedes Mal klopfte ihr Herz wieder wild und unregelmäßig. Woher kam Lucas' plötzlicher Sinneswandel? Konnte sie ihm glauben? Vielleicht hätte sie doch nicht so schnell Ja sagen sollen. Vielleicht spielte er nur mit ihr. Er hatte sie indirekt und explizit oft genug darauf hingewiesen, dass er kein Mann fürs Leben war. Wie tolldreist ihre glühweinschwangere Zusage gewesen war, würde sich erst herausstellen. Nur noch zwei Tage, dann würde sie es wissen.

Jill war noch krank, daher musste sie sich ihren Tee selbst holen, was sie nicht störte. Sie war schließlich nicht die verwöhnte Prinzessin, mit der Lucas sie immer aufgezogen hatte. Aber Jill, die gute Seele, musste wirklich mal einen Arzt aufsuchen, so ging es nicht weiter mit ihrer Gesundheit.

Danielle war gerade dabei, eine Antwort an den Verwalter ihres größten Investmentfonds vorzubereiten, als ihr Vater unerwartet in ihr Büro kam. Sie zuckte zusammen, weil sie gedacht hatte, er wäre noch in Italien oder sonst wo auf der Welt, um sich zu vergnügen.

„Was willst du denn hier? Ich dachte, du amüsierst dich in Mailand oder was-weiß-ich-wo."

Charles schloss die Tür zu ihrem Büro und legte seinen Mantel ab. Er sah müde aus und unter seinen Augen lagen dunkle Schatten. Geschah ihm recht, er sollte ruhig ein schlechtes Gewissen haben.

„Sweetheart, können wir reden?"

„Ich wüsste nicht, was du von mir willst!", erwiderte sie.

Ihr Vater trat an ihren Schreibtisch und nahm ihre Hand.

„Gib mir fünf Minuten, ja?" Danielle zog ihre Hand zurück.

„Ich weiß nicht, was das bringen soll." Sie zuckte mit den Schultern, stand aber auf und folgte ihm zur kleinen Sitzgruppe, wo er sie bat, Platz zu nehmen. Es fiel ihm sichtlich schwer, aber sie hatte kein Mitleid mit ihm.

„Ich weiß nicht, wo ich anfangen soll, Liebes." Er räusperte sich. „Fangen wir am Ende an. Ich habe die Affäre beendet, weil ich sehe, dass ich meiner Familie damit schade."

„Tatsächlich?"

„Danielle, bitte. Du musst mich auch verstehen."

Sie reckte ihr Kinn, sie musste gar nichts. „Dad, du erwartest nicht von mir, dass ich es billige, wenn du Mum betrügst?"

„Ich wünschte, es wäre nie so weit gekommen. Vielleicht ist es an der Zeit, die Tatsachen auf den Tisch zu bringen."

Danielle wurde übel und ihr Puls raste.

„Deine Mutter ist schon sehr lange krank. Sie hatte mit den Fehlgeburten zu kämpfen, das weißt du."

Danielle nickte schwach.

„Nach deiner Geburt – du warst unser absolutes Wunschkind und es hatte sich ein Traum erfüllt – hatte sie eine postnatale Depression. Es war … schlimm."

Er vergrub das Gesicht in seinen Händen.

„Danielle, seit deiner Geburt … Sarah, sie hat sich nie wieder erholt. Es gab bessere Phasen, ja, aber sie nimmt seit vielen Jahren starke Psychopharmaka."

„Wieso habe ich nichts gemerkt?"

„Du warst ein Kind, wir hatten Nannys, es war normal für dich. Manchmal ging es ihr auch gut. Vor dir haben wir immer versucht, die perfekte Familie zu spielen, aber Sarah ist mir schon vor Jahren entglitten. Sie ist nicht mehr die Frau, die ich einmal geheiratet habe. Gleichzeitig fühle ich mich verantwortlich für sie und würde sie niemals verlassen."

„Aber sie betrügen, ja?"

„Danielle, es ist schwer. Es ist mir peinlich. Aber ich bin ein gesunder Mann, ich habe auch Gefühle ... und Bedürfnisse."

Darüber hatte sie noch nie nachgedacht; zögernd probierte sie, seinen Standpunkt durch seine Brille zu betrachten. „Ist sie hübsch?" Die Frage war einfach aus ihr herausgesprudelt.

Er fuhr sich durch die Haare und atmete hörbar aus. „Es ist vorbei. Ich habe es gestern nach unserem Telefonat beendet."

„Und wann kommt die Nächste?"

„Ich weiß es nicht. Aber habe ich nicht auch etwas Liebe verdient?"

„Ach, Dad!" Danielle begann zu weinen. Er dachte genau das, was sie auch über ihr Leben dachte. Plötzlich verstand sie ihn besser und war nicht mehr so wütend auf ihn.

„Nicht weinen, Darling." Charles stand auf und nahm sie in seine Arme.

„Mum darf nie davon erfahren!", entfuhr es ihr. Er streichelte ihren Rücken und sie ließ ihren Tränen freien Lauf.

„Ich werde ihr nichts sagen. Es geht ihr nicht gut."

„Du hast keine Schuld daran, das weiß ich. Du bist ein guter Mann und ein toller Vater."

„Danke, Darling. Ich liebe dich wirklich, Danielle, das weißt du doch?"

„Ja, Dad. Ich liebe dich auch." Er hielt sie noch eine ganze Weile wortlos im Arm, bis ihre Tränen versiegten. Gemeinsam würden sie es schaffen; dass er die Affäre beendet hatte, war der erste Schritt.

Am Abend besuchte sie ihre Mutter. Es schien ihr besser zu gehen, vielleicht hatte sie etwas geahnt. Sie aßen gemeinsam zu Abend und es war möglich, sich mit ihr zu unterhalten. Dad nickte Danielle aufmunternd zu; alles würde gut werden.

„Ich fahre morgen für zwei Tage weg, das ist doch okay?"

„Darling, aber natürlich. Was hast du Schönes vor?" Sarah lächelte sie an und hatte dabei etwas Farbe auf den Wangen.

„Weihnachtsshopping", log sie. Danielle wollte erst selbst herausfinden, was das zwischen ihr und Lucas war, bevor sie es ihren Eltern erzählte. Außerdem eilte Lucas Stanhope mit Sicherheit ein gewisser Ruf voraus, was ihrem Vater nicht entgehen würde. Sie gab sich nicht der Illusion hin, dass er nicht herausfinden würde, mit wem seine Tochter ihre Zeit verbrachte. Dafür war sie zu lange im goldenen Käfig gehalten worden. Und sie wusste ja selbst noch nicht, was sie von Lucas halten sollte. Sie musste sich schon ganz sicher sein, um ihn gegen die Vorurteile ihres Vaters verteidigen zu können.

„Das ist ja wundervoll! Ich hoffe, ihr habt viel Spaß. Wer kommt mit dir?", fragte Charles. Danielle wurde warm, aber sie hielt seinem Blick stand.

„Suzie, du erinnerst dich doch an sie?" Die Lüge ging ihr erstaunlich leicht über die Lippen.

Er schien einen Moment zu überlegen. „Ach, ja. Die Schneiderin, oder?"

„Dad, sie ist Designerin und hat ihre eigene Boutique, das ist doch was ganz anderes."

„Ich hoffe, sie ist ein ordentliches Mädchen, ihr macht keine Dummheiten, nein?"

„Bitte, ich bin alt genug, um zu wissen, was ich tue." So sicher, wie sie auftrat, war sich Danielle dessen nicht. Was, wenn er es nicht ernst meinte, seine Gefühle nicht echt waren …? Aber die Vorfreude überstrahlte die Angst, von Lucas möglicherweise verletzt zu werden.

Nach dem Dinner verabschiedete sich Danielle bald von ihren Eltern; sie wollte ihre Mutter nicht überanstrengen, außerdem musste sie packen. Das würde mehr Zeit als sonst beanspruchen, sie war furchtbar aufgeregt, ja, nervös. Tat sie auch wirklich das Richtige?

Shanghai

Lucas war aufgewühlt. Es war eine völlig neue Erfahrung für ihn und er hatte auch ein wenig Angst, Danielle wiederzusehen. Die Intensität seiner Gefühle erschreckte ihn. Er hatte immer angenommen, dass er zu mehr als oberflächlicher Zuneigung gar nicht fähig war. Der neunzehnte Dezember würde sein Leben verändern, das hoffte er zumindest.

Er konnte es kaum abwarten, die elf Stunden Flug nach Paris hinter sich zu bringen, um Danielle zu treffen. Wie würde sie auf sein Geständnis reagieren? Er hoffte sehr, dass sie ebenso für ihn empfand.

Gänseblümchen, ich steige in den Flieger und zähle jeden Kilometer, bis ich in Deiner Nähe bin. Kann es kaum erwarten, Dich zu sehen. Lucas

Die Stewardessen forderten ihn zum wiederholten Mal auf, sein Smartphone abzuschalten, aber er wollte noch auf eine Antwort warten. Die Maschine befand sich schon auf dem Rollfeld, als die erlösende Nachricht kam.

Freue mich auch, gute Reise. Denke an Dich. Danielle

Lucas wurde warm ums Herz, als er den Flugmodus aktivierte. Es war ein schönes Gefühl und bald würde es ihm noch viel besser gehen, wenn er sie endlich wieder in seine Arme schließen konnte.

Kapitel 17

London

Sie war etwas zu spät dran und das, obwohl sie eigentlich mit dem Packen schon lange fertig war. In letzter Minute hatte sie noch einmal den gesamten Kofferinhalt ausgebreitet und ein paar zusätzliche Outfits eingepackt – dabei hatte sie gar nicht vor, viel Kleidung zu tragen. Sie errötete beim Gedanken an Sex mit Lucas. Ein Lover wie aus dem Bilderbuch, sie hätte sich keinen besseren wünschen können. Ihn bald wieder in die Arme zu schließen, war wie ein fantastischer Traum.

Glücklicherweise lief der Stadtverkehr gut und sie steckte nicht in einem dieser elenden Staus fest. Danielles Handy klingelte und eigentlich wollte sie den Anrufer ignorieren – auf Geschäftliches hatte sie keine Lust mehr. Als sie sah, dass ihr Vater am anderen Ende der Leitung war, ging sie doch ran.

„Hi, Dad! Was gibt's?"

Sie war so froh, dass zwischen ihnen alles geklärt war. Sie fühlte sich ihm so nah wie schon lange nicht mehr.

„Danielle", seine Stimme klang gedämpft. Sofort wurde sie hellwach, irgendetwas war nicht in Ordnung.

„Es ist Sarah …"

„Was ist los, Dad? Ist etwas passiert?" Ihre Nackenhaare stellen sich auf.

„Du musst kommen, Darling. Sarah …" Seine Stimme wurde brüchig. „Lucy hat sie gefunden, Danielle. Sie ist jetzt im Krankenhaus, man hat ihr den Magen ausgepumpt."

„Was sagst du da? Das kann doch nicht sein!" Sie schlug sich die Hand vor den Mund.

„Danielle, deine Mutter wollte sich das Leben nehmen."

„Aber gestern war doch noch alles gut! Es ging ihr besser! Wie ernst ist es? Was ist denn nur passiert?"

„Ich bin selbst auf dem Weg zu ihr, ich weiß es noch nicht. Aber es war noch nicht zu spät, es wird ganz bestimmt alles wieder gut." Seine Stimme war leise und Danielle hatte Tränen in den Augen. „Wo ist sie jetzt?", fragte sie tonlos.

„Brompton Hospital."

„Ich bin gleich da."

„Danke, Danielle."

Sie informierte den Taxifahrer, dass er so schnell wie möglich zum Krankenhaus fahren sollte. Der Schock ernüchterte sie schlagartig auf allen Ebenen. Kälte kroch in ihr hoch. Sie würde Lucas nicht treffen. Die rosarote Brille, die sie seit dem Weihnachtsmarkt getragen hatte, war zerbrochen. Es würde nicht funktionieren mit ihm. Das Liebeswochenende wäre eine irreale Seifenblase gewesen, die rechtzeitig geplatzt war. Lucas war nicht der Mann, den sie sich wünschte. Lucas würde sie, vielleicht erst nach ein paar Wochen oder Monaten, fallenlassen und weiterziehen. Und das würde sie nicht ertragen. Denn sie war jetzt schon in ihn verliebt; der Schmerz würde nur größer werden und ihr das Herz endgültig brechen.

Danielle tippte schnell eine SMS an Lucas.

Es tut mir leid, das mit uns kann nicht funktionieren. Ich wünschte, es wäre anders. Deswegen werde ich nicht nach Paris kommen. Bitte ruf mich nicht an, es ist auch so schon schwer genug für mich. Danielle

Und dann waren ihre Gedanken bei ihrer Mutter. Sie hoffte inbrünstig, dass ihr Vater Recht hatte und sie wieder gesund würde.

Paris

Lucas hatte Rosen bestellt und eine Flasche Champagner aufs Zimmer liefern lassen, die nun in einem Sektkühler bereitstand. Sie hatte ihm am Mittag noch geschrieben, dass er sie

nicht am Flughafen abholen müsse, sondern den Jetlag weg-
schlafen solle, damit er fit sei. Sie war wirklich süß. Lucas
grinste und strich über einen der samtigen Rosenköpfe. Sie
würde ihn auslachen; er erinnerte sich allzu gut an das Gespräch über die Dornen der Rose.

Obwohl er kaum geschlafen hatte, war er nicht müde; das
Adrenalin hielt ihn wach. Er hatte noch nie einer Frau eine
Liebeserklärung gemacht. Wie würde sie es auffassen? Hoffentlich gab sie ihm nicht wieder einen Korb. Aber er musste
es versuchen, das war ihm in den letzten Tagen klar geworden.
Er hatte ein oberflächliches, nicht erfüllendes Leben geführt,
bevor er sie kennengelernt hatte. Danielle hatte ihm gezeigt,
was es bedeutete zu fühlen; ihre ehrliche Art hatte sein Herz
geöffnet und nun war er ihr hoffnungslos verfallen.

Lucas checkte seine Nachrichten und die Uhrzeit. Sie müsste längst hier sein, der Flug aus London sollte schon vor zwei
Stunden gelandet sein. Dann sah er ihre SMS. Ihm wurde kalt
und er musste sich setzen.

Sie würde nicht kommen.

Warum hatte sie ihre Meinung geändert? Wegen Robert?

Lucas war wie gelähmt, er konnte sich nicht bewegen. Sein
Traum war geplatzt. Sie wollte ihm keine Chance geben. Vielleicht erwiderte sie seine Gefühle nicht und es war tatsächlich
so, wie sie in der Schweiz gesagt hatte, dass sie nur für die
Zeit des Sturms sein war. War sie jetzt sogar mit Robert zusammen? Es schnürte ihm die Kehle zu. Sie wollte ihn nicht.

London

„Sie wird jetzt schlafen nach der Behandlung. Sarah war bereits bewusstlos, als Lucy sie gefunden hat. Die Ärzte sind
zuversichtlich, können aber nichts versprechen." Charles versuchte, ihr mit sanfter Stimme Mut zuzusprechen.

„Ärzte geben nie Prognosen ab! Wieso hat sie das gemacht? Ich verstehe das alles nicht!" Danielles Augen waren gerötet. Charles saß niedergeschlagen auf einem dunkelblauen Plastikstuhl im Wartebereich der psychiatrischen Klinik. Man hatte sie noch nicht zu Sarah vorgelassen. Was hatte ihre Mutter dazu getrieben, sich das Leben nehmen zu wollen? Ja, sie war depressiv, aber warum wollte sie nicht mehr leben?

Paris

Lucas' Nacken war steif, er musste eingenickt sein. Er schreckte hoch und suchte sein Telefon. Es war ihm aus der Hand gerutscht und lag auf dem Teppich der Hotelsuite. Keine Antwort von Danielle. Drei Uhr morgens! Sie war nicht gekommen. Die Erinnerung holte ihn wieder ein. Er ließ die Schultern sinken und legte sein iPhone zurück auf den Tisch. Das Eis im Champagnerkühler war geschmolzen, aber das war nun egal. Lucas öffnete die Knöpfe seines Hemdes und warf es über die Stuhllehne. Er wollte versuchen, noch ein paar Stunden zu schlafen, ahnte aber, dass die Nacht für ihn vorbei war. Sein Herz fühlte sich an, als ob jemand es mit einem Schraubstock zerquetschte. Sie war einfach nicht gekommen. Er hatte so vielen Frauen das Herz gebrochen, vielleicht war es das, was er selbst jetzt verdient hatte.

Die Zurückweisung traf Lucas tief. Am Morgen versuchte er noch mehrmals, Danielle anzurufen, aber lediglich die Mailbox ging ran. Jedes Mal erklang ihre melodische Stimme: „Hallo, hier ist die Mailbox von Danielle Fane, ich habe gerade keine Zeit, rufe dich aber gerne zurück, wenn du mir eine Nachricht nach dem Pieps hinterlässt."

„Danielle, ruf mich an. Wir müssen reden, bitte!"

Aber sein Handy blieb stumm. Am frühen Nachmittag hielt er es nicht mehr aus. Er musste ihr ins Gesicht sehen und herausfinden, ob sie wirklich nichts für ihn empfand, dann würde er es akzeptieren können. Er checkte aus und fuhr mit dem Taxi zum Charles-de-Gaulle-Flughafen, um einen Flug nach London zu nehmen. Die Maschine sollte um siebzehn Uhr landen, dann würde er sie aufsuchen und mit ihr reden.

Dank eines technischen Problems wurde aus siebzehn zweiundzwanzig Uhr, was ihn aber nicht daran hinderte, direkt zu Danielles Apartment zu fahren. Frank begrüßte ihn freundlich, teilte ihm aber mit, dass Miss Fane nicht zuhause sei. Er wisse nicht, wohin sie gefahren sei, sie sei seit gestern Nachmittag nicht zuhause gewesen. Lucas' Mut sank. Vielleicht wollte sie ihn wirklich nicht sehen, sonst hätte sie sich mittlerweile gemeldet. Nach zig Anrufen war er es müde, sich den gleichen Spruch der Mailbox immer wieder anzuhören. Niedergeschlagen setzte er sich ins Taxi und fuhr zu Tamaras Apartment. Es war kalt und dunkel und er fühlte sich mies. Und sehr einsam.

Kapitel 18

Sie war über den Berg. Sarah war noch nicht wieder bei Bewusstsein, aber die Ärzte machten ihnen Hoffnung, dass sie morgen ansprechbar sein würde.

„Sie wird eine Therapie machen müssen. Stationär. Sie hat eine lange Vorgeschichte und die Behandlung wird ein paar Monate dauern", teilte ihnen der diensthabende Arzt mit.

„Es muss sich ja etwas ändern. Für Sarah und für mich. Zuhause bekommt sie nicht die Betreuung und Therapie, die sie braucht. Wir haben viel zu lange gewartet." Ihr Vater fuhr sich durch die Haare, er sah müde und abgeschlagen aus.

Danielle hatte im Haus der Eltern übernachtet und sie waren heute Morgen gleich wieder zur Klinik gefahren. Flüchtig streifte sie der Gedanke, dass sie eigentlich gestern Abend in Paris gewesen wäre. Ihr Leben hatte eine andere Wendung genommen, eine Zukunft mit Lucas war reine Illusion gewesen. Aus dem Abstand heraus, den sie jetzt hatte, erkannte Danielle, dass sie für ihn nur eine weitere Eroberung auf seiner langen Liste gewesen wäre. Sie hatte seine Nachrichten auf der Mailbox vor einer Stunde abgehört, als sie ihr Telefon zum ersten Mal seit gestern angeschaltet hatte. Lucas machte sich etwas vor und sie durfte nicht riskieren, weiter verletzt zu werden. Ihr Leben war belastend genug.

„Tun Sie, was in Ihrer Macht steht, damit es meiner Frau besser geht", hörte sie ihren Vater noch sagen. Sie war müde. Unendlich müde.

Der Arzt stand auf, schüttelte beiden die Hände und verschwand im nächsten Zimmer. „Danielle, Sweetheart, du bist so still. Alles wird gut, ich verspreche es dir!" Charles umarmte sie und strich ihr über den Rücken.

Sie war nicht so zuversichtlich wie ihr Vater, aber vielleicht sah die Welt morgen schon besser aus. Ihre Mutter würde für einige Wochen in einer Institution stationär aufgenommen werden. Was genau das bedeutete, würden sie in den nächsten Tagen erfahren. Aus dem Fenster sah sie die vielen Lichterketten, die London erhellten. Weihnachten. Nur noch drei Tage. Es würde das schlimmste Fest ihres Lebens werden.

„Guten Morgen, Jill. Wie geht es Ihnen?"

Der Stanhope-Sprössling kam ihr gerade zur rechten Zeit. Jills Herz ging auf.

„Oh, Lucas, wie schön, Sie zu sehen!" Sie lächelte ihn an.

„Ist Danielle zu sprechen?"

Sie legte die Stirn in Falten und zögerte einen Moment. Der junge Mann sah müde aus, seine blaugrauen Augen wirkten besorgt und unsicher. Jill erfasste sofort, dass es hier nicht um Geschäftliches ging. Sie setzte alles auf eine Karte. „Es tut mir leid, Lucas, aber ich soll Ihnen von Danielle ausrichten, dass sie Sie nicht wiedersehen will."

Er starrte sie mit offenem Mund an. Der Triumph fühlte sich gut an. Danielle hatte einen so tollen Mann wie Lucas Stanhope nicht verdient. Das reiche Töchterchen bekam doch immer, was es wollte, deswegen setzte sie noch einen drauf: „Und bitte, rufen Sie sie nicht mehr an. Sie hat ausdrücklich gesagt, sie hat genug von Ihnen."

Lucas schluckte schwer. Er sah traurig aus, fing sich aber sofort wieder.

„Natürlich. Dann sage ich auf Wiedersehen."

„Auf Wiedersehen, Lucas. Soll ich Sie noch zur Tür bringen?" Sie lächelte ihn an, doch Lucas erwiderte das Lächeln nicht. Seine Miene war versteinert. Sie genoss das Gefühl, Macht zu haben.

„Nein, ich finde den Weg. Danke."

„Gut, dann, ähm … Schön, Sie noch mal gesehen zu haben."

Dieser Satz kam aus tiefstem Herzen! Lucas nickte und verließ das Vorzimmer eilig.

Eigentlich hatte Jill Glück gehabt, dass er vor ihrem Abgang gekommen war. Sie war gerade dabei gewesen, ihre letzten Sachen zusammenzupacken, um Fane International für immer den Rücken zu kehren. Diese schmierige Familie dachte doch nicht im Ernst, dass man sie so behandeln konnte.

Charles hatte sie abserviert, nachdem sein Töchterchen ihm mitgeteilt hatte, dass sie enttäuscht von ihm sei. Er war schwach. Und alt. Mit ihm hätte sie sowieso nicht mehr lange Spaß haben können. Dennoch wunderte sie sich, dass Danielle und Lucas was miteinander hatten, *gehabt hatten*, korrigierte sie sich diabolisch grinsend. Er würde sich garantiert nicht mehr bei ihr melden. Männer wie ihn servierte man nicht durch seine Sekretärin ab, das glich einer Kastration ohne Betäubung. Sie lachte laut auf und goss Wasser aus der Blumenvase über ihren PC. Sollte Danielle doch sehen, wie weit sie ohne ihre Hilfe kam. Sie hatte keine Ahnung vom Business! Ab morgen würde sie in einem vielversprechenden Softwareunternehmen ihr Glück suchen. Es war gut, Bekannte zu haben, die einem noch einen Gefallen schuldeten.

Lucas trat aus dem Gebäude der Fane International Trading und setzte sich auf eine Bank an einer kleinen, quadratischen Grünflächenanlage. Was gerade geschehen war, kam ihm vollkommen irreal vor. Er fühlte sich verraten und verkauft, wie ein Hochstapler, der beim Deal seines Lebens betrogen worden war, weil er es einmal ehrlich gemeint hatte.

Der Schlag hatte gesessen und er war nicht nur zu Boden gegangen, er war k.o. und besiegt. Danielle hatte wirklich nur mit ihm gespielt, sie hatte nie vorgehabt, nach Paris zu kommen. Das hatte er ihr nicht zugetraut. Aber vielleicht hatte er es am Ende verdient. Die einzige Frau, die je sein Herz berührt hatte, ließ ihn fallen wie eine heiße Kartoffel. Er fühlte sich vollkommen kraftlos und leer, aber er empfand keinen Schmerz. Er würde alles dafür tun, dass dies so blieb, das Leben war viel zu kurz dafür.

Er legte den Kopf in den Nacken und schaute nach oben. Der Himmel war grau und die Luft feucht. Seine Stadt war nicht mehr dieselbe, er würde London immer mit Danielle verbinden. Für eine Weile würde er London meiden, deswegen wollte er endlich den Verkauf von Tamaras Wohnung in Angriff nehmen. Es hatte keinen Zweck mehr, an ihr festzuhalten. Tamara war weg, genau wie Danielle. Er wollte Fakten schaffen, den Erinnerungen den Nährboden entziehen. Lucas rief einen bekannten Makler an, der sich die Immobilie noch am selben Tag ansehen wollte. Danach wollte er feiern gehen. Andere Mütter hatten auch schöne Töchter. Er hatte es nicht nötig, einer Danielle Fane nachzulaufen. Das dumpfe Pochen in seinem Magen ignorierte er.

Doctor Cumberland erklärte Danielle und ihrem Vater, wie die kommenden Wochen der Therapie ihrer Mutter sich gestalten würden. In den folgenden Tagen würde sie mithilfe von Psychopharmaka emotional soweit stabilisiert werden, dass sie die geschlossene Abteilung verlassen konnte. Anschließend sollte sie stationär in einer psychiatrischen Spezialklinik aufgenommen werden. Besuch war in den ersten vier Wochen nicht erlaubt. Er schlug ihnen vor, eine Reise zu planen oder die Weihnachtstage im Kreise der Familie zu verbringen.

„Was meinen Sie, wird sie je wieder gesund?"

„Das hängt ganz von Ihrer Frau ab, aber die Art der Therapie ist wirklich sehr vielversprechend."

„Wir haben ja schon so vieles versucht."

„Dad, wir haben wohl keine Wahl, oder?"

Charles tätschelte Danielles Hand und versuchte zu lächeln.

„Ja, Danielle. Es wird sicher alles wieder in Ordnung kommen. Vielen Dank, Doctor Cumberland."

„Gerne, Mr. Fane. Wenn Sie noch Fragen haben, jederzeit."
Der schlanke Arzt verabschiedete sich von den beiden und sie
verließen sein Büro.

„Komm, Darling. Sollen wir einen Kaffee trinken?"

„Ja, wieso nicht."

Sie nahmen den Lift ins Erdgeschoss, wo sich die Cafeteria
befand. Dort holte Charles Kaffee für beide und setzte sich mit
ihr an einen ruhigen Tisch am Ende des Raumes.

„Danielle, ich muss dir noch etwas sagen."

Sie sah ihm an, dass es keine guten Neuigkeiten waren. Was
konnte denn jetzt noch kommen?

„Was, Dad?"

„Lucy –", er stockte. „… sie hat beim Saubermachen einen
Brief gefunden."

Danielle verstand nicht.

„Meine ehemalige Geliebte", sprach er weiter und ihr wurde
übel, „hat deiner Mum einen Brief geschrieben, und er war
nicht nett. Ich möchte dir die Details ersparen."

Danielle wurde schlagartig wütend und schlug auf den
Tisch; etwas Kaffee schwappte aus der Tasse. Sie bekam nur
noch mit Mühe Luft.

„Was für eine Schlampe ist das eigentlich? Weiß sie, was sie
angerichtet hat? Wer ist sie, sag mir, wie sie heißt, ich bringe
sie um!"

„Danielle", versuchte er sie zu beruhigen, indem er seine
Hand auf ihren Arm legte.

„Nichts, Danielle! Wer ist es. Kenne ich sie? Das Gespräch
hier war ja wohl auch überfällig! Los, spuck es aus, Dad!"

Er atmete hörbar aus und senkte den Kopf.

„Es ist Jill."

Ihre Welt stand augenblicklich still. Sie musste sich verhört
haben. Ihre liebe, herzensgute, immer für sie da gewesene
Sekretärin? Das konnte doch nicht sein. Sie würde sowas niemals tun! Danielle fühlte nichts, nicht mal Enttäuschung oder

Wut. Es war einfach nicht möglich, dass ihr Vater mit Jill …
und dann so etwas?

„Das glaube ich nicht." Danielle hatte die Augen weit aufgerissen, konnte es nicht fassen. Vielleicht eine andere Jill, aber
doch nicht ihre fantastische, treue Assistentin.

„Es tut mir leid. Es tut mir alles so leid." Eine Träne lief
über Charles‘ Gesicht.

Danielle schrie ihn an. „Das kann doch alles nicht wahr
sein! Du kannst doch nicht meine Sekretärin ficken!" Sie ver-
gaß alles um sich herum, sah rot und schlug auf ihren Vater
ein. Heiße Tränen brannten auf ihren Wangen. Wie konnte er
ihr das alles antun? Mit Jill! Wie konnte Jill etwas Derartiges
tun? Ihre Mutter war durchgedreht wegen einer Nachricht von
ihrer Sekretärin!

„Danielle, beruhige dich bitte." Er umfasste ihre Arme und
hielt sie fest.

„Ich will mich aber nicht beruhigen!" Sie entwand sich ihm
und schlug seine Hand weg.

Charles zog sie nach draußen, während sie weiter auf ihn
eintrommelte und ihn ankeifte, er solle sie endlich loslassen
und abhauen. Charles hielt sie eisern fest, bis sie schließlich
aufgab und nur noch leise wimmernd an seiner Brust hing.

„Wie könnt ihr mir das alles antun? Wieso Jill? Wieso hat
sie Mum einen Brief geschrieben? Warum?"

„Jill hat es immer nur auf eine bessere Position abgesehen,
sie hatte nie wirkliches Interesse an mir. Als sie erkannt hat,
dass ich sie niemals zu meiner offiziellen Partnerin erklären
würde, ist sie ausgeflippt. Glaub mir, du willst den Brief nicht
lesen. Sie ist verrückt."

„Wo ist die verdammte Schlange? Ich will mit ihr reden, die
mache ich fertig!"

„Sie ist fort, Danielle. Sie hat Fane International heute verlassen, auf meinen Wunsch."

Danielle schniefte und schmiegte sich an ihren Vater.

262

„Bist du sehr enttäuscht von mir, Danielle?"

„Was hat diese Schlange nur mit dir gemacht?", weinte sie leise vor sich hin.

„Schsch … Wir werden sie nie wiedersehen." Er streichelte über ihren Rücken.

„Dad, können wir wegfahren? Wenn Mum aufgewacht ist? Ich muss raus hier, es erdrückt mich alles."

„Natürlich, Kleines. Wie du möchtest. Alles wird gut."

Sie wollte ihrem Vater glauben, dass alles gut werden würde. So wie früher.

Lucas hatte lange nicht so viel Spaß gehabt. Er tanzte wild in einem seiner Londoner Lieblingsclubs und hatte eine Frau an jeder Seite. Die Namen hatte er vergessen. Das tat nichts zur Sache, heute würde er eine ganz besondere Nacht erleben. Er hatte einiges getrunken, aber er war nicht so betrunken, dass er nicht mehr wusste, was er tat. Lucas zog die Dunkelhaarige an sich und spielte mit ihrer Zunge. Sie rieb sich lasziv an ihm und zusammen bewegten sie sich im Rhythmus der Musik. Es war Zeit zu gehen. Er brauchte endlich wieder eine, nein *zwei* Frauen in seinem Bett.

Er lag nackt zwischen zwei weichen, warmen Frauenkörpern und genoss das Vorspiel des Liebesaktes, als er blitzlichtartig sah, was er da tat. Er wollte das alles nicht, wollte seine Ruhe. Sie sollten verschwinden. Er war betrunken, herrschte sie an zu gehen. Die Ladies verstanden nicht, was los war, aber er wurde deutlicher und schmiss sie schließlich aus der Suite. Endlich waren sie fort; er lehnte sich an die Innenseite der Zimmertür und schloss die Augen. Verflucht, nicht mal mehr das gelang ihm! Lucas Stanhope an einem simplen Fick gescheitert. Er schlug auf die Kissen des Kingsize Bettes ein.

Kapitel 19

Ragley Manor

Welcher Idiot hatte Weihnachten eigentlich auf den vierundzwanzigsten Dezember gelegt? Lucas hielt ein halbvolles Punschglas in der Hand und bereitete sich innerlich auf die kommenden Stunden vor. Damian und Julia waren gestern auf Ragley Manor eingetroffen und hatten sich direkt in die abschließenden Orga-Arbeiten gestürzt, die vor der Hochzeit noch anstanden. Die beiden wurden nicht nur im Mai Eltern, sie würden auch noch an Silvester heiraten.

Charlotte war natürlich total aus dem Häuschen und stand dem Paar mit Rat und Tat zur Seite. Das rauschende Fest würde selbstverständlich auf dem Familiensitz der Stanhopes, Ragley Manor, stattfinden. Die Einladungen waren bereits vor Wochen verschickt worden. Charlotte rechnete nicht mit allzu vielen Gästen, hundert vielleicht, sie wollten kein aufgebauschtes Fest. Julia nahm den Aktionismus ihrer zukünftigen Schwiegermutter erstaunlich gelassen hin, von ihrer Seite würden nur die engsten Verwandten kommen. Lucas beobachtete, wie sie sich immer wieder verstohlen über das kleine Babybäuchlein rieb und versonnen lächelte. Sie war glücklich und seinen Bruder erkannte er kaum wieder. Aus dem knallharten Einzelgänger war in kürzester Zeit ein schnurrendes Kätzchen geworden, das seiner Verlobten jeden Wunsch von den Augen ablas.

Lucas hätte sich am liebsten in einen der vielen Blumenkübel übergeben; so viel Freude und Liebe hielt er in seiner jetzigen Situation nur schwer aus. Nach seinem misslungenen Dreier hatte er gestern eine alte Bekannte klargemacht, aber der Sex war nur mittelmäßig gewesen. Nichts, was zu wiederholen er vorhatte. Jetzt musste er erstmal die Feiertage ohne

Nervenzusammenbruch überstehen und leider konnte er dem Tamtam nicht entgehen. Sobald es ginge, würde er in die Alpen verschwinden. Oliver ließ es ordentlich krachen und konnte Verstärkung sicher gut gebrauchen. Trübsal blasen, nur weil ihn eine Frau nicht wollte, wäre lächerlich gewesen.

„Lucas, hörst du gar nicht zu?", flötete Charlotte.

„Doch, klar. Hab' jedes Wort mitbekommen."

Er trank einen weiteren Schluck Punsch, seine Tasse war leer. Er brauchte etwas Stärkeres.

„Dann stimmst du mir doch zu, oder?"

„Ja doch, Mutter. Immer."

„Wie schön. Das wird perfekt!"

Herrgott, was hatte er jetzt wieder gemacht? Sein dämlich grinsender Bruder schien sich kaum wieder einzukriegen.

„Lucas, bist du dir sicher, dass du mit meiner Trauzeugin zusammen Rosen streuen willst?" Auch Julia grinste von einem Ohr zum anderen.

Scheiße. Das würde er nicht überleben. Er goss sich neuen Punsch ein und kippte einen Schuss Rum dazu, bevor er sich wieder aufs Sofa plumpsen ließ.

„Wer ist denn deine Trauzeugin?"

Ihm schwante Schreckliches. Dass er sie so bald wiedersehen würde, hatte er nicht gedacht.

„Danielle! Das konntest du dir doch denken, oder?"

Lucas verschluckte sich und hustete heftig.

„Darling, alles in Ordnung?" Charlotte klopfte ihm sanft auf den Rücken.

„Ja", räusperte er sich, „alles bestens. Hast du kürzlich mit Danielle gesprochen?"

Es sollte nicht wirken, als ob es ihn sonderlich interessieren würde, daher suchte er nach ein paar Fusseln auf seiner Hose, um es beiläufig klingen zu lassen.

George holte sich ebenfalls noch einen Punsch, was Charlotte nicht zu gefallen schien.

„George, Darling, du sollst doch nicht so viel trinken!"

Sein Ziehvater rollte mit den Augen und kippte ebenfalls etwas Rum in seine Tasse, als Charlotte gerade nicht hinsah. Lucas hatte Mitleid mit ihm; seit seinem Fast-Infarkt überwachte Charlotte seine tägliche Diät geradezu manisch.

Julia lächelte Lucas zuckersüß an und zeigte ihm ihr Handy. „Hier, hat sie vorhin auf Instagram gepostet, sie ist anscheinend auf den Bahamas."

Jetzt verschluckte er sich richtig. Hatte sie Bahamas gesagt?

„Zeig!"

Lucas riss ihr das Telefon aus der Hand und scrollte durch ein paar Bilder aus Danielles Account, die sie am Strand, an einer Bar und im Meer zeigten. Unfassbar. Diese kleine Intrigantin! Die lachte sich wahrscheinlich kaputt über ihn. Das war ja wohl die Höhe. Oder die Hölle.

„Darf ich mein Handy wiederhaben?", meinte Julia schließlich, wobei sie sich auf die Lippen biss.

„Ähm, klar. 'Tschuldige." Lucas hatte Mühe, seine Gesichtszüge unter Kontrolle zu behalten. Damians blödes Grinsen konnte er nicht länger ertragen, er brauchte dringend frische Luft.

„Mein Herz, ich wusste ja, dass du verdammt einfallsreich bist, aber das war etwas boshaft, oder?" Damian gab sich keine Mühe, seine Schadenfreude zu verbergen.

Julia tat unschuldig und trank etwas von ihrer heißen Zitrone, da sie leicht verschnupft war.

„Findest du? Ich denke, seine Reaktion war eindeutig. Ich wollte mir nur sicher sein, dass er es ernst mit ihr meint."

„Julia, Darling, ich bin so froh, dass du in unsere Familie gekommen bist. Ich kann das gar nicht oft genug betonen. Endlich habe ich Verstärkung."

George mischte sich ein. „Ihr beide seid wie Hanni und Nanni, Charlotte. Ich weiß nicht, ob das gut ist."

„Papperlapapp, natürlich ist das gut. Lucas braucht eine Frau, höchste Eisenbahn! Sieh ihn dir doch an, dünn und müde sieht er aus."

„Da muss ich euch ausnahmsweise rechtgeben", pflichtete Damian bei. „Und um euren Eifer zu schüren: Lucas wollte Danielle in Paris treffen und sie ist nicht gekommen. Das weiß ich aus zuverlässiger Quelle. Seine Sekretärin hat einen Narren an mir gefressen und mir seine Reisepläne gemailt. Und mir auch mitgeteilt, dass er nach einer Nacht schon abgereist ist. Ich habe mir die Freiheit genommen, seine Kreditkartenrechnung überprüfen zu lassen. Sie war nicht da. Ganz sicher."

Charlottes Augen wurden groß. „Nein, tatsächlich? Ich glaube, ich muss die junge Dame kennenlernen, die Lucas sitzen lässt. Dass ich sowas noch erleben darf!" Sie klatschte in die Hände.

„Aber es waren keine erfreulichen Gründe. Danielles Mutter ist krank." Da sie Sarah sehr gut kannte, hätte Julia es indiskret gefunden, zu viel über ihre Krankheit preiszugeben. Nur Damian wusste Bescheid. Sie hatte kurz mit Danielle gesprochen, bevor sie abgereist war, aber sie war zu durcheinander gewesen und hatte nur wildes Zeug daher gebrabbelt. Irgendwas von ihrer Sekretärin, die die Familie hintergangen und bedroht hatte, und dass sie erst mal mit ihrem Vater Zeit verbringen wolle. Als Julia ihr dann von den Details zu den Hochzeitsplanungen erzählt hatte, war Danielle natürlich Feuer und Flamme gewesen und meinte, sie würde die große Ehre, ihre Trauzeugin zu sein, zu schätzen wissen. Von Lucas hatte sie allerdings nichts erwähnt. Auf Julias Nachfrage fing sie an zu stottern und legte ziemlich plötzlich auf.

„Oh!" Charlotte schlug die Hände vor den Mund. „Ich hoffe nichts Ernstes?"

„Sie kämpft seit längerem mit Depressionen und hatte einen Nervenzusammenbruch. Es ist ziemlich schwierig", meinte Julia knapp. Charlotte als pensionierte Therapeutin würde schon eins und eins zusammenzählen, aber in diesem Punkt war sie sicherlich auch diskret.

„Aber wie bringen wir die beiden denn zusammen?"

„Charlotte, Liebling! Also wirklich. Das ist Kuppelei!", empörte sich George.

Charlottes Wangen waren bereits leicht gerötet, sie war ganz in ihrem Element.

„Mutter, auch wenn es dir schwerfallen mag: Vielleicht muss Lucas das selbst lösen", mischte sich Damian ein.

„Ha, das haben wir ja bei dir gesehen, nicht wahr?"

„Charly, Liebes. Magst du mir vielleicht noch einen Kräutertee holen?"

„Wie? Ja, aber natürlich, ich verstehe schon. Klappe halten und Thema wechseln."

Charlotte rückte ihre Brille zurecht, strich ihren Rock glatt und verschwand in Richtung Küche. George seufzte lautstark.

„Ich hoffe wirklich, es kehrt bald mal wieder Normalität in diesem Haus ein. Charlotte ist nicht auszuhalten, seit sie angefangen hat, für euch Kinder das Glück zu suchen."

Julia tätschelte ihrem Schwiegervater in spe mitfühlend die Hand. „Es dauert bestimmt nicht mehr lange."

„Da bin ich mir nicht so sicher. Ich denke, Lucas ist ein Spezialfall", schnaubte Damian und trank von seinem Tee.

„Ach Damian, schlimmer als du ist er sicher nicht", kicherte seine Verlobte.

Am zweiten Weihnachtsfeiertag hatte Lucas genug und flüchtete nach Kitzbühel. Skifahren und Aprés-Ski brachten ihn auf andere Gedanken, wenngleich er für seine Verhältnisse sehr sittsam blieb. Außer ein paar harmlosen Knutschereien zog er es vor, ohne Damenbegleitung auszuspannen. Oliver beschwerte sich zwar, dass mit ihm nichts mehr los sei, aber er kümmerte sich nicht darum. Die Schneeverhältnisse waren traumhaft und er verausgabte sich lieber auf der Skipiste.

Am zweiten Abend ging er mit seinem Kumpel Oliver in eine der angesagtesten Bars. Die Musik dröhnte aus den Lautsprechern, einige Gäste grölten bereits mit. Lucas nippte von Zeit zu Zeit an seinem Whisky, wollte sonst aber nicht so recht in Stimmung kommen. Er beobachtete seine Umgebung und fühlte eine wachsende Distanz zu den betrunkenen, zunehmend albernen Menschen um ihn herum.

Schon seit geraumer Zeit ließ ihm eine Sache keine Ruhe. Die Geschichte mit Danielle hatte ihm die Augen geöffnet: Er war tatsächlich einsam. Die ganzen Frauen, die ihm sein Bett wärmten, ließen sein Innerstes kalt. Und die einzige Frau, außer Charlotte und Danielle, die ihm jemals etwas bedeutet hatte, war Tamara. Der Gedanke, seine Schwester für immer aufzugeben, fiel ihm zunehmend schwerer. Seit ihrer letzten Begegnung waren bereits mehrere Jahre vergangen. Er wusste, es ging ihr gut, Damian ließ regelmäßig Erkundigungen von einem Privatdetektiv einholen. Aber es war nicht das Gleiche. Sie war für ihn und seinen Zwillingsbruder nach dem Tod der Mutter die wichtigste Bezugsperson gewesen und er vermisste sie auch heute noch.

„Erde an Lucas, nimmst du noch einen?" Sein Freund Oliver hatte ihm einen Stoß mit dem Ellenbogen verpasst.

„Wie? Weiß nicht."

„Komm schon, der Tag ist noch jung!" Oliver bedeutete der Barfrau, ihnen zwei Jagertee zu bringen.

„Ich bin müde. Letzte Nacht war anstrengend." Lucas rückte sich die Mütze zurecht und gähnte.

„Wirst alt, hm?" Sein bester Freund grinste breit. „Also ich hab noch zu tun, brauch' noch ein paar Infos zum neuen Club beim Amarosa-Hotel für meinen nächsten Artikel."

„Da kannst du ja wohl auch ohne mich hin."

„Ey, Alter, was ist nur mit dir los in der letzten Zeit?!"

„Gar nichts. Ich hatte in den vergangenen Monaten einfach nicht so viel Zeit zum Abhängen wie du."

„Das ist mein *Job*, du Honk. Ich schreibe Artikel, Stories über Partyresorts und angesagte Clubs!"

„Oah, lass mich doch. Halt die Klappe."

Oliver zahlte mit einem großen Schein und ließ der blonden Barfrau ein großzügiges Trinkgeld, was sie mit einem lasziven Augenaufschlag dankte.

„Vielleicht bleib' ich auch noch ein bisschen hier", sagte Oliver und folgte dabei der langbeinigen Schönen mit den Augen. Lucas' Aufmerksamkeit wurde auf die Vibrationen in der Innentasche seiner Skijacke gelenkt.

„Hallo?", beantwortete er den Anruf.

„Hi Lucas, ich bin's, Damian."

„Was willst du denn? Ich bin im Urlaub. Nerv mich jetzt bloß nicht mit Geschäftskram." Lucas entfernte sich aus der Bar, die Hintergrundmusik störte ihn beim Telefonieren.

„Es geht nicht ums Geschäft." Damians Stimme klang leise und ernst. Lucas machte sich augenblicklich Sorgen.

„Ist was mit Julia?"

„Nein, nein. Es ist alles in Ordnung mit ihr und dem Baby. Es geht um unseren Erzeuger."

„O nein, das hat mir gerade noch gefehlt. Was will das Schwein denn schon wieder? Ich dachte, du hast ihm klargemacht, dass es von uns kein Geld gibt!"

„Das ist es nicht. Er ist tot."

„Was?"

„Er ist letzte Nacht im Krankenhaus in London verstorben. Leberversagen."

„Oh. Und jetzt?"

„Er hat uns nichts hinterlassen, wenn du das meinst."

„Sehr witzig, du Idiot." Lucas musste diese Information erstmal verdauen.

„Natürlich hat der Mann kein Geld für eine anstehende Bestattung beiseitegelegt."

„Und?"

„Ich wollte mit dir absprechen, ob wir die Kosten dafür übernehmen sollen."

„Wieso?! Spinnst du?"

„Ich denke dabei an die ganze Familie. Wenn der Staat für die Kosten der Bestattung aufkommt, bekommt die Presse möglicherweise Wind von der Sache. Das wäre ein gefundenes Fressen für sämtliche Schmierblätter. Familie Stanhope lässt den Staat bezahlen. Um das zu vermeiden, beiße ich lieber in den sauren Apfel."

„Hm … ich weiß nicht."

„Lucas, ich bedauere nicht, dass der Mann tot ist. Aber ich möchte meine Familie schützen."

„Ja, da hast du natürlich recht. Aber ich denke eigentlich nicht, dass es überhaupt einer Zeitung die Tinte wert wäre."

„Das Risiko will ich nicht eingehen. Es sieht jetzt anders aus als bei seinem Erpressungsversuch. Das hätte sicher keinen interessiert, aber das hier … Da können die Schmierfinken was draus machen!"

Lucas kratzte sich am Dreitagebart und dachte nach.

„Meinetwegen, dann lass es uns zahlen. Dann haben wir ein für alle Mal Ruhe und können endlich damit abschließen."

„Danke, Lucas. Ich weiß, es ist auch nicht leicht für dich, das alles zu vergessen."

„Mach dir keine Sorgen um mich, Mann. Mir geht's gut."

„Natürlich, klar. Wann kommst du zurück?"

„Weiß noch nicht. Keine Angst, ich bin rechtzeitig zur Trauung zuhause. Ich muss jetzt Schluss machen. Grüß alle von mir. Ciao!"

Dann legte er auf. Lucas beschloss, nicht in die Bar zurückzukehren, sondern sich eine Runde die Füße zu vertreten, um die Nachricht zu verdauen. Er spazierte langsam durch den Ort und der festgetretene Schnee knirschte unter seinen dicken Lederboots. Die Stille unter dem klaren Nachthimmel stimmte ihn fast feierlich. Er fühlte sich erstaunlich ruhig. Der Tod seines leiblichen Vaters berührte ihn nicht. Nicht mehr. Mit ihm hatte er vor langer Zeit abgeschlossen.

Aber er vermisste seine Schwester auch noch nach der langen Zeit. Würde das vielleicht etwas zwischen ihnen verändern? Was würde es Tamara bedeuten, wenn sie wüsste, dass ihr Peiniger tot war? Plötzlich überfiel ihn eine innere Unruhe. Irgendetwas in ihm hatte klick gemacht. Er musste es noch einmal versuchen, vielleicht würde Tamara nicht gleich wieder dichtmachen und er wusste, dass es Damian viel bedeuten würde, wenn sie zu seiner Hochzeit kommen würde. Kurzerhand buchte sich Lucas einen Flug zurück nach London. Er würde am nächsten Morgen fliegen.

Weil er keine Lust auf nervtötende Fragen seines Freundes Oliver hatte, schickte er ihm eine kurze Nachricht, dass er abreisen müsse und dass er pünktlich zur Trauung erscheinen solle. Als sein bester Freund und ehemaliger Studienkollege der Zwillinge war er selbstverständlich auch eingeladen.

Kapitel 20

Vielleicht war sie gar nicht zuhause. Lucas' Herz pochte heftig, als er seinen silbernen SL vor dem kleinen Steinhaus abstellte, in dem seine Schwester Tamara derzeit lebte. Aber aus dem Schornstein stieg Rauch auf, also konnte sie nicht weit weg sein. Er fasste sich ein Herz und drückte auf die Klingel. Es dauerte, bis jemand die Tür öffnete, dann stand sie vor ihm. Ihre dunklen Locken waren zu einem Pferdeschwanz zusammengebunden und sie trug eine ausgewaschene Jeans und einen dicken Wollpullover. Als Tamara ihn erkannte, wurden ihre samtbraunen Augen groß.

„Lucas!", rief sie und schlug sich die Hände vor den Mund.

Seine Hände waren eiskalt. Er war sich unsicher. Würde sie ihn überhaupt anhören?

„Tamara, es ist schön, dich zu sehen. Du siehst gut aus. Du hast mich also nicht ganz vergessen und gleich erkannt." Er war erleichtert, dass sie ihm nicht sofort die Tür vor der Nase zugeschlagen hatte.

„Was willst du hier?" Vor ihrem Mund bildeten sich beim Sprechen kleine Wölkchen. Nach der ersten Überraschung verschloss sich ihr Gesicht wieder.

„Darf ich vielleicht einen Moment reinkommen? Es gibt etwas zu besprechen."

Sie runzelte die Stirn, trat aber dann zur Seite und nickte. „Aber ich habe nicht viel Zeit."

Erleichterung durchflutete Lucas. Er trat sich die Schuhe ab und ging an Tamara vorbei. Dabei musste er den Kopf ein wenig einziehen, die Haustür war sehr niedrig. Seine Schwester schloss die Tür hinter ihm und ging anschließend voran in das kleine Wohnzimmer. In der Mitte stand ein schmales, abgenutztes Sofa, die Wände waren mit Bücherregalen vollgestellt, die aus allen Nähten platzten. An den wenigen freien Wänden hingen Bilder, die Tamara gemalt hatte. Lucas ließ den Blick darüber schweifen. Sie war wirklich eine talentierte Künstlerin, schade, dass sie es vorzog, Kunst lediglich zu unterrichten. Neben der Tür stand ein altes Klavier.

„Spielst du noch?", fragte er sie.

„Manchmal. Wenn ich Lust habe, aber nicht oft." Tamara bedeutete ihm, sich auf das Sofa zu setzen, sie selbst holte sich einen wackeligen Stuhl aus der Küche.

„Und?"

Lucas öffnete die Knöpfe seines Dufflecoats, bevor er antwortete. Sein Mund war trocken, er wusste nicht so recht, was er sagen sollte, um nicht gleich alles zu verderben.

„Ich habe eine Bitte an dich."

„An mich? Was könnte ich schon für dich tun? Sieh dich doch mal um!"

„Tamara, es ist mir nicht leichtgefallen herzukommen. Ich akzeptiere deine Entscheidung ... wie wir alle. Aber es gibt etwas, von dem ich dachte, dass du es wissen solltest und ... und ..." Er stockte und blickte auf seine gefalteten Hände. „Damian weiß nicht, dass ich hier bin. Vielleicht hast du davon gehört ... er wird heiraten."

Ihre Augen wurden groß. „Damian wird heiraten?"

Das flößte ihm den Mut ein, fortzufahren. „Wir vermissen dich sehr. Du bist unsere Schwester. Du gehörst zu uns, in unsere Leben!"

Tamara seufzte und nestelte an ihrem Pullover herum. „Ich habe meine Gründe, Lucas." Ihre Stimme war leise, sie hielt den Kopf gesenkt.

„Das weiß ich. Aber lass uns doch bitte für dich da sein."

„Ich komme sehr gut alleine klar. Ich bin glücklich hier."

„Wir wollen nicht, dass du dein Leben aufgibst, aber lass uns Teil davon sein."

274

„Ich kann das nicht, Lucas. Ich habe es versucht, aber es frisst mich auf, euch zu sehen. Ihr erinnert mich an … ihn …" Ihre Stimme stockte und sie knetete ihre Knöchel.

„Er ist tot, Tamara. Er lebt nicht mehr."

Sie hob den Kopf und er sah die Verzweiflung in ihren Augen. Er hätte sie gerne umarmt, fürchtete jedoch eine Zurückweisung, deswegen bewegte er sich nicht.

„Damian wäre mit Sicherheit überglücklich, wenn du kommst. Hier", er zog eine Karte aus der Tasche seiner Jacke, „ist eine Einladung. Die Hochzeit ist in ein paar Tagen, an Silvester. Damian würde es viel bedeuten … und mir auch."

Sie atmete tief durch.

„Ich kann dir nichts versprechen, Lucas. Ich möchte, dass du jetzt gehst. Das kommt alles ein bisschen plötzlich!"

„Tamara, bitte …". Lucas war vom Sofa aufgestanden.

„Gib mir Zeit zum Nachdenken. Es tut mir leid." Tamara stand nun ebenfalls und verschränkte die Arme. Lucas ließ die Schultern hängen.

„Okay, Tamara. Es wäre wirklich schön. Auf Wiedersehen."

Er gab ihr einen Kuss auf die blassen Wangen und wandte sich dann zum Gehen.

„Es war schön, dich zu sehen, Lucas. Danke, dass du hergekommen bist."

Immerhin. Auf dem Weg zurück nach Ragley Manor ging er immer wieder ihre Begegnung und das Gespräch durch. Er klammerte sich an den letzten Satz und redete sich ein, dass das Anlass zur Hoffnung gab.

Kapitel 21

Der große Tag war gekommen – ihre beste Freundin würde heiraten. Ihrer Mutter ging es den Umständen entsprechend gut, die stationäre Therapie würde aber einige Wochen andauern. Danielle drehte sich vor dem Spiegel eines Zimmers auf Hambleton Hall. Deswegen kannte Lucas das Hotel also; es lag nicht weit entfernt vom Herrenhaus der Stanhopes.

Ihr Herz schlug schneller, als sie daran dachte, dass sie ihn in Kürze wiedersehen würde. Sie war sich noch nicht sicher, wie sie ihm entgegentreten sollte. Zwischen ihnen stand die Paris-Episode. Sie hatte ihn nicht zurückgerufen und er hatte sich nicht mehr gemeldet. Wahrscheinlich vergnügte er sich bereits mit einer anderen. Der Gedanke daran versetzte ihr einen Stich. Sie versuchte, es zu ignorieren, und strich ihr Kleid noch einmal glatt. Die Sonne der Bahamas hatte ihren Teint leicht gebräunt, so dass ihre Haut im aquamarinblauen Abendkleid gesund strahlte. Auf die Idee, im Winter zu heiraten, konnte auch nur Julia kommen. Sie hätte sich für sich selbst eine Sommerhochzeit gewünscht, aber Julia war schon immer anders gewesen als sie, deswegen hatten sie sich immer so gut ergänzt und harmoniert. Es klopfte an der Tür, Charles war fertig. Danielle war froh, dass ihr Vater dabei war.

Ihr Verhältnis war viel besser geworden, seit sie sich vor ein paar Tagen endlich ausgesprochen hatten. Danielle hatte ebenfalls auf den Tisch gelegt, dass sie niemals einen Mann heiraten würde, nur weil ihre Eltern ihn mochten. Damit war sie Robert endlich offiziell los. Sie schüttelte die Erinnerungen an die letzten Ereignisse ab, legte sich ein kleines Jäckchen über die nackten Schultern und folgte ihrem Vater nach unten. Der Fahrer wartete bereits auf sie. Jetzt ging es also los.

Als Danielle mit ihrem Vater aus dem Rolls Royce stieg, trafen sie auf Damian. Ihr Herz setzte einen Schlag aus. Er sah wirklich aus wie Lucas, trug seine Haare aber etwas kürzer und seine Wangen waren glattrasiert. Der lange Frack unterstrich seine männliche Attraktivität. Als er sie erblickte, lächelte er sie an.

„Hallo, schön dich endlich kennenzulernen, Danielle. Julia ist oben, ich würde dich ja hineinführen, aber mir wurde bereits der Zutritt verwehrt." Er küsste sie auf die Wange. Er roch anders als Lucas.

„Natürlich, es bringt Unglück, das Kleid der Braut vorher zu sehen!" Sie strahlte ihn an. Julia hatte eine gute Wahl getroffen. Damian war charmant, mit verbindlichen Umgangsformen. Er hatte sich an Danielles Vater gewandt und begrüßte auch ihn mit Handschlag

„Guten Tag, Mr. Fane. Es freut mich, dass Sie kommen konnten. Julia hat Ihnen ja eine ganze Menge zu verdanken."

Charles schüttelte Damians Hand und klopfte ihm freundlich auf die Schulter.

„Die Freude ist ganz meinerseits! Julia gehört ja quasi zur Familie. Danielle war so glücklich, dass sie mit Julia bei ihrem Austausch so ein Glück hatte – und wir natürlich auch, als sie später zu uns kam. Eine tolle Frau haben Sie sich da geangelt, hüten Sie sie wie ihren Augapfel!" Charles schwächte diese Worte durch ein breites Lächeln ab. Danielle lachte peinlich berührt, ihr Vater hatte wohl die Begegnung mit Lucas im Hinterkopf. Sie hatte ihn zwar darüber aufgeklärt, dass Julia den anderen Zwilling heiraten würde, aber ob er das noch präsent hatte, wagte sie zu bezweifeln. „Aber ich will keinen Monolog halten, Sie haben sicher ganz andere Dinge im Kopf, heute, an Ihrem großen Tag!"

Damian lachte.

„Ja, wir haben sicher auch später noch Zeit für ein Gespräch. Kommen Sie, ich bringe Sie jetzt aber wenigstens hinein. Ich werde gleich weiter zur Kirche fahren und dort warten. Bring mir meine Braut, Danielle!"

„Aber klar, wir sind hier ja nicht bei *Runaway Bride*, haha!", frotzelte Danielle. Im nächsten Moment schämte sie sich ein bisschen; Damian war heute zu nervös, um solche Bemerkungen richtig aufzufassen.

Der Bräutigam sah schockiert aus, bis er merkte, dass sie wirklich scherzte. Daher fügte sie hinzu: „Keine Sorge, Julia überlegt es sich nicht anders."

„Na, das hoffe ich doch sehr." Damian wirkte total flatterig, immer wieder fummelte er an der Blume in seinem Knopfloch herum, herzerwärmend, fand Danielle.

Im Haus trafen sie auf Damians Mutter, die mit der ihr eigenen Autorität alle Angestellten durch die Gegend scheuchte. Charlotte trug ein bodenlanges Kleid, dazu cremefarbene Perlen und eine elegante Hochsteckfrisur. Sie begrüßte beide mit einer Umarmung und beschrieb Danielle den Weg zum Brautzimmer. Charlotte bot ihrem Vater einen Tee an und Danielle ließ ihn bei Julias Schwiegermutter zurück. Sie selbst wollte sofort nach der Braut sehen. Der Landsitz der Stanhopes war wunderschön angelegt und liebevoll altmodisch eingerichtet, ein Haus, in dem man sich wohlfühlen konnte. Für den heutigen Tag waren überall cremefarbene Rosen arrangiert und Kerzen aufgestellt worden.

Sie ging nach Charlottes Anweisungen in den ersten Stock und klopfte leise an die dunkle Holztür. Ihr ging das Herz auf, als sie Julia erblickte. Sie stand vor dem Spiegel, die Schneiderin hockte hinter ihr auf dem Boden und gab dem Kleid den letzten Schliff.

„Oh my goodness, Julia!", rief Danielle. „Ich bin begeistert! Du siehst grandios aus!"

Julia trug ein bodenlanges, weißes Kleid in A-Linie, das einen möglichen Bauchansatz perfekt kaschierte. Man sah ihr wirklich nicht an, dass sie schwanger war.

„Danielle!", rief sie. „Endlich! Komm her!" Julia streckte die Arme aus und Danielle flog zu ihr und schmiegte sich an ihre Freundin. Sie hatte Angst, die Hochsteckfrisur zu zerstören, weil sich Julia so fest an sie drückte. „Deine Frisur, pass auf!"

„Hey, das ist bombenfest, hier sind eine Tonne Haarspray und mindestens tausend Haarnadeln drin."

„Du siehst so toll aus! Und kein bisschen Bauch zu sehen."

„Danke." Julia schniefte.

„Wieso weinst du? Ist etwas nicht in Ordnung?"

„Doch", sie lächelte. „Die doofen Hormone. Hab' ich doch erzählt – ich heule zurzeit andauernd. Es wird heute in einer Tour so gehen."

„Ach so!" Danielle war erleichtert und sah auf die Uhr. „Sind Sie bald fertig? Die Braut wird erwartet."

Die zierliche Schneiderin stand auf. „Eben in diesem Moment. Es sitzt perfekt."

„Na dann. Julia, bist du bereit?"

Julia hielt Danielle am Arm fest.

„Es bedeutet mir viel, dass wir das gemeinsam erleben! Danke, Danielle."

„Nur nicht sentimental werden, Sweetheart, denk an deine Schminke", überspielte Danielle ihre eigene Berührtheit. Sie führte Julia die Stufen hinunter zum Brautwagen und hielt ihren Strauß, damit sie sich am Geländer festhalten konnte. Es war gar nicht so einfach, mit einem langen Kleid und den hohen Schuhen so viele Treppen zu steigen.

Ein alter Mercedes 170 wartete schon vor den Toren des alten Gemäuers auf sie. Auf der riesigen Motorhaube des Wagens waren unendlich viele rote Rosen zu einem Brautgesteck arrangiert worden. Der Fahrer öffnete die Türen und Julia stieg zuerst ein. Danielle half ihr mit dem Kleid und nahm dann daneben Platz.

„Wird dich dein Vater zu Damian bringen?"

„Ja, aber ich glaube, er ist nervöser als ich. Das hier ist meinen Eltern viel zu glamourös. Aber die werden sich dran gewöhnen müssen, dass ich keinen Beamten heirate."

Danielle kicherte. „Sie werden es überleben."

Lucas stand mit Damian am Fuße des Altars. Die Gäste hatten sich in der alten Kapelle versammelt und warteten auf die Braut. Damian war sichtlich nervös, daher klopfte ihm Lucas aufmunternd auf die Schulter.

„Sie wird schon kommen, Mann."

Damians Blick sprach Bände. Er hätte Lucas am liebsten eine verpasst. Lucas spähte erneut verstohlen in alle Richtungen über die Bänke; er hatte bis jetzt gehofft, dass Tamara doch noch kommen würde, aber er konnte sie nirgendwo entdecken. Sein Mut sank.

Als sich die Tür öffnete, wandte sich Lucas in der Erwartung, dass die Trauung anfangen würde, um, aber durch die Tür schlüpfte eine schmale Frauengestalt, die möglichst unauffällig in die letzte Reihe huschte – seine Schwester. Sie trug ein schlichtes, geblümtes Kleid, darüber einen nicht ganz passenden Mantel in Dunkelapricot und einen cremefarbenen Hut, der einen Teil ihres Gesichts verdeckte.

Freude durchströmte Lucas. Er wäre zu ihr gerannt, wenn nicht bereits alle Gäste versammelt gewesen wären. Damian hatte etwas von seiner Bewegung mitbekommen und beäugte ihn beunruhigt. Da Lucas ihm nichts von seiner Entdeckung sagen wollte, um seinen Bruder nicht vom eigentlichen Anlass abzulenken, machte er eine beschwichtigende Geste, dass alles in Ordnung sei.

Dann kam der Pfarrer und bat die Hochzeitsgemeinde, sich zu erheben. Alle Augen hefteten sich auf die Tür und die Musik begann zu spielen. Kleider raschelten und es wurde mucksmäuschenstill. Die Organistin fing an zu spielen. Zwei Helfer öffneten die Kirchenpforten und Julia schritt zur feierlichen Orgelmusik mit ihrem Vater herein. Sie sah atemberaubend schön aus und strahlte wie die Sonne. Es ging ein Raunen durch die Gäste, Blitzlichter fingen den Moment ein.

Dann sah Lucas sie. Danielle lief hinter Julia und hielt ihre Schleppe. Sie sah wunderschön aus. Ihre Haut war leicht gebräunt und ihre kastanienbraunen Haare fielen in sanften Wellen über ihre zarten Schultern. Das bodenlange, aquamarinblaue Kleid umspielte ihre verführerischen Kurven ein einer beinahe unzüchtigen Weise. Er hatte nur noch Augen für sie.

Verdammt. Lucas' Puls schnellte ihn die Höhe. Ihre Blicke trafen sich. Das Grün ihrer Augen hatte nicht an Intensität verloren. Es versetzte ihm einen Stich, dass sie seinem Blick nicht standhielt, sondern auswich, fast so, als würde sie ihn nicht kennen. Dann nahm sie auf Julias Seite des Altars ihren Platz ein. Es ärgerte ihn, dass allein ihr Erscheinen einen derartigen Gefühlsaufruhr in ihm auslöste. Die Orgel hörte auf zu spielen und es wurde wieder still in der kleinen Kapelle, als sich der Pfarrer vor die beiden hinstellte und sein Buch aufschlug. Lucas sah, dass sich Charlotte die Wangen mit einem Taschentuch abtupfte. Sentimentales Frauenvolk!

Julia überstrahlte alles und Damian hatte natürlich nur Augen für sie. Man konnte die Liebe der beiden körperlich im Raum spüren und selbst Lucas war ein wenig ergriffen. Danielle schniefte und schnäuzte sich lautstark. Warum musste ausgerechnet *sie* Julias beste Freundin sein? Für ihn wäre es das Beste gewesen, wenn er sie nie wieder gesehen hätte. Sie war ihm leider nicht gleichgültig. Eher das Gegenteil. Diese verdammte Niederlage. Er atmete tief durch, versuchte, sich zu beruhigen, hielt sich vor, dass es heute nicht um ihn ging.

Der Pfarrer bat die Gäste, Platz zu nehmen, und begann mit der Trauungszeremonie. Lucas bekam die Zeremonie nur am Rande mit, denn aus den Augenwinkeln schielte er immer wieder zu Danielle hinüber, die ihn keines Blickes würdigte. Sie war wirklich eiskalt.

Zum Ehegelübde erhoben sich wieder alle und Lucas übergab Damian die Ringe. Die Gäste klatschten Beifall, als sich das Paar nach dem Jawort küsste. Julia und Damian strahlten überglücklich. Lucas spürte, wie auch ihm ein breites Grinsen im Gesicht stand. Er freute sich mit seinem Bruder; sie hatten in der Familie so viel durchgemacht und Damian hatte lange genug darauf warten müssen, sein persönliches Paradies zu finden.

Nach der Zeremonie sang der Kirchenchor *One Moment in Time* und Charlotte heulte immer noch – Julia auch. Damian wies Lucas stumm darauf hin, dass er nun an der Reihe war, mit Danielle hinter dem Brautpaar nach draußen zu gehen. Immerhin war es ihm erspart geblieben, wie ein Depp Rosenblätter zu streuen.

Danielle ging hinter Julia und machte keine Anstalten, sich ihm zu nähern. Lucas griff sich Danielles Arm.

„Danielle, wenn ich bitten darf?"

„Muss das sein?", erwiderte sie mechanisch lächelnd.

„Es ist nicht mein Wunsch, aber es ist auch nicht mein Tag, deswegen gehen wir hier zusammen raus, wie es sich gehört."

„Sicher, Lucas. Das werden wir." Ihre Stimme klang dabei etwas brüchig.

Vor der Kirche versammelten sich nach und nach alle Gäste. Sie streuten erst Reis über das Brautpaar und reihten sich dann in einer langen Schlange ein, um zu gratulieren. Lucas suchte Tamara unter den Gratulanten und fand sie etwas abseits, wie sie sich in ein Taschentuch schnäuzte.

„Entschuldige mich", sagte er zu Danielle und ließ sie los. Dann ging er zu Tamara und umarmte sie.

„Wie schön, dass du gekommen bist. Ich bin darüber sehr glücklich!"

Sie war mehr als einen Kopf kleiner als er und erwiderte seine Umarmung nur zögerlich. „Lucas! Nicht so stürmisch." Sie lachte! Lucas drückte sie noch fester an seine Brust, als wollte er sie nie mehr gehen lassen. Schließlich ließ er doch von ihr ab und hielt sie an den Schultern fest, um ihr ins Gesicht sehen zu können.

„Wen haben wir denn da? Lucas, wie kommt es, dass ich die Lady hier noch nicht kenne?"

Lucas zuckte zusammen und drehte sich um. Oliver stand hinter ihm. Er ärgerte sich über die plumpe Anmache. Tamara lächelte verlegen und ihre Wangen röteten sich. Natürlich, sein bester Freund hatte diese Wirkung auf Frauen. Aber bei seiner Schwester hatte er nichts zu suchen, deswegen antwortete Lucas schroff: „Oliver, das hier ist meine *Schwester*, Tamara. Wenn du uns bitte entschuldigen würdest?"

Olivers Augen weiteten sich und sein Aufschneiderlächeln strahlte über den ganzen Kirchenvorplatz. Lucas hätte ihm gerne seine Ellenbogen in die Seite gerammt, nur seine gute Erziehung hielt ihn davon ab. Stattdessen nahm er Tamara an der Hand und zog sie sanft, aber bestimmt, von seinem draufgängerischen Freund weg.

„Komm, lass uns zu Damian und Julia gehen. Ich bin mir sicher, dass es das schönste Hochzeitsgeschenk ist, das er sich vorstellen kann." Damit ließen sie Oliver hinter sich, aber er spürte dessen erstaunte Blicke in seinem Rücken. Natürlich wusste Oliver über die Situation mit Tamara Bescheid und wunderte sich höchstwahrscheinlich, wie es dazu kam, dass sie nun auf Damians Hochzeit erschienen war.

„Ich weiß nicht … Ich will nicht stören."

„Hör auf mit dem Käse. Komm! Entschuldige den peinlichen Auftritt von Oliver, das ist ein Kumpel von mir, mit dem ich normalerweise eher, äh, andere Partys besuche." Lucas dirigierte seine Schwester an der langen Reihe der Gratulanten vorbei direkt zum Brautpaar. Am Rande nahm er Georges und Charlottes Blicke wahr, aber jetzt war erst Damian dran.

Lucas wartete noch, bis das gerade gratulierende Paar fertig war, bevor er dazwischen ging.

„Damian, sieh mal, wen ich hier habe ..."

Damians Augen weiteten sich – ein Moment voller Staunen und Ungläubigkeit – dann strahlte er übers ganze Gesicht und war mit einem Schritt bei ihnen. „Mein Gott, Tamara!" Damian erfasste ihre Hände und drückte sie, als ob er sich vergewissern müsste, dass seine Schwester real war. Tamara lächelte schüchtern zu ihrem Bruder hoch. „Herzlichen Glückwunsch, Damian!"

„Ist die Überraschung gelungen?", mischte sich Lucas ein.

„Und ob! Wahnsinn, dass du hier bist! Ich weiß gar nicht, was ich sagen soll! Es bedeutet mir so viel. Julia, komm doch kurz her", rief er seiner Frischangetrauten zu.

„Ja?"

„Darf ich dir meine Schwester vorstellen? Das ist Tamara. Tamara, Julia."

Tamara lächelte scheu und schüttelte Julias Hand, die nicht minder verblüfft wirkte.

„Wow! Das ist ja mal eine tolle Hochzeitsüberraschung! Freut mich, dich kennenzulernen."

„Gleichfalls, vielen Dank."

Lucas stand neben Tamara und legte ihr einen Arm um die Schultern, immer noch in dem Bedürfnis sicherzugehen, dass das ganze real war und sie nicht gleich wieder verschwand wie eine Fata Morgana.

„Aber ich möchte euch nicht die Feier durcheinanderbringen, ich wollte wirklich nur die Trauung erleben."

„Nein, bleib doch. Bitte!", sagte Damian, der Julias Hand genommen hatte. Julia bekräftigte seine Bitte: „Es würde uns sehr freuen, wenn du bleibst."

Tamara schüttelte den Kopf.

„Wir sehen uns wieder, ich verspreche es, aber so eine große Feier ... das ist nichts für mich. Ich hoffe, ihr nehmt es mir nicht übel?"

Julia lächelte ihre Schwägerin an.

„Nein, natürlich nicht. Aber du musst versprechen, uns bald zu besuchen. Wir sind noch ein paar Tage hier und ich kann mir nichts Schöneres vorstellen, als noch etwas weibliche Verstärkung hier zu haben."

Tamara erwiderte ihr Lächeln, freier als bisher.

„Das ist wirklich außerordentlich nett von dir. Danke, das mache ich."

„Ja, versprich es uns." Damian nahm Tamaras Hand, als wollte er sie nur gehen lassen, wenn sie ihm ihr Wort gäbe, nicht wieder aus dem Leben der Brüder zu verschwinden.

„Versprochen! Aber ihr habt noch andere Gäste, die wollen euch auch gratulieren." Sie zeigte mit dem Kopf auf die lange Schlange hinter ihnen. Das war für einen Moment in Vergessenheit geraten, die Wiedersehensfreude hatte alles andere überstrahlt.

„Komm Tamara, ich bin mir sicher, Charlotte und George möchten auch noch kurz Hallo sagen. Und dann lasse ich dich ziehen, ungern, aber weil du es willst." Lucas führte sie zu ihren Zieheltern, die gleich noch ein paar Freudetränen verdrückten. Er konnte verstehen, dass es ihr für ein erstes Wiedersehen beinahe zu viel wurde, und nahm es ihr deswegen nicht übel, dass sie nicht mit auf Ragley Manor zur Hochzeitsfeier kommen wollte. Auf dem Weg zu ihrem Auto beschwor er sie erneut, in den nächsten Tagen zu Besuch zu kommen, was sie hoch und heilig versprach. Dann musste er zurück zu den Feierlichkeiten.

Lucas war sehr glücklich, dass sie gekommen war. Jetzt waren sie endlich wieder eine Familie. Aber seine gute Laune hielt nicht sehr lange an, als er bei seiner Rückkehr zum Kirchplatz in Danielles finstere Miene blickte. Er unterdrückte eine bissige Bemerkung, denn er wusste, was nun auf ihn zukam. Die Trauzeugen hatten das Vergnügen, das Brautpaar zum Anwesen zu fahren, was hieß, dass er mit Danielle in einem Auto fahren musste.

Danielle hätte ihn umbringen können. Wer war die Frau im geblümten Kleid mit diesem unpassenden Mantel, die er beinahe auf Händen getragen hatte? Auch wenn sie es nicht wollte, sie war rasend vor Eifersucht. Nur ihre guten Manieren hielten sie davon ab, eine spitze Bemerkung fallen zu lassen. Danielles Vater hatte von ihrem Stimmungsumschwung zum Glück nichts bemerkt, denn er war in ein Gespräch mit irgendwelchen Verwandten der Stanhopes vertieft.

Da kam der Kerl wieder um die Ecke. Es war anscheinend nur ein kurzes Stelldichein mit der Dunkelhaarigen gewesen. Jetzt kam er auch noch auf sie zu. Lucas trieb ihren Herzschlag in die Höhe.

„Da steckst du, Danielle. Wir haben nun das zweifelhafte Vergnügen, unser Brautpaar auf Ragley Manor zu fahren."

„*Ich* stand die ganze Zeit hier." Sie schaffte es mit eisernem Willen, den Rest des Satzes hinunterzuschlucken. Er musste ja nicht gleich mitbekommen, dass sie alles beobachtet hatte und wie sie dazu stand. Wie er sie erst umarmt und dann auch noch seinem Bruder vorgestellt hatte! Zum Glück hatte sie nicht hören können, was er über sie vor seiner Familie gesäuselt hatte. Lucas' Gesichtsausdruck hätte seliger nicht sein können. Anscheinend war der Kerl total verknallt in die Frau im geblümten Kleid, aber sie würde kein Wort darüber verlieren. Das ging sie nichts mehr an.

„Du hast ja wieder gute Laune. Reiß dich zusammen, heute ist Julias und Damians Tag. Zicken kannst du morgen wieder." Lucas Miene war grimmig und Danielle fuhr herum. „Das ist ja wohl die Höhe!"

„Sei still und komm jetzt." Er zog sie unsanft mit sich. Da sie keine Szene machen wollte, setzte sie ein Lächeln auf.

„Damian, Julia, es wird Zeit. Wir fahren euch, sonst friert ihr noch ein", sagte Lucas freundlich, Danielle immer noch mit seinem Arm gefangen haltend. Sie war sich seiner Stärke und der Wärme, die von ihm ausging, nur allzu bewusst. Zu ihrem Leidwesen hatte seine Wirkung auf sie auch nach zwei Wochen nicht nachgelassen. Sie wäre ihn gerne losgeworden, aber das war so leicht nicht möglich, ohne Aufsehen zu erregen. Das Brautpaar wirkte glücklich und Lucas hatte recht: Es war nicht an ihr, schlechte Laune zu verbreiten, deswegen nahm sie sich vor, sich zu beherrschen, was ihn anging.

Lucas fuhr den Rolls Royce und Danielle nahm auf dem Beifahrersitz Platz, nachdem sie Julia mit dem Kleid behilflich gewesen war. In einer langen Autokolonne fuhren sie zum Herrenhaus, wo das Fest stattfinden würde.

Zum Glück gab es erst einen Champagnerempfang. Das hatten ihre Nerven bitter nötig. Sie leerte das erste Glas nahezu in einem Zug.

„Nicht so hastig, Gänseblümchen. Du verträgst ja nicht so viel." Ihr Herz schlug schneller.

„Vielleicht ertrage ich dich anders nicht?"

„Danielle ..." Versonnen blickte er sie an und machte eine kleine Kunstpause. „Das haben wir beide doch nicht nötig. Wir bringen die Feier hinter uns und dann müssen wir uns nie wieder sehen."

Sie schluckte. Lucas wirkte so kalt, so unnahbar auf sie. Danielle klammerte sich am leeren Glas fest und nickte nur. Am liebsten hätte sie geweint, aber sie bezwang die Schwäche. Alle Gäste waren zwischenzeitlich eingetrudelt, das Fest konnte beginnen. Damian stand mit Julia am oberen Ende der Treppe und schlug mit einem Löffel ans Glas. Er bedankte sich für das zahlreiche Erscheinen am wichtigsten Tag seines Lebens. Seine Rede war wunderschön und schon wieder traten Danielle die Tränen in die Augen. Julia musste sich nicht so zurückhalten, sie betupfte sich die Augen mit einem weißen Taschentuch.

„Du bist eine echte Heulsuse, hm?"

Lucas war so ein fieser Idiot.

„Lass mich doch in Ruhe", zischte sie. Hoffentlich kam bald noch ein Kellner mit Champagner vorbei, die Feier lief sonst ernsthaft Gefahr, durch einen kleinen, mörderischen Zwischenfall gestört zu werden. „Leider wirst du mich noch eine Weile ertragen müssen, denn meine treusorgende Familie hat uns zusammengesetzt."

Ihr fiel die Kinnlade nach unten. Auch das noch! Sie hatte gehofft, mit ihrem Vater an einem Tisch zu sitzen. Sie sah ihn am Ende des Raumes mit einigen Bekannten stehen. Er schien sich gut zu amüsieren.

„Ich sehe, wir sind da einer Meinung, Danielle. Aber es ist nun nicht zu ändern. Dann komm mit." Lucas zog sie unaufgefordert mit sich und sie ließ es geschehen.

Sie würde Julia einfach den Hals hinterher umdrehen, falls sie die Feierlichkeiten überleben sollte.

Die runden Tische boten Platz für jeweils sechs Personen und die anderen Tischnachbarn stellten sich gegenseitig vor. Einer war Jan von Berghaus, Anwalt und Freund der Familie, wie er an Oliver gewandt erklärte. Dann gab es noch Oliver Marc mit seiner Freundin. Wie sie herausfand, war Oliver ein Freund von Lucas, er konnte also nur ähnlich schlimm sein. Ein freier Platz würde wohl unbesetzt bleiben. Jan, mit dem sie sich schon kurz nach der Trauung bekannt gemacht hatte, schien alleine hier zu sein.

Leise Musik spielte im Hintergrund und Stühle wurden gerückt. Lucas mimte den Gentleman und schob Danielles Stuhl unter ihren Hintern.

„Danke", antwortete sie spröde.

„Wow, Lucas. Das kannst du aber gut", machte sich Oliver über ihn lustig.

„Im Gegensatz zu dir habe ich Manieren", konterte Lucas leicht irritiert.

Die beiden stachelten sich gegenseitig noch ein wenig an, während Olivers Freundin Iris nicht viel sagte – entweder verstand sie kein Wort oder sie war total hohl. Danielle tippte auf Letzteres. Ihr Kleid sah aus, als hätte sie es bei Primark gekauft, dagegen schätzte sie, dass sie in ihre Titten einen wesentlich höheren Betrag investiert hatte. Kein Wunder, dass Oliver und Lucas sich so gut verstanden, die beiden ließen augenscheinlich nichts anbrennen. Dass Lucas ein Weiberheld war, wusste sie ja bereits. Danielle breitete sich gerade die Serviette über dem Kleid aus, als eine Bedienung ihr Weißwein anbot. Sie nickte.

„Aber dass du es mir heute nicht gleich wieder übertreibst, Herzchen", raunte Lucas ihr zu und Danielle stieg ein Hauch *Nightflight* in die Nase.

„Wüsste nicht, was dich das angeht", zischte sie zurück.

„Leider bist du meine Tischpartnerin, deswegen geht es mich sehr wohl etwas an."

„Warum hast du denn dann die Frau im geblümten Kleid weggebracht, ihr schient mir doch sehr vertraut. Wollte sie etwa nicht mit dir feiern?", schnappte sie leise. Mist, jetzt war es raus. Ihr Mund war mal wieder schneller gewesen als ihr Gehirn. Verdammter Champagner.

Sie spürte Lucas' blaugraue Augen auf sich ruhen. „Was sagst du da?"

Jan, der eigentlich recht zurückhaltend wirkte, musste husten. Es sah ganz danach aus, als ob er ein Lachen nur mit Mühe unterdrücken konnte. Er hatte es also gehört – wie peinlich! Wenigstens schien Oliver nichts mitbekommen zu haben, denn er war gerade damit beschäftigt, seiner Freundin die Zunge in den Hals zu stecken.

„Hab ich was Falsches gesagt?" Sie sah, dass Lucas sich versteifte und einen Schluck Wein trank.

„Ich weiß zwar nicht, was es dich angeht, aber das war meine Schwester."

Danielle verschluckte sich an ihrem Champagner und keuchte auf. Eine Hitzewelle durchströmte sie; sie musste puterrot sein. Wie gerne wäre sie an Ort und Stelle im Boden versunken! Sie schloss kurz die Augen und straffte sich.

„Ach so, na dann“, meinte sie, als sie wieder atmen konnte, übertrieben cool. Retten, was zu retten war. Das Personal kam ihr zu Hilfe, denn die Vorspeise wurde Gott sei Dank serviert. Sie nahm die Gabel und begann stumm in den Lachsröllchen auf ihrem Teller zu stochern. Was für eine merkwürdige Geschichte! Was machte seine Schwester in der Kirche und warum blieb sie dann der Feier fern? Hatte Lucas nicht erzählt, die Familie hätte keinen Kontakt mehr? Sie traute sich nicht zu fragen und rief sich außerdem in Erinnerung, dass es sie ganz und gar nichts anging. Jan hatte das Tischgespräch mittlerweile auf ein anderes Thema gelenkt. Wintersport. Danielle dankte ihm still für diese Rücksichtnahme und ohrfeigte sich innerlich noch einmal für ihre Dummheit, Lucas' Schwester für seine aktuelle Geliebte zu halten. Oliver und Lucas diskutierten eben lautstark darüber, ob *Head* oder *Atomic* die besten Skier produzierten, als Iris ihr Weinglas umkippte und in einer anderen Sprache heftig fluchend die Servietten über die Pfütze schmiss.

„Schweizerdeutsch“, klärte Jan sie auf. „Die beiden haben sich im Skiurlaub kennengelernt.“

„Ach so. Komische Sprache“, sagte sie und kicherte. Sie hatte tatsächlich kein Wort verstanden. „Wie unterhalten sich die beiden denn? Spricht sie kein Englisch?“

„Nur wenig, aber ich glaube, das interessiert Oliver nicht so“, mischte sich Lucas ein. „Der denkt nur ans Ficken.“ Dann lachte er und trank sein Glas aus.

Danielle wurde heiß im Gesicht. „Oh!“ Lucas' Direktheit machte sie verlegen. Sie griff nach der Karte mit der Speisefolge und fächelte sich etwas Luft zu. Sie bemerkte, dass Jan, ebenso peinlich berührt, den Blick senkte. Anscheinend fand nicht nur sie es unangemessen, wie Lucas sich verhielt. Sie legte die Karte wieder beiseite und nahm ihr Besteck in die

Hand. Es gab Räucherlachs auf Blini mit Kaviar und Crème Fraîche. Sie hatte keinen Appetit und Mühe, etwas herunterzubekommen. Lucas hingegen war bereits fertig mit seiner Portion. Wie konnte er nur so eiskalt sein? Oliver fütterte Iris; sie benahmen sich, als wären sie alleine. Jan war anscheinend der einzig normale Mensch am Tisch.

„Sagen Sie, Jan, was hat Sie nach Shanghai verschlagen? Wenn ich es richtig verstanden habe, kommen Sie ursprünglich aus Deutschland?"

„Ja, ganz recht. Aus der Nähe von Hamburg, Lüneburg, – schöne Gegend, tolle Stadt. Aber ich hatte, äh, Differenzen mit meinem Vater, dessen Kanzlei ich übernehmen sollte. Das hätte bei unserer abweichenden Auffassung, wie man Geschäfte macht, allerdings nicht geklappt."

„Ja, die Generationsunterschiede. Verstehe." Endlich jemand, mit dem man reden konnte. Vielleicht würde sie das Dinner ja doch überstehen. Sie würde Lucas einfach ignorieren und sich auf ein Gespräch mit Jan konzentrieren. Oliver und seine Freundin schienen ja nicht besonders an Konversation interessiert.

Lucas wollte eigentlich nicht den Idioten geben, aber er konnte nicht anders. Einerseits zog Danielle ihn an wie ein Magnet, andererseits konnte er nicht vergessen, wie sie ihn behandelt hatte. Sein gekränktes Ego ließ ihn zum Arschloch mutieren. Er beobachtete sich selbst dabei und es war zum Ausflippen, dass er sich nicht besser im Griff hatte.

Die Vorspeise war bereits wieder abgetragen worden und alle Gäste schienen glücklich – bis auf ihn. Danielle schenkte ihm so wenig Aufmerksamkeit, dass er sich von neuem gekränkt fühlte, was ihn rasend machte. Irgendwie musste er das durchstehen und bei nächster Gelegenheit abhauen. Oliver war ihm keine Stütze; mit jeder Minute ging es ihm mehr auf den Keks, wie sein Kumpel seine aktuelle Eroberung vor den Augen aller Gäste abschleckte. Seine Manieren waren einfach unter aller Sau. Eine Frau wie Iris auf eine Hochzeit mitzuschleppen, war schlicht und ergreifend geschmacklos. Vielleicht war er aber auch einfach neidisch, dass Oliver mit Iris Spaß hatte, während ihm nur Danielles und Jans Geturtel als Unterhaltungsprogramm blieb. Da kam es ihm ganz gelegen, dass zum zweiten Gang endlich der Rotwein ausgeschenkt wurde. Sein Weißweinglas war schon seit geraumer Zeit leer und er hatte Durst.

Sobald die Party richtig in Gang kam, würde er sich mit einer Flasche Rotwein im Jagdhaus einschließen, so viel war sicher. Danielle flirtete seiner Meinung nach viel zu heftig mit Jan. Der Anwalt war ohne Begleitung gekommen und normalerweise zeigte er auch kein Interesse an Frauen. Seit ihn seine Braut vor dem Traualtar stehen gelassen hatte, hatte Jan einen weiten Bogen um die Frauenwelt gemacht.

Bis heute Abend anscheinend. Danielle lächelte Jan strahlend an und genoss seine Aufmerksamkeit sichtlich. Lucas spürte seine Halsschlagader heftig pochen. Er trank einen Schluck Rotwein zur Beruhigung und beäugte die Szene noch eine Weile, bis er seinen Mund nicht mehr halten konnte. „Ihr beide seid ja wirklich bezaubernd anzusehen, Jan. Soll ich vielleicht den Platz mit dir tauschen, dann musst du nicht so über den Tisch schreien?"

Jan hob eine Augenbraue und grinste spöttisch.

„Ist schon okay, Lucas, wir kommen klar. Nicht wahr, Danielle?"

Danielle zwinkerte Jan zu und Lucas raste innerlich. Wie billig war das denn?!

„Eigentlich keine schlechte Idee, oder? Lucas hat sowieso wenig Spaß neben mir. Aber ich bin eben nicht blond, dann wäre die Sache sicher anders, hm?" Sie machte sich über ihn lustig, das war die absolute Krönung. Da saß er nun am Tisch mit einer Frau, die ihm eine Abfuhr verpasst hatte und nun nicht nur vor seinen Augen mit dem nächstbesten Mann anbandelte, sondern sich auch noch öffentlich über ihn lustig machte. Er hatte Danielle anders eingeschätzt und ärgerte sich maßlos über seine Schwäche für sie.

„Da sieht man mal wieder, wie wenig du mich kennst. Aber die Diskussion hatten wir ja schon öfter, nicht wahr?" Diesen Kommentar hätte er sich verkneifen können. Es war nun aber auch schon egal. Lucas hob das Rotweinglas an die Lippen und nahm einen kräftigen Schluck.

Das nächste Gericht wurde endlich aufgetragen, vielleicht konnte er nach dem Hauptgang abtauchen.

„Göttlich, unglaublich, die Leistung der Küche heute Abend, so viele Gäste zur gleichen Zeit zu verköstigen." Jan nahm das Besteck auf, schnitt ein Stück vom Kalbsfilet ab und führte seine Gabel zum Mund.

„Danielle sieht das sicher anders, sie ist ja Vegetarierin." Lucas schielte auf ihren Teller, wo ein Sojasteak in brauner Soße schwamm.

„Ich habe nichts dagegen, wenn Leute um mich herum Fleisch essen, Lucas. Solange es aus artgerechter Zucht stammt, kann jeder tun und lassen, was er oder sie will. Ich mag es einfach nicht. Fisch esse ich aber."

„Ich stimme dir zu, Danielle. Die westliche Welt isst viel zu viel Fleisch, das ist ja so ungesund. Ich koche selbst meistens vegan, in Shanghai – die asiatische Küche bietet das an."

„Ehrlich? Das ist ja toll!" Danielle war total begeistert von dieser Aussage und Lucas hatte einmal mehr das Bedürfnis, sich in die Blumenkübel zu übergeben. Dass Jan so ein widerlicher Schleimer war, war ihm bisher entgangen. Lucas rührte seinen Hauptgang nur wenig an; ihm war der Appetit gründlich vergangen.

Damian hielt noch eine sehr ergreifende Rede, George schloss sich dem an. Julia wischte sich mehrmals verstohlen über die Augen und Charlotte konnte ihre Emotionen weniger denn je verbergen. Nur die Verwandtschaft aus Deutschland schaute ratlos aus der Wäsche.

„Hach, sind sie nicht süß, die beiden!" Danielle zerfloss förmlich vor Begeisterung.

„Wunderbar. Bei so viel Herzflimmern kann einem doch nur schlecht werden."

„Du bist ja auch so ein Rohling, Lucas. Wie ist es nur möglich, dass du und Damian eineiige Zwillinge seid?" Danielle kratzte sich an der Nase und musterte ihn herausfordernd.

„Das nehme ich dann doch als Kompliment. Lieber ein *Rohling* als ein Pantoffelheld wie mein Bruder."

„Du bist so abscheulich. Ehrlich." Danielle schüttelte den Kopf und legte ihre Serviette neben den Teller. Er nahm noch einen Schluck vom Wein. Obwohl er schon einiges intus hatte, besserte sich seine Laune leider nicht. Die Kellnerinnen schenkten jedes Mal im Vorbeigehen nach, so dass sein Glas immer gut gefüllt war.

Er atmete erleichtert auf, als die Schokoladensoufflees serviert wurden. Nach dem Dessert würde sich die Tischgesellschaft auflösen und Musik im Saal spielen. Wie er das Volk einschätzte, würde die Party dann so richtig in Schwung kommen, und er konnte sich verkrümeln, ohne dass es jemandem auffiel.

Danielle hatte ihn nie so angestrahlt wie Jan, das wurmte Lucas mehr als alles andere. Zurückweisungen kannte er nicht und das hier war unerträglich.

Die beiden Turteltäubchen waren in ein Gespräch über Julias und Damians Liebesgeschichte vertieft. Oliver und Iris hatten sich bereits nach dem Hauptgang davongestohlen, also konnte er jetzt auch endlich weg. Er stand auf und verschwand durch die nächstgelegene Tür.

Danielle fragte sich, wo Lucas hinwollte. Einerseits fühlte sie sich erleichtert, denn seine Nähe brachte ihr inneres

Gleichgewicht komplett durcheinander. Andererseits fühlte sich das Geschehen ohne ihn irgendwie seltsam hohl an.

„Danielle, darf ich dich vielleicht ein wenig herumführen? Ich bin mir sicher, es hatte noch niemand Zeit dafür, und es lohnt sich. Es ist ein atemberaubendes Anwesen." Jans fragende Miene riss sie aus den merkwürdigen Gedanken und sie beeilte sich, ein freundliches Lächeln aufzusetzen.

„Ja, wieso nicht? Nach dem üppigen Essen würde ich mir gerne ein wenig die Füße vertreten." Danielle faltete die Serviette zusammen und legte sie neben den leeren Teller. Jan bot ihr den Arm beim Aufstehen an.

Sollte Lucas doch machen, was er wollte, sie war froh, dass er weg war.

Jan war ein sehr netter Gesprächspartner und sie genoss es, mit ihm zu plaudern und ein wenig zu flirten, auch wenn sie bei ihm nicht dieses verdammte Prickeln spürte, wenn er sie berührte. Verflixt. Sie musste Lucas wirklich aus ihrem Leben streichen. Er war so griesgrämig gewesen und außer fiesen Sprüchen war von ihm nichts gekommen. Zum Glück war sie nicht auf ihn reingefallen, denn jetzt zeigte der Miesepeter sein wahres Gesicht. Jan deutete über die Tanzfläche in Richtung Flügeltür. „Bitte, ich zeig dir alles. Ich kenne mich auf Ragley Manor ganz gut aus, die Stanhopes sind sehr gastfreundlich." Danielle hakte sich bei ihm ein und bemerkte, dass Jans Arme ähnlich durchtrainiert wirkten wie die von Lucas. Was trieben die Kerle da in Shanghai, dass sie so viel Zeit hatten, sich Traumkörper anzueignen ...?

„Wirklich?" Sie musste sich zusammenreißen, fast hätte sie vergessen zu antworten. Sie brauchte dringend etwas frische Luft, vielleicht konnte sie dann wieder klarer denken.

„Ja, ich bin ein Studienfreund von Damian und arbeite erst seit zwei Jahren für die Stanhopes in Shanghai als Anwalt. Früher war ich oft mit ihm hier." Jan führte sie gemächlich, aber zielstrebig aus dem Saal.

„Ach ja, entschuldige, das hattest du ja schon erwähnt."

Er lotste sie weiter weg vom Trubel und der Party und zeigte ihr einen Teil des Herrenhaues. Jan wirkte sehr zuvorkommend, war auf eine angenehme Weise humorvoll, blieb glücklicherweise aber distanziert. Er war eindeutig ein Mann zum Pferde stehlen, ein Kumpeltyp. Aber mit ihm würde sie niemals eine so verzehrende Leidenschaft empfinden können wie sie es mit Lucas hatte. Und dann dachte sie schon wieder an diesen herzlosen Hallodri! Danielle verpasste sich innerlich eine schallende Ohrfeige.

Schließlich fanden sie sich im Eingangsbereich wieder, wo eine Garderobe für die Gäste aufgebaut worden war.

„Wenn du willst, zeige ich dir noch ein bisschen vom Park. Ich denke, wir werden einen Mantel brauchen, es ist wirklich kalt draußen. Um Mitternacht gibt es ein riesiges Feuerwerk, bis dahin sind wir lange zurück. So groß ist das Anwesen auch wieder nicht."

„Wow – soll das nicht eine Überraschung sein? Woher weißt du das schon? Hast du die Hochzeitsfeier mit organisiert?", fragte sie. Jan neigte nur mit einem geheimnisvollen Lächeln den Kopf, äußerte sich aber nicht weiter.

Sie spazierten Arm in Arm über das beleuchtete Anwesen, dabei erzählte er ihr allerhand über die Familie und die Geschichte des Hauses. Danielle hörte nur mit einem Ohr zu, hauptsächlich war sie mitgekommen, um Lucas zu entgehen. Sie wollte ihn nicht noch einmal sehen. Sobald das Feuerwerk vorbei war, würde sie zum Hotel fahren. Damit hatte sie ihre Pflicht als Freundin und Trauzeugin hoffentlich hinreichend erfüllt. Julia war so beschäftigt, dass sie bestimmt nicht mal bemerken würde, dass sie weg war.

„Du zitterst ja. Wie dumm von mir! Es ist schon sehr kalt heute Nacht. Möchtest du meinen Mantel?", bot Jan freundlich an. Er war schon dabei, die obersten Knöpfe zu öffnen, aber sie legte ihre Hand auf seine.

„Es geht schon, bitte nicht. Da würde ich mir ziemlich dumm vorkommen", erwiderte Danielle, die trotz ihres Mantels tatsächlich bibberte, mit einem schiefen Grinsen.

„Soll ich dir sonst schnell einen Tee machen?"

„Das klingt verlockend. Ja, gerne."

Jan brachte sie über einen Kiesweg zu einem kleinen Steinhaus, das spärlich beleuchtet war.

„Was ist das denn?"

„Es ist das Jagdhaus, hier gibt es eine kleine Küche und es ist etwas ruhiger. Ich hatte das Gefühl, der Trubel behagt dir nicht." Danielle spürte Jans prüfenden Blick und eine verräterische Hitze kroch an ihrem Hals nach oben. Sie bekam sofort ein schlechtes Gewissen. War es wirklich so offensichtlich?

„Danke. Du bist sehr aufmerksam. Lucas und ich sind nicht gerade die besten Freunde."

Jan hielt ihr die Tür auf und eine wohlige Wärme schlug Danielle entgegen.

„Hm. Das ist mir nicht entgangen. Lucas war nicht besonders gut drauf heute."

Danielle schnaubte leise. Dazu fiel ihr kein passender Kommentar ein. Außerdem hatte sie nicht vor, Jan von ihrem Techtelmechtel mit Lucas zu erzählen. Jan schaltete in der Zwischenzeit eine Stehlampe ein, die das bescheidene Haus in ein sanftes Licht tauchte. Er kannte sich wirklich gut aus. Dann ging er zu einer kleinen Küchenzeile und setzte einen Wasserkessel auf. Schließlich hängte er seine Smokingjacke über einen der beiden Küchenstühle und zündete ein paar Kerzen an, die im Wohn- und Essbereich verteilt waren.

„Ist es okay, wenn ich keinen Tee trinke? Mir steht der Sinn eher nach etwas Prickelndem." Er holte eine Flasche Champagner aus dem Kühlschrank und öffnete sie mit einem *Plopp*.

„Mach nur, klar", beeilte Danielle sich zu sagen. Es kam ihr etwas seltsam vor, aber sie hatte bis jetzt nicht das Gefühl gehabt, dass Jan sie verführen wollte. Er war einfach nur nett zu ihr gewesen. Aber Champagner und Kerzen? Hoffentlich hatte sie sich nicht schnurstracks in das nächste zwischenmenschliche Desaster katapultiert. Danielle setzte sich auf einen der beiden Ledersessel und nahm das Glas entgegen, um nicht unhöflich zu wirken. Das Teewasser war offenbar noch nicht so weit.

Auf dem Weg zur Toilette hatte Lucas festgestellt, dass er doch recht betrunken war, aber keiner, der ihn nicht sehr gut kannte, würde es ihm anmerken. Er lockerte seine Fliege etwas; es war mittlerweile sehr heiß geworden. Beinahe wäre er mit dem alten Fane zusammengestoßen, der gerade mit seiner entfernten Cousine Eliza um die Ecke gebogen kam. Der hatte ihm gerade noch gefehlt! Vielleicht sollte er ihm ein paar Takte erzählen, was er für ein Früchtchen großgezogen hatte. Einen Moment schwankte Lucas, dann schluckte er seinen Kommentar hinunter und nickte Charles Fane, der etwas irritiert schaute, zu. Er wollte keinen Ärger provozieren. In Kürze wäre er sowieso aus dem Getümmel verschwunden.

Lucas stieß die Tür zur Toilette auf und fluchte leise. Ausgerechnet Damian, der letzte, dem er heute noch über den Weg laufen wollte, stand vor dem Waschbecken. Sein Zwillingsbruder war zwar nur drei Minuten älter als er, führte sich aber grundsätzlich auf, als hätte er Lucas mindestens zwanzig Jahre Lebenserfahrung voraus. Fürchterlich nervig und anstrengend. Damian wusch sich gerade die Hände und schaute seinen Bruder im Spiegel einmal von oben bis unten an. „Lucas, du kannst ja kaum noch gerade gehen. Muss das sein?", tadelte er ihn harsch.

„Lasst mich doch alle endlich in Ruhe. Ich bin alt genug, um für mich selbst zu entscheiden, ob ich trinke, wie viel ich trinke und stell dir vor, sogar auch was!"

Damian trocknete seine Hände, drehte sich um und kam einen Schritt auf Lucas zu.

„Ich warne dich. Du wirst dich heute Abend *einmal* zusammenreißen und dich benehmen. Morgen kannst du wieder machen, was du willst, Lucas. Treib es nicht zu weit."

„Ich habe keine Ahnung, wovon du sprichst." Lucas zuckte mit den Schultern und lehnte sich lässig an den Türrahmen. Dabei grinste er süffisant. Er hatte plötzlich tierisch Lust, sich mit jemandem anzulegen.

Damian packte ihn am Jackett, sein Gesicht war dicht vor seinem und seine Augen sprühten Funken. Wenn sein Bruder diesen Blick draufhatte, duldete er absolut keinen Widerspruch. Lucas überlegte kurz, ob er sich mit Damian prügeln sollte. Dann entschied er sich dagegen und erinnerte sich an seine Vorsätze, Damian und Julia nicht die Feier zu verderben. Deswegen verkniff er sich weitere Kommentare und hielt nur Damians Blick stand.

„Ich weiß genau, warum du so scheiße drauf bist. Ich kenne dich, Lucas, du besäufst dich doch nicht ohne Grund auf meiner Hochzeit. Du bist sauer, dass Danielle auf Jan abfährt. Aber das ist ihre Sache. Lass die beiden in Ruhe."

Lucas Magen krampfte sich zusammen. Es war also schon offiziell, dass Danielle und Jan mehr als nur eine freundschaftliche Unterhaltung führten, wenn sogar Damian als Bräutigam das mitbekam, obwohl er ganz woanders saß. „Danielle ist mir total gleichgültig. Die ist nicht mal mein Typ." Lucas versuchte unbeteiligt zu wirken und zuckte mit den Schultern.

Damian ließ ihn los und lachte schallend. Ein plötzlicher Sinneswandel, den Lucas nicht nachvollziehen konnte. Vielleicht war er doch zu betrunken.

„Lucas, ich lach mich tot! Ehrlich. Ich hoffe, du checkst es noch." Damian klopfte ihm auf die Schulter und schob ihn von der Tür weg. „Mach bloß keinen Scheiß. Ich muss jetzt zurück." Damit ließ er ihn stehen.

Nachdem sich Lucas erleichtert hatte, wusch er sich die Hände und spritzte sich kaltes Wasser ins Gesicht. Die Party war für ihn vorbei. Er würde sich jetzt auf die Suche nach einem guten Rotwein machen und ins Jagdhaus verschwinden.

Damian küsste Julia, als er an ihren Tisch zurückkehrte.

„Ich habe Lucas getroffen. Er ist schon ziemlich blau, ich mache mir ein wenig Sorgen um ihn."

Julia nahm Damians Hand in ihre.

„Wir tun das Richtige. Jan macht seine Sache einfach gut, er hat Talent. Wieso ist er noch mal Single? Aber ich kenne Danielle. Sie würde niemals so offensichtlich mit jemandem flirten, der sie interessiert. Sie macht das nur, um Lucas zu zeigen, dass *er* sie nicht die Bohne interessiert."

Damian rollte mit den Augen.

„Ihr Frauen seid aber wirklich kompliziert."

„Danielle hat Angst, verletzt zu werden. Denk doch mal nach – Lucas, der Weiberheld. Sie will nicht nach Affäre alleine mit gebrochenem Herzen dastehen. Oder hast du schon mal erlebt, dass Lucas länger als ein paar Wochen Interesse an einer Frau gezeigt hat? Sie sucht den Mann fürs Leben!"

Damian zuckte mit den Schultern. In dem Punkt musste er Julia recht geben.

„Ich habe keine Ahnung. Ich weiß nur, dass er aus Paris nach London geflogen ist. Ich würde wetten, dass er versucht hat, herauszufinden, warum sie nicht gekommen ist. Lucas hat keine Ahnung von der Krankheit ihrer Mutter. Aber ob er wirklich ernsthaft verliebt in sie ist, das kann nur er sagen."

„Fakt ist, dass er Jan mit Blicken heute Abend schon ungefähr zehnmal erdolcht hat. Das ist doch eindeutig. Er steht total auf Danielle, will es aber nicht zugeben. Oh, warte mal! Das kommt mir doch irgendwie bekannt vor. Woher nur?" Sie blinzelte und schaute Damian mit einem hinreisend anzüglichen Grinsen an.

„Ja, ja, schon gut. Point taken. Bist du dir denn sicher, dass Danielle auch was von Lucas will?"

„Sie hat mir null Komma null über die Reise in die Schweiz erzählt. Das macht sie immer so, wenn sie was mit einem am Laufen hat und sich noch nicht sicher ist, was das alles bedeutet und wo es hinführt. Sie sieht oberflächlich so gesprächig aus, ist jedoch sehr introvertiert. Ich weiß genau, was in ihrem süßen Köpfchen vorgeht."

Damian trank einen Schluck Wasser.

„Ich hoffe, du hast recht und dein Plan geht auf. Lucas ist jedenfalls wirklich eifersüchtig, und das habe ich noch nie bei ihm erlebt. Es muss also was dran sein."

„Das hoffe ich auch. Wäre doch toll, Danielle als Schwägerin zu haben." Julia strahlte und gab Damian einen Kuss, den er leidenschaftlich erwiderte. Als er sich mit einem zufriedenen Seufzer von seiner Gattin löste, fuhr er fort: „Jan und Danielle sind schon weg. Wir werden also bald mehr wissen. Ich hoffe, Lucas rastet nicht aus."

Julias Augen wurden groß. „Ja, vor seinem Temperament hab ich auch Angst. Er ist ja so ein Hitzkopf wie du."

„Hey, was soll das den jetzt heißen!?" Damian rümpfte verstimmt die Nase.

„Schon gut. Ich bin gespannt. Komm, ich glaube, wir müssen die Tanzfläche eröffnen."

„‚Aufforderung zum Tanz' – mein Herz will mit dir ins Leben tanzen, wenn ich bitten darf, Mrs. Stanhope?", sagte Damian und gab ihr einen Kuss auf die Stirn, bevor er ihr die Hand reichte.

„Ich bin die glücklichste Frau der Welt. Dann los, einmal Walzer, bitte."

„Und dann können wir hoffentlich bald von hier verschwinden, auf mich wartet nämlich noch eine unvergessliche Hochzeitsnacht mit meiner verehrten Gattin."

„Oh, mach dir keine Sorgen. Die Hochzeitsnacht bekommst du! Aber erst wird getanzt, o du mein wundervoller Bräutigam."

Lucas griff sich eine Flasche Rotwein vom Servicepersonal und verschwand durch den Hintereingang. Glücklicherweise war er niemandem begegnet, vor dem er hätte Rechenschaft ablegen müssen. Aber selbst wenn, es wäre ihm auch gleichgültig gewesen. Er hatte genug!

Die klare Dezemberluft war einer Silvesternacht würdig, das musste er sagen. Der Himmel war sternenklar, das Feuerwerk würde sensationell werden. Er inhalierte die kalte Luft und fröstelte gleichzeitig ein wenig. Er hatte es nicht für nötig befunden, sich einen Mantel überzuziehen, was er jetzt etwas bereute. Lucas beschleunigte seine Schritte, bis zum Jagdhaus war es ja nicht weit. Er konnte sich nicht erinnern, dass er solch ein Fest jemals solo beendet hatte. Sonst feierte er ziemlich wild und heftig und ging nie alleine ins Bett.

Als er das Jagdhaus sah, wunderte er sich kurz, dass Licht brannte. Er öffnete die Eingangstür schwungvoll und ihn traf beinahe der Schlag. Es dauerte einen Moment, bis er das Bild, das sich ihm dort bot, in seinem Gehirn verarbeitet hatte. Danielle saß mit Jan zusammen und sie tranken Champagner. Überall brannten Kerzen und im Kamin prasselte ein Feuer. Lucas' Kehle war wie zugeschnürt, Wut stieg in ihm auf. Diese miese kleine Ratte!

„Lucas!", rief Danielle mit weitaufgerissenen Augen.

„Na, das hast du dir ja ganz fein gedacht, was?" Lucas stellte den Rotwein auf die Anrichte neben der Eingangstür und knallte diese zu.

Jan machte sich nicht mal die Mühe, sich zu verteidigen. Der Mistkerl saß einfach da und trank Champagner. In Lucas brannte eine Sicherung durch. Er zog Jan aus dem Sessel und packte ihn am Kragen.

„Lass bloß die Finger von ihr!"

„Sonst…?", provozierte das Aas ihn auch noch.

„Sonst schlag ich dir deine scheiß gebleachten Zähne aus der Fresse!"

„Lucas!" Danielle zog an seinem Arm. „Spinnst du?"

„Halt *du* dich da raus, du Schlange."

„Das geht mich sehr wohl was an. Lass Jan in Ruhe!"

„Ach, jetzt verteidigst du ihn schon? Pass auf, Jan, bei erster Gelegenheit lässt sie dich fallen wie eine heiße Kartoffel."

„Du hast kein Recht, so mit mir zu sprechen! Was bildest du dir eigentlich ein? Gib es doch zu, das ist nur dein gekränktes Scheiß-Ego. Wenn du ehrlich bist, dann weißt du so gut wie ich, dass du mich nach kürzester Zeit gegen eine andere ausgetauscht hättest. So wie immer!", protestierte Danielle. Lucas ließ von Jan ab und wandte sich Danielle zu. Er hatte Mühe, gerade zu stehen.

„Du hast mich sitzen gelassen, hast keinen meiner Anrufe beantwortet und …"

Danielle fiel ihm ins Wort: „Ich habe uns beiden nur einen hässlichen Abschied erspart. Und, Lucas, was war eigentlich los? In den letzten Wochen habe ich nicht bemerkt, dass du noch ein einziges Mal versucht hättest, mich zu erreichen. Also habe ich doch das Richtige getan. Du kannst es nur nicht ertragen, dass ich dir zuvorgekommen bin!"

Lucas schnappte nach Luft und machte den Mund einige Male auf und zu, bevor er zu einer Erwiderung ansetzte: „Du bist doch echt nicht ganz dicht, Danielle! Das wird mir hier zu blöd!" Lucas ging zur Küche und holte ein Glas aus dem Schrank, um sich vom Rotwein einzugießen.

„Was fällt dir eigentlich ein?!" Danielle stand noch an der gleichen Stelle und hatte die Arme in die Hüften gestemmt. Jan war im Begriff zu gehen.

„Ich denke, ihr braucht ein paar Minuten für euch."

„Geh nicht, Jan! Lucas ist total übergeschnappt!"

In diesem Moment flog die Tür zum Jagdhaus auf und Charlotte stürmte herein.

„Was, zum Teufel, ist hier eigentlich los? Es sind bald keine Gäste mehr auf der Party!"

Lucas verdrehte die Augen. Seine Mutter hatte ihm gerade noch gefehlt.

Charlottes Wangen waren gerötet. „Jan, raus hier. Lucas und Miss Fane, auf der Stelle herkommen und hinsetzen. Das kann ja keiner mitansehen!"

Charlotte zeigte bestimmt und unnachgiebig auf die beiden Sessel. Lucas wunderte sich immer wieder, wie viel Temperament in der zierlichen Frau steckte. Er hob halb abwehrend, halb beschwichtigend die Hände; er hatte ganz sicher keine Lust, sich von seiner Mutter herumkommandieren zu lassen, wollte sich aber auch nicht mit ihr anlegen.

„Mutter, bei allem Respekt, ich denke, das ist eine Sache, die dich nichts angeht."

„Und ob mich das was angeht! Entweder du kommst jetzt her oder ich zieh dich an den Löffeln lang. Wird's bald!"

Jan grinste und verließ das Jagdhaus, in dem es mittlerweile ohnehin recht eng geworden war. Danielle stand immer noch wie angewurzelt an derselben Stelle und wirkte recht verstört.

„Lucas …" Charlotte war wild entschlossen. Wenn sie in dem Stadium war, war Protest sinnlos, also fügte sich Lucas seinem Schicksal und setzte sich auf einen der Ledersessel. Danielle nahm ebenfalls Platz und faltete die Hände im Schoß.

„So, und jetzt wird miteinander geredet!", verkündete die grauhaarige Dame entschlossen.

„Ehrlich, wir wissen ja alle, dass du Psychotherapeutin bist, aber …", versuchte es Lucas erneut.

„Wenn du nicht sofort kooperierst, passiert was!" Charlotte stellte sich wie ein Schiedsrichter in die Mitte. „Danielle, warum erzählst du Lucas nicht, was der Grund dafür war, dass du nicht nach Paris gekommen bist?"

Lucas bemerkte, dass Danielle ihre Hände studierte und ihn nicht ansah, als sie mit dünner Stimme anfing zu sprechen.

„Es tut doch nichts zur Sache. Lucas will nichts von mir. Es ist nur sein gekränktes Ego."

Charlotte seufzte. „Mein Gott, ihr beide habt euch mindestens genauso verdient wie das andere Pärchen, dessen Hochzeit wir heute feiern, wenn ich euch daran erinnern dürfte. Dann sag' ich es ihm."

„Nein!", schrie Danielle auf. „Ist ja gut. Lucas, meine Mutter wollte sich das Leben nehmen. Ich war auf dem Weg zum Flughafen und bekam den Anruf, dass unsere Haushälterin Lucy sie bewusstlos neben mehreren Pillenschachteln gefunden hat."

Danielles grüne Augen trafen auf seine. Lucas' Magen machte eine Umdrehung um hundertachtzig Grad. Er spürte, wie das Blut aus seinen Wangen wich. Das konnte doch nicht wahr sein!

„Lucas, hast du das mitgekriegt?", bohrte Charlotte nach.

Er musste schlucken. Aber das erklärte nicht, warum ihre Sekretärin ihn weggeschickt hatte. Irgendwas stimmte nicht.

„Es tut mir leid, Danielle. Ich hoffe, es geht deiner Mutter wieder besser?", sagte er mechanisch.

„Sie macht gerade eine stationäre Therapie."

Er atmete durch. Gott sei Dank hatte sie es überlebt. Wenn er das nur gewusst hätte!

„Bleibt noch die Frage offen, Lucas, warum bist du nach London geflogen und hast Danielle nicht mehr angerufen oder sie getroffen?"

Charlotte hörte nicht auf. Lucas hatte noch nicht mal den letzten Brocken verdaut, aber sie gönnte ihm keine Verschnaufpause. Er wunderte sich nicht mal, dass Charlotte alles wusste.

„Ich denke, wir wissen alle, warum er sich nicht mehr gemeldet hat, Mrs. Stanhope. Lucas hat sicher eine andere hübsche Frau als Ersatz aufgetrieben, die nicht so kompliziert ist wie ich." Danielle sah traurig aus. Er hatte ihr nie zugetraut, dass sie so gut lügen könnte. Seine Halsschlagader begann wieder zu pochen.

„Das ist doch die Höhe, Danielle. Also Charlotte, da siehst du es. Sie erfindet irgendwas, um von sich abzulenken!"

„Lucas!", herrschte Charlotte ihn an. „Hat Danielle recht? Das würde mich nämlich auch brennend interessieren. Ein Blinder sieht, dass du verliebt in sie bist."

„Verdammt. Ich sag' dir, warum ich nicht mehr angerufen habe. Ich war bei ihrem Apartment, aber sie war nicht zuhause. Am nächsten Morgen bin ich ins Büro und ihre freundliche Sekretärin richtete mir von Danielle aus, dass ihre Chefin mich nie wieder sehen will und dass ich nicht mehr anrufen soll. Da ich ihr zuvor ungefähr zwanzig Nachrichten auf die Mailbox gesprochen habe und sie keinen einzigen meiner Anrufe beantwortet hat, lag die Vermutung doch nahe, dass sie es so meint, oder?"

Er fühlte sich nach wie vor gedemütigt und wütend. Danielles Augen waren weit aufgerissen. Sie wurde kreidebleich, dann senkte sie den Kopf und verbarg ihn in ihren Händen.

„Das kann nicht sein", flüsterte sie.

„Komm, das wirst du doch nicht vergessen haben?"

„Danielle, was kann nicht sein?", warf Charlotte ruhig ein.

„Ich habe ihr nie etwas dergleichen gesagt. Jill ist der Grund, warum meine Mutter sich umbringen wollte."

Tränen liefen über Danielles Gesicht. Lucas' Herz raste. Sie sagte nicht die Wahrheit, das war alles zu verrückt.

„Können Sie etwas genauer werden, Kindchen?"

Charlotte streichelte ihr aufmunternd über den Arm. Lucas fühlte sich wie ein Volltrottel. Er hatte von Anfang an das Gefühl gehabt, dass Jill falsch war. Aber dass so etwas dabei rauskommen würde! Nicht im Traum hätte er das erwartet.

Danielle schluchzte. „Ja, also … Mein Vater und Jill hatten eine Affäre. Als er Schluss gemacht hat, hat sie meiner Mutter aus Rache einen Brief geschrieben, der sehr, sehr böse war und viele Lügen beinhaltete. Meine Mutter leidet seit Jahren unter Depressionen und das hat ihr den Rest gegeben."

Lucas ballte die Hände zu Fäusten. Wenn er diese Jill in die Finger bekam! Sein Blick traf auf Danielles tränenüberströmte, grüne Augen.

„Heißt das, du hast ihr nicht gesagt, dass ich mich nie wieder melden soll? Aber du hast es mir selbst geschrieben, in deiner SMS!"

Charlotte rollte mit den Augen und stöhnte. „Junge, ich hätte nicht gedacht, dass ich das mal sagen würde, aber du bist ganz schön begriffsstutzig. Danielle hat Angst, von dir ausgenutzt zu werden. Und, entschuldige, aber sie hat wohl auch ein paar Gründe dafür. Dein Ruf ist ja nicht gerade unbefleckt!"

Lucas bedachte seine Mutter mit einem giftigen Blick, bevor er sich wieder Danielle zuwandte.

„Ich habe Jill nichts gesagt. Und", sie unterdrückte ein kleines Schluchzen, „Charlotte hat recht. Ich will keine Affäre sein. Ich will nicht mit gebrochenem Herzen enden." Danielle senkte den Blick, die Tränen liefen ihr über die Wangen. Sie wirkte so zart und verletzlich.

Lucas stand auf und ging zu ihr, nahm ihre Hände und sah ihr tief in die Augen.

„Mutter, ich denke, du kannst gehen."

„Ähm … ja, natürlich. Aber wehe, hier wird gestritten! Ich warte genau da draußen vor der Tür … und …"

„Mutter!" Er seufzte.

„Ja, ja, schon gut!" Charlotte räumte ohne ein weiteres Wort das Feld.

Lucas war vor Danielle in die Knie gegangen, so dass sie nun auf gleicher Höhe waren. Er hielt ihre Hände. Wie sie es vermisst hatte, von ihm berührt zu werden! Wie sie *ihn* vermisst hatte. Sie lächelte unter Tränen. Ihr Herz klopfte schnell.

„Gänseblümchen, es tut mir schrecklich leid."

Ihr Herz schmolz dahin, noch mehr Tränen liefen über ihre Wangen. Lucas wischte sie mit seinem Daumen fort.

„Nicht weinen. Jetzt wird alles gut. Gibst du mir noch eine Chance? Auch wenn ich so ein dummer, begriffsstutziger Idiot bin? Du wirst niemals nur eine Affäre für mich sein. Ich erkenne mich selbst nicht wieder, ich bin ein liebeskranker Vollidiot, der nicht mehr weiß, was er ohne dich tun soll. Hast du nicht gesehen, wie eifersüchtig ich auf Jan war?"

Danielle hatte einen Kloß im Hals und musste gleichzeitig lachen. Er hatte sich wirklich wie ein Dummkopf aufgeführt. Aber meinte er es tatsächlich ernst? Dass Jill versucht hatte, auch ihr Leben zu ruinieren, wollte sie jetzt nicht analysieren. In ihrem Kopf und ihrem Herzen war zu viel los.

„Lucas, ich kann das alles gar nicht glauben. Hast du wirklich Gefühle für mich? Ich meine, ich bin …"

„Wirst du wohl sofort damit aufhören? Danielle, ich bin heute fast gestorben vor Eifersucht! Ich kann dir sagen, das ist das schrecklichste Gefühl, das ich mir vorstellen kann. Bis ich dich getroffen habe, waren mir derartige Besitzansprüche vollkommen unbekannt! Ich war die verfallen in dem Moment, als ich dich in deinen wundervollen Spitzenhöschen getroffen habe!"

„Du liebst mich?"

„O Gott! Ja, ich liebe dich, Danielle. Und mehr noch, ich kann mir nicht mal vorstellen, auch nur einen weiteren Tag ohne dich zu sein. Du hast mir schrecklich gefehlt." Lucas hielt ihre Hände immer noch fest und sie liebte die Wärme, die von ihm auf sie überging.

„Ich liebe dich auch. Aber du warst heute ganz schön fies." Ein zitterndes Lächeln erschien in ihren Mundwinkeln.

„Ich hätte Jan am liebsten ertränkt, geköpft und dann geviertteilt."

„Gott sei Dank hast du nicht." Sie strich mit ihrer Hand über seine raue Wange.

„Du hättest doch nichts mit Jan angefangen, oder?" Lucas sah sie fragend an.

„Natürlich nicht. Aber deine Nähe … es ist immer so intensiv, wenn du da bist. Ich habe versucht, damit klarzukommen, dass du da warst. Du warst so kalt und hart."

„Es tut mir leid, ich habe mich aufgeführt wie ein Depp. Danielle Fane, du bist die erste Frau auf Erden, mit der ich mir vorstellen kann, alt zu werden. Mich hat es erwischt, *du* hast mich erwischt!" Lucas blaugraue Augen drangen bis auf den Grund ihrer Seele. Die Hummeln in ihrem Bauch tanzten wild umher und ihr Herz drohte aus der Brust zu springen. Seine Worte machten sie glücklich.

„Ich hab dich sehr vermisst, Lucas." Wie sehr er ihr gefehlt hatte, spürte sie erst jetzt.

„Du hast mich nie im Leben so sehr vermisst wie ich dich!" Lucas strich ihr eine Locke aus dem Gesicht und strahlte sie über das ganze Gesicht an.

„Du sagst das jetzt nicht nur, weil du betrunken bist?"

„Meine Liebe, wie bekomme ich es in deinen Kopf?" Lucas vergrub eine Hand in ihrem Haar. Sie wusste, was kommen würde. Er küsste sie leidenschaftlich, raubte ihr den Atem und damit das letzte bisschen Verstand, das sie noch besaß. Er schmeckte nach Rotwein und Lucas, sie war berauscht von seiner Nähe. Von jetzt an würde er alles mit ihr machen können, was er wollte. Lucas löste sich schweratmend von ihr und vergrub seinen Kopf an ihrem Hals. Danielle hielt ihn dicht an sich gepresst. Sie wollte ihn nie wieder gehenlassen.

„Lucas, ich liebe dich", hörte sie sich flüstern und zum ersten Mal in ihrem Leben fühlte sie sich komplett. Lucas hob sein Gesicht und strahlte sie an.

„Ich liebe dich auch, Gänseblümchen." Dann küsste er sie erneut. Einen Moment später überrumpelte Lucas sie, indem er sie in seine Arme hob.

„Du hast jetzt zwei Möglichkeiten zur Auswahl. Entweder wir gehen wieder rüber zu der Party und verkünden die frohe Botschaft, oder ich trage dich hoch ins Bett und wir werden da nicht mehr rauskommen, bis wir es vor Hunger und Durst nicht mehr aushalten können."

Danielle kicherte. „Wir sollten zumindest Charlotte vor der Tür erlösen."

„Oh. Die habe ich total vergessen." Lucas setzte Danielle ab und steckte seinen Kopf durch die Eingangstür. „Du kannst jetzt gehen. Mission accomplished. Danke!"

„Na, Gott sei Dank. Ich hab schon gedacht, ich muss hier draußen erfrieren." Danielle hörte Charlottes Lachen, dann schloss Lucas die Tür und ihr wurde sehr heiß. Seine Augen waren dunkel vor Verlangen und er dachte offenbar das Gleiche wie sie. Die Party war für sie gelaufen. Lucas war mit einem Schritt bei ihr und hob sie in seine Arme.

„Von jetzt an bitte keine weiteren Geheimnisse mehr, Gänseblümchen. Ich will mich nie wieder so schlecht fühlen wie in den letzten Wochen."

„Dito."

„Lass mich nie wieder allein, Danielle. Ich brauche dich!"

„Wenn du wüsstest, wie glücklich du mich damit machst."

Lucas balancierte mit Danielle auf der schiefen, alten Treppe nach oben. Kurze Zeit später hatten sie die Welt um sich herum vergessen, jetzt zählte nur noch ihre Liebe.

Epilog

Lucas und Damian saßen beim Frühstückskaffee im Esszimmer. Julia und Danielle waren schon unterwegs, um Umstandskleidung für Julia auszusuchen. Anschließend wollten sich die beiden Frauen noch mit Tamara zum Essen treffen. Lucas konnte seine Freude kaum in Worte fassen, als er von Damian und Julia hörte, dass sie Tamara zur Patentante machen wollten und diese zugesagt hatte.

Lucas fühlte sich mit Danielle an seiner Seite und der Gewissheit, wieder mehr Kontakt zu seiner Schwester haben zu können, das erste Mal seit vielen Jahren rundum glücklich.

„Jetzt sind wir also beide vergeben." Damian raschelte mit der Zeitung und grinste Lucas an.

Sein Bruder musste ähnliche Gedanken haben wie er. „Wer hätte das vor einem Jahr gedacht? Ich auf jeden Fall nicht!"

„Ich hatte wirklich Sorgen, dass du es nicht kapierst."

„Geht's noch?" Lucas boxte Damian gegen die Schulter.

„Schon gut, aber ohne Charlotte hättest du die Kurve nicht mehr gekriegt, oder?"

„Woher wusste sie eigentlich, wo ich war?"

„Wenn ich dir das verrate, wirst du mindestens einen in der Familie töten."

„Dann war das also deine Rache?"

„So in etwa." Damian schob sich ein Stück Ei in den Mund und genoss den Moment.

„Pff. Also, echt. Na ja. Dann sind wir quitt."

„Würde ich sagen. Dann haben wir nur noch mit einem eine Rechnung offen", stellte Damian fest.

„Jan", sagten beide gleichzeitig.

Er war fällig.

ÜBER DIE AUTORIN

Wenn ich nicht schreibe, was ziemlich häufig der Fall ist, verbringe ich die Zeit mit meinen beiden Kleinsten, meinem Mann und dem Rest unserer internationalen Patchwork Familie. Manchmal wundere ich mich selbst, dass ich trotz meines Alltags überhaupt etwas zu Papier bringe. Und dann sind die Kinder im Kindergarten, der Hund schläft müde auf seinem Kissen und ich sitze wieder am PC und vergesse die Welt um mich herum. Endlich hacke ich wieder auf die Tastatur ein und schreibe, bis ich Krämpfe in den Händen bekomme. Dann weiß ich wieder wieso, denn das Schreiben ist für mich die schönste Zeit des Tages.

Ich bin Jahrgang 1979 und lebe seit vielen Jahren in der Lüneburger Heide, komme ursprünglich aber aus Süddeutschland.

Hoffentlich kann ich euch mit meinen Büchern ein paar schöne und unterhaltsame Stunden bescheren – denn das ist es was ich möchte. Für Fragen oder Anregungen freue ich mich über eure Kontaktaufnahme mit mir.

Bis bald
Karin Lindberg
karinlindbergschreibt@gmail.com

Alle Infos zu meinen Veröffentlichungen gibt es unter www.karinlindberg.info